nowledge. 知識工場
Knowledge is everything！

nowledge. 知識工場

Knowledge is everything！

nowledge.
知識工場
Knowledge is everything！

nowledge. 知識工場
Knowledge is everything！

高勝率填空術

新多益 660破分攻略

搶分革命來一波！**單字強勢進化**

答題實力檢測＋掃碼速聽MP3

戰勝企業錄用門檻的660分實戰演練，字字深刻！

用題目抓弱點＋刺激腦力

張翔／著

Aim for 660! NEW TOEIC
Vocabulary in Cloze Test

NEW TOEIC

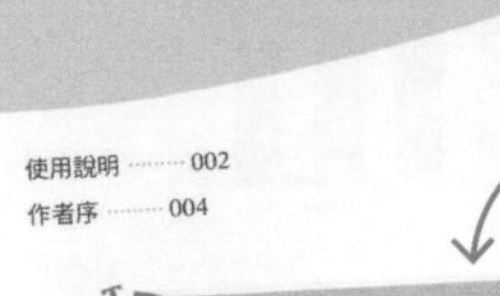

使用說明 User's Guide

搶分革命來一波！單字強勢進化

掌握了聽力會話 & 閱讀的基本單字後，
就能進入下一階段，朝600分邁進吧！

1 職場新多益單字全收錄

兩章的單字囊括了征服新多益660分必須會的「基礎必備」與「企業錄用標準」。跟著本書，就能在不知不覺中掌握優游職場的新多益關鍵。

2 字母排序一目了然

各單元以「字母順」排序，不僅有助於讀者篩選英文單字，也便於複習。

3 填空題激發瞬間記憶

全書以「填空題」設計，先出現中文意思、再寫英文例句，不僅能憑藉上下文，鍛鍊邏輯推理能力，還能抓出不熟的單字，重點強化，效率自然佳。

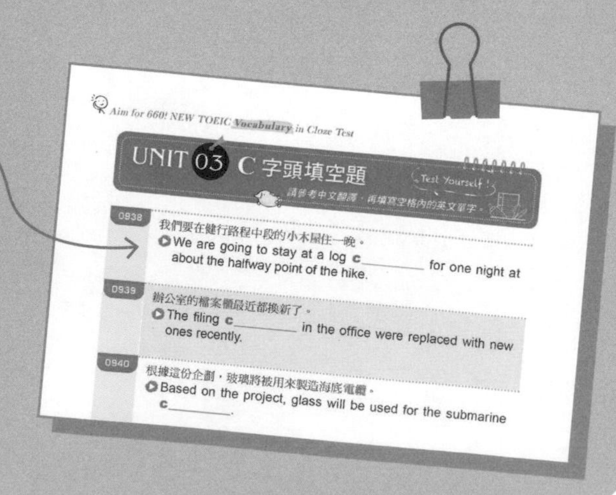

Aim for 660! NEW TOEIC Vocabulary in Cloze Test

UNIT 03 C字頭填空題 Test Yourself!

請參考中文翻譯，再填寫空格內的英文單字。

0938 我們要在健行路程中段的小木屋住一晚。
We are going to stay at a log c________ for one night at about the halfway point of the hike.

0939 辦公室的檔案櫃最近都換新了。
The filing c________ in the office were replaced with new ones recently.

0940 根據這份企劃，玻璃將被用來製造海底電纜。
Based on the project, glass will be used for the submarine c________.

4 填完就能秒速確認解答

每一頁底下提供正確解答，省下前後翻頁、對照答案的時間，填完立即訂正錯誤，複習更有效率。

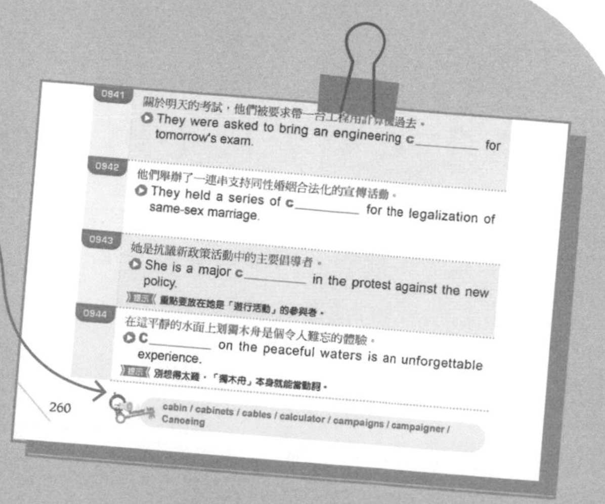
0941 關於明天的考試，他們被要求帶一台工程用計算機過去。
They were asked to bring an engineering c________ for tomorrow's exam.

0942 他們舉辦了一連串支持同性婚姻合法化的宣傳活動。
They held a series of c________ for the legalization of same-sex marriage.

0943 她是抗議新政策活動中的主要倡導者。
She is a major c________ in the protest against the new policy.
提示 重點要放在她是「遊行活動」的參與者。

0944 在這平靜的水面上划獨木舟是個令人難忘的體驗。
C________ on the peaceful waters is an unforgettable experience.
提示 別想得太難，「獨木舟」本身就能當動詞。

260

cabin / cabinets / cables / calculator / campaigns / campaigner / Canoeing

5 單字 QR Code 隨掃隨聽

每個單元收錄一個 MP3（英文單字 & 中文字義），不管你身處何地，只要用手機隨手掃 QR Code，就能收聽，英文學習不受限。

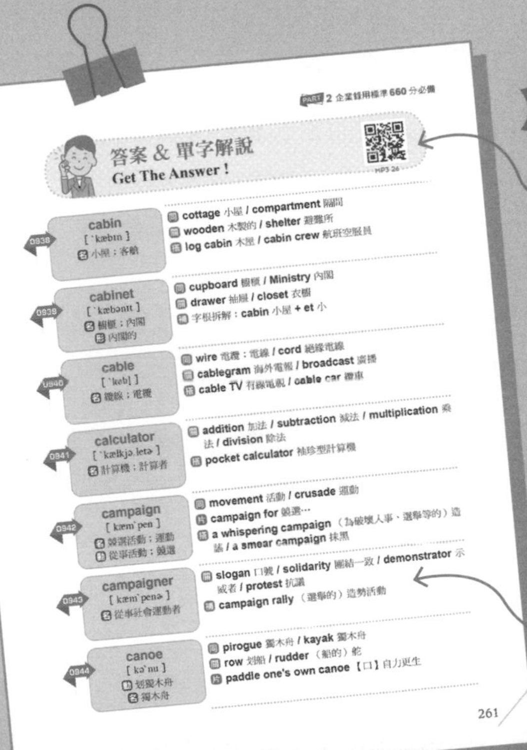
PART 2 企業評用標準 660 分必備

答案 & 單字解說
Get The Answer !

MP3-26

0938 cabin [ˋkæbɪn] 名 小屋；客艙
同 cottage 小屋 / compartment 隔間
同 wooden 木製的 / shelter 避難所
搭 log cabin 木屋 / cabin crew 航班空服員

0939 cabinet [ˋkæbənɪt] 名 櫥櫃；內閣 形 內閣的
同 cupboard 櫥櫃 / Ministry 內閣
同 drawer 抽屜 / closet 衣櫥
補 字根拆解：cabin 小屋 + et 小

0940 cable [ˋkebl] 名 纜線；電纜
同 wire 電纜；電線 / cord 絕緣電線
同 cablegram 海外電報 / broadcast 廣播
搭 cable TV 有線電視 / cable car 纜車

0941 calculator [ˋkælkjə͵letɚ] 名 計算機；計算者
同 addition 加法 / subtraction 減法 / multiplication 乘法 / division 除法
搭 pocket calculator 袖珍型計算機

0942 campaign [kæmˋpen] 名 競選活動；運動 動 從事活動；競選
同 movement 活動 / crusade 運動
片 campaign for 競選…
搭 a whispering campaign （為破壞人事、選舉等的）造謠 / a smear campaign 抹黑

0943 campaigner [kæmˋpenɚ] 名 從事社會運動者
同 slogan 口號 / solidarity 團結一致 / demonstrator 示威者 / protest 抗議
搭 campaign rally （選舉的）造勢活動

0944 canoe [kəˋnu] 動 划獨木舟 名 獨木舟
同 pirogue 獨木舟 / kayak 獨木舟
同 row 划船 / rudder （船的）舵
片 paddle one's own canoe 【口】自力更生

261

6 大量擴充單字／片語版圖

主單字視情況補充「同義／反義、相關詞、片語、搭配詞、考試重點提示、補充說明」，讓讀者吸收更多英文內容。

Aim for 660! NEW TOEIC
Vocabulary in Cloze Test

作者序

不是單字背不夠，而是缺少應用！

如果大家曾經考慮購買新多益的書，走進書店，一定會產生一個煩惱，就是架上過於琳琅滿目的數量，導致無法決定要買哪一種。不同的人，適合不同的教學方法，不過在準備英文檢定考時，有一項必不可少的訓練，就是「做題目」。做題目並不只限於模擬試題而已，其實它可以延伸到英文的基礎，而且成效往往比學生自己想的驚人。我打個比方，大家在家努力背誦單字時一定會遇到一個問題：背的當下記得，但上了考場卻想不起來這個單字。

針對這個原因，一般人都會說「因為你沒有使用這個單字，所以才記不起來。」這句話沒錯，但是，對許多備考人士而言，他們本來就缺少使用英文的環境，更不要說是使用每個新背的單字。為了幫助大家解決這個困擾，這本書採取了「填空題」的設計，我們從問題下手，去推敲每個問題該填入什麼單字，這個做法有兩個立即的效果：

效果一、把你腦中的單字庫使用出來。

其實，你背過的單字比你以為的多很多，但為什麼考試都用不上呢？因為你在背誦時，只忙著記拼寫，或者雖然看了書中的例句，但重點還是落在單字，對例句的印象並不深。但如果把句子設計成問題呢？那就完全不一樣了。在我實際的教學經驗中，發現填空題能激發學生挑戰的精神，他們會先絞盡腦汁思考，自己學過的單字中，哪一個能填入，這個過程能迫使學生思考、回想，產生很棒的學習效果。

如果他們很快就填入正確答案，代表這個單字就算不特別背誦也沒問題；另一種則是雖然必須看著題目思索，但最終還是能填對的單字，這類英單則是曾經背過，但因為不常使用所以需要回想的內容。

效果二、立即找出自己不熟的弱點單字。

上一段所提到的，是那些雖然熟悉度有差，但最後都能答對的英文，但有些單字，學生真的沒背熟或沒見過呢？這時候，填空題依然會是你的好工具，它能幫助你立即找出弱點，針對這些單字背誦。

上述兩點效果合起來，你會發現自己「省下重複背誦的功夫，而能將時間與精力放在需要強化的內容上。」對於準考生而言，時間是很珍貴的，如果只是拿著一本單字書從頭看，反而會讓他們浪費不少時間在那些已經會的單字上，也很難確定自己哪些單字不熟，基於這個原因，我真心推薦新多益的考生們使用這本書，我教你的不只是內容，還有學習方法。

這本書是針對「企業門檻」的 660 分而寫的。之所以會以 600 多分為目標，是為了因應時代的潮流，現在，考新多益已經不只是為了金色證書而已，有很多公司企業在國際化的潮流下，要求旗下主管去考新多益，門檻分數就落在 600 多分。這個標準來自於數據的歸納，新多益落在 600 多分，足以應付一般職場會用到的英文，也正是公司企業對一般員工的要求。也因為這個原因，我收到不少讀者反應，希望我能教他們準備的方法。

如果你需要新多益的證照，卻不必以 900 多的金色證書為目標的話（畢竟考取金色證書總是要多花費一些精神），建議大家從這本著手，本書是實用型導向的工具書，會滿足大家職場上的英語需求。也希望你們都能藉由此書，讓自己的應徵、升職、換工作更加順暢與輕鬆。

張翔

PART
1
基本平均550分必備
基礎分不可失，熟記這些很必要

掌握了聽力會話 & 閱讀的基本單字後，
就能進入下一階段，朝 600 分邁進吧！

企業錄用標準 660 分必備

精進實用詞彙，在職場如魚得水

業務應對無礙、參加會議侃侃而談，

用英語暢行職場 & 升職，一點都不難！

基本平均550分必備

下面的關鍵字，讓你想到什麼英文呢？

- 這家餐廳的**開胃菜**很多元，而且都很美味。→ p.019
- 師傅在換水管之前，再三確認了**直徑**有多長。→ p.071
- 你知道**國內**生產毛額（GDP）完整的英文嗎？→ p.075
- 幫忙代班之後，我才知道他的**例行工作**這麼多。→ p.181
- 一收到薪水，我就先把小孩的**學費**扣下來。→ p.213

放輕鬆，答案在本章都找得到！

用初／中階單字鞏固基本分數，追分更容易。

前往進階之路，都是從基礎開始的，
先把必懂的英文囊括入袋吧！

這些常見單字，會成為對話 & 書信的基礎，
內心緊張而導致腦中一片空白時，
只要運用這些單字，依然能安全通關。

通關本章時，請務必加強答錯的單字，
因為它們可都是新多益必備的基礎喔。

掌握了聽力會話 & 閱讀的基本單字後，
就能進入下一階段，朝600分邁進吧！

UNIT 01 A 字頭填空題

請參考中文翻譯，再填寫空格內的英文單字。

0001

這位教授有**能力**將複雜的事情用簡單的方式敘述。

The professor has the **a**_________ to explain complicated things in a simple and easy way.

0002

目前還不確定他是否會**接受**這份工作。

Whether or not he will **a**_________ this offer is still unclear.

0003

我登記為這裡的交換學生後，馬上就開了一個銀行**帳戶**。

I opened a bank **a**_________ right after I had registered as an exchange student here.

0004

會計師在年底都很忙碌。

A_________ are always busy at the end of the year.

提示 **描述普遍現象，並非指單一會計師。**

0005

你怎麼能夠**表現得**像是從沒看過我似的？

How can you **a**_________ as if you had never seen me before?

提示 **不要想得太難，表現其實就是一種「動作」。**

0006

他決定繼續待在紐約從事**演員**的工作。

He decided to pursue his career as an **a**_________ in New York City.

0007

她獲得了年度最佳**女演員**獎。

She has won the award for best **a**_________ of the year.

提示 **本單字和主詞的 she 息息相關。**

ability / accept / account / Accountants / act / actor / actress

答案 & 單字解說
Get The Answer !

MP3 01

0001
ability
[ə`bɪlətɪ]
名 能力；能耐

同 **capability** 能力 / **competence** 能力；勝任
反 **inability** 無能力 / **inadequacy** 不適當
片 **to the best of one's ability** 盡某人的力
考 否定形為 **inability**（無能力），而非 **disability**（殘疾）。

0002
accept
[ək`sɛpt]
動 接受；同意

同 **receive** 接收 / **undertake** 承受 / **adopt** 採納
反 **reject** 拒絕 / **turn down** 拒絕
片 **accept sth. as...** 接受某事為…

0003
account
[ə`kaʊnt]
名 帳戶；帳目
動 解釋；對…負責

片 **on account of** 由於 / **account for** 解釋理由或原因
考 **account** 當動詞時，表示「說明、解釋」，此時常搭配 **for**，例如：**He accounted for his absence.**（他解釋缺席的原因。）

0004
accountant
[ə`kaʊntənt]
名 會計師

考 會計師還有不同的說法，例如 **charted accountant** 是指特許會計師（此為獲得加拿大政府認證的會計師）；**qualified accountant** 則指有註冊立案的會計師。
補 字根拆解：**ac** 前往 + **count** 計算 + **ant** 名詞（人）

0005
act
[ækt]
動 表現出；飾演
名 行為；行動

同 **perform** 表演 / **star** 主演 / **portray** 表現；扮演
片 **act one's age** 行為舉止符合某人的年紀
搭 **an act of + aggression/bravery** 好鬥 / 勇敢的行為

0006
actor
[`æktɚ]
名 演員；行動者

搭 **crisis actor** 危機演員（遇突發事件時，媒體或涉案機構等所聘請的演員，他們會以受害者的形象出現，並積極地接受訪問。）

0007
actress
[`æktrɪs]
名 女演員

關 **cast** 演員陣容 / **tear-jerker** 賺人熱淚的作品
補 類似 **actor / actress** 這類造字規則的單字還有 **waiter / waitress**（男 / 女服務生）、**steward / stewardess**（男 / 女空服員）等。

0008
實際產生出的廢物量跟我們的預測不一致。
The **a**__________ amount of waste is not in accordance with our predictions.

0009
他們藉由附加一個新功能來**增加**這支手機的價值。
They **a**__________ to the value of the cell phone by appending a new function.
》提示《 **這句話隱含他們已經附加了這項新功能。**

0010
何不將博物館的**地址**輸進這個 APP 呢？它可以找出更快的路線。
Why not type the **a**__________ of the museum in this app? You can search for quicker ways to get there.

0011
技師的例行工作包括**調整**賽車的氣流量，以讓加速更平穩。
The technician's daily work includes **a**__________ gas flow in race cars for a smoother acceleration.

0012
麥克**承認**在處理數據上的失誤。
Mike **a**__________ that he made a mistake while processing the data.

0013
我國根據大眾的消費能力，**採行**累進稅率。
Our country has **a**__________ a graduated income tax based on people's ability to pay.

0014
現今關於數據處理的**進展**讓過去無意義的資料有了用途。
Recent **a**__________ in data processing enable a better utilization of the once meaningless data.

0015
亨利接受了母親的**建議**，決定在瑞士攻讀碩士學位。
Henry took his mother's **a**__________ and decided to pursue a master's degree in Switzerland.

Answer key
actual / added / address / adjusting / admitted / adopted / advances advice

0008
actual
[`æktʃuəl]
形 真實的；實際的

同 **definite** 確切的 / **real** 實際的
反 **imaginary** 虛構的；想像中的
補 字根拆解：**act** 行為 + **ual** 形容詞

0009
add
[æd]
動 增加；添加

同 **increase** 增加 / **append** 添加；附加
片 **add up** 合計 / **be added on to sth.** 加在某物上
搭 **add-on** 附加物

0010
address
[`ædrɛs ] / [ ə`drɛs]
名 地址；住址
動 演講；寫收件地址

同 **location** 位置 / **deliver a speech** 演講
片 **address (sb.) as + (job title)** 以某頭銜稱呼（某人）/ **address oneself to sth.** 專心處理（某事或問題）
搭 **mailing address** 郵寄地址

0011
adjust
[ə`dʒʌst]
動 調整；適應

同 **adapt** 適應 / **regulate** 調整 / **modify** 更改
反 **disorganize** 使混亂 / **disarrange** 擾亂
考 常搭配介係詞 **to**，例如 **adjust to sth.**（習慣於某事）、**adjust sb. to sth.**（讓某人習慣某事）。

0012
admit
[əd`mɪt]
動 承認；准許

反 **deny** 否定 / **reject** 拒絕 / **refuse** 拒絕
搭 **admit defeat** 認輸
考 **sb. be admitted to hospital** 意指住院，**be admitted to + (** 某公司或學校 **)** 則表示被錄取。

0013
adopt
[ə`dɑpt]
動 採用；收養

反 **disallow** 駁回 / **neglect** 忽視
關 **progressive tax** 漸進稅率；累進稅率
片 **adopt...as**… 將…視為… / **adopt sth. as one's own** 將某物占為己有

0014
advance
[əd`væns]
名 進展；提前
動 促進；預付

同 **improve** 增進 / **boost** 促進 / **move up** 提升
反 **retard** 延遲；妨礙 / **retrogress** 退化
片 **in advance** 事先 / **advance toward** 朝某方向前進

0015
advice
[əd`vaɪs]
名 建議；忠告

片 **on one's advice** 聽從某人建議
搭 **a piece of advice** 一項建議 / **give advice** 給出建議 / **take advice** 接受建議 / **follow advice** 遵從建議

0016
那位經理強烈**建議**我們別倉促地下決定。
The manager strongly **a**_________ against our making a prompt decision.

0017
水汙染會直接**影響**到我們吃的食物。
Water pollution directly **a**_________ the food we eat.

0018
我買**不起**那個皮包，它太貴了。
I can't **a**_________ that purse. It's too expensive.
提示 本題中譯受到 can't 的影響，請考慮「負擔得起」的動詞。

0019
鞋子打折之後的價格還算**可以接受**。
The shoes are at **a**_________ prices only after being discounted.
提示 可以接受表示價格還「負擔得起」。

0020
她在**旅行社**工作，主要負責為顧客訂機票。
She works in a travel **a**_________, mainly in charge of booking flights for customers.
提示 「旅行社」的固定用法。

0021
隨著時光流逝，**老化**是每個人都無法避免的過程。
As time goes by, it's inevitable for us to go through the **a**_________ process.
提示 老化與年齡有關，而且是一個「持續進行」的過程。

0022
發行一項商業產品的**目標**就是要獲利。
To launch a commercial product is to **a**_________ to make profits.

0023
空中巴士去年的商用**飛機**訂單以十個百分點領先波音公司。
Orders of a popular commercial **a**_________**t**, Airbus, exceeded those of Boeing's by ten percent last year.

advised / affects / afford / affordable / agency / aging / aim / aircraft

0016
advise
[əd`vaɪz]
動 勸告；忠告

反 **dissuade** 勸阻 / **delude** 哄騙；迷惑
片 **advise sb. against sth.** 建議某人不要做某事
考 **advise** 的常用句型有 **advise sb.to...**、**advise that sb. (should)...**，兩者都有「建議某人去做某事」之意。

0017
affect
[ə`fɛkt]
動 影響；感染

同 **influence** 影響 / **impact** 產生影響；衝擊
考 **affect sb./sth. = have an effect on sb./sth.** 對某人或某事產生影響（請注意 **affect**、**effect** 的拼法不同）

0018
afford
[ə`fɔrd]
動 付得起；可以承受

同 **manage** 設法做到 / **be able to** 能夠
搭 **be able to/can + afford sth.** 買得起某物
考 **afford** 的重點在於「能力」，與意願無關。所以有能力買車可以用 **afford**，但不一定表示會去買。

0019
affordable
[ə`fɔrdəbl̩]
形 負擔得起的

反 **costly** 昂貴的 / **unaffordable** 負擔不起的
關 **budget** 預算 / **bargain** 討價還價；特價商品
片 **at a reasonable price** 以合理的價格

0020
agency
[`edʒənsɪ]
名 機構；專門機構

關 **agent** 代理人；代理商 / **bureau** 局；署；處
片 **through the agency of sb.** 在某人的推動下
考 **agency** 表示一般性的機構，也可以用來指政府部門，如局、署、處等。

0021
aging
[`edʒɪŋ]
名 老化；變老

同 **declining** 衰退的 / **maturing** 成熟的
關 **aged** 年老的；成熟的 / **senior** 年長的
片 **at the age of...** 在…歲時

0022
aim
[em]
動 瞄準；致力
名 目標；目的

同 **target** 對準；目標 / **goal** 目標
片 **aim at/for sth.** 致力於；旨在
補 **Aim for the stars.** 將志向設得遠大一點。

0023
aircraft
[`ɛr͵kræft]
名 飛機；飛行器

同 **airplane** 飛機
關 **helicopter** 直升機 / **jet** 噴射機
搭 **aircraft carrier** 航空母艦 / **commercial aircraft** 商用飛機

0024
有好幾個全球性的**航空**聯盟提供里程累積的服務。
There are several global **a**_________ alliances offering mileage accumulation programs.

0025
亨利喜歡靠**走道**的位置，這樣，要去廁所時就不用打擾他人。
Henry prefers an **a**_________ seat because he doesn't have to bother anyone when going to the toilet.

0026
一旦測量值超過標準，螢幕上就會出現**警示**訊息。
An **a**_________ message will be on the display once the measured value exceeds the standard.

0027
孩子們誇張的表情**逗笑**了她。
The exaggerated facial expressions of the kids **a**_________ her.

提示 這個單字有「提供娛樂、消遣」的意思。

0028
為了慶祝結婚**週年紀念日**，瑞克準備了甜蜜的驚喜給太太。
To celebrate their wedding **a**_________, Rick prepared a sweet surprise for his wife.

0029
許多年輕的上班族會租公司附近的**公寓**住。
Many young office workers live in rental **a**_________ near their workplaces.

0030
珊蒂為了遲到的事**道歉**，並請我吃晚餐。
Sandy **a**_________ for her lateness and treated me to dinner.

0031
該報在發表錯誤報導後的第二天就**道歉**了。
The newspaper made an **a**_________ the day after they published an inaccurate report.

airline / aisle / alarm / amused / anniversary / apartments / apologized / apology

0024
airline
[ˋɛr͵laɪn]
名 航空公司；航線

關 **airliner** 大型客機；班機 / **aerial** 航空的；大氣的
搭 **airline industry** 航空業 / **budget airline** 廉價航空
補 **airline** 若當「航空公司」解釋時，通常用「大寫 & 複數形」，例如 **American Airlines**（美國航空）。

0025
aisle
[aɪl]
名 通道；走道

同 **passageway** 通道；走廊
片 **walk down the aisle** 結婚（走紅毯） / **have sb. rolling in the aisles** 使某人放聲大笑
搭 **aisle seat** 靠走道的位子

0026
alarm
[əˋlɑrm]
名 警報；警報器
動 令某人擔心

同 **warning** 警報 / **alert** 使警覺 / **caution** 警告
片 **sound the alarm** 拉響警報；警告某事
搭 **alarm clock** 鬧鐘 / **false alarm** 假警報 / **fire alarm** 火災警報器

0027
amuse
[əˋmjuz]
動 使歡樂；使發笑

同 **cheer** 振奮 / **delight** 使高興
反 **annoy** 惹惱 / **depress** 使沮喪 / **offend** 觸怒
片 **amuse sb. with sth.** 以某事逗某人笑

0028
anniversary
[͵ænəˋvɝsərɪ]
名 週年紀念日

同 **red-letter day** 值得紀念或慶祝的日子
搭 **golden anniversary** 金婚（結婚五十週年）/ **silver anniversary** 銀婚（結婚二十五週年）

0029
apartment
[əˋpɑrtmənt]
名 公寓

同 **suite** 套房 / **flat** 【英】公寓
關 **skyscraper** 摩天大樓 / **foyer** 門廳
搭 **duplex apartment** 兩層樓的公寓（內有樓梯）

0030
apologize
[əˋpɑlə͵dʒaɪz]
動 道歉；認錯

同 **ask for forgiveness** 道歉 / **beg one's pardon** 請求某人原諒
片 **apologize for sth.** 為某事而道歉

0031
apology
[əˋpɑlədʒɪ]
名 道歉；認錯

反 **denial** 拒絕承認 / **repudiation** 否認
片 **owe sb. an apology** 欠某人一個道歉
搭 **make an apology** 道歉 / **a full apology** 正式道歉

0032
在經過一整天的健行活動後，孩子們都**食慾**大增。
The children had a good **a**__________ after hiking the whole day.

0033
新菜單包含了為炎炎夏日所設計的幾道清涼**開胃菜**。
The new menu includes several refreshing **a**__________ specially designed for the hot summer.

0034
個別**申請者**的資訊不會公開。
The information of every individual **a**__________ will not be released to the public.

0035
定時**塗抹**藥膏應該能減輕疼痛感。
Regular **a**__________ of the ointment should relieve the pain.
》提示《 塗抹藥膏，相當於把藥「應用在」皮膚上。

0036
身為小孩的他習慣尋求父母的**認可**。
As a child, he tended to look for **a**__________ from his parents.
》提示《 尋求認可表示他行動前要得到父母的「同意或支持」。

0037
政府終於**同意**這棟大樓的重建計畫。
The government finally **a**__________ the reconstruction of this building.
》提示《 表示重建計畫終於得到政府的「批准」。

0038
我試著將會議都**安排**在同一天，以便留有更多的私人時間。
I tried to **a**__________ all the meetings to be in one day so that I could have more time for myself.

0039
他為了讓兒子繼承他的事業，已做好所有**安排**。
He had made all the **a**__________ for his son to carry on his business.

appetite / appetizers / applicant / application / approval / approved / arrange / arrangements

appetite
[`æpə,taɪt]
名 胃口；食慾

關 **craving** 渴望；熱望 / **hunger** 飢餓；渴望
片 **have an appetite for sth.** 對某事很感興趣 / **have no appetite for sth.** 對某事不感興趣 / **whet one's appetite** 激起某人的興趣

0033
appetizer
[`æpə,taɪzɚ]
名 開胃菜

同 **starter** 開胃菜 / **antipasto** 【義】前菜
關 **main course** 主菜 / **side dishes** （主菜旁的）配菜 / **dessert** 餐後甜點 / **beverage** 飲料

0034
applicant
[`æpləkənt]
名 申請人

同 **candidate** 候選人；應試者
關 **opening** 職缺 / **resume** 履歷
搭 **job applicant** 求職者

0035
application
[,æplə`keʃən]
名 塗抹；應用；申請

同 **operation** 操作 / **utilization** 使用
片 **make application to...for sth.** 向…申請某物
搭 **a letter of application** 求職信

0036
approval
[ə`pruvl̩]
名 贊成；同意

同 **confirmation** 確認 / **support** 支持
關 **obtain** 取得；獲得 / **consensus** 一致；共識
片 **buy sth. on approval** （貨物）不滿意則可退的
搭 **tacit approval** 默許 / **seal of approval** 官方批准

0037
approve
[ə`pruv]
動 批准；贊成；認可

同 **accept** 認可 / **ratify** （正式）批准
反 **disapprove** 不贊成；不同意
片 **approve of (sb. or sth.)** 贊成某人或某事

0038
arrange
[ə`rendʒ]
動 安排；改編

同 **organize** 安排 / **classify** 將…分類
反 **disarrange** 使混亂 / **disorder** 擾亂
片 **arrange for sth.** 安排某事（沒有要求某人親自做） / **arrange for sb. to + V** 安排某人去做某事

0039
arrangement
[ə`rendʒmənt]
名 安排；約定；改編

同 **adaptation** 改編 / **settlement** 解決；安頓
片 **come to an arrangement** 達成協議（= **reach an agreement**）

0040
已經證實疫苗在**對抗**流行性感冒的傳染上，是有效的。
Vaccination has been proven to be able to **a**_________ the spread of influenza.
提示 這組單字的聯想是「把病毒抓起來，遏止它散布」。

0041
她一**抵達**臺灣就馬上去探望她的奶奶。
She made a visit to her grandmother upon her **a**_________ back to Taiwan.

0042
會議結束之後，我會**盡快**回覆您。
When the meeting is finished, I'll reply you **A**_________.
提示 這裡要填的是寫信時經常會用的字母縮寫。

0043
工作是人生中重要的一**部分**。
Work is an important **a**_________ of life.
提示 生活包含各個「方面」，工作是其中一部分。

0044
他們在週五下午舉辦了宗教**集會**。
They held a religious **a**_________ on Friday afternoon.
提示 這個單字所說的集會比 gathering 的規模要大。

0045
他被**指派**了最艱難的任務，也就是「和客戶打交道」。
He was **a**_________ the most difficult task - dealing with customers.

0046
我們已經安排好去越南一趟，拜訪我們的**客戶**。
We had planned a trip to visit our business **a**_________ in Vietnam.
提示 與其思考客戶這個單字，不如想想「合作夥伴」。

0047
在我國，嫌犯被證明有罪之前，必須**假定**他是無辜的。
In our country, a suspect is **a**_________ innocent until he or she is proved guilty.

arrest / arrival / ASAP / aspect / assembly / assigned / associates / assumed

0040

arrest
[ə`rɛst]
動 阻止；逮捕
名 拘留；逮捕

同 **capture** 捕獲 / **imprison** 關押
反 **release** 釋放 / **let go** 放開 / **liberate** 使獲自由
片 **be arrested for sth.** 因某事而被逮捕 / **be under arrest** 被逮捕 / **put sb. under arrest** 逮捕某人

0041

arrival
[ə`raɪvl̩]
名 到達；抵達

反 **departure** 離開 / **takeoff** 起飛；出發
關 **destination** 目的地 / **landing** 登陸
片 **be dead on arrival** 送到醫院前死亡；某事在很早的階段就已無效

0042

ASAP
縮 盡快

同 **quickly** 迅速地 / **immediately** 馬上
反 **slowly** 緩慢地 / **gradually** 逐步地；漸漸地
補 **ASAP** 為 **as soon as possible** 的縮寫，常用於信件中。

0043

aspect
[`æspɛkt]
名 方面；觀點；方向

同 **facet** 面；方面 / **phase** 方面 / **perspective** 觀點
片 **in every aspect** 在每個方面
補 字根拆解：**a** 前往 + **spect** 看

0044

assembly
[ə`sɛmblɪ]
名 集會；集合

同 **gathering** 集會 / **congregation** 集合
搭 **the United Nations General Assembly** 聯合國大會
補 **assembly** 所指的集會，是指具特定目的而定期舉辦的集會，通常會在大場地舉行。

0045

assign
[ə`saɪn]
動 指派；分配

同 **appoint** 指派 / **designate** 委任
片 **assign sth. to sb.** 將某事指派給某人
補 字根拆解：**as** 前往 + **sign** 記號

0046

associate
[ə`soʃɪɪt ] / [ ə`soʃɪ͵et]
名 夥伴；合夥人
動 聯想；結交

反 **enemy** 敵人；仇敵 / **opponent** 對手；反對者 / **rival** 對手 / **competitor** 競爭者
片 **associate with** 與…打交道；與…聯想

0047

assume
[ə`sjum]
動 假定；假裝

同 **presume** 假設 / **pretend** 假裝
片 **assume liability for sth.** 為某事負責（通常指付款）
補 字根拆解：**as** 前往 + **sume** 拿

0048

請在申請表**附上**您最新的履歷和照片。

Please **a**__________ your latest resume with a photo to the application form.

0049

我們**試圖**對在價格上造成的誤解致歉。

We **a**__________ to apologize for the misunderstanding on the price.

0050

在車禍之後，漢克的生理及心理層面都需要接受**照料**。

After the car accident, Hank needed medical **a**__________ for both his physical and mental recovery.

》提示《 接受照料相當於得到很多的「關心與注意」。

0051

改變他人的**態度**是最困難的事情。

Changing people's **a**__________ is the most difficult thing to accomplish.

》提示《 每個人對事情的態度都不同，請注意單字變化。

0052

他用盡各種方法**吸引**他兩歲兒子的注意力。

He used every method he could think of to **a**__________ his two-year-old son's attention.

0053

上海的迪士尼樂園是那裡出名的**景點**之一。

Shanghai Disneyland is one of the city's famous **a**__________.

》提示《 景點就是「吸引他人前往之物」。

0054

能與您這樣**迷人的**人共進晚餐是我的榮幸。

It's my pleasure to have dinner with such an **a**__________ person like you.

0055

珍妮是當初大衛第一場魔術秀上的**觀眾**。

Jenny was in the **a**__________ when David performed his first magic show.

attach / attempted / attention / attitudes / attract / attractions / attractive / audience

0048
attach
[ə`tætʃ]
動 貼上；附加

同 **append** 附加 / **adhere** 黏附
反 **detach** 分開 / **disconnect** 使分離
片 **no strings attached** 無附帶限制；無附加條件 / **attach to** 附上；裝上

0049
attempt
[ə`tɛmpt]
動 努力嘗試
名 企圖；嘗試

同 **try** 嘗試 / **endeavor** 試圖 / **strive** 努力
片 **make no attempt to** 不嘗試 / **in an attempt to** 試圖
搭 **an attempt at sth.** 對某事的嘗試

0050
attention
[ə`tɛnʃən]
名 注意力；照料

同 **concentration** 專注 / **treatment** 對待；治療
反 **negligence** 疏忽 / **indifference** 漠不關心
片 **draw one's attention** 吸引某人注意 / **pay attention to** 注意到（某人或某事）

0051
attitude
[`ætətjud]
名 態度；意見

同 **viewpoint** 觀點 / **standpoint** 看法
片 **strike an attitude** 裝模作樣；裝腔作勢
搭 **an attitude to/towards sth.** 在…方面的態度

0052
attract
[ə`trækt]
動 吸引；引起注意

反 **repel** 使反感 / **distract** 轉移；使分心
片 **be attracted to sth.** 被某物或某事吸引 / **attract (one's) attention** 吸引（某人的）注意
補 **Like attracts like.** 物以類聚。

0053
attraction
[ə`trækʃən]
名 吸引力；吸引物

同 **appeal** 吸引力 / **charm** 魅力 / **allure** 魅力
片 **tourist attraction** 旅遊景點
搭 **center of attraction** 主要焦點 / **the law of attraction** 吸引力法則

0054
attractive
[ə`træktɪv]
形 有吸引力的；引人注目的；迷人的

同 **appealing** 有魅力的 / **enticing** 迷人的 / **charming** 迷人的 / **tempting** 吸引人的
反 **unattractive** 無吸引力的 / **boring** 無趣的

0055
audience
[`ɔdɪəns]
名 觀眾；聽眾

同 **spectator** 觀眾 / **viewer** 觀眾 / **listener** 聽眾
搭 **audience rating** 收視率 / **captive audience** 因無法離開而不得不觀賞的觀眾
補 字根拆解：**audi** 聽 + **ence** 名詞

0056

露西的目標是盡可能多寫小說，並成為著名作家。

Lucy aims to write as many novels as she can and become a famous **a**__________.

0057

你明天早上有空嗎？我們到時候可以討論細節。

Are you **a**__________ tomorrow morning? We can discuss the details then.

0058

香榭麗舍大道是去巴黎的必訪之地。。

A__________ des Champs-Élysées is a must-see when visiting Paris.

0059

這個小鎮人們的平均年齡是九十歲。

People in this village live to an **a**__________ age of ninety years old.

0060

這輛卡車的一個輪胎在高速公路上爆胎，還好驚險地逃過一劫。

The truck narrowly **a**__________ disaster when one of the tires was punctured on the highway.

提示 **逃過一劫相當於「避開了危險」。**

0061

我今天早上甚至都沒意識到她生病了。

I wasn't even **a**__________ that she was sick this morning.

Answer key: author / available / Avenue / average / avoided / aware

author
[ˋɔθɚ]
名 作者；作家

- 同 **writer** 作者；作家 / **novelist** 小說家
- 關 **coauthor** 合著者 / **intellectual property rights** 智慧財產權 / **reader** 讀者
- 補 字根拆解：**auth** 增加 + **or** 人（聯想：寫出文字的人）

available
[əˋveləbl̩]
形 有空的；可得到的

- 同 **at hand** 在手邊 / **obtainable** 能得到的
- 反 **unavailable** 得不到的 / **occupied** 無空閒的
- 片 **make sth. available to sb.** 使某人能夠使用某物

avenue
[ˋævə͵nju]
名 大道；大街

- 同 **roadway** 道路 / **boulevard** 林蔭大道
- 片 **explore all avenues** 竭盡所能
- 搭 **tree-lined avenue** 林蔭大道

average
[ˋævərɪdʒ]
形 平均的；普通的
名 平均；一般水準

- 反 **extreme** 極端；極端的 / **exception** 例外
- 片 **on the average** 平均而言 / **average out** 算出平均值
- 搭 **average Joe** 普通男孩 / **average Jane** 普通女孩

avoid
[əˋvɔɪd]
動 避免；避開

- 同 **escape** 逃脫 / **bypass** 繞行 / **ward off** 避開
- 反 **face** 面對 / **confront** 正視 / **approach** 接近
- 片 **avoid sth. like the plague** 避之唯恐不及

aware
[əˋwɛr]
形 意識到的

- 同 **conscious** 意識到的；察覺到的
- 反 **unaware** 沒察覺到的 / **ignorant** 不知道的
- 片 **be (well) aware of sth.** 知道、意識到某事

UNIT 02 B 字頭填空題

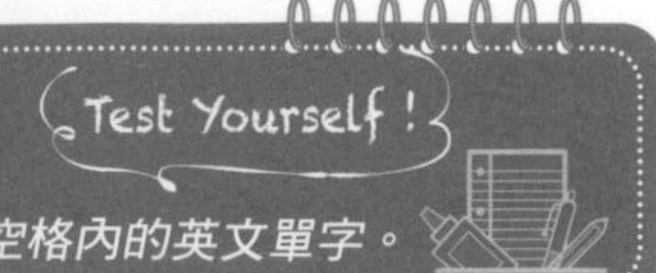

請參考中文翻譯，再填寫空格內的英文單字。

0062 他在倫敦的鄉村預訂了一家**民宿**。

He booked a ________ for his stay in a rural area outside of London.

》提示《 此處要填一個英文縮寫，可往「民宿提供的服務」去想。

0063 那個男人一看到警察拿出**警徽**便逃走了。

The man fled once he saw the policeman showing his **b**________.

0064 面試官請應試者介紹自己的教育**背景**。

The interviewer asked the candidates to talk about their educational **b**________.

0065 我們必須注意**細菌**對藥物產生抗藥性的問題。

We should pay great attention to the issue of **b**________ resistance.

0066 在還沒有要去機場前，我建議把**行李**寄放在飯店。

I advise that we leave our **b**________ at the hotel until the time we leave for the airport.

0067 一下飛機，我們就直接前往**行李領取處**。

We headed straight to the **b**________ **c**________ area after getting off the plane.

0068 珍長大後想成為**麵包師傅**。

Jane dreams of becoming a **b**________ when she grows up.

B&B / badge / backgrounds / bacteria / baggage / baggage claim / baker

答案 & 單字解說
Get The Answer !

MP3 02

B&B
縮 民宿

關 **buffet** 自助餐 / **deposit** 保證金 / **double** 雙人房（一張雙人床）/ **twin** 雙人房（兩張單人床）/ **extra bed** 加床

補 此單字為 **bed and breakfast** 的縮寫（縮寫比完整寫法更常見）。

0063
badge
[bædʒ]
名 徽章；象徵

同 **emblem** 徽章 / **medallion** 圓形獎章

片 **turn in (one's) badge** 退休

搭 **a badge of sth.** 象徵某事物（如：**a badge of success** 成功的象徵）

0064
background
[ˋbæk͵graʊnd]
名 背景；遠因

反 **foreground** 前景；最突出的位置

片 **on deep background** 以匿名呈現（用來形容新聞來源者，以匿名方式提供新聞，如 **reveal the truth on deep background**。）

0065
bacteria
[bækˋtɪrɪə]
名 細菌（複）

同 **germ** 細菌；病菌 / **pathogen** 病原體

搭 **lactic acid bacteria** 乳酸菌

考 單數為 **bacterium**，但較常用複數 **bacteria**。

0066
baggage
[ˋbægɪdʒ]
名 行李

搭 **baggage allowance** 行李限重 / **excess baggage** 超重行李（常與 **pay for** 連用）

考 為不可數名詞，所以一件行李的講法為 **one piece of baggage**。

0067
baggage claim
片 行李提取

關 **check-in baggage** 託運行李 / **carry-on baggage** 手提行李

考 **baggage** 為美式用法，**luggage** 則為英式。

0068
baker
[ˋbekɚ]
名 麵包師傅

片 **a baker's dozen** 麵包師傅的一打糕點，是十三個（源自英國，麵包師傅在做糕點時，時常會多烤一個給自己享用。）

0069

他會定期確認他銀行帳戶的**餘額**。

He checks his account **b**__________ on a regular basis.

提示 帳戶餘額可以顯示收支是否「平衡」。

0070

安德森夫婦要求住在有**陽臺**的房間。

Mr. and Mrs. Anderson requested a room with a **b**__________.

0071

聖彼得堡有著名的**芭蕾舞**表演。

Saint Petersburg is renowned for **b**__________ performances.

0072

芮塔不小心割傷了自己，所以她在受傷的手指上綁了一條**繃帶**。

Rita accidentally cut herself, so she put a **b**__________ on her wounded finger.

0073

網頁的**橫幅**廣告會根據使用者的瀏覽紀錄，跳出不同的內容。

Different online **b**__________ ads are shown to people according to their browsing records.

0074

她檢查了自己的**存摺**，看剩下多少錢。

She checked her **b**__________ to see how much money she had left.

0075

雖然不是每一個都如此，但**銀行家**通常都非常富有。

B__________ are often, but not always, very rich.

0076

她媽媽很喜歡在夜市**殺價**買衣服。

Her mother enjoyed **b**__________ for cheaper clothes in night markets.

提示 本單字在此為動詞用法，填寫時請注意其該有的變化。

balance / balcony / ballet / bandage / banner / bankbook / Bankers / bargaining

0069
balance
[`bæləns]
名 平衡；結餘

反 **imbalance** 不均衡的狀態；不安定
片 **strike a balance (between A and B)** 找到（**A**與**B**的）平衡點
搭 **balance sheet** 資產負債表

0070
balcony
[`bælkənɪ]
名 陽臺；（劇場等的）包廂

同 **veranda** 陽臺 / **terrace** 大陽臺；露臺
關 **railing** 欄杆 / **screen** 紗門；紗窗
補 字根拆解：**balcon/balc** 梁木 + **y** 名詞（地點）

0071
ballet
[`bæle]
名 芭蕾舞

關 **ballerina** 芭蕾舞女演員 / **pointe shoes** 芭蕾舞鞋 / **dancing** 跳舞 / **stand out** 突出；顯著
搭 **water ballet** 水上芭蕾 / **ballet flats** 芭蕾平底鞋

0072
bandage
[`bændɪdʒ]
名 繃帶
動 用繃帶包紮

關 **gauze** 醫用紗布 / **antiseptic** 抗菌的 / **ointment** 藥膏 / **dressing** 敷藥 / **wrap** 包；裹 / **plaster OK** 繃；貼片
片 **bandage sb. up** 包紮某人的傷口

0073
banner
[`bænɚ]
名 橫幅；旗幟

同 **streamer** 橫幅；幡 / **advertisement** 廣告
片 **under the banner of sth.** 打著…的旗號
補 **banner ad**（橫幅廣告）是指網頁廣告，通常出現在頁面的頂部、底部或側邊。

0074
bankbook
[`bæŋk͵bʊk]
名 銀行存摺

同 **passbook** 銀行存摺
關 **bank account** 銀行帳戶 / **savings** 存款 / **credit card** 信用卡 / **withdrawal** 提款

0075
banker
[`bæŋkɚ]
名 銀行家

關 **financier** 金融家 / **capitalist** 資本家
片 **keep banker's hours** 工作或開店少於八小時（通常指早上十點到下午三點）

0076
bargain
[`bɑrgɪn]
動 討價還價
名 特價商品

同 **haggle** 討價還價 / **dicker** 議價
片 **at bargain prices** 價格便宜地
搭 **bargaining chips** 談判的籌碼

0077
該理論為進一步實驗提供了**依據**。
The theory provided a **b**_________ from which to do further experiments.
提示 依據就是能成爲「基礎」的內容。

0078
有能存放酒的**地下室**對他這樣的愛酒人士來說，是很重要的因素。
A **b**_________ designed for wine storage is an important factor for a wine lover like him.

0079
電池是聰明的儲電發明。
The **b**_________ was an intelligent invention of the storage of energy.

0080
他自願到敘利亞的**戰地**醫院服務。
He volunteered to go to the **b**_________ hospital in Syria.
提示 爲「戰爭」+「場地」組合而成的複合字。

0081
如此荒謬的**舉動**其實是罪犯會有的一種典型行為。
Such absurd **b**_________ is actually typical in criminals.

0082
這個大**彎路**導致駕駛人看不到對向來車。
The sharp **b**_________ of the road obstructs drivers from seeing the coming cars.
提示 彎路當然會以「彎曲」的樣貌呈現。

0083
我們**腳下**的沙子被太陽曬得發燙，所以我穿上拖鞋。
I put on my flips since the sand **b**_________ our feet is hot under the sunshine.

0084
收集團隊內所有人的意見會很**有幫助**（集思廣益）。
Collecting opinions from everyone on the team is of great **b**_________.

base / basement / battery / battlefield / behavior / bend / beneath / benefit

0077

base
[bes]
名 基礎；（棒球）壘包
動 以…為基礎

同 **groundwork** 基礎 / **foundation** 根據
關 **infrastructure** 基礎建設 / **root** 根；本質
片 **touch base with sb.** 與某人聯繫

0078

basement
[`besmənt]
名 地下室

同 **cellar** 地下室；地窖 / **vault** 地下儲藏室
關 **downstairs** 在樓下 / **clutter** 凌亂
搭 **bargain basement** （商場的地下）減價商品區

0079

battery
[`bætərɪ]
名 電池

片 **recharge one's batteries** 放鬆；充電
搭 **alkaline battery** 鹼性電池
補 字根拆解：**batt** 打 + **ery** 名詞（字義衍生：打 → 砲 → 電子元素）

0080

battlefield
[`bætl̩,fild]
名 戰場；戰地

同 **battleground** 戰場 / **front line** 前線
關 **territory** 領土 / **besiege** 圍攻 / **military operation** 軍事行動 / **covert operation** 祕密行動

0081

behavior
[bɪ`hevjɚ]
名 行為；舉止

片 **be on one's good behavior** 守規矩 / **put up with one's behavior** 容忍某人的行為
搭 **behavior science** 行為科學
考 **behavior** 通常為不可數名字，使用時要注意。

0082

bend
[bɛnd]
名 轉彎處；彎
動 彎曲；折彎

同 **curve** 彎曲 / **bow** 弄彎；形成弓形
反 **straighten** 使變直 / **uncurl** 弄直
片 **on bended knee** 極為嚴肅、認真地 / **bend the law** 變通；通融

0083

beneath
[bɪ`niθ]
介 在…之下

同 **below** 在…下面 / **underneath** 在…下面
反 **above** 在…之上 / **over** 在…上面
片 **fly beneath one's radar** 行動不讓某人注意到

0084

benefit
[`bɛnəfɪt]
名 利益；好處
動 有益於；受益

同 **profit** 收益 / **advantage** 好處；利益
片 **benefit from** 從…中受益 / **give sb. the benefit of the doubt** 姑且相信某人；把…往好處想
考 本單字的變化形 **beneficiary**（受益人）也常見於考試中。

0085
遊艇上供應各式各樣的**飲料**，都是免費的。
The **b**_________ service on the yacht supplies all kinds of drinks, and they are free of charge.

0086
這篇文章的作者顯然對該政黨有政治**偏見**。
It is obvious that the author of this article has a political **b**_________ towards that party.

0087
政府正在推動網路**帳單**支付，免手續費。
The government is promoting online **b**_________ payment, which is free of any surcharge.

0088
這是那項都更計畫的**藍圖**。
This is the original **b**_________ of the urban renewal project.

0089
她拿著**登機證**以及護照登機。
She took the **b**_________ **p**_________ along with her passport to get on board.

0090
泰德每三個月可以領一次公司的**分紅獎金**。
Ted receives **b**_________ from his company every three months.

0091
這家飯店非常搶手，所以我們六個月前就先**預訂**了。
The hotel is really popular, and that's why we **b**_________ it six months ago.

0092
各代表一致同意簽署這項貿易協定，以**促進**經濟。
With the accord, the delegates entered a trade agreement to **b**_________ the economy.

Answer key
beverage / bias / bill / blueprint / boarding pass / bonuses / booked / boost

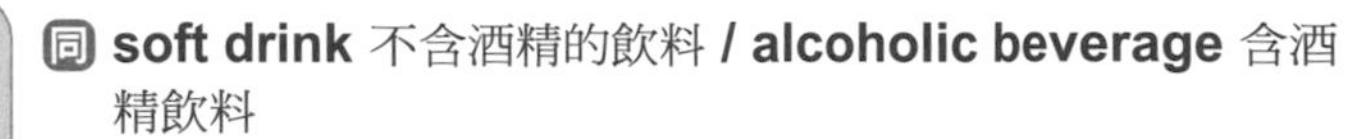

beverage
[`bɛvərɪdʒ]
名 飲料；酒

同 **soft drink** 不含酒精的飲料 / **alcoholic beverage** 含酒精飲料
關 **liquor store** （美國）專門賣酒的地方

bias
[`baɪəs]
名 偏見；成見

同 **prejudice** 偏見；成見 / **partiality** 偏心；偏袒
片 **have a bias against** 對…存有偏見 / **be free from bias** 沒有偏見
搭 **gender bias** 性別歧視

bill
[bɪl]
名 帳單；法案

關 **invoice** 發票；發貨單 / **statement** 結單
搭 **pay the bill** 付款 / **fit the bill** 滿足要求 / **propose a bill** 提法案 / **draft a bill** 起草法案

blueprint
[`blu`prɪnt]
名 藍圖；設計圖

同 **draft** 草稿 / **sketch** 草圖；草稿
關 **design** 設計 / **layout** 規劃圖；布局圖 / **drawing** 描繪；製圖 / **rough** 粗略的；初步的

boarding pass
片 登機證；登船證

關 **terminal** 航廈 / **area** 區域
片 **have higher boarding priority** 具優先登機的權利

bonus
[`bonəs]
名 額外津貼；獎金

同 **premium** 獎金；津貼 / **dividend** 紅利；股息
搭 **performance bonus** 績效獎金 / **year-end bonus** 年終獎金

book
[bʊk]
動 預訂；預約
名 書本；簿冊

同 **make a reservation** 預約
片 **hit the books** 用功唸書 / **cook the books** 竄改帳目
搭 **an open book** 極為坦率的人

boost
[bust]
動 促進；提高

同 **advance** 推進 / **lift** 升起 / **raise** 增加
反 **drop** 降低；下降 / **lower** 減低；減弱
片 **boost up sb.** 把某人舉高

0093
日文中有從中文及葡萄牙文**借入**的詞彙。
Japanese has **b**_________ some vocabulary from Chinese and Portuguese.

0094
會外漏的地方在容器的**最底部**，肉眼很難看出來。
The leakage was at the **b**_________ of the container, so it was hard to detect with eyes.

0095
國家銀行最近在海外設立**分行**。
The National Bank had recently set up a **b**_________ overseas.

0096
她痴迷於**品牌**，難怪會債臺高築。
She is obsessed with **b**_________; it's no surprise that she is in such heavy debt.

0097
駭客**破解**不了密碼。
The hackers were unable to **b**_________ the code.

0098
這棟房子是在二十年前用紅**磚**蓋的。
The house was built with red **b**_________ twenty years ago.

0099
我們每個星期一都有**簡報**會議，以確立每週的目標。
We have a **b**_________ every Monday morning to set the weekly targets.
提示 **簡報通常都是「簡短的」，不妨朝這方面聯想。**

0100
在以色列發生的軍事衝突被**轉播**到全世界。
The scenes of the military conflicts in Israel were **b**_________ to the world.

Answer key
borrowed / bottom / branch / brands / break / bricks / briefing / broadcast

0093
borrow
[`bɑro]
動 借入；借用

反 **lend** 借出 / **loan** 借出 / **return** 歸還
關 **rent** 租用；租金 / **lease** 契約；租契
片 **borrow trouble** 自找麻煩

0094
bottom
[`bɑtəm]
名 底部

反 **top** 上方；頂點 / **zenith** 最高點；極盛時期
片 **from top to bottom** 從頭到尾；徹底地 / **bottom out** 【商】（物價等）跌到最低點

0095
branch
[bræntʃ]
名 分公司；分支
動 分支；分岔

關 **company** 公司 / **headquarters** 總公司
片 **branch out (into sth.)** 朝新方向發展 / **branch off** 偏離原本的路徑而轉向

0096
brand
[brænd]
名 品牌；商標

同 **logo (logotype)** 商標 / **hallmark** 標誌
片 **a brand from the burning** 倖免於難的人
搭 **brand-new** 全新的；嶄新的

0097
break
[brek]
動 打破；違反；中斷

反 **combine** 結合 / **join** 連結 / **mend** 修補
片 **break the record** 打破紀錄 / **break in** 闖入；打擾 / **break into sth.** 突然開始做某事

0098
brick
[brɪk]
名 磚；磚塊狀物

關 **cinder block** 煤渣磚 / **stone** 石材
片 **brick by brick** 一點一點地；逐步地 / **like a ton of bricks** 極強而有力地
搭 **brick wall** 磚牆 / **Lego bricks** 樂高積木

0099
briefing
[`brifɪŋ]
名 簡報

同 **presentation** 呈現；描述；提出
關 **meeting** 會議；集會 / **conference** 正式會議；會談 / **discussion** 討論；談論

0100
broadcast
[`brɔd͵kæst]
動 播送；傳布
名 廣播

同 **transmit** 傳送 / **circulate** 傳播；流傳
關 **newscast** 新聞廣播 / **transmission** 傳播
補 字根拆解：**broad** 寬的 + **cast** 撒；投射

0101

導遊給了他們一人一本**手冊**，裡面介紹許多當地美食。

The tourist guide gave each one of them a **b**_________ introducing the local food.

0102

我正在**瀏覽**網頁，看新衣服。

I've just been **b**_________ the net for some new clothes.

》提示《 注意完成進行式對單字變化的影響。

0103

特別**預算**的審查流程在我們部門特別嚴格。

The special **b**_________ examination procedure is especially strict in our department.

0104

他很喜歡這間飯店的**自助式**早餐，推薦我們改天去試試。

He enjoys the breakfast **b**_________ in this hotel and recommended that we try it sometime.

0105

廣播節目每個小時會播送新聞**快報**。

There is an hourly news **b**_________ on the radio.

》提示《 新聞快報會將重要的事情快速「公告」給大眾。

0106

為了賺取額外的里程數，我們選擇搭乘**商務艙**。

We picked **b**_________ **c**_________ seats in order to earn extra miles.

》提示《 既然是「商務」艙，當然和商業這個單字有關囉！

0107

他的父親是一名**屠夫**，他們家的店就開在學校附近。

His father is a **b**_________ whose store is near the school.

Answer key: **brochure / browsing / budget / buffet / bulletin / business class / butcher**

0101
brochure
[bro`ʃur]
名 小冊子

同 **booklet** 小冊子 / **pamphlet** 小冊子
關 **slogan** 廣告標語 / **flyer** 傳單 / **foldout** 插頁；折頁
補 字根拆解：**broch** 固定；裝訂 + **ure** 名詞

0102
browse
[brauz]
動 瀏覽；隨便翻閱

同 **scan** 瀏覽 / **flip through** 草草翻閱
片 **browse over** 快速瀏覽
補 逛商店時，若有店員詢問是否要幫忙找商品，可以用 **I'm just browsing.** 表示自己「只是隨便看看」。

0103
budget
[`bʌdʒɪt]
名 預算；經費
動 編列預算

關 **cost** 費用 / **fiscal estimate** 財政預估
片 **over budget** 預算超支 / **under budget** 低於預算 / **within budget** 在預算之內 / **on a budget** 預算有限 / **draw up a budget** 規劃預算

0104
buffet
[bu`fe]
名 自助餐

關 **cafeteria** 自助餐館 / **continental breakfast** 歐陸式早餐 / **room number** 房間號碼 / **key card** 鑰匙卡

0105
bulletin
[`bulətɪn]
名 告示；公告

關 **circular** 通知 / **notification** 通知 / **placard** 公告
搭 **bulletin board** 布告欄 / **news bulletin** （尤指廣播的）新聞快報

0106
business class
片 商務艙

關 **upgrade** 升等；使升級 / **passport control** 護照檢查處 / **e-Gate** 自動通關系統
搭 **first class** 頭等艙 / **premium economy class** 豪華經濟艙 / **economy class** 經濟艙

0107
butcher
[`butʃɚ]
名 屠夫；肉販
動 屠宰（牲口）

關 **pork neck** 松阪豬（豬頸肉）/ **blade shoulder** 梅花肉 / **pork jowl** 嘴邊肉 / **pork tender loin** 小里肌 / **pork belly** 五花肉 / **pork hock** 蹄膀 / **lard** 豬油
搭 **wood butcher** 木匠 / **the butcher's (shop)** 肉店

UNIT 03 C 字頭填空題

Test Yourself!

請參考中文翻譯，再填寫空格內的英文單字。

0108

尼克從一位客戶那裡收到了明年的**年曆**。

Nick received a **c**_________ for next year from one of his clients.

0109

這所大學的**校園**是對外開放的。

The university **c**_________ is open to everyone.

0110

按下此按鈕以**取消**您的訂閱。

Press this button to **c**_________ your subscription.

0111

他們在演唱會的候補名單中，只能等待其他人**取消**。

They were on the waiting list of the concert, hoping for someone's **c**_________.

0112

在錯的時機獲得升遷反而可能對個人**職涯**造成傷害。

A promotion at the wrong time can damage one's **c**_________.

0113

貨機負責運送我們將近一半的訂單量。

C_________ planes accounted for nearly half of our orders.

0114

東尼的父親是這個小鎮上唯一的**木匠**。

Tony's father is the only **c**_________ in the small town.

calendar / campus / cancel / cancellation / career / Cargo / carpenter

答案 & 單字解說
Get The Answer !

MP3 03

0108

calendar
[ˋkæləndɚ]
名 日曆；月曆；行事曆

關 **horoscope** 占星術 / **reincarnation** 轉世；輪迴說
搭 **lunar calendar** 農曆；陰曆 / **desk calendar** 桌曆 / **wall calendar** 壁掛式的日曆

0109

campus
[ˋkæmpəs]
名 校園；校區
形 校園的

關 **college** 大學；學院 / **gymnasium** 體育館 / **auditorium** 禮堂 / **complex** 綜合設施
片 **on campus** 在校內的 / **off campus** 在校外的

0110

cancel
[ˋkænsḷ]
動 取消；刪去；廢止

同 **call off** 取消 / **abolish** 廢止 / **abort** 使中止
反 **start** 開始 / **continue** 繼續
片 **cancel out** 相互抵消（作用、欠款等）
搭 **noise-canceling headphones** 降噪耳機

0111

cancellation
[ˏkænsḷˋeʃən]
名 取消；消除

同 **annulment** 取消；失效 / **abolition** 廢止
搭 **cancellation charge** 退訂費 / **cancellation policy** 退訂規定

0112

career
[kəˋrɪr]
名 職涯；職業

關 **job-hop** 跳槽 / **occupation** 職業
搭 **career woman** 職業婦女（對工作更有興趣的女性）
補 **career** 指的事業，是「有長期發展計畫的工作」，帶有生涯規劃的概念。

0113

cargo
[ˋkɑrgo]
名 貨物

同 **freight** 貨物 / **goods** 貨物 / **consignment** 委託貨物
關 **prompt delivery** 即期交貨 / **initial shipment** 第一批貨 / **in bulk** 散裝的；大量的

0114

carpenter
[ˋkɑrpəntɚ]
名 木匠；木工

同 **artisan** 工匠；技工 / **woodworker** 木工 / **cabinetmaker** 傢俱工；細工木匠
補 字根拆解：**carpent** 馬車 + **er** 人（聯想：製作馬車的人）

0115
我們要買的東西那麼多，需要一台購物**推車**才行。
We need a shopping **c**_________ since we've got a long shopping list.

0116
這間店只收**現金**，不接受信用卡。
This store takes **c**_________ only. Credit cards are not accepted.

0117
他作為便利商店店員的第一天都在學習**收銀機**的操作方法。
His first day as a convenience store clerk was all about learning how to operate the **c**_________ **r**_________.

0118
已經接近打烊時間了，但**收銀員**前面還大排長龍。
It was about closing time, but there were still long lines in front of the **c**_________.

0119
電視劇的新續集還是由原班**人馬**演出。
The new TV series stars the original **c**_________ from the previous series.

0120
為了對他們家的商品有概略的了解，蒂娜翻閱了**目錄**。
Tina read the **c**_________ to quickly get an overview of their products.

提示 這個單字有兩種拼法，寫哪一個都可以。

0121
這場嚴重火災的**肇因**還有待釐清。
The **c**_________ of the serious fire was still to be clarified.

0122
身為**公眾人物**，他很注意自己的發言。
As a **c**_________, he paid great attention to the words he said.

cart / cash / cash register / cashier / cast / catalog(ue) / cause / celebrity

0115

cart
[kɑrt]
名 手推車

- 關 **platform trolley** 折疊式手推車 / **basket** 購物籃
- 片 **cart off = cart away** 強行帶走
- 搭 **shopping cart** 購物車 / **luggage cart** （機場的）行李推車

0116

cash
[kæʃ]
名 現金；現款
動 把…兌現

- 同 **currency** 通貨；貨幣 / **buck** 【俚】元
- 關 **check** 支票 / **wire transfer** 轉帳；匯款
- 片 **cash cow** 搖錢樹 / **cash in** 兌現 / **cash on delivery** 貨到付款

0117

cash register
片 收銀機

- 關 **bar code** 條碼 / **scanner** 掃描器 / **cash-only lane** 只收現金的結帳櫃檯
- 片 **ring up one's purchase** 替某人結帳

0118

cashier
[kæˋʃɪr]
名 收銀員；出納員

- 同 **teller** （銀行）出納員
- 關 **reward point** 紅利點數 / **make change** 找錢

0119

cast
[kæst]
名 演員陣容
動 飾演；投；擲

- 關 **character** 人物 / **role** 角色
- 片 **cast doubt on** 使人對…產生懷疑 / **cast away** 丟掉 / **cast out** 逐出 / **cast about for** 匆忙尋找

0120

catalog
[ˋkætəlɔg]
名 目錄；型錄
動 編目；登記

- 關 **in collaboration with** 與…合作 / **limited edition** 限量版 / **exclusive** 獨家的；獨占的
- 考 本單字也可以拼為 **catalogue**，意思完全相同。

0121

cause
[kɔz]
名 原因；起因
動 導致；引起

- 同 **origin** 起源；由來 / **source** 根源
- 反 **effect** 作用；影響 / **result** 結果
- 片 **a lost cause** 沒希望的人或事 / **for a good cause** 因為對他人有益處，所以值得做

0122

celebrity
[sɪˋlɛbrətɪ]
名 名人；名聲

- 同 **somebody** 有名氣的人 / **fame** 名聲
- 搭 **Internet celebrity** 網紅
- 考 口語有時會省略成 **celeb**（複數形為 **celebs**）。

0123
更輕、更薄的**手機**在市場上不斷推陳出新。
Thinner and lighter **c**________ **p**________ keep coming on the market.

0124
我們主要待在監控**中心**，除非有緊急事故發生。
We mainly stay at the monitoring **c**________, unless an emergency happens.

0125
玻璃厚約六十**公分**，是防彈的。
The glass is about sixty **c**________ thick and it's bulletproof.

0126
他在**中**臺灣出生並長大，現在仍住在家鄉。
He was born and raised in **c**________ Taiwan, and he is still living in his hometown.

0127
這幾年下來，她逐漸**改變**對她女婿的看法。
She had gradually **c**________ her mind about her son-in-law after all these years.

0128
很多拉丁美洲人的**性格**都很樂觀。
Being optimistic is part of the **c**________**r** of many Latin Americans.

0129
在購買後的七天內退換貨不**收取**任何費用。
We do not **c**________ extra fees for the return or exchange of products within seven days of your purchase.

0130
他女兒是個**迷人的**小女孩，人見人愛。
His daughter is a **c**________ little girl. Everyone likes her.
提示 不單指可愛，而強調「迷人、有魅力的」特質。

Answer key
cell phones / center / centimeters / central / changed / character / charge / charming

0123
cell phone
片 手機；行動電話

同 **mobile phone** 行動電話 / **smartphone** 智慧型手機
關 **portable charger** 行動電源 / **wireless charger** 無線充電器 / **screen protector** 螢幕保護貼 / **smartphone case** 手機保護殼

0124
center
[ˋsɛntɚ]
名 中心；中央
動 使集中

同 **middle** 中部 / **nucleus** 中心
反 **exterior** 外部 / **edge** 邊緣
片 **center around** 以…為中心；集中於

0125
centimeter
[ˋsɛntə͵mitɚ]
名 公分

關 **millimeter** 公釐 / **kilometer** 公里
搭 **sth. be ... centimeters long.** 某物有…公分長。
補 字根拆解：**centi** 百分之一 + **meter** 公尺

0126
central
[ˋsɛntrəl]
形 中心的；核心的

反 **marginal** 邊緣的 / **peripheral** 周圍的
搭 **central lock**（汽車的）中控鎖 / **central bank** 中央銀行 / **Central Asia** 中亞

0127
change
[tʃendʒ]
動 改變；交換；轉乘
名 變化；變遷

同 **switch** 改變 / **shift** 變換 / **transformation** 變化
反 **remain** 保持 / **similarity** 相似點
片 **change for the better** 往好的方向轉變 / **change one's mind** 改變想法 / **change hands** 轉手；易主

0128
character
[ˋkærɪktɚ]
名 性格；角色

同 **disposition** 性格 / **figure** 人物
片 **in character** 合乎某人性格的；在預料之中的 / **out of character** 不合乎某人性格的；意料之外的

0129
charge
[tʃɑrdʒ]
動 收費；指控；充電
名 費用；控告

同 **cost** 費用 / **price** 價格 / **accuse** 控告
片 **take charge of = be in charge of** 負責；管理 / **press charges against sb.** 控告某人

0130
charming
[ˋtʃɑrmɪŋ]
形 迷人的；有魅力的

同 **appealing** 有魅力的 / **charismatic** 有魅力的 / **lovable** 可愛的；討人喜歡的
搭 **Prince Charming** 白馬王子

0131
一張**圖表**比一串數據來得容易閱讀。
A **c**__________ is easier to read than a list of data.

0132
他再三**確認**他們沒有遺漏任何東西。
He double-**c**__________ to make sure that they hadn't left anything behind.

0133
人們來此品嘗這位**大廚**設計的美味餐點。
People came to taste the delicious cuisine created by the **c**__________.
提示 **用來表示主廚、大廚的單字，而非普通的廚師。**

0134
所有**化學製品**依照其屬性分開儲藏。
C__________ are stored separately according to their properties.

0135
他主修**化學**，現在正在為一家知名公司開發新的化妝品。
He majored in **c**__________, and he is now developing new cosmetics for a famous company.

0136
瑪莉非常愛唱歌，所以她從小學開始就一直有參加**唱詩班**。
Mary loves singing so much that she has been in a **c**__________ since elementary school.

0137
他**選了**自己的朋友山姆為組員。
He **c**__________ his friend Sam as one of his team members.

0138
在倫敦，人們對中華文化愈來愈感興趣，**筷子**因此開始流行。
It's getting popular to use **c**__________ in London as people become more interested in Chinese culture.

chart / checked / chef / Chemicals / chemistry / choir / chose / chopsticks

0131

chart
[tʃɑrt]
名 圖表；曲線圖

同 **graph** 圖表 / **diagram** 圖表；曲線圖
關 **line graph** 折線圖 / **bar chart** 長條圖 / **pie chart** 圓餅圖 / **tree chart** 樹狀圖 / **flowchart** 流程圖
片 **off the charts** 高到破表；極佳 / **chart out** 規劃好…

0132

check
[tʃɛk]
動 檢查；核對
名 檢查；支票

片 **take a rain check** 改期 / **check up on (sb. or sth.)** 檢查；調查
搭 **spot check** 抽樣檢查 / **blank check** 全權處理（給人空白支票隨便填，表示全權交給對方）

0133

chef
[ʃɛf]
名 主廚；大廚

同 **chief cook** 主廚 / **head chef** 主廚
關 **culinary** 烹飪的；廚房的 / **recipe** 食譜
搭 **chef's hat** 廚師帽 / **chef's salad** 主廚沙拉

0134

chemical
[`kɛmɪkl̩]
名 化學製品
形 化學的

關 **chemistry** 化學 / **physics** 物理學
搭 **chemical reaction** 化學反應 / **chemical solution** 化學溶液 / **chemical weapon** 化學武器
補 字根拆解：**chemic** 鍊金術 **+ al** 形容詞

0135

chemistry
[`kɛmɪstrɪ]
名 化學

搭 **chemistry lab** 實驗室 / **organic chemistry** 有機化學
補 **There's chemistry between A and B.** **A** 與 **B** 之間擦出火花

0136

choir
[kwaɪr]
名 唱詩班；合唱團

關 **duet** 二重唱 / **trio** 三重唱 / **quartet** 四重唱
補 **choir** 最常用來指教會的唱詩班，或是規模小但很專業的合唱團。

0137

choose
[tʃuz]
動 挑選；選擇

同 **select** 挑選 / **pick** 挑選 / **determine** 決定
關 **volition** 意志；決斷力 / **hesitate** 猶豫
片 **choose between A and B** 從 **A** 與 **B** 之中挑選

0138

chopstick
[`tʃɑp͵stɪk]
名 筷子

關 **cutlery** 餐具 / **spoon** 湯匙 / **knife** 刀子 / **fork** 叉子
搭 **disposable chopsticks** 免洗筷；一次性衛生筷 / **reusable chopsticks** 環保筷
補 筷子的單位為一雙，所以通常以複數形出現。

0139

他念表演藝術，畢業後在一間**電影院**工作。

He studied art and film, and then worked in a c__________ after graduating from college.

0140

小時候，父親經常帶我去看**馬戲團**表演。

My father often took me to the c__________ when I was little.

0141

一個巴掌**拍**不響。也就是說，爭執的雙方都有責任。

One palm alone cannot c__________. In other words, it takes two people to start a dispute.

0142

請根據你發現的新數據，進一步**說明**你的想法。

Please further c__________ your opinion based on the new data you've found.

0143

他去年夏天在圖書館擔任初級**管理員**。

He was a junior c__________ in the library last summer.

》提示《 管理員也是圖書館的「職員」。

0144

我們提供**客戶**全年無休的服務。

We provide our c__________ with 24/7 services.

》提示《 這個單字通常指提供服務的對象，而非一般消費者。

0145

他在三十歲時擁有一間**診所**。

He owned a health c__________ at the age of thirty.

0146

多年來，琳達一直都是他們**服裝**事業的支持者。

Linda has been a supporter of their c__________ business for many years.

》提示《 用來指產業的時候，須注意字尾的變化。

Answer key: cinema / circus / clap / clarify / clerk / clients / clinic / clothing

0139

cinema
[ˋsɪnəmə]
名 電影院

同 **movie theater** 電影院
關 **show times** 場次 / **runtime** 片長 / **rating** 電影分級 / **synopsis** 劇情簡介 / **genre** 電影類型
片 **go to the cinema = go to the movies** 去看電影

0140

circus
[ˋsɜkəs]
名 馬戲團

關 **big top** （馬戲團的）大帳篷 / **touring show** 巡迴演出 / **fire performer** 玩火特技員 / **juggler** 雜技演員；變戲法的人 / **aerialist** 空中飛人
搭 **a three-ring circus** 很吵的地方；混亂的場面

0141

clap
[klæp]
動 拍手；鼓掌
名 拍手喝采

同 **applaud** 鼓掌；喝采
關 **ovation** 熱烈歡迎或鼓掌 / **uproar** 騷動；騷亂
片 **clap eyes on** （第一次）看見…；注意到…

0142

clarify
[ˋklærə͵faɪ]
動 闡明；澄清

同 **interpret** 解釋 / **clear up** 澄清
反 **complicate** 使複雜化 / **confuse** 使困惑
補 字根拆解：**clar** 清楚的 **+ ify** 動詞

0143

clerk
[klɜk]
名 職員；辦事員

關 **office worker** 職員 / **form** 表格
片 **fill out = fill in** 填寫
搭 **booking clerk** 售票員 / **junior clerk** 初級文職員工

0144

client
[ˋklaɪənt]
名 客戶；委託人

關 **lawyer** 律師 / **policyholder** 投保人
補 **customer** 通常指當場用錢換取商品的顧客（如：到商店買東西）；**client** 則涉及專業知識的服務（例：律師稱自己的客戶為 **client**）。

0145

clinic
[ˋklɪnɪk]
名 診所

關 **infirmary** 醫務室 / **dispensary** 藥劑部
片 **hold a clinic** 提供門診或諮詢服務
搭 **an outpatient clinic** 門診部

0146

clothing
[ˋkloðɪŋ]
名 （總稱）衣服

同 **apparel** 服裝 / **clothes** 衣服
關 **chiffon blouse** 雪紡襯衫；雪紡上衣 / **blazer** 西裝外套 / **jumpsuit** 連身褲 / **cardigan** 開襟羊毛衫
片 **a wolf in sheep's clothing** 披著羊皮的狼

0147

雲端運算的使用者不需要知道電腦系統實際架設的地點。

The users of **c**__________ **c**__________ don't need to know the physical location of the computing systems.

0148

他想不出答案，所以懇求給他多一點線索。

He couldn't figure out the answer and was begging for more **c**__________.

0149

約翰是位嚴格的教練，但學生們都十分尊敬他的專業。

John was a strict **c**__________, but students all respected his expertise.

0150

據說葡萄牙有上百份有關鱈魚的食譜。

It is said that there are hundreds of recipes for **c**__________ in Portugal.

0151

為了便利商店的活動，她蒐集別人的集點貼紙。

She **c**__________ other's stickers for the rewards program of the convenience store.

0152

她喜歡喜劇片，特別是浪漫喜劇。

She enjoys **c**__________, especially romantic **c**__________.

0153

我們用逗號來表示一段敘述中的停頓。

We use a **c**__________ to represent a pause in a statement.

0154

那名記者對核電廠議題做了一個公正的評論。

The reporter made a fair **c**__________ on the nuclear power plant issue.

cloud computing / clues / coach / codfish / collects / comedies / comma / comment

0147
cloud computing
片 雲端運算

關 **cloud storage** 雲端儲存 / **user-friendly** 人性化的 / **big data** 大數據

0148
clue
[klu]
名 線索；提示
動 提供線索

同 **trace** 痕跡 / **evidence** 跡象 / **proof** 證據
片 **have no clue about** 對…毫無頭緒 / **clue sb. in (about sth.)** 提供某人（關於某事的）線索

0149
coach
[kotʃ]
名 （運動的）教練
動 訓練；指導

同 **instructor** 教練 / **tutor** 指導；輔導
片 **coach sb. in sth.** 指導某人某事
搭 **football coach** 美式橄欖球教練 / **slow coach** 慢郎中；遲鈍的人

0150
codfish
[`kɑd,fɪʃ]
名 鱈魚

關 **Patagonian toothfish** 圓鱈
搭 **codfish aristocracy** （炫耀錢財的）暴發戶

0151
collect
[kə`lɛkt]
動 蒐集；聚集

同 **accumulate** 累積 / **gather** 收集 / **amass** 收集
反 **disperse** 散開 / **scatter** 使分散 / **throw away** 扔掉
片 **collect one's thoughts** 好好想一想 / **collect one's wits** 鎮定下來

0152
comedy
[`kɑmədɪ]
名 喜劇

關 **satire** 諷刺作品 / **farce** 鬧劇
搭 **romcom** 浪漫喜劇（**romantic comedy**）/ **sitcom** 情境喜劇（**situation comedy**）/ **black comedy** 黑色喜劇 / **stupid comedy** 搞笑片

0153
comma
[`kɑmə]
名 逗號；停頓

關 **punctuation mark** 標點符號 / **period** 句號；句點 / **semicolon** 分號 / **colon** 冒號 / **ellipsis** 省略符號

0154
comment
[`kɑmɛnt]
名 評論；意見
動 評論；發表意見

同 **remark** 評論 / **commentary** 評論
片 **comment on** 對…下評論 / **make a comment** 評論
搭 **No comment.** 無可奉告。

0155
被邀請去參加宴會表示他們已被這個**社區**接納。
Getting invited to the party marked their acceptance into the **c**_________.

0156
今年有三位演員**競逐**這個獎項。
There are three actors **c**_________ for the award this year.

0157
沒有確切的結論，這份報告就不算**完整**。
The report was not **c**_________ without a solid conclusion.

0158
他們在潔淨室裡組裝精密**零件**，以避免微粒汙染。
They assembled the delicate **c**_________ in a clean room to avoid particle contamination.

0159
莫札特是我最愛的**作曲家**，我父親則比較喜歡貝多芬。
Mozart is my favorite **c**_________, whereas my father prefers Beethoven.

0160
這首有名的協奏曲是他晚年的**作品**之一。
The famous symphony is one of his later **c**_________.

0161
身為一名儲備幹部，你將會接受**全面的**培訓。
You will receive **c**_________ training as a management associate.

提示 本單字有「廣泛的、無所不包的」意思。

0162
根據標準作業程序，所有訂單都是用**電腦**處理的。
According to the SOP, they handle all the orders by **c**_________.

community / competing / complete / components / composer / compositions / comprehensive / computer

0155
community
[kə`mjunətɪ]
名 社區；共同體

搭 **community college** 社區大學 / **community center** 社區活動中心 / **online community** 網路社群
補 字根拆解：**commun** 共同 + **ity** 名詞

0156
compete
[kəm`pit]
動 競爭；比賽

同 **contest** 與…競賽 / **rival** 與…競爭
反 **make peace** 講和 / **retreat** 撤退 / **surrender** 投降
片 **compete with sb. for sth.** 為了某物而與某人競爭

0157
complete
[kəm`plit]
形 完整的；全部的
動 使完整；完成

同 **entire** 整個的 / **accomplish** 完成 / **conclude** 結束
反 **abandon** 放棄；中止 / **give up** 放棄
補 字根拆解：**com** 共同 + **plete/ple** 充滿

0158
component
[kəm`ponənt]
名 成分；零件

同 **constituent** 成分 / **element** 要素 / **segment** 部分
片 **a key component of sth.** 某物最關鍵的成分
補 字根拆解：**com** 共同 + **pon** 放置 + **ent** 名詞（物）

0159
composer
[kəm`pozɚ]
名 作曲家

關 **arranger** 編曲者 / **lyricist** 作詞人
補 字根拆解：**com** 共同 + **pos** 放置 + **er** 人（聯想：將各種音符集合在同一份樂譜上）

0160
composition
[ˏkɑmpə`zɪʃən]
名 作品；合成物

同 **writing** 寫作 / **work** 成果；作品
關 **classical music** 古典音樂 / **sonata** 奏鳴曲 / **string quartet** 弦樂四重奏 / **symphony** 交響樂

0161
comprehensive
[ˏkɑmprɪ`hɛnsɪv]
形 廣泛的，全面的

同 **all-inclusive** 全包的 / **overall** 全面的
反 **incomplete** 不完整的 / **narrow** 範圍狹小的
搭 **comprehensive school** 綜合學校

0162
computer
[kəm`pjutɚ]
名 電腦

同 **PC** 個人電腦（縮寫的全稱為 **personal computer**）/ **laptop** 筆記型電腦
關 **mainframe** 主機 / **software** 軟體 / **hardware** 硬體

0163
喝咖啡能幫助人**集中精神**。
Drinking coffee will help a person's **c**__________.

0164
這一系列的照片帶有環境永續的**概念**。
The series of photos bore the **c**__________**t** of environmental sustainability.

0165
那幾名音樂家忙於**音樂會**的排練。
The musicians were busy rehearsing for the **c**__________.

0166
沿著稻田邊鋪有一條**水泥**小徑。
A **c**__________ path was paved along the rice paddy.
》提示《 水泥硬邦邦的性質，讓人感覺很「實在」。

0167
針對這個議題，你必須**建立**一個強而有力的論點。
You need to **c**__________ a strong argument regarding this issue.
》提示《 創立學說之類的「建構」會用這個單字。

0168
他們聘請了一名法律**顧問**來分析專利策略。
They had hired a legal **c**__________ for patent strategy analysis.

0169
他們試著說服**消費者**相信基改食品對人體無害。
They tried to convince **c**__________ that genetically modified foods do no harm to our bodies.
》提示《 請從「消費」這個單字去聯想。

0170
跑者稍作休息，接著又**繼續**他的馬拉松比賽。
The runner stopped for a little break and **c**__________ his marathon.
》提示《 要注意對等連接詞 and 前後的時態。

concentration / concept / concert / concrete / construct / consultant / consumers / continued

0163

concentration
[ˌkɑnsɛnˋtreʃən]
名 集中；專注

反 **distraction** 分心 / **diversion** 分散注意力
補 **concentration** 還有「濃度」的意思，用法如：**the concentration of impurities**（雜質的濃度）。

0164

concept
[ˋkɑnsɛpt]
名 概念；觀念

同 **notion** 概念 / **conception** 觀念 / **idea** 概念
補 當「概念」解釋時，**concept** 與 **conception** 是相通的，但 **conception** 另有「胚胎」、「創始」的意思。

0165

concert
[ˋkɑnsɚt]
名 音樂會；演唱會

關 **scalper** 賣黃牛票的人 / **scalped ticket** 黃牛票 / **diehard fan** 死忠粉絲 / **GA floor section** 搖滾區
搭 **concert tour** 巡迴演唱 / **farewell concert** 告別演唱會

0166

concrete
[ˋkɑnkrit]
形 水泥製的；具體的
名 混凝土；水泥

同 **solid** 固體的 / **substantial** 實在的
反 **abstract** 抽象的 / **intangible** 無形的
搭 **concrete evidence** 具體證據

0167

construct
[kənˋstrʌkt]
動 建造；構成

同 **establish** 建立 / **build** 建立
反 **destroy** 破壞 / **ruin** 毀滅
片 **construct sth. with...** 以…建造某物

0168

consultant
[kənˋsʌltənt]
名 顧問；諮商師

同 **adviser** 顧問 / **expert** 專家 / **counselor** 顧問
關 **consulting services** 諮詢服務 / **medical consulting room** 內科診療室
搭 **career consultant** 職涯諮商師

0169

consumer
[kənˋsjumɚ]
名 消費者；顧客

同 **customer** 顧客 / **purchaser** 購買者 / **buyer** 買主
反 **seller** 賣方；銷售者 / **merchandiser** 商人
搭 **consumer voucher** 消費券 / **consumer awareness** 消費者意識

0170

continue
[kənˋtɪnju]
動 繼續；持續

同 **carry on** 繼續 / **resume** 繼續 / **persist** 持續
考 **continue to + V** 表示動作有中斷過；**continue + Ving** 則為「不間斷地做」。例：**continue to cook**（煮飯的過程被打斷過）；**continue cooking**（一直在煮飯）。

0171

兩家公司簽署了**合約**，當中包括保密協議。

The two companies signed a **c**__________ that included a confidentiality agreement.

0172

我先生偏愛高**對比度**的相片。

High-**c**__________ photos are preferred by my husband.

0173

溫度和氣體的進入量都被監控系統**管控**得很好。

Temperature and gas inlets are well **c**__________ by the monitoring system.

0174

為了**方便**，我同意讓網站記憶我的帳號和密碼。

For **c**__________, I permitted my browsers to remember my passwords for every account.

0175

老師要求我在題目下面填入**正確**答案。

My teacher asked me to fill in the **c**__________ answers below the questions.

0176

扶養一個孩子到能自立，大約要**花**兩百四十萬美金。

The **c**__________ of raising a child is about 24 hundred thousand dollars before the child can support himself.

0177

他們提供遊客精緻的古代**服裝**與基本的妝髮。

They provided elaborate historical **c**__________ including makeup for tourists.

》提示《 **這個單字常用來表示「戲服」等特殊服裝。**

0178

我的外婆喜歡穿**棉**製的衣服。

My grandmother prefers wearing clothes made of **c**__________.

Answer key: contract / contrast / controlled / convenience / correct / costs / costumes / cotton

0171

contract
[`kɑntrækt]
[kən`trækt]
名 契約 動 訂約

關 **commitment** 承諾 / **bond** 約定 / **obligation** 義務
片 **contract sth. out** 將某事外包
搭 **perform a contract** 履行合約 / **break a contract** 違反合約

contrast
[`kɑn͵træst]
[kən`træst]
名 對比 動 對照

反 **likeness** 相像 / **sameness** 相同 / **similarity** 相似點
補 **in contrast with/to**（與…相比）和 **by contrast**（對照之下）用於比較兩物的不同處；**on the contrary**（恰恰相反）則用於反駁前面提到的論點。

control
[kən`trol]
動 控制；支配
名 控制；調節

同 **command** 控制 / **govern** 統治 / **restrain** 抑制
片 **in control of** 控制住；管理著 / **under control** 在控制之下；在掌控之中 / **out of control** 不受控制
搭 **control freak** 控制狂 / **damage control** 損害管制

convenience
[kən`vinjəns]
名 方便；便利

片 **at one's convenience** 在某人方便或有空的時候 / **at your earliest convenience**（你）盡快
搭 **convenience store** 便利商店

0175

correct
[kə`rɛkt]
形 正確的；對的
動 改正；糾正

同 **accurate** 正確的 / **appropriate** 恰當的 / **rectify** 矯正
片 **sb. stand corrected** 某人接受指正並承認錯誤
補 委婉給建議時可說 **Correct me if I'm wrong, but...**

cost
[kɔst]
名 費用；代價
動 花費

同 **expenditure** 支出 / **expense** 費用；支出
片 **at all costs = at any cost** 不計成本地 / **cost an arm and a leg** 所費不貲
考 **cost-effective** 符合成本效益的

costume
[`kɑstjum]
名 戲服；服裝
動 替…穿上服裝

同 **attire** 衣著（用於書面語） / **dress** 服裝
搭 **costume drama** 古裝劇 / **national costume** 民族服飾 / **costume ball** 化裝舞會

cotton
[`kɑtn̩]
名 棉；棉花
形 棉製的

片 **wrap sb. up in cotton wool**【口】過度保護某人
搭 **cotton swab** 棉花棒 / **cotton pad** 化妝棉

0179

護士提醒小朋友**咳嗽**時記得摀住嘴巴。

The nurse reminded the child to cover his mouth when **c**__________.

提示 請注意 when 帶出的子句缺乏主詞時的變化。

0180

因為票數還在**計算**中，所以我們可能還得再等一個小時。

We might have to wait for another hour since the votes are still being **co**__________.

0181

她瞥見報紙上的**折價券**有她熱愛的品牌，迅速將其剪下。

She quickly cut out the **c**__________ of the brand she loved when she glimpsed it in the newspaper.

0182

奈森最近和一位西班牙女性交往，所以參加線上西班牙語**課程**。

Nelson took a correspondence **c**__________ in Spanish because he has been dating a Spanish girl.

0183

今天的對手，可能會成為你明天的**同事**。

Rivals today may become **c**__________ tomorrow.

提示 請填入和 colleague 同義的某個單字。

0184

你可以在施工現場看到許多**起重機**。

You can see many **c**__________ on a construction site.

0185

他的車打滑，因而**撞上**了另一輛車。

His car went into a skid and **c**__________ into another.

0186

針對那起竊盜案，探員們展開了**犯罪**調查。

The detectives launched a **c**__________ investigation on the burglary.

coughing / counted / coupon / course / coworkers / cranes / crashed / criminal

0179
cough
[kɔf]
動 咳；咳嗽
名 咳嗽

片 【英 / 口】**cough sth. up** 不情願地提供（錢或資訊）
搭 **a dry cough** 乾咳 / **a very bad cough** 咳得很厲害 / **cough syrup** 咳嗽糖漿

0180
count
[kaʊnt]
動 計算；數

關 **figure** 數字；金額 / **enumerate** 列舉
片 **count on sb.** 依靠某人 / **count sb. in** 把某人算在內 / **count one's blessings** 對某人擁有的感到知足

0181
coupon
[`kupɑn]
名 折價券；優惠券

關 **freebie** 贈品 / **voucher** 兌換券 / **gift certificate = gift card** 禮券 / **promotion code** （網路的）折扣碼
補 字根拆解：**coup** 切；割 + **on** 字尾

0182
course
[kors]
名 課程；路線

同 **class** 課程 / **lecture** 授課 / **route** 路線
片 **of course** 當然 / **sit in on a course** 旁聽一門課
搭 **course of action** 行動步驟

0183
coworker
[`ko͵wɝkɚ]
名 同事

關 **team player** 有團隊合作精神的人
片 **get along with** 與…和睦相處 / **step on one's toes** 得罪某人 / **speak ill of sb.** 講某人壞話

0184
crane
[kren]
名 起重機；鶴

關 **jib** （起重機的）鐵臂
搭 **claw crane** 夾娃娃機 / **towing crane** 拖吊車 / **crane shot** 從升降裝置上拍攝的鏡頭

0185
crash
[kræʃ]
動 碰撞；撞壞

同 **smash** 粉碎；打碎 / **shatter** 砸碎；粉碎
關 **accident** 意外 / **hit-and-run** 肇事逃逸的
片 **crash into sth.** 與某物相撞 / **crash down** 倒塌；崩塌

0186
criminal
[`krɪmən!]
形 犯罪的
名 罪犯

同 **culprit** 罪犯 / **felonious** 犯重罪的 / **illicit** 非法的
關 **commit a crime** 犯罪 / **accomplice** 共犯
搭 **criminal case** 刑事案件 / **criminal activity** 犯罪活動

0187
檢驗這件工作的最重要**標準**，就是看是否有準確完成。
The most important **c**_________ of this assignment is that it must be done accurately.

0188
政府因拒絕那所大學的新校長而受到**批評**。
The government was **c**_________ for rejecting the new president of the university.

0189
那個孩子迷路了，無助地站在**十字路口**。
The child got lost and stood at the **c**_________ helplessly.
》提示《 **十字路口也就是「交叉的馬路」。**

0190
最近很流行**郵輪**旅遊。
C_________ vacations are in fashion these days.
》提示《 **這個單字專指包含娛樂設施的大型郵輪。**

0191
地中海**美食**已被證實對健康有益。
Mediterranean **c**_________ has proven to be beneficial to human health.
》提示《 **這個字是從法文來的，用來指美食料理。**

0192
路克去年夏天環遊歐洲，學到了很多歐洲**文化**。
Luke traveled across Europe last summer and learned a lot about their **c**_________.

0193
早期發現對疾病**治癒**有很大的幫助。
Early detection helps a lot in **c**_________ the disease.

0194
你為什麼想離開**現在的**公司？
Why do you want to leave your **c**_________ company?

Answer key
criterion / criticized / crossroads / Cruise / cuisine / cultures / curing / current

0187
criterion
[kraɪˋtɪrɪən]
名 規範；標準

同 **standard** 標準 / **norm** 規範 / **benchmark** 基準
考 本單字的複數形 **criteria** 更常見，與此類似的複數形變化還有 **medium / media**（媒體）。

0188
criticize
[ˋkrɪtɪˏsaɪz]
動 批評；評論

同 **comment on** 評論 / **condemn** 責難 / **blame** 責備
反 **approve** 贊成 / **compliment** 讚美
片 **criticize sb. for sth.** 因某事批評某人

0189
crossroad
[ˋkrɔsˏrod]
名 交叉路；十字路口

同 **intersection** 十字路口
片 **at a crossroads** 在十字路口；（人生等）面臨重大抉擇
補 單數形的 **crossroad** 指「交叉路」；表示「十字路口」時要用複數形。

0190
cruise
[kruz]
名 巡航；航遊
動 乘船遊覽

同 **sail** 航行 / **navigate** 航行 / **wander** 漫遊
關 **sailboat** 帆船 / **yacht** 快艇 / **ferry** 渡輪 / **submarine** 潛水艇 / **aircraft carrier** 航空母艦

0191
cuisine
[kwɪˋzin]
名 美食；烹飪

同 **dish** 菜餚 / **cooking** 烹調
補 提到某一國的料理，通常都會用 **cuisine** 這個單字，如 **Italian cuisine**（義大利菜）、**Japanese cuisine**（日本料理）等。

0192
culture
[ˋkʌltʃɚ]
名 文化；修養

同 **civilization** 文明 / **cultivation** 培養
關 **subculture** 次文化 / **ideology** 意識形態
搭 **culture shock** 文化衝擊 / **culture vulture** 極熱衷於藝術的人

0193
cure
[kjʊr]
動 治癒；消除
名 療法，痊癒

同 **remedy** 治療法 / **heal** 使恢復健康
片 **cure sb. of sth.** 治好某人的…
補 **Prevention is better than cure.** 防患未然。

0194
current
[ˋkɝənt]
形 現在的；目前的
名 洋流；電流

同 **present** 現在的 / **contemporary** 當代的
反 **antiquated** 陳舊的 / **old-fashioned** 過時的
片 **against the current** 與潮流相反

0195

為了隱私，我晚上把**窗簾**拉了下來。

I drew the **c**__________ down at night for privacy.

》提示《 **拉窗簾的時候，通常不會只拉一片。**

0196

籃球鞋的腳後跟通常都會有氣**墊**。

Basketball shoes usually have air **c**__________ at the heel.

》提示《 **這個單字能表示各種「墊子」。**

0197

「**顧客**至上」是我們公司的方針之一。

"**C**__________ first" is one of our company's policies.

》提示《 **這個單字通常指到商店買東西的顧客。**

0198

通過**海關**之後，就可以說我們入境一個國家了。

By going through **c**__________, we are legally entering a country.

UNIT 04 D 字頭填空題

Test Yourself!

請參考中文翻譯，再填寫空格內的英文單字。

0199

他在郊區經營**酪農場**，生產牛奶和起司。

He runs a **d**__________ farm in the suburbs, producing milk and cheese.

》提示《 **酪農場是畜牧兼生產「乳製品」的農場。**

0200

你昨晚八點前就應該檢查好**數據**，而不是拖到今天晚上。

You should have checked the **d**__________ before 8 p.m. last night, not tonight.

Answer key: curtains / cushions / Customers / customs / dairy / data

0195

curtain
[`kɝtn̩]
名 布幕；簾

同 **screen** 簾 / **drape** 簾；幔
片 **the curtain falls on sth.** 某時期結束 / **be curtains for (sb. or sth.)** 某人死期將近；某事即將結束
搭 **curtain call** 謝幕

0196

cushion
[`kʊʃən]
名 墊子；緩衝

同 **pillow** 靠墊 / **pad** 襯墊
片 **beside the cushion** 不重要的
搭 **rescue air cushion** 救生氣墊

0197

customer
[`kʌstəmɚ]
名 顧客；買家

搭 **difficult customer** 奧客 / **customer base** 顧客群 / **target customer** 目標客群 / **customer service** 客服
補 字根拆解：**custom** 習慣 + **er** 名詞

0198

customs
[`kʌstəmz]
名 海關

搭 **customs barrier** 關稅壁壘 / **customs duty** 關稅 / **customs union** 關稅同盟
考 加 **s** 才指「海關」，單數形 **custom** 則指「慣例」。

答案 & 單字解說
Get The Answer !

MP3 04

0199

dairy
[`dɛrɪ]
形 產乳的；乳品的

關 **condensed milk** 煉乳 / **whole milk** 全脂牛奶 / **low-fat milk** 低脂牛奶 / **skim milk** 脫脂牛奶
搭 **dairy product** 乳製品
考 別與 **diary**（日記）搞混了，兩者的發音與拼字都不同。

0200

data
[`detə]
名 資料；數據

搭 **unlimited data** 網路吃到飽 / **personal data** 個人資訊 / **data analysis** 資訊分析
考 單數為 **datum**，但較常使用複數 **data**。

0201

碩士的申請**截止日期**為四月十六日。

The **d**_________ for the master's degree application was on April 16.

0202

不同品牌的汽車公司會以不同的方式培訓自家**業者**。

Car **d**_________ representing different brands are trained in quite different ways.

0203

他的房屋被迫出售，以償還賭**債**。

He was forced to sell his house to pay off the gambling **d**_________.

0204

這**幾十年**來，人們的環保意識有所提高。

The awareness regarding environmental protection has increased over the **d**_________.

0205

他無法**決定**要租哪一間房子，因為兩間都符合他的需求。

He can't **d**_________ which house to rent; they both suit his needs.

0206

要做出最終**決定**，必須考慮很多因素。

A lot of factors need to be taken into consideration when making the final **d**_________.

0207

當孩子出生後，他們**宣布**自己升格當爸媽了。

When their baby was born, they **d**_________ themselves a father and a mother.

0208

由於訂單減少，所以利潤跟著**衰退**，那就是華森先生在擔心的事。

Profits **d**_________**ned** due to the decrease in orders. That's what Mr. Watson worried about.

Answer key **deadline / dealers / debts / decades / decide / decision / declared / declined**

0201 **deadline** [`dɛd,laɪn] 名 截止期限

同 **due date** 到期日

片 **meet the deadline** 如期完成 / **miss the deadline** 無法如期完工 / **set a deadline** 設定期限

0202 **dealer** [`dilɚ] 名 業者；商人

同 **merchant** 商人 / **trader** 商人 / **retailer** 零售商

搭 **double-dealer** 不誠實的人；口是心非的人

補 要注意 **drug dealer** 是指「販賣毒品的人」。

0203 **debt** [dɛt] 名 債務；借款

關 **indebted** 負債的；受惠的

搭 **bad debt** 呆帳 / **credit card debt** 信用卡債

片 **pay off one's debts** 還清債務 / **be in (one's) debt** 非常感謝某人 / **in debt to** 欠…債

0204 **decade** [`dɛked] 名 十；十年

關 **decennial** 十年間的；每十年的

片 **in a decade** 十年內

補 字根拆解：**dec** 十 + **ade** 名詞（拉丁字尾）

0205 **decide** [dɪ`saɪd] 動 決定；下決斷

同 **resolve** 決定 / **determine** 決定

反 **hesitate** 猶豫 / **waver** 猶豫；動搖

片 **decide on (sb. or sth.)** 選定某人或某物

0206 **decision** [dɪ`sɪʒən] 名 決定；判斷

同 **resolution** 決定；決心 / **judgment** 判斷

片 **make a decision = reach a decision = arrive at a decision** 下決定

搭 **a decision on sth.** 關於某事的決定

0207 **declare** [dɪ`klɛr] 動 宣布；聲明

同 **announce** 宣布 / **claim** 聲稱

反 **conceal** 隱瞞 / **repudiate** 否認

關 **customs declaration** 報關

片 **declare war on** 對…宣戰

0208 **decline** [dɪ`klaɪn] 動 下降；衰退

同 **dwindle** 使減少 / **lessen** 變少 / **descend** 下降

反 **expand** 使膨脹 / **grow** 成長 / **ascend** 上升

補 字根拆解：**de** 往下 + **cline/clin** 傾斜

0209
在聖誕節時，她最喜歡做的就是**裝飾**聖誕樹了。
D_________ the Christmas tree is her favorite part of the holiday.
提示 本題的動詞放在句首，因此須注意單字變化。

0210
根據這份報告，針對汽油車的研究投資已經**減少**了。
According to this report, the investment in research on gasoline car has **de**_________.
提示 和前面的「衰退」不同，這個單字通常指「數量上的減少」。

0211
提姆在足球隊上擔任**防守**的位置，這點他真的很擅長。
Tim plays **d**_________ on the soccer team and he is really good at it.

0212
透過那名學生的期末報告，李教授看出他有**明顯的**進步。
Professor Lee saw a **d**_________ improvement in the student's ability regarding his final paper.
提示 這裡的明顯表示學生的進步是非常「明確、肯定的」。

0213
面對這份新工作，她必須對機器具備高**水準**的技術才行。
Her new job demands a very high **d**_________ of skill on the machine.
提示 這裡的高水準表示「程度」要很高。

0214
約翰被尖峰時刻的交通**耽擱**，所以沒有參加會議。
John did not attend the meeting because he was **d**_________ by rush-hour traffic.

0215
不小心被**刪除**的檔案終於救回來了，讓我們鬆了一口氣。
We felt relieved because the file **d**_________ by accident was finally retrieved.

0216
我選擇**貨到**付款，所以商品寄達時我必須在家。
I chose to pay on **d**_________, so I have to be at home when my package arrives.
提示 貨到付款當然會包含一個「運送」的過程。

Answer key
Decorating / decreased / defense / definite / degree / delayed / deleted / delivery

0209
decorate
[ˋdɛkə͵ret]
動 裝飾；布置

同 **adorn** 裝飾 / **embellish** 裝飾 / **beautify** 美化
片 **decorate A with B** 以 B 裝飾 A
補 字根拆解：**decor** 裝飾品 + **ate** 動詞

0210
decrease
[dɪˋkris]
動 減少；減小

同 **curtail** 縮減 / **cut down** 削減 / **shrink** 縮短
反 **develop** 使成長 / **raise** 增加；提升
補 字根拆解：**de** 往下 + **crease/cresc** 生長

0211
defense
[dɪˋfɛns]
名 防禦；辯護

同 **protection** 防護 / **justification** 辯護
片 **in one's own defense** 某人為自己辯護
搭 **defense attorney** 辯護律師

0212
definite
[ˋdɛfənɪt]
形 明確的；肯定的

同 **exact** 確切的；精確的 / **precise** 明確的
反 **indefinite** 不確定的 / **ambiguous** 含糊不清的
補 字根拆解：**de** 完全 + **fin** 結束 + **ite** 形容詞

0213
degree
[dɪˋgri]
名 程度；度

片 **a degree of** 一些 / **to a certain degree** 到某種程度 / **by degrees** 逐漸地
搭 **degree Fahrenheit/Celsius** 華氏 / 攝氏溫度

0214
delay
[dɪˋle]
動 延遲；延誤
名 延遲；耽擱

同 **adjourn** 使延期 / **postpone** 使延期 / **put off** 延遲
片 **delay one's graduation** 某人延畢
搭 **delay by (+time)** 延誤了…時間（表示延誤了多久）

0215
delete
[dɪˋlit]
動 刪除；劃掉

同 **erase** 擦掉；消除 / **remove** 消除
反 **create** 創造 / **restore** 使復原
補 字根拆解：**de** 分開 + **lete** 擦；抹（聯想：把文字擦掉）

0216
delivery
[dɪˋlɪvərɪ]
名 遞送；出貨

同 **consignment** 運送 / **shipment** 運輸
片 **make a delivery of sth.** 遞送某物
搭 **special delivery** 限時專送 / **express delivery** 快遞

0217
在日用品價格上漲的壓力下，他們**要求**加薪。
Under the pressure of a price hike in daily commodities, they **d**_________ a raise.

0218
我今天下午和**牙醫**約好要看診。
I have an appointment with the **d**_________ this afternoon.

0219
在古代，窮人受教育的機會是**不被認可**的。
Poor people were **d**_________ the opportunity of education in ancient times.
》提示《 **窮人受教育的機會在以前是「被否認的」。**

0220
這座新建築是化學**系**的教室。
This new building belongs to the **d**_________ of chemistry.

0221
因為這場大雪，所以我們延後**出發**。
Our **d**_________ was delayed because of the heavy snow.
》提示《 **仔細觀察英文句，再決定該填入什麼詞性的單字。**

0222
她**深入**探討了最終收益量下降的問題。
She explored in **d**_________ the question of how the final yield dropped.
》提示《 **深入探討的內容想必是很有「深度」的。**

0223
這個流程是為了初學者而**設計**的。
The procedures are **d**_________ for beginners.

0224
對線上遊戲的專業玩家來說，**桌上型**電腦是必需品。
To professional online game players, a **d**_________ computer is a must.

Answer key
demanded / dentist / denied / department / departure / depth / designed / desktop

0217
demand
[dɪ`mænd]
動 要求；請求
名 需求；要求

同 **request** 要求；請求 / **require** 需要
片 **give in to one's demand** 屈服於某人的要求 / **in demand** 極需要的 / **on demand** 一經要求
考 和 **require** 相比，**demand** 更帶有命令感。

0218
dentist
[`dɛntɪst]
名 牙醫

同 **orthodontist** 牙齒矯正醫師
關 **toothache** 牙痛 / **cavity** 蛀牙 / **gums** 牙齦 / **floss** 牙線 / **toothpaste** 牙膏
片 **cut a tooth** 長牙 / **grit the teeth** 咬牙切齒；咬緊牙關

0219
deny
[dɪ`naɪ]
動 拒絕；否認

同 **refuse** 拒絕 / **reject** 拒絕
反 **accept** 接受 / **acknowledge** 承認
搭 **there's no denying that...** 無可否認，⋯

0220
department
[dɪ`pɑrtmənt]
名 部門；系

同 **division** 部門 / **section** 部門；處 / **unit** 單位；組
關 **front office** 在前端接待的部門（如櫃檯人員） / **back office** 後勤部門
搭 **department store** 百貨公司

0221
departure
[dɪ`pɑrtʃɚ]
名 離開；出發；啟程

同 **takeoff** （飛機）起飛
反 **arrival** 到達；入境
考 本單字在旅行用語中表示「啟程」；在機場代表「出境」；一般用法則單純指「離開」。

0222
depth
[dɛpθ]
名 深度；厚度

同 **deepness** 深度 / **profundity** 深度；深奧
片 **in depth** 深入地；徹底地 / **out of one's depth** 超過某人的能力範圍

0223
design
[dɪ`zaɪn]
動 設計；構思
名 圖樣；設計

同 **outline** 畫出輪廓 / **conceive** 構想 / **devise** 策劃
片 **by design** 故意 / **have designs on** 對⋯居心叵測
搭 **interior design** 室內設計

0224
desktop
[`dɛsktɑp]
名 桌上型電腦；桌面

關 **laptop (computer)** 筆記型電腦 / **tablet computer** 平板電腦 / **monitor** 螢幕
補 除了桌上型電腦之外，開機後第一個見到的「螢幕桌面」，也同樣用 **desktop** 這個單字。

0225

您想要什麼**甜點**呢？我們有起司蛋糕和奶酪可選擇。

What would you like for **d**_________? We have cheesecake and panna cotta.

0226

泰國是臺灣人的熱門渡假**勝地**。

Thailand is a popular holiday **d**_________ for many Taiwanese.

提示 要去渡假時，會選擇一個地方作爲「目的地」前往。

0227

發燒可藉由紅外線**偵測**。

Fevers can be **d**_________ by infrared light.

0228

我們必須**開發**一種新方法來找出根本原因。

A new method had to be **d**_________ to find out the root cause.

提示 開發新東西時，需要一些時間「發展」。

0229

將檔案上傳至雲端後，就能透過遠端**設備**讀取資料了。

You can reach your files on a remote **d**_________ by uploading them to the cloud.

0230

她女兒年輕時就被**確診**有精神方面的疾病。

Her daughter was **d**_________ with a type of mental disorder when she was young.

0231

她**撥**了老闆的電話號碼來報告這個好消息。

She **d**_________ the number of her boss' to report the good news.

0232

他們在劇中有一段漫長且沉重的**對話**。

They had a long and heavy **d**_________ in the play.

Answer key: dessert / destination / detected / developed / device / diagnosed / dialed / dialogue

0225 **dessert**
[dɪ`zɝt]
名 餐後甜點

關 **panna cotta** 奶酪 / **tiramisu** 提拉米蘇 / **brownie** 布朗尼 / **lemon tart** 檸檬塔
考 **dessert**（甜點）與 **desert**（沙漠）的拼字非常像，一定要分清楚。

0226 **destination**
[ˌdɛstə`neʃən]
名 目的地

關 **domestic flight** 國內航班 / **international flight** 國際航班 / **itinerary** 行程表 / **journey** 旅程
搭 **arrive at one's destination = reach one's destination** 抵達目的地

0227 **detect**
[dɪ`tɛkt]
動 偵測；察覺；發現

同 **recognize** 認出 / **discover** 發現
片 **detect sth. in** 在…中觀察到某事
補 字根拆解：**de** 離開 + **tect** 覆蓋

0228 **develop**
[dɪ`vɛləp]
動 發展；進步

同 **progress** 進步 / **advance** 進展 / **foster** 促進
片 **develop a habit** 養成習慣 / **develop (from A) into B**（從 **A**）演變成 **B**

0229 **device**
[dɪ`vaɪs]
名 裝置；設備

片 **leave sb. to his/her own devices** 讓某人自行決定
搭 **mobile device** 行動裝置
補 字根拆解：**de** 分離 + **vice/vise** 看見

0230 **diagnose**
[`daɪəgnoz]
動 診斷；判斷

同 **analyze** 分析 / **pinpoint** 準確找到
反 **misdiagnose** 誤診；誤判
片 **diagnose sb. with + (disease name)** 診斷某人患有（某種疾病）

0231 **dial**
[`daɪəl]
動 撥號；打電話
名 刻度盤

關 **make a collect call** 撥打由對方付費的電話
搭 **a pocket dial** 誤撥出去的一通電話

0232 **dialogue**
[`daɪəˌlɔg]
名 對話；交談

同 **conversation** 談話 / **talk** 談話
關 **discuss** 討論 / **interactive** 相互交流的
補 字根拆解：**dia** 通過 + **logue** 說話

0233

管道的**直徑**和管壁的厚度決定了它的最大承受力。

The **d**_________ and thickness of the pipe wall determine the maximum flow it can sustain.

0234

鑽石戒指被認為是求婚時的必備物品。

A **d**_________ ring is considered a must for a proposal.

0235

當你不確定單字的意思時，就去查閱**字典**。

Check the **d**_________ whenever you are not sure about the meaning of a word.

0236

這對父母在孩子的教育上持**不同**意見。

The parents had a **di**_________ of opinion about their child's education.

0237

政府在所有的巴士站設立**數位**看板，以顯示公車到站的時間。

The government set up **d**_________ displays at all bus stops to show the arrival time of every bus.

0238

在泡之前，她先把腳趾**浸入**溫泉。

She **d**_________ her toes into the hot spring before going in.

0239

我心目中第一名的電影由史蒂芬・史匹柏**執導**。

My favorite movie of all time was **d**_________ by Steven Spielberg.

》提示《 從「導演」的單字去聯想就不難。

0240

她和妹妹在母親的生日禮物上**沒達成共識**。

She **d**_________ with her sister on the birthday present for their mother.

》提示《 沒達成共識表示「不同意」彼此的選擇。

diameter / diamond / dictionary / difference / digital / dipped / directed / disagreed

0233

diameter
[daɪˋæmətə]
名 直徑

關 **breadth** 寬度 / **width** 寬度 / **thickness** 厚度
補 字根拆解：**dia** 通過 + **meter** 度量單位

0234

diamond
[ˋdaɪəmənd]
名 鑽石；菱形
形 鑲鑽石的

關 **jewel** 寶石；首飾 / **precious** 貴重的
搭 **a diamond in the rough = a rough diamond** 未經雕琢的璞玉 / **diamond dust** 鑽石塵

0235

dictionary
[ˋdɪkʃən͵ɛrɪ]
名 字典

關 **reference book** 工具書；參考書 / **vocabulary** 字彙
片 **look sth. up in the dictionary** 查字典
搭 **a walking dictionary** 活字典；學識淵博的人

0236

difference
[ˋdɪfərəns]
名 不同；差別

同 **dissimilarity** 不同 / **disparity** 不同
片 **make a difference** 做出改變 / **make no difference** 沒有影響

0237

digital
[ˋdɪdʒɪtḷ]
形 數位的；數字的

關 **electronic gadget** 小型數位產品
搭 **digital divide** 數位落差（指人們使用電腦等電子設備的機會或能力差異）

0238

dip
[dɪp]
動 浸；泡；蘸
名 浸泡

同 **submerge** 把…浸入水中 / **dabble** 浸入水中
片 **dip into** 涉獵 / **dip into (one's) pocket** 自掏腰包
搭 **skinny dip** 裸泳；泡裸湯

0239

direct
[dəˋrɛkt]
動 指導；指向
形 直接的

同 **instruct** 指示 / **guide** 指導 / **straight** 筆直的
搭 **direct flight** 直達航班 / **direct message** 私訊（社交軟體上的私訊功能）

0240

disagree
[͵dɪsəˋgri]
動 不同意；不一致

同 **differ** 相異 / **dissent** 持異議 / **diverge** 分歧
片 **disagree with sb. on sth.** 在某事上不同意某人的意見 / **agree to disagree** 承認意見分歧（以避免爭論）
搭 **strongly disagree** 強烈反對

0241
對我來說，和他約會簡直像一場**災難**。
It was like a **d**_________ for me to go on a date with him.

0242
這筆買賣在極優惠的**折扣**下成交。
The deal was accepted at a big **d**_________.

0243
參與會議的人和演講者**討論**了全球暖化的議題。
In the meeting, participants **d**_________ the issues of global warming with the speaker.

0244
在商業**區**很難找到停車位。
It's difficult to find a parking space in the business **d**_________.

0245
美國以其**多元的**文化著稱。
The United States is famous for its **d**_________ culture.

0246
關於環境因素對生物**多樣性**產生影響的研究正在進行中。
A study of environmental factors which may impact the **d**_________ of organisms is underway.

0247
你今天晚上可以陪我去看**醫生**嗎？
Would you accompany me to see the **d**_________ tonight?

0248
機密**文件**在使用後應該要銷毀。
Confidential **d**_________ should be destroyed after usage.

disaster / discount / discussed / district / diverse / diversity / doctor / documents

0241
disaster
[dɪˋzæstɚ]
名 災難；災害

同 **calamity** 災難 / **catastrophe** 大災難
片 **be a complete disaster** 糟透了
搭 **disaster area** 災區 / **disaster response** 災害應變 / **disaster film** 災難片

0242
discount
[ˋdɪskaʊnt]
名 折扣
動 打折扣

關 **clearance sale** 清倉大拍賣 / **special offer** 特價
片 **at a discount** 特價中 / **have a five-finger discount on sth.**（俚）順手牽羊
搭 **a 10% discount on sth.** 某商品打九折

0243
discuss
[dɪˋskʌs]
動 討論；商談

同 **confer** 商談 / **talk over** 討論 / **debate** 辯論
關 **call a meeting** 召開會議
搭 **discuss sth. in detail** 仔細討論某事

0244
district
[ˋdɪstrɪkt]
名 地區；轄區

同 **locality** 地區 / **region** 地區 / **neighborhood** 近鄰
搭 **electoral district** 選區 / **school district** 學區 / **district attorney (DA)** 地方檢察官

0245
diverse
[daɪˋvɝs]
形 多元的；不同的

同 **various** 各式各樣的 / **divergent** 相異的
反 **uniform** 一致的 / **similar** 類似的
補 字根拆解：**di** 分離 + **verse/vers** 轉移

0246
diversity
[daɪˋvɝsətɪ]
名 多樣性；差異

同 **variety** 多樣性 / **diversification** 多樣化
關 **disunity** 不統一 / **individuality** 個性；個人特徵
搭 **biodiversity (biological diversity)** 生物多樣性 / **cultural diversity** 文化多樣性

0247
doctor
[ˋdɑktɚ]
名 醫生

同 **physician** 內科醫生 / **surgeon** 外科醫生
關 **prescription** 處方 / **symptom** 症狀
片 **see a doctor** 看醫生

0248
document
[ˋdɑkjəmənt]
名 文件；證件

同 **archive** 檔案；文件 / **certificate** 證明書
關 **documentary** 紀錄片
搭 **official document** 公文 / **legal document** 法律文件 / **forged document** 偽造的文件

0249

不干涉他國**內政**是國際外交的原則。

No intervention into the **d**_________ affairs of other countries is the principle of international diplomacy.

0250

為了省錢，他選擇住在公司**宿舍**。

He chose to live in the company **d**_________ to save money.

0251

服用一整瓶安眠藥對身體而言是致命的**劑量**。

Taking in a whole bottle of sleeping pills is a lethal **d**_________ to the body.

0252

所有的更新都可以到我們的網站**下載**。

All the upgrades can be **d**_________ from our website.

0253

你可以在中國歷史**劇**中看到豪華氣派的場景。

You can see in Chinese historical **d**_________ magnificent scenes.

0254

可以再給我一份沙拉的**醬汁**嗎？

I'd like another portion of the **d**_________ for my salad.

0255

淡季時分紅會**急遽下滑**，在電子業中，淡季指的是第一季。

The bonus **d**_________ in the low season, which was the first quarter for the electronic industry.

0256

下一次的會議**預計**將於下週舉行。

The next meeting is **d**_________ to be held next week.

提示 這個單字本身有「預期的、到期的」意思。

Answer key: **domestic / dormitory / dose / downloaded / dramas / dressing / dropped / due**

0249
domestic
[də`mɛstɪk]
形 國內的；家庭的

同 **household** 家庭的 / **internal** 內部的
反 **foreign** 外國的 / **alien** 外國的
搭 **gross domestic product (GDP)** 國內生產毛額

0250
dormitory
[`dɔrmə,torɪ]
名 宿舍

關 **laundry facilities** 洗衣設備 / **lounge** 交誼廳
搭 **dormitory fee** 宿舍住宿費
考 本單字也可以縮寫為 **dorm**。

0251
dose
[dos]
名（藥的）一劑
動 按劑量服藥

關 **overdose** 過量 / **quantity** 數量 / **intake** 攝取
搭 **fatal dose = lethal dose** 致死量 / **standard dose** 標準劑量 / **suggested dose** 建議劑量

0252
download
[`daʊn,lod]
動 下載
名 下載資訊

反 **upload**（電腦）上傳
關 **cellular data** 行動數據
搭 **download limit** 限制下載量

0253
drama
[`drɑmə]
名 戲劇；劇本

同 **play** 戲劇；劇本
關 **screenplay** 電影劇本 / **production** 製作
片 **make a drama out of sth.** 小題大作 / **full of drama** 富戲劇性

0254
dressing
[`drɛsɪŋ]
名 調料；服飾；敷藥

關 **ketchup** 番茄醬 / **mayonnaise** 美乃滋 / **mustard** 黃芥末醬 / **chili sauce** 辣椒醬 / **sweet chili sauce** 甜辣醬 / **caviar** 魚子醬 / **barbecue sauce** 烤肉醬

0255
drop
[drɑp]
動 落下；急遽下滑

同 **fall** 落下 / **slide** 滑落
反 **go up** 上升 / **ascend** 上升
片 **drop by** 順道拜訪 / **drop in** 突然來訪

0256
due
[dju]
形 到期的；預期的

片 **in due time** 在適當的時候 / **pay one's dues** 完成某人的義務
考 例句中的 **due** 表示「預期的」，但 **due to** 還有一個常見用法「因為」，與 **because of** 同義。

UNIT 05 E 字頭填空題

Test Yourself!

請參考中文翻譯，再填寫空格內的英文單字。

0257
他幾年前成立了公司，現在每年能**賺**一百萬。
He started a company a few years ago, and now he **e**_________ a million a year.

0258
經濟情況預計將於下一季復甦。
It is predicted that the **e**_________ will boost in the next quarter.

0259
若航程少於四小時，我們都會飛**經濟艙**。
We always fly **e**_________ **c**_________ if the flights are shorter than four hours.

0260
她是一本流行時尚雜誌的**編輯**。
She is the **e**_________ of a popular fashion magazine.

0261
救護車愈靠近，警笛聲調聽起來愈高的現象，可用都卜勒**效應**解釋。
The pitch elevation of the siren from a coming ambulance can be explained by the Doppler **e**_________.

0262
我們正在尋找能夠領導整個團隊的**高效**人才。
We are looking for someone **e**_________ and capable of leading the whole team.

0263
這台車由**電力**驅動，很環保。
The environmentally friendly car is powered by **e**_________.

Answer key
earns / economy / economy class / editor / effect / efficient / electricity

答案 & 單字解說
Get The Answer !

MP3 05

0257
earn
[ɜn]
動 賺得；贏得

同 **acquire** 獲得 / **gain** 贏得 / **bring in** 獲利
反 **spend** 花費 / **forfeit** 喪失（權利、名譽等）
片 **earn a living** 謀生

0258
economy
[ɪˋkɑnəmɪ]
名 經濟；節約

同 **frugality** 節約 / **thrift** 節儉；節約
關 **booming** 景氣好的 / **sluggish** 不景氣的；蕭條的 / **trade surplus** 貿易順差 / **trade deficit** 貿易逆差
搭 **false economy** 省小錢，最後卻花了大錢

0259
economy class
片 經濟艙

同 **coach class** 經濟艙
關 **cabin crew** 機組人員 / **boarding pass** 登機證

0260
editor
[ˋɛdɪtɚ]
名 編輯

關 **social media manager** 社群編輯
片 **edit sth. out** 刪節；將…剪掉
補 字根拆解：**e** 向外 + **dit** 產生 + **or** 名詞（人）

0261
effect
[ɪˋfɛkt]
名 效果；影響

片 **take effect** 見效 / **come into effect** 開始施行
搭 **snowball effect** 滾雪球效應 / **ripple effect** 漣漪效應 / **side effect** 副作用 / **domino effect** 骨牌效應

0262
efficient
[ɪˋfɪʃənt]
形 高效的；有效的

同 **effective** 有效的 / **competent** 有能力的
反 **inefficient** 無效率的 / **impotent** 不起作用的
關 **fuel-efficient** 省油的；油耗低的
補 字根拆解：**effici** 解決；完成 + **ent** 形容詞

0263
electricity
[ˏilɛkˋtrɪsətɪ]
名 電力；電流

關 **electric appliance** 電器 / **voltage** 電壓；伏特數 / **current** 電流 / **power plant** 發電廠
搭 **electricity bill** 電費帳單

0264

為了清除癌細胞，她**忍受**了好幾次痛苦的手術。

She had e__________ several painful operations for the removal of cancer cells.

0265

他們**忙著**討論建造核電廠的問題。

They were e__________ in the discussion about the construction of a nuclear power plant.

提示 單字與 in 組成動詞片語，表示「投身於、忙於」。

0266

你必須在今天晚上八點前**註冊**好課程。

You have to e__________ in the course before 8 p.m. today.

0267

我的工作是**確保**工廠內所有人員的安全。

My job is to e__________ everyone's safety in the factory.

0268

新產品的製造已經**進入**最終階段。

The manufacturing of the new product is now e__________ its final stages.

0269

保護**環境**是每個人的責任。

Protecting the e__________ is the responsibility of everyone.

0270

這個**設備**需要在潔淨室的環境中進行組裝。

The e__________ was required to be assembled in a clean environment.

0271

自一九六〇年代起，他在中東**建立**了石油業務。

He e__________ an oil business in the Middle East in the 1960s.

endured / engaged / enroll / ensure / entering / environment / equipment / established

0264
endure
[ɪn`djʊr]
動 忍受；忍耐

同 **persist** 堅持 / **stand** 堅持；面對 / **bear** 承受
反 **surrender** 放棄 / **quit** 放棄 / **run away** 逃跑
補 字根拆解：**en/in** 在裡面 + **dure/dur** 持久的

0265
engage
[ɪn`gedʒ]
動 使從事；訂婚

同 **engross** 使全神貫注 / **involve** 使忙於
片 **be engaged in** 忙於 / **engage A to B** 將 **A** 許配給 **B**
補 當「訂婚」解釋時，用法為 **sb. be engaged.**

0266
enroll
[ɪn`rol]
動 註冊；登記

同 **register** 登記 / **sign up** 註冊
關 **accept** 認可 / **matriculate** 准許入學
片 **enroll in = sign up for = register for** 登記參加
補 字根拆解：**en** 加進 + **roll** 文件；羊皮紙

0267
ensure
[ɪn`ʃʊr]
動 確保；保證

同 **assure** 擔保；使放心 / **guarantee** 保證；擔保
補 **assure** 表示「向某人保證，以消除對方的疑慮」（如 **I assure you that...**）；**ensure** 則「確保某件事會發生」（如 **I can ensure her coming.** 確保的是「她會來」。）

0268
enter
[`ɛntɚ]
動 進入；參加

同 **get in** 進入 / **join** 加入
反 **complete** 完成 / **exit** 出去
片 **enter into** 開始；著手
搭 **enter college** 上大學

0269
environment
[ɪn`vaɪrənmənt]
名 環境；生態環境

同 **surroundings** 環境；周圍的情況
關 **ecosystem** 生態系統 / **pollution** 汙染
搭 **natural environment** 白然環境 / **work environment** 工作環境

0270
equipment
[ɪ`kwɪpmənt]
名 設備；裝備

同 **apparatus** 儀器 / **machinery** 機械裝置 / **gear** 裝置
搭 **a piece of equipment** 一件設備 / **fitness equipment** 健身設備 / **medical equipment** 醫療設備

0271
establish
[ə`stæblɪʃ]
動 建立；創建

同 **set up** 開創 / **construct** 創立 / **build** 建立
搭 **be well established** 廣為人知的；公認的
補 字根拆解：**e** 向外 + **sta** 站立 + **abl(e)** 形容詞 + **ish** 動詞

0272
我們公司選擇了**估價**最低的那個管理團隊。
Our company accepted the offer from the management team with the lowest e_________.

0273
上週**歐元**兌美元的匯率上漲。
The E_________ rose against the dollar last week.

0274
有**證據**顯示到未來的時光旅行是可能的。
There is e_________ suggesting that time travel to the future is possible.

0275
入住酒店時，請務必檢查緊急**出口**的位置。
Be sure to check where the emergency e_________ are when staying in a hotel.

0276
我沒**料到**測驗的結果這麼快就出來了。
I didn't e_________ that the test result would come out so fast.

0277
搭飛機過去比較省時間，但也比較**昂貴**。
Taking an airplane would be a time-saving but e_________ way to get there.

0278
請簡單地向大家**解釋**一下這張圖表。
Please briefly e_________ this chart to the audience.

0279
駱駝的**睫毛**很長，以阻擋沙子進入眼睛。
Camels have long e_________ to prevent sand from going into their eyes.

estimate / Euro / evidence / exits / expect / expensive / explain / eyelashes

0272
estimate
[ˋɛstə͵met]
名 估價；估計數
動 估計；估價

同 **appraise** 估價；評價 / **evaluate** 估…的價
搭 **a rough estimate** 大略的估算；粗估 / **a conservative estimate** 保守的估算 / **estimated time of arrival** 預計抵達時間

0273
euro
[ˋjʊro]
名 歐元

關 **European Union** 歐盟 / **Eurozone** 歐元區 / **currency** 貨幣 / **free-trade zone** 自由貿易區
補 **Brexit** 英國脫歐（**British + exit**）

0274
evidence
[ˋɛvədəns]
名 證據；跡象

同 **proof** 證據 / **clue** 線索 / **indication** 跡象
搭 **circumstantial evidence** 間接的證據 / **compelling evidence** 有力的證據；壓倒性的證據

0275
exit
[ˋɛksɪt]
名 出口；離去
動 出去；離去

反 **entrance** 入口 / **entryway** 入口通道 / **access** 進入
搭 **emergency exit** 緊急出口 / **exit strategy**（商業上的）退場策略

0276
expect
[ɪkˋspɛkt]
動 預期；期待

同 **anticipate** 預期 / **await** 期待；等候
片 **expect a lot from sb.** 對某人有很高的期待
搭 **to be expected** 可以預期的

0277
expensive
[ɪkˋspɛnsɪv]
形 昂貴的；高價的

同 **costly** 昂貴的 / **high-priced** 高價的
反 **inexpensive** 價格低廉的 / **cheap** 便宜的
片 **break the bank** 花大錢；荷包大失血

0278
explain
[ɪkˋsplen]
動 說明；解釋

同 **clarify** 闡明 / **illustrate** 說明 / **interpret** 解釋
反 **obscure** 混淆；使難理解 / **distort** 曲解
片 **explain sth. away** 草草帶過某事；辯解

0279
eyelash
[ˋaɪ͵læʃ]
名 眼睫毛

關 **mascara** 睫毛膏 / **eyelid** 眼皮；眼瞼
搭 **eyelash curler** 睫毛夾
片 **get eyelash extensions** 種睫毛

UNIT 06 F 字頭填空題

Test Yourself!

請參考中文翻譯，再填寫空格內的英文單字。

0280
軍事**場所**一般不會對大眾開放。
Military **f**__________ are usually not open to the public.
》提示《 **這個單字所指的，通常是具備特殊用途的場所。**

0281
缺乏維護是引發事故的主要**因素**。
Lack of maintenance was the major **f**__________ in the accident.

0282
許多臺商在越南設立了製鞋**工廠**。
Many shoe **f**__________ have been set up in Vietnam by many Taiwanese merchants.

0283
美國教育以其重視對他人的尊重而**聞名**。
American education is **f**__________ for educating people to respect every individual.

0284
根據乘坐火車的類型與速度，**票價**會有所不同。
Train **f**__________ vary according to the types and speed of the train you're taking.

0285
她的父親是一位**農夫**，教了她很多管理農場的方法。
Her father is a **f**__________ who taught her a lot about managing a farm.

0286
你的隊伍會落敗，並不是你的**錯**。
It's not your **f**__________ that your team was defeated.

facilities / factor / factories / famous / fares / farmer / fault

答案 & 單字解說
Get The Answer !

0280 facility [fəˋsɪlətɪ]
名 設施；場所；設備

搭 **sanitary facilities** 衛生設施
考 用 **facility** 表示「設施」時，一般用複數形。
補 **facility** 當「場所」解釋時，指的是包含了好幾棟建築，並有特定用途的場所，如例句的 **military facility**。

0281 factor [ˋfæktɚ]
名 因素；原因

同 **cause** 原因；起因 / **element** 要素
搭 **a crucial factor in sth.** 某事的關鍵因素 / **sun protection factor, SPF** 防曬係數

0282 factory [ˋfæktərɪ]
名 工廠；製造廠

關 **industry** 工業 / **quality control** 品質管理 / **specification** 規格 / **assembly** 組裝
補 字根拆解：**fact/fac** 製造 + **ory** 地點

0283 famous [ˋfeməs]
形 有名的

同 **well-known** 出名的 / **renowned** 有名的
反 **unknown** 沒沒無聞的 / **anonymous** 匿名的
片 **be famous for** 以…聞名 / **be famous as** 以（某身分）出名

0284 fare [fɛr]
名 車費；票價

搭 **bus fare** 公車票價 / **subway fare** 地鐵票價 / **taxi fare** 計程車車資 / **airplane fare** 飛機票價
補 **fare** 一般指交通工具的費用，例子請見上方搭配詞。

0285 farmer [ˋfɑrmɚ]
名 農夫；農民

同 **peasant** 農夫；小耕農
關 **rancher** 大型農場或牧場的經營者 / **rustic** 農村的；鄉下的 / **agriculture** 農業

0286 fault [fɔlt]
名 錯誤；毛病

同 **mistake** 錯誤；過失 / **defect** 缺陷
片 **find fault with (sb. or sth.)** 挑毛病 / **be at fault** 有錯的 / **be...to a fault** 過分…（中間放正面形容詞，如 **be modest to a fault** 過分謙虛。）

0287

美國加州以其四季**宜人的**氣候聞名。

California is famous for its **f**_________ climate throughout the year.

提示 **宜人的天氣是「討人喜歡的」。**

0288

你能教我如何使用**傳真**機嗎？

Can you teach me how to use the **f**_________ machine?

0289

冰島的景色壯觀，就像經歷一場視覺**饗宴**。

The outstanding scenery in Iceland was a **f**_________ for the eyes.

0290

很高興我們第一次的樣品測試得到了正面的**回饋**。

We were glad to receive positive **f**_________ on our first sample test.

0291

我們的車和我們一起乘**渡輪**前往斯德哥爾摩。

We took our car along with us on the **f**_________ to Stockholm.

0292

端午**節**是農曆五月初五。

The Dragon Boat **F**_________ is on the 5th day of the 5th lunar month.

0293

他忘了帶夾克，結果昨天晚上就**發燒**了。

He forgot to bring with him a jacket and thus had a **f**_________ last night.

0294

統計**數字**可以告訴我們很多事情，但不是一切。

Statistical **f**_________ can tell us a lot of things, but not everything.

favorable / fax / feast / feedback / ferry / Festival / fever / figures

0287
favorable
[`fevərəbḷ]
形 討人喜歡的

同 **agreeable** 宜人的；令人愉快的 / **helpful** 有益的
反 **unfavorable** 不利的 / **harmful** 有害的
片 **take a favorable view of sth.** 看好某事

0288
fax
[fæks]
動 傳真
名 傳真機

關 **shredder** 碎紙機 / **multifunction printer** 多功能事務機 / **punch clock** 打卡鐘 / **trimmer** 裁紙機
搭 **fax machine** 傳真機 / **fax number** 傳真號碼

0289
feast
[fist]
名 盛宴；宴席
動 盛宴款待

同 **banquet** 宴會；盛宴 / **treat** 款待；請客
關 **festivity** 慶祝活動 / **carnival** 嘉年華會
片 **feast one's eyes on sth.** 大飽眼福

0290
feedback
[`fid͵bæk]
名 回饋；反饋

同 **comment** 評論 / **criticism** 評論
關 **reaction** 反應 / **perception** 感知；看法
片 **give feedback on sth.** 針對某事發表想法

0291
ferry
[`fɛrɪ]
名 渡輪

關 **timetable** 時刻表 / **wharf** 碼頭 / **anchor** 船錨
補 **ferry** 通常指定期往返某些地方，運送乘客或車輛的船隻；旅遊搭乘的遊輪則為 **cruise ship**。

0292
festival
[`fɛstəvḷ]
名 節日；節慶
形 節日的；喜慶的

同 **holiday** 節日 / **fiesta** 喜慶日；宗教節日
搭 **film festival** 電影節 / **music festival** 音樂節
補 **holiday** 主要表示國家規定的假日；**festival** 則指具悠久歷史的傳統節慶，或定期舉辦的娛樂活動。

0293
fever
[`fivɚ]
名 發燒；狂熱
動 發燒；使狂熱

關 **have chills and sweats** 冒冷汗 / **dizzy** 頭暈目眩的
片 **have a fever = run a fever** 發燒
搭 **spring fever** 春日狂熱（因春天的天氣變暖而開心）

0294
figure
[`fɪgjɚ]
名 數字；體型
動 計算；認為

同 **number** 數字 / **build** 體型
片 **figure out** 弄清楚
搭 **a ballpark figure** 大略的數字

0295
離職之後，你的個人資訊將**留存**五年。

Your personal information will be on **f**_________ for five years after your resignation.

提示 留存表示會保有個人「檔案」。

0296
臺灣**電影**業近來備受全球關注。

The **f**_________ industry in Taiwan has attracted global attention recently.

提示 講到電影，除了 movie 之外，就是這個單字了。

0297
他試圖竊取公司的機密資訊，因而被**解僱**。

He was **f**_________ for trying to steal confidential information from the company.

0298
他一畢業就在會計**事務所**工作。

He started working in an accountancy **f**_________ right after his graduation.

0299
漁民通常會在深夜或清晨時分去捕魚。

F_________ usually go to work late at night or early in the morning.

0300
住在那間**一流的**飯店花了他不少錢。

It cost him a lot to stay at the **f**_________-**c**_________ hotel.

0301
她成為一名**健身**教練，幫助人們維持身體健康。

She became a **f**_________ instructor to help people keep fit.

0302
航班因為這場濃霧而被延誤了。

The **f**_________ was delayed due to heavy fog.

file / film / fired / firm / Fishermen / first-class / fitness / flight

0295 **file** [faɪl]
名 文件；檔案
動 歸檔；提出訴訟

- 同 **data** 數據 / **folder** 文件夾 / **categorize** 分類
- 關 **record** 紀錄 / **chronicle** 編年史 / **submit** 提交
- 片 **on file** 存檔 / **file a lawsuit against...** 對…提告

0296 **film** [fɪlm]
名 電影
動 拍成電影

- 關 **premiere** 首映會 / **special effects** 特效 / **plot** 情節 / **soundtrack** 電影原聲帶 / **sequel** 續集
- 搭 **film industry** 電影業 / **film studio** 製片廠

0297 **fire** [faɪr]
動 解僱；開砲
名 火；火災；砲火

- 同 **lay off** 解僱 / **dismiss** 遣散 / **blaze** 火焰
- 片 **catch (on) fire** 著火 / **set (sth.) on fire** 放火燒
- 搭 **fire extinguisher** 滅火器 / **play with fire** 玩火自焚

0298 **firm** [fɝm]
名 公司；商行
形 穩固的；堅決的

- 片 **stand firm** 不讓步 / **be on firm ground** 對…堅信不移
- 補 **firm** 所指的公司，帶有「事務所」的概念；**company** 則表示已註冊、具商業性質的公司。

0299 **fisherman** [`fɪʃəmən]
名 漁夫；漁民

- 同 **fisher** 漁夫 / **piscator** 漁夫
- 關 **go fishing** 去釣魚 / **fishing rod** 釣竿 / **fishing line** 釣魚線 / **fishing net** 捕魚網

0300 **first-class** [ˌfɝst`klæs]
形 第一流的

- 同 **first-rate** 第一流的 / **quality** 高級的
- 搭 **a seat in first class** 頭等艙的座位
- 補 當「第一流的」解釋時可以加 **dash**，以 **first-class + N** 的形式出現；當「頭等艙」用時則不需要。

0301 **fitness** [`fɪtnɪs]
名 健康；適當

- 關 **work out** 健身 / **build muscle** 增長肌肉 / **body fat** 體脂肪 / **pull a muscle** 拉傷肌肉 / **squat** 深蹲
- 片 **keep fit = keep in shape** 保持健康

0302 **flight** [flaɪt]
名 班次；飛行

- 片 **a flight of fancy** 異想天開
- 搭 **non-stop flight** 直飛班機 / **red-eye flight** 紅眼航班（深夜起飛、隔天凌晨抵達）

0303

這張照片有點失**焦**。

This photograph is slightly out of **f**__________.

0304

我昨天放了一個**資料夾**在桌上，裡面夾著報告，現在卻不見了！

There was a **f**__________ on my desk yesterday containing the report. Now it is gone!

0305

只要**遵照**手冊上的指示來組裝書桌就可以了。

Just **f**__________ the instructions in the manual to assemble the desk.

0306

在向老闆匯報時，她喜歡使用特定的**字體**設計。

She prefers to use a particular design of **f**__________ when reporting to her boss.

0307

醫生摸了一下男孩的**額頭**，接著請他張開嘴巴。

The doctor touched the boy's **f**__________ and then asked him to open his mouth.

0308

大地震之後，該國人民得到了**國外的**援助。

People in that county received **f**__________ aid after the big earthquake.

0309

他**正式**宣布了他們的婚訊。

He made a **f**__________ announcement regarding their marriage.

0310

請列舉三項您**前任**主管希望您改進的事。

What are three things your **f**__________ manager would like you to improve?

focus / folder / follow / font / forehead / foreign / formal / former

0303
focus
[`fokəs]
名 焦點；焦距
動 聚焦於

關 **in the poor light** 光線不佳 / **a flattering photo** 照騙
片 **focus on** 專注於 / **bring sth. into focus** 使成為焦點 / **in focus** 清晰的；焦點對準的
補 **The picture doesn't flatter you.** 你本人比照片好看。

0304
folder
[`foldɚ]
名 文件夾

關 **portfolio** 卷宗夾 / **binder** 紙夾；資料夾 / **bookrack** 閱覽架；書架 / **file cabinet** 檔案櫃
考 **folder** 可指實體文件夾或電腦上的資料夾。

0305
follow
[`fɑlo]
動 跟隨；接著

同 **pursue** 跟隨 / **trail** 追蹤 / **abide by** 遵從
反 **precede** 處在…之前 / **lead** 引導 / **disobey** 違抗
片 **as follows** 如下 / **follow one's nose** 憑直覺做事 / **follow up** 跟進；對某事採取進一步的行動

0306
font
[fɑnt]
名（電腦）字體

同 **typeface** 字體
關 **boldface type** 粗體字 / **italics** 斜體字（複數形）
搭 **font size** 字體大小 / **font color** 字體顏色

0307
forehead
[`fɔr͵hɛd]
名 額頭；前部

關 **temple** 太陽穴 / **cheek** 臉頰
片 **give sb. a kiss on the forehead** 親吻某人的額頭
搭 **forehead bangs** 前額瀏海

0308
foreign
[`fɔrɪn]
形 外國的

同 **alien** 外國的 / **exotic** 異國的 / **overseas** 國外的
反 **native** 出生地的 / **domestic** 國內的
片 **be foreign to sb.** 對某人而言陌生的

0309
formal
[`fɔrm!]
形 正式的；形式上的

同 **official** 正式的 / **ceremonial** 儀式的；正式的
反 **informal** 非正式的 / **casual** 隨便的
搭 **formal education** 正規教育（在教室上課，並由專門教師來授課）

0310
former
[`fɔrmɚ]
形 從前的；前者的

同 **previous** 以前的 / **anterior** 以前的
反 **subsequent** 後來的 / **later** 較晚的
補 提到兩件事物時，可以分別用 **the former**（前者）與 **the latter**（後者）指稱。

0311

他接下來幾個月都不在，如果有他的信，請都**轉寄**給我。

Since he will be away for the next few months, please **f**__________ all his mails to me.

0312

我們會在車子的冷卻水中加入抗凍劑，以防水在冬天**結冰**。

Antifreeze was added to prevent the car's coolant from **f**__________ in winter.

0313

這輛車的**燃料**被我們用完了。

We have run out of the **f**__________ of the car.

0314

新版軟體提供了自動校準的**功能**。

The new software provided an automatic calibration **f**__________.

0315

學校**補助**他前往美國參加一場重要的研討會。

The university **f**__________ his trip to an important conference in the U.S.

提示 **給予補助表示校方提供「資金」給他。**

0316

新**傢俱**有股很難聞的味道，你應該先開個窗戶。

The new **f**__________ smells awful; you should open the window.

Answer key **forward / freezing / fuel / function / funded / furniture**

0311
forward
[`fɔrwɚd]
動 轉寄 副 今後
形 前面的

同 **send** 寄送 / **deliver** 傳送 / **ahead** 向前
反 **retain** 留住 / **block** 阻擋 / **backward** 向後的
片 **look forward to + N/V-ing** 期待某事

0312
freeze
[friz]
動 凍結；僵住
名 結冰；凝固

同 **chill** 冷凍 / **refrigerate** 使冷卻
搭 **be frozen solid** 凍得硬邦邦
考 **freeze up** 凍結住 / **freeze out** （植物等）凍死

0313
fuel
[`fjʊəl]
名 燃料；刺激因素
動 加油；刺激

關 **gasoline** 汽油 / **combustible** 可燃的
片 **add fuel to the fire** 火上加油 / **fuel up** 加滿油
搭 **diesel fuel** 柴油 / **fuel gauge** 油量表

0314
function
[`fʌŋkʃən]
名 功能；作用
動 起作用；運行

同 **work** 使工作 / **perform** （機器）運轉
反 **cease** 停止；終止 / **malfunction** 發生故障
搭 **function word** 虛詞（僅具文法作用的詞彙，如：冠詞、介係詞、連接詞、關係代名詞等。）

0315
fund
[fʌnd]
動 提供資金
名 資金；基金

同 **capital** 資金 / **finance** 資助
反 **debt** 負債 / **dissipate** 揮霍；浪費
片 **supply sb. with money** 提供某人資金

0316
furniture
[`fɝnɪtʃɚ]
名 傢俱

同 **house fittings** 傢俱
關 **TV set** 電視櫃 / **recliner** 活動躺椅 / **bookcase** 書櫃
搭 **a piece of furniture** 一件傢俱 / **a set of furniture** 一套傢俱

UNIT 07 G 字頭填空題

Test Yourself!

請參考中文翻譯，再填寫空格內的英文單字。

0317

因為我的汽車目前送修，所以你可以把車停在我的**車庫**。

You can put your car in my **g**_________ since my car is still being repaired.

0318

臺灣很多家庭用**瓦斯**煮飯，那其實比電要貴。

A lot of families in Taiwan cook with **g**_________, which is more expensive than electricity.

0319

週五晚上我們**小聚**，為莉莉慶生。

We had a small **g**_________ on Friday night for Lily's birthday.

0320

反對**性別**歧視的法律減少了現代**性別**不平等的情況。

Laws against **g**_________ discrimination reduce the cases of **g**_________ inequality in modern days.

0321

現今，許多疾病都被發現與**基因**缺陷有關。

Many diseases related to defective **g**_________ are being discovered nowadays.

0322

她加入的非政府組織旨在結束**全球的**貧困、飢餓與疾病。

The NGO she joined aims to put an end to **g**_________ poverty, hunger, and certain diseases.

0323

他實現了一週內減十磅的**目標**，真令人難以相信。

I can't believe that he achieved his **g**_________ of losing ten pounds within a week.

garage / gas / gathering / gender / genes / global / goal

答案 & 單字解說
Get The Answer !

garage
[gəˋrɑʒ]
名 車庫；修車廠

關 **carport** 無牆車庫；車棚 / **driveway** 私人車道

補 國外常見的 **garage sale**，指的是「在自家車庫或庭院舉行的舊物出售活動」。屋主會將舊物擺出來賣，是個撿便宜的好地方。

0318

gas
[gæs]
名 瓦斯；氣體

片 **step on the gas** 【口】踩（車子的）油門

搭 **gas stove** 瓦斯爐 / **gas bill** 瓦斯費

補 **gas** 在口語上，也表示「汽油」，為 **gasoline** 的簡化。

0319

gathering
[ˋgæðərɪŋ]
名 聚會；集會

同 **assemblage** 聚會 / **congregation** 集會

反 **separation** 分開 / **division** 分開；分割

片 **get together** （人）聚集

0320

gender
[ˋdʒɛndɚ]
名 性別

關 **feminine** 女性的 / **masculine** 男性的

搭 **gender identity** 性別認同 / **gender discrimination** 性別歧視 / **gender equality** 性別平等

0321

gene
[dʒin]
名 基因；遺傳因子

關 **transplantation** 移植；移居 / **mutation** 突變；變種 / **hereditary** 遺傳的 / **sequence** 次序；順序

搭 **gene mapping** 基因圖譜 / **gene therapy** 基因治療

0322

global
[ˋglobl̩]
形 全球的；球狀的

同 **worldwide** 遍及全球的 / **universal** 全世界的

關 **terrestrial** 地球的；陸地的 / **planet** 行星

搭 **global warming** 全球暖化

0323

goal
[gol]
名 目標；終點

同 **target** 目標 / **objective** 目標；目的

搭 **set a goal** 設立目標 / **achieve the goal** 達成目標 / **hit the goal** 達到目標

0324
他們在會議中討論了兩座城市間的**貨物**運輸。
They discussed the transit of **g**_________ between the two cities in the meeting.

0325
吉娜從不**八卦**其他人的事，我很喜歡她這一點。
What I like about Gina is that she never **g**_________ about others.

0326
總理組成的新**政府**包含了各方政黨的人。
The prime minister formed a new **g**_________ consisting of multiple parties.

0327
水果通常按大小**分級**，並以不同的價格出售。
Fruits are usually **g**_________ by size, and then sold at different prices.

0328
身心靈的成長是個**漸進的**過程。
Physical and mental growth is a **g**_________ process.

0329
她**生動地**描述實驗的進行過程。
She gave a **g**_________ description of how the experiment was conducted.
提示 表示她的敘述彷彿「圖像」般栩栩如生。

0330
握手被視為最普遍的**問候**方式。
A handshake is considered the most common **g**_________.
提示 把常見的動詞「問候」轉成名詞。

0331
細胞的**生長**速度受多種因素的影響。
The **g**_________ rate of cells is affected by multiple factors.

goods / gossips / government / graded / gradual / graphic / greeting / growth

0324

goods
[gʊdz]
名 貨物；產品

同 **merchandise** 貨物；商品 / **commodity** 商品
關 **transportation** 運輸；運送 / **carriage charge(s)** 運費 / **carriage free** 免運費

0325

gossip
[ˋgɑsəp]
動 閒聊；八卦
名 閒話；流言

同 **chitchat** 閒話；閒談 / **hearsay** 傳聞
片 **gossip about sb.** 在背後說某人閒話
補 **spill the tea = spill the beans** 洩漏祕密；講八卦

0326

government
[ˋgʌvənmənt]
名 政府；內閣

關 **bureaucracy** 官僚政治 / **administration** 行政
搭 **coalition government** 聯合政府；多黨政府 / **cabinet government** 內閣制政府

0327

grade
[gred]
動 將…分等級
名 等級；級別

同 **rank** 分級；排名 / **rate** 等級
關 **quality** 品質 / **outrank** 階級高於；地位高於
片 **be above one's pay grade** 某人無權做…

0328

gradual
[ˋgrædʒʊəl]
形 逐步的；逐漸的

同 **step-by-step** 逐步的 / **progressive** 向前進的
反 **discontinuous** 不連續的 / **intermittent** 間歇的
片 **grow into** 漸漸成為；漸漸變得

0329

graphic
[ˋgræfɪk]
形 圖像的；生動的

同 **pictorial** 用圖表示的 / **vivid** 生動的
關 **descriptive** 描寫的 / **visible** 可看見的；清晰的
搭 **graphic design** 平面設計 / **graphic tablet** 繪圖板

0330

greeting
[ˋgritɪŋ]
名 問候；招呼

關 **regard** 關心 / **message** 信息；消息
片 **say hello (to sb.)** 打招呼 / **shake hands** 握手
搭 **greeting card** 賀卡

0331

growth
[groθ]
名 生長；發展

同 **development** 生長 / **increase** 增加
反 **decrease** 減少 / **reduction** 減少
搭 **growth rate** 成長率 / **exploding growth** 爆炸性成長

0332
她很喜歡吃壽司，特別是**烤**鮭魚壽司。
She loves having sushi, especially **g**_________ salmon sushi.

0333
她對自己犯了錯卻沒和老闆說這件事感到**愧疚**。
She felt **g**_________ about making a mistake and not telling her boss about it.

0334
他已經買了一年份的**健身房**會員資格。
He has bought a year-long **g**_________ membership.
提示 **填入最常見的簡短說法即可。**

UNIT 08 H 字頭填空題

Test Yourself!

請參考中文翻譯，再填寫空格內的英文單字。

0335
他不小心用**鍾子**敲到了手指。
He accidentally hit his finger with a **h**_________.

0336
為了吸引人們的注意，**頭條新聞**經常會誇大。
H_________ are often exaggerated in order to attract people's attention.

0337
這是一家**總部**位於上海的中國公司。
This is a Chinese company with **h**_________ in Shanghai.

Answer key: **grilled / guilty / gym / hammer / Headlines / headquarters**

0332

grill
[grɪl]
動 炙燒；烤
名 烤架；燒烤食物

同 **broil** 烤；炙 / **barbecue** 烤
關 **gridiron** 烤架 / **scallop** 扇貝
片 **grill sb. about sth.** 逼問某人講出某事

0333

guilty
[`gɪltɪ]
形 內疚的；有罪的

反 **innocent** 清白的 / **guiltless** 無罪的
片 **plead guilty to sth.**（被告人）承認有罪
搭 **the guilty party** 犯罪的一方

0334

gym
[dʒɪm]
名 健身房；體育館

關 **stretching** 伸展身體 / **pull a muscle** 拉傷肌肉
片 **warm up** 做暖身 / **cool down** 做緩和運動
補 **gym** 為 **gymnasium** 的簡化。

答案 & 單字解說
Get The Answer !

MP3 08

0335

hammer
[`hæmɚ]
名 錘子；鐵鎚
動 敲打；捶打

同 **pound** 重擊 / **bang** 猛擊
關 **hardware store** 五金行
片 **hammer out** 設計出 / **hammer away at sth.** 不間斷地努力於某事

0336

headline
[`hɛd͵laɪn]
名 標題；頭條新聞
動 給…加標題

同 **caption** 標題 / **title** 標題
關 **breaking news** 即時新聞；重大消息
片 **hit the headlines** 登上頭條

0337

headquarters
[`hɛd`kwɔrtɚz]
名 總公司；總部

同 **head office** 總公司；總部
搭 **general headquarters** 總司令部

0338
他希望在四十歲之前達到職業生涯的**高峰**。
He wished to reach the **h**_________ of his career before turning forty.

0339
進入施工現場時，請務必戴上**頭盔**。
You must wear a **h**_________ when entering the construction site.

0340
年度報告中的重點，已用黃色**突出顯示**。
In the annual report, important points were **h**_________ in yellow.

0341
德國的某些**高速公路**沒有限速。
There is no speed limit on certain **h**_________ in Germany.
提示 這個單字的字尾變化，與 certain（某些）有關。

0342
我們**僱**不起私人律師，所以拒絕了他的提議。
We turned down his offer since we can't afford to **h**_________ a private attorney.

0343
你能先等一下，**不要掛斷**嗎？她馬上回來。
Could you **h**_________ the line for a moment? She will be back in a minute.
提示 不掛斷就必須一直「拿著」話筒。

0344
我認為你的論文中有幾個**漏洞**。
I think your dissertation has several **h**_________ in it.

0345
他試著在任何情況下都**誠實**以對，卻對女友說了善意的謊言。
He tries to be **h**_________ at all times; yet, he told white lies to his girlfriend.

height / helmet / highlighted / highways / hire / hold / holes / honest

0338
height
[haɪt]
名 高度；頂點

同 **altitude** 高度 / **elevation** 海拔 / **peak** 頂端
關 **superlative** 最高的；最好的 / **tiptop** 最高點
搭 **the height of sth.** 極致；巔峰（必須搭配冠詞 **the**）

0339
helmet
[ˋhɛlmɪt]
名 安全帽；頭盔

搭 **full face helmet** 全罩式安全帽 / **half face helmet** 半罩式安全帽 / **bike helmet** 自行車安全帽 / **riot helmet** 防暴頭盔

0340
highlight
[ˋhaɪˏlaɪt]
動 強調；照亮
名 最突出的部分

同 **emphasize** 強調；使突出 / **focal point** 焦點
補 社群軟體 **IG** 上所發的限時動態叫 **story**；而不會消失的「精選動態」，就用 **story highlight** 表示。

0341
highway
[ˋhaɪˏwe]
名 高速公路

同 **freeway** 高速公路 / **turnpike** 公路
搭 **highway robbery** 敲竹槓；土匪（用以形容要價過高的東西）/ **the highways and byways** 大街小巷

0342
hire
[haɪr]
動 僱用；租用

同 **employ** 僱用 / **charter** 租；包租
反 **fire** 開除 / **dismiss** 解僱
片 **for hire = on hire** 可租用的

0343
hold
[hold]
動 抓住；保持

同 **grasp** 握緊 / **remain** 保持 / **last** 持續
片 **hold back** 退縮；阻擋；隱瞞 / **hold on** 不掛電話；繼續 / **hold one's tongue** 某人保持沉默

0344
hole
[hol]
名 洞；漏洞

關 **hollow** 中空的 / **cavity** 洞；穴 / **ditch** 壕溝
片 **be in a hole** 處於困境；處於窘境 / **burn a hole in one's pocket** 花錢如流水；守不住錢財（主詞放錢財，如 **my allowance**、**money** 等。）

0345
honest
[ˋɑnɪst]
形 誠實的；正直的

同 **upright** 誠實的 / **truthful** 誠實的 / **candid** 坦率的
反 **dishonest** 不誠實的 / **deceptive** 欺詐的
片 **to be honest, ...** 老實說（後接子句）

0346

誠實與創造力是這間公司重視的員工特質。

H_________ and creativity are both important qualities to the company.

0347

他們**主辦**了一場慈善晚宴，為他們的機構籌募資金。

They **h**_________ a charity dinner to raise funds for their organization.

提示 主辦表示他們就是晚宴的「主人」。

0348

他旅行時通常都住在**青年旅館**，因此結交了許多朋友。

He usually lives in **h**_________ while traveling and thus has made many friends.

0349

這支**熱線**是為了那些壓力大、想尋求建議的人設立的。

A **h**_________ was set up for those who are stressed out and want to seek advice.

0350

經過了二十年的分離，他們堅定地**擁抱**彼此。

They **h**_________ each other firmly after twenty years of separation.

0351

動物通常不會主動攻擊**人類**，除非人們太靠近牠們的寶寶或食物。

Animals don't usually attack **h**_________ unless they are too close to their babies or food.

Answer key

Honesty / hosted / hostels / hotline / hugged / humans

0346
honesty
[`ɑnɪstɪ]
名 誠實；坦率

同 **integrity** 誠實 / **probity** 誠實；廉潔
反 **dishonesty** 不誠實 / **hypocrisy** 虛偽；偽善
搭 **Honesty is the best policy.** 誠實為上策。/ **an honest mistake** 無心之過

0347
host
[host]
動 主辦；主持
名 主人；東道主

反 **guest** 賓客；客人 / **visitor** 訪問者
片 **reckon without one's host** 估計錯誤；自作主張 / **throw a party** 【口】舉辦派對

0348
hostel
[`hɑstl̩]
名 青年旅館

關 **guesthouse** 小型家庭旅館 / **inn** 小旅館 / **tavern** 小酒館 / **boarding house** 供膳宿的私人住宅；寄宿房屋
片 **set off** 展開旅程 / **stop over** 中途停留

0349
hotline
[`hɑtlaɪn]
名 熱線電話

關 **call back** 回電 / **call up sb.** 打電話給某人
補 **hotline** 指的是點對點的直通電話。各國領導人為了直接溝通而設的專門線路，也稱為 **hotline**。

0350
hug
[hʌg]
動 擁抱；緊抱

同 **embrace** 擁抱
關 **friendship** 友誼 / **sympathy** 同情
片 **give sb. a hug** 擁抱某人

0351
human
[`hjumən]
名 人類
形 人類的

反 **inhuman** 非人類的；野蠻的；無人性的
關 **anthropoid** 似人類的 / **mortal** 會死的；凡人的
搭 **human nature** 人性 / **human resources** 人力資源

UNIT 09 I 字頭填空題

Test Yourself!

請參考中文翻譯，再填寫空格內的英文單字。

0352
贏得冠軍後，那群足球員已成為國家體育界的**標誌**。
The soccer players had become national sports **i**_________ after winning the championship.

0353
出國旅遊時，護照就等同於你的**身分**證。
When traveling to foreign countries, a passport is considered your **i**_________ card.

0354
西方的番茄最初是從中國**進口**的。
Tomatoes were first **i**_________ to the West from China.

0355
面試遲到或太早到都會讓人有不好的**印象**。
Being late or too early for an interview creates a bad **i**_________.

0356
她這麼年輕就能精通七種語言，真**令人印象深刻**。
Her proficiency in seven languages at such a young age was truly **i**_________.

0357
住在國外並非是**改善**英語能力的唯一方法。
Living in a foreign country is not the only way to **i**_________ your English.

0358
為了賺取額外的**收入**，她一直有在做家教。
She had been tutoring to earn additional **i**_________.

icons / identity / imported / impression / impressive / improve / income

答案 & 單字解說
Get The Answer !

MP3 09

icon
[`aɪkɑn]
名 圖示；偶像

搭 **vector icon** 向量圖示
補 **icon** 一般指電腦螢幕上的圖示，用來形容人時，則表示在該領域非常有名、具代表性的明星。

identity
[aɪ`dɛntətɪ]
名 身分；一致

關 **identification** 身分證明 / **registered** 已登記的
搭 **a sense of identity** 認同感 / **gender identity** 性別認同 / **identity theft** 身分盜竊（如盜刷他人信用卡）
補 **identity card**（身分證）常簡寫為 **ID card**。

import
[ɪm`port]
[`ɪmport]
動 輸入 名 進口

同 **inlet** 進口 / **entrance** 進入
反 **export** 出口；輸出品
片 **import sth. from...into...** 將某物從…進口至…

impression
[ɪm`prɛʃən]
名 印象；感想

關 **behavior** 行為；舉止 / **appearance** 顯露；外貌
片 **make an impression on sb.** 給某人留下好印象
搭 **first impression** 第一印象

impressive
[ɪm`prɛsɪv]
形 令人印象深刻的

同 **imposing** 讓人印象深刻的 / **remarkable** 值得注意的
搭 **be impressive to sb.** 讓某人印象深刻
補 字根拆解：**impress** 給…極深的印象 **+ ive** 形容詞

improve
[ɪm`pruv]
動 改善；使進步

反 **deteriorate** 退化；品質下降 / **decline** 衰退
片 **make progress in sth.** 改善某事 / **make headway in** 在…上取得進展
搭 **improve English skills** 提升英文能力

income
[`ɪn͵kʌm]
名 收入；所得

同 **earnings** 收入 / **pay** 薪資
反 **expense** 花費 / **debt** 借款
搭 **income tax** 所得稅 / **annual income** 年收入

0359
這個月，高速公路上的交通事故略有**增加**。
Traffic accidents on the highway have **i**_________ slightly this month.

0360
該市提供吸引**工業**的利多政策。
The city provides favorable policies to attract **i**_________ to the area.

0361
通貨膨脹可能會**影響**供給品的價格。
The inflation may **i**_________ the price of supplies.

0362
請**知悉**，本週末將進行電梯維護工程。
Please be **i**_________ that elevator maintenance will take place this coming weekend.

0363
你有關於那位新人的任何**資訊**嗎？
Do you have any **i**_________ about the newcomer?

0364
幸運的是，沒有人在這場車禍中**受傷**。
Fortunately, no one got **i**_________ in the car accident.

0365
我們鼓勵以**創新的**想法來解決問題。
We encourage **i**_________ ideas to solve problems.

0366
這個項目的**投入**資金不低於兩百萬美元。
The money **i**_________ into this project was no less than two million.

提示 投入資金就像把錢「輸入進去」一樣。

Answer key
increased / industries / influence / informed / information / injured / innovative / input

0359
increase
[ɪn`kris]
[`ɪnkris]
動 增加 名 增加

同 **augment** 增加 / **amplify** 擴展 / **multiply** 增加
搭 **increase significantly** 顯著地增加；明顯地增加 / **increase dramatically** 急遽增加

industry
[`ɪndəstrɪ]
名 工業；產業

關 **conveyor belt** 輸送帶 / **assembly line** 生產線
搭 **captain of industry** 工業巨頭；產業大亨
補 字根拆解：**indu/in** 在裡面 + **str** 建造 + **y** 地點

influence
[`ɪnfluəns]
動 影響
名 影響；作用

同 **affect** 影響 / **impact** 衝擊
片 **cast an influence on** 影響 / **under the influence (of alcohol)** 酒醉

inform
[ɪn`fɔrm]
動 通知；告知

同 **notify** 通知；告知 / **warn** 預先通知
片 **inform against sb.** 舉發、告發某人 / **inform sb. of sth.** 告知某人某事 / **inform sb. on (sb.)** 向某人打（另一個人的）小報告

information
[ˌɪnfɚ`meʃən]
名 資訊；消息

搭 **For further information, please...** 欲知詳情請… / **a piece of information** 一則消息
補 常見的 **info** 其實就是 **information** 的縮寫。

injure
[`ɪndʒɚ]
動 傷害；損壞

同 **hurt** 傷害；使受傷 / **harm** 傷害
反 **repair** 修理 / **cure** 治癒 / **heal** 治癒
補 **injure** 指的是對身體造成的傷害，如例句中的車禍。

0365
innovative
[`ɪnoˌvetɪv]
形 創新的；革新的

同 **creative** 有創造力的 / **original** 有獨創性的
關 **a flash of inspiration** 靈光乍現
補 字根拆解：**in** 進入 + **nov** 新的 + **ative** 形容詞

input
[`ɪnˌpʊt]
名 投入；輸入

關 **stimulation** 刺激 / **contribution** 貢獻
片 **the input into sth.** 對某事投入的資源
搭 **input device** 輸入裝置（如滑鼠、鍵盤等）

0367
在啟動程式之前，我需要先**安裝**這個軟體。
Before starting the program, I'll need to **i**________ the software.

0368
經過這麼多年的開車經驗，我現在也懂了很多基礎的汽車維修**指令**。
From years of driving, I am capable of understanding basic **i**________ in car maintenance.

0369
我並非**有意**冒犯他，所以我向他道歉，並請他喝咖啡。
I didn't **i**________ to offend him, so I apologized and offered him a cup of coffee.

0370
她的憤怒**程度**隨著孩子不斷說謊而高漲。
The **i**________ of her anger rose as her kid kept lying to her.

提示 **愈生氣，憤怒的情緒就愈「強烈」。**

0371
他的**興趣**很廣泛，包括煮咖啡、游泳以及健行。
His broad **i**________ include making coffee, swimming and hiking.

0372
在**內部**調查結束後，我們會發布聲明。
We will make an announcement after the **i**________ investigation is complete.

0373
在贏得冠軍後，那名網球選手揚名**國際**。
The tennis player has gained an **i**________ reputation after winning the championship.

0374
隨時都能連上**網路**的便利性已成為基本需求。
Access to the **i**________ has become a basic need.

install / instructions / intend / intensity / interests / internal / international / internet

0367
install
[ɪn`stɔl]
動 安裝；設置

同 **set up** 建立 / **establish** 建立；設立
反 **displace** 替換；撤換 / **take away** 拿走
補 字根拆解：**in** 在裡面 + **stall** 站立處

0368
instruction
[ɪn`strʌkʃən]
名 指令；指導

同 **directions** 指示（複數形） / **guidance** 指導
片 **on instructions = under instructions** 依指令
補 字根拆解：**in** 在上面 + **struc** 建造 + **tion** 名詞

0369
intend
[ɪn`tɛnd]
動 打算；想要

同 **mean** 意圖；打算 / **aim** 意欲
片 **intend to (+ V)** 打算做…
補 字根拆解：**in** 朝向 + **tend** 伸展

0370
intensity
[ɪn`tɛnsətɪ]
名 強度；強烈

同 **strength** 強度 / **magnitude** 強度
關 **tension** （精神上的）緊張
搭 **seismic intensity** 地震強度

0371
interest
[`ɪntərɪst]
名 興趣；利益；利息
動 使…感興趣

片 **have interest in sth.** 對某事有興趣 / **(do sth.) out of interest** 出於好奇去做某事
搭 **vested interest** 既得利益 / **a conflict of interest** 利害衝突 / **interest rate** 利率

0372
internal
[ɪn`tɝnl̩]
形 內部的；內在的

同 **in-house** 內部的
反 **external** 外部的 / **outer** 在外的
搭 **internal affairs** 內部事務

0373
international
[ˌɪntɚ`næʃənl̩]
形 國際性的

同 **worldwide** 遍及全球的 / **global** 全世界的
反 **local** 當地的；本地的 / **national** 全國性的
補 字根拆解：**inter** 在…之間 + **nation** 國家 + **al** 形容詞

0374
internet
[`ɪntɚˌnɛt]
名 網際網路

關 **livestream** 直播 / **hashtag** 標記（網路的 # 標記）
搭 **connect to the internet** 連線上網
補 關於 **internet** 是否要大寫的爭議，尚無定論，所以兩種寫法都會出現。

0375
她在當地的化學工廠進行暑期**實習**。
She had a summer **i**_________ at a local chemical factory.
提示 這裡強調的是取得實習的「資格、身分」。

0376
往前直走約兩公里，會看到一個大**十字路口**。
Go straight for about two kilometers and you will see a big **i**_________.

0377
為了準備星期一早上的**面試**，我前一天就到了。
I arrived the day before to prepare myself for the **i**_________ on Monday morning.

0378
更方便的線上支付系統應該很快就會**出現**。
A more convenient system of online payment should be **i**_________ soon.
提示 這裡的「出現」帶有支付系統「被介紹進來」之意。

0379
他早期的成功**投資**使他成為該國最富有的人。
His early successful **i**_________ made him the richest man in the country.

0380
要記得寄派對的**邀請函**給賓客們。
Remember to send out the **i**_________ to the guests for the party.

0381
她的新工作經常**需要**出差。
Her new job **i**_________ frequent traveling and business meetings.
提示 表示她的工作「牽涉到」出差這一塊。

0382
嫌犯的身分一確認，就**發出**了逮捕令。
A warrant was **i**_________ after the suspect was identified.
提示 本單字當動詞使用時有「發行、發布」的意思。

internship / intersection / interview / introduced / investment / invitations / involves / issued

0375 **internship**
[ˋɪntɜn͵ʃɪp]
名 實習；醫生實習

關 **intern** 實習生 / **probation** 試用期；見習期
搭 **do an internship** 做實習工作 / **during one's internship** 在某人實習期間

0376 **intersection**
[͵ɪntɚˋsɛkʃən]
名 十字路口；交叉

同 **crossroad** 十字路口；交叉路
關 **traffic light** 交通號誌 / **streetlight** 路燈 / **crosswalk** 行人穿越道 / **crosswalk signal** 行人專用號誌
片 **at the corner** 在轉角；在街角

0377 **interview**
[ˋɪntɚ͵vju]
名 採訪；會面
動 進行面談

關 **candidate** 應徵者 / **interviewer** 面試官 / **portfolio** 作品集 / **recommendation letter** 推薦信
搭 **an exclusive interview with** 對…的獨家專訪

0378 **introduce**
[͵ɪntrəˋdjus]
動 介紹；引進；採用

同 **acquaint** 介紹；使認識 / **bring in** 把…帶進來
片 **introduce A to B** 將 **A** 介紹給 **B** 認識
搭 **introduce oneself** 自我介紹

0379 **investment**
[ɪnˋvɛstmənt]
名 投資；投入

關 **stock** 股票 / **share** 股份 / **stockholder** 股東
搭 **investment portfolio** 投資組合
補 **bull market** 牛市（行情上漲的市場）/ **bear market** 熊市（行情慘澹的市場）

0380 **invitation**
[͵ɪnvəˋteʃən]
名 邀請；請帖

關 **dress code** 衣著規定 / **arrive** 抵達 / **visit** 拜訪
搭 **receive one's invitation** 收到某人的邀請 / **accept an invitation** 接受邀請

0381 **involve**
[ɪnˋvɑlv]
動 涉及；牽連

同 **include** 包含 / **relate** 涉及
反 **abandon** 放棄 / **exclude** 把…排除在外
片 **be involved in** 熱衷於；參加；被牽連

0382 **issue**
[ˋɪʃjʊ]
動 發布；核發
名 爭議；問題

片 **at issue** 討論中的 / **make an issue of sth.** 小題大作
搭 **issue date** 發行日期 / **a controversial issue** 有爭議的問題

0383 工廠中的**物品**都不能帶出去，否則將有嚴重的後果。

Any **i**__________ in the factory should not be taken out, or you will face serious consequences.

》提示《 填寫時請注意這裡的 any 表示「任一」。

UNIT 10 J to K 字頭填空題

Test Yourself!

請參考中文翻譯，再填寫空格內的英文單字。

0384 大樓的**清潔人員**分成早、晚、大夜班在輪。

The **j**__________ in the building rotate in three shifts - mornings, evenings, and nights.

0385 他們**嫉妒**在短時間內獲得晉升的那位新人。

They are **j**__________ of the newbie who got promoted within a short time.

0386 她選擇黃金**首飾**而非銀飾，因為其顏色更襯她的膚色。

She chose gold **j**__________**y** over silver because the color fit more with her skin.

0387 他聲稱這次的**工作**輪調是主管在霸凌他。

He claimed that the **j**__________ rotation was a form of bullying from his supervisor.

0388 我們今天晚上會在家辦派對，你何不**加入**我們？

We are having a party at our home tonight. Why don't you come and **j**__________ us?

item / janitors / jealous / jewelry / job / join

item
[`aɪtəm]
名 項目；物件

同 **piece** 部分 / **article** 物品
片 **be an item** （兩人）在交往
考 用於肯定句中的 **any** 表示「任一」，後面可接單數名詞。就本題而言，指「任何一項物品都不能帶走」。

答案 & 單字解說
Get The Answer !

MP3 10

janitor
[`dʒænɪtɚ]
名 清潔人員

關 **broom** 掃帚 / **dustpan** 畚箕 / **mop** 拖把 / **vacuum cleaner** 吸塵器 / **cloth** 抹布 / **rubber gloves** 橡膠手套
補 字根拆解：**janit** 拱廊 **+ or** 名詞（人）

jealous
[`dʒɛləs]
形 嫉妒的

同 **envious** 嫉妒的 / **covetous** 貪圖的
片 **be jealous of** 妒忌
補 字根拆解：**jeal/zel** 狂熱 **+ ous** 形容詞

jewelry
[`dʒuəlrɪ]
名 首飾；珠寶

關 **bracelet** 手環；手鐲 / **necklace** 項鍊 / **earrings** 耳環 / **brooch** 女用胸針 / **hair accessory** 頭髮配件

job
[dʒɑb]
名 工作；職業

關 **opening** 職缺 / **recruitment** 招聘
片 **between jobs** 無業 / **land a job** 找到工作
搭 **a nine-to-five job** 朝九晚五的工作

0388

join
[dʒɔɪn]
動 加入；連接

同 **connect** 連接 / **combine** 結合 / **unite** 使聯合
關 **alliance** 同盟；結盟 / **member** 成員
片 **join forces (with sb.)** 與…聯手達成目的

0389
班建立了粉絲頁面，記錄他在印度**旅行**中的難忘時刻。
Ben started a fan page to record unforgettable moments in his **j**_________ in India.

0390
他受邀擔任歌唱比賽的**評審**。
He was invited to be one of the **j**_________ of a singing contest.

0391
那名**年資尚淺的**員工因為一個微不足道的錯誤而被斥責。
The **j**_________ employee was scolded over a trivial mistake.

0392
他週末的休閒活動就是在河裡划**小皮艇**。
Spending his weekend in a **k**_________ rowing in rivers is his leisure activity.

0393
如今，你可以用嵌在桌子裡的**鍵盤**打字。
Nowadays, you can type by using a built-in **k**_________ on your desk.

0394
我們在尋找具備半導體行業**知識**的人。
We are seeking someone who has **k**_________ in the semiconductor industry.

0395
她注意到兒子的**指關節**有些瘀青。
She noticed some bruises on the **k**_________ of her son.

0396
為了預防緊急情況，他們在家準備了幾個急救**箱**。
They prepared several first-aid **k**_________ at home in case of emergency.

journey / judges / junior / kayak / keyboard / knowledge / knuckles / kits

0389

journey
[`dʒɝnɪ]
名 旅程；旅行

- 同 **tour** 旅行；旅遊 / **trip** 旅行；行程
- 關 **destination** 目的地 / **traverse** 橫渡；越過
- 片 **go on a journey to** 去…旅行 / **on the journey** 在旅途中

0390

judge
[dʒʌdʒ]
名 裁判；法官
動 判決；判斷

- 同 **referee** 裁判 / **umpire** 裁決者 / **decide** 使決斷
- 片 **judge a book by its cover** 以貌取人 / **judge by sth.** 由某事判斷

0391

junior
[`dʒunjɚ]
形 資淺的；晚輩的

- 反 **senior** 資深的；年長的
- 搭 **junior high school** 國中
- 補 **junior** 在美國大學四年的學制中，表示「大三生」，大四生則為 **senior**。

0392

kayak
[`kaɪæk]
名 小皮艇

- 補 雖然 **kayak** 和 **canoe** 中文都有獨木舟的意思，但 **canoe** 指的是木製的獨木舟，而 **kayak** 則是皮製的單人小艇，泛舟所用的通常都是 **kayak**。

0393

keyboard
[`ki͵bord]
名 鍵盤

- 搭 **virtual keyboard** 虛擬鍵盤
- 補 除了電腦鍵盤之外，**keyboard** 還常用來指「鍵盤樂器」，例如樂團裡面的電子琴。

0394

knowledge
[`nɑlɪdʒ]
名 知識；了解

- 片 **have a limited knowledge of sth.** 所知有限 / **come to one's knowledge** 被某人知道
- 搭 **common knowledge** 常識

0395

knuckle
[`nʌkl̩]
名 指關節
動 用指關節敲打

- 片 **knuckle down** 開始認真工作
- 搭 **pork knuckle** 豬腳；豬蹄膀
- 補 **chicken gizzard** 雞胗 / **duck breast** 鴨胸 / **goose liver** 鵝肝

kit
[kɪt]
名 成套工具

- 關 **gear** 工具 / **container** 容器
- 搭 **first-aid kit** 急救包；急救箱 / **tool kit** 工具箱

UNIT 11 L 字頭填空題

請參考中文翻譯，再填寫空格內的英文單字。

0397

在我們部門，那件任務**被標上「過於困難」的標籤**。

The task was l_________ as "too difficult" by all the employees in our department.

0398

我們的工廠已全面自動化，因此減少了對**勞工**的需求。

Our factory has been automated, reducing the need for l_________.

0399

飛機即將**降落**，希望您滿意今日的搭乘。

We are now l_________, and we hope that you had a pleasant flight today.

0400

隨著飛機在桃園機場順利**降落**，這趟旅程也畫下圓滿的句點。

The journey ended with a smooth l_________ at Taoyuan International Airport.

0401

珍妮能說三種外國**語言**，都很流利。

Jenny is able to speak three foreign l_________ fluently.

0402

新版**筆電**都有內建的麥克風。

New versions of the l_________ all have a built-in microphone.

0403

就韓國地區**長久的**和平而言，南北韓最近舉行的高峰會是個好跡象。

Recent summit meetings between North and South Korea are good signs for a l_________ peace in the region.

labeled / labor / landing / landing / languages / laptop / lasting

答案 & 單字解說
Get The Answer !

MP3 11

0397
label
[`lebḷ]
動 貼標籤於
名 標籤；貼紙

同 **marker** 標誌 / **sticker** 貼紙 / **tag** 加標籤
關 **logotype** 商標 / **adhesive** 有黏性的
片 **stick a label on sth.** 把標籤貼在某物上

0398
labor
[`lebɚ]
名 勞動；勞工
動 勞動；努力

同 **worker** 勞工 / **work force** 勞動力
關 **management** 資方 / **blue collar** 藍領階級
片 **(sth. be) a labor of love** 甘願做的事
搭 **labor dispute** 勞資糾紛

0399
land
[lænd]
動 降落；登陸
名 陸地；土地

同 **touch down** 著陸 / **descend** 下降 / **ground** 土地
關 **motherland** 祖國 / **territory** 領土；版圖
片 **land on one's feet** 否極泰來

0400
landing
[`lændɪŋ]
名 降落；靠岸

同 **touchdown** 著陸；降落 / **debarkation** 上岸
反 **takeoff** 起飛；發射（此為名詞）
關 **airport** 機場 / **harbor** 海港；港灣

0401
language
[`læŋgwɪdʒ]
名 語言

關 **vernacular** 本國語 / **dialect** 方言
片 **talk the same language** 有共同語言
搭 **body language** 肢體語言

0402
laptop
[`læptɑp]
名 筆記型電腦

關 **desktop** 桌上型電腦 / **tablet** 平板電腦 / **USB flash drive** 隨身碟 / **external hard drive** 外接式硬碟

0403
lasting
[`læstɪŋ]
形 持久的；持續的

同 **continuing** 連續的 / **everlasting** 持久的
反 **transient** 短暫的 / **temporary** 暫時的
搭 **lasting friendship** 長久的友誼

0404
蒂娜每週日晚上都會鎖定她最愛的影集，收看**最新**集數。
Tina follows closely the l_________ episode of her favorite drama every Sunday night.

0405
他們買了一間有**草坪**的房子，夢想著在那裡野餐。
They bought a house with a l_________, hoping to have a picnic on it someday.

0406
為了那起特定案件而僱用了一位專門**律師**。
A specialized l_________ was hired for the specific case.

0407
這場宴會的目的在**打下**日後合作的基礎。
The party was aimed at l_________ a foundation for possible future cooperation.

提示 打下基礎等於「鋪設」了穩固的地基。

0408
我們的**領導人**很勤奮，而且總是樂於助人。
Our l_________ is a diligent worker and is always willing to help out others.

0409
有人**洩漏**了裁員名單。
Someone l_________ the details of the list of layoffs.

0410
新工作的第一天，我**學會**這台機器的操作方法。
On the very first day of my new job, I l_________ how to operate this machine.

0411
他這些年在大學裡一直負責**講**流體力學的**課**。
He has been l_________ in fluid dynamics for years at a college.

latest / lawn / lawyer / laying / leader / leaked / learned / lecturing

0404
latest
[`letɪst]
形 最新的；最近的

同 **recent** 最近的 / **current** 當前的
反 **old-fashioned** 舊式的
片 **at the latest** 最遲；最晚

0405
lawn
[lɔn]
名 草坪；草地

同 **greensward** 草皮 / **grassplot** 草地
搭 **mow the lawn** 割草（通常指家裡的前後院） / **lawn mower** 割草機

0406
lawyer
[`lɔjɚ]
名 律師

同 **attorney**【美】律師 / **barrister**【英】出庭律師
關 **jury** 陪審團 / **prosecutor** 檢察官 / **bailiff** 法警 / **plaintiff** 原告 / **respondent** 被告 / **witness** 證人

0407
lay
[le]
動 放；鋪設

反 **move** 移動 / **unsettle** 使動搖
片 **lay claim to sth.** 對某事提出權利要求 / **lay eyes on** 看見 / **lay down** 躺下

0408
leader
[`lidɚ]
名 領導者

同 **chief** 長官 / **manager** 負責人；經理
反 **employee** 僱員 / **follower** 追隨者；部下
關 **in charge** 負責 / **authority** 職權；權力

0409
leak
[lik]
動 洩漏；透露

同 **divulge** 洩漏 / **seep** 滲出
片 **leak out**（情報等）洩漏
補 **blow the lid off sth.** 揭露某事的真相 / **whistle-blower**【美 / 口】告密者

0410
learn
[lɝn]
動 學習；認識到

同 **master** 掌握；精通 / **pick up** 獲得
片 **learn of sth.** 得知某事 / **learn from one's mistakes** 從錯誤中學習 / **learn one's lesson** 汲取教訓

0411
lecture
[`lɛktʃɚ]
動 演講，講課
名 演講；授課

同 **address** 發表演說 / **speech** 演講
片 **give sb. a lecture on sth.** 給某人上一堂關於某事的課
補 字根拆解：**lect** 聚集 + **ure** 名詞（聯想：把詞彙聚集在一起）

0412 她向律師尋求意見，透過**法律上的**協助解決了問題。

She sought advice from an attorney and got through the problem via l_________ aid.

0413 她**閒暇**時喜歡閱讀小說。

She likes reading novels in her l_________ time.

0414 她替自己五歲的兒子點了**檸檬水**。

She ordered l_________ for her five-year-old son.

0415 那家銀行最高可以**貸款**給客戶一百萬，利率相當低。

The bank l_________ their clients up to a million dollars at a fairly low interest rate.

》提示《 貸款就是銀行把錢「借給」客戶。

0416 要做這個分析，必須**高度**精通這套統計軟體。

The analysis requires a high l_________ of proficiency in statistical software.

0417 因為**圖書館**氣氛寧靜，所以他喜歡在那裡看書。

He likes reading in the l_________ because of the tranquil atmosphere.

0418 她十年前就已經考到駕駛**執照**了。

She has already got her driver's l_________ ten years ago.

0419 那個槓鈴對他而言太重了，所以他**舉**不起來

The barbell was too heavy for him, so he was unable to l_________ it up.

legal / leisure / lemonade / lends / level / library / license / lift

0412
legal
[`ligḷ]
形 法律上的；合法的

同 **lawful** 合法的 / **legitimate** 合法的 / **juridical** 法律的
反 **illegal** 不合法的 / **illegitimate** 非法的；不合法的
搭 **legal duty** 法律義務 / **legal tender** 法定貨幣

0413
leisure
[`liʒɚ]
名 空閒；閒暇時間
形 空閒的

關 **entertainment** 娛樂；消遣 / **hobby** 嗜好
片 **in one's leisure time** 某人空閒時 / **at (one's) leisure** 有空的

0414
lemonade
[ˌlɛmən`ed]
名 檸檬水

關 **lemon juice** 檸檬原汁（很酸，必須再加水）
補 **When life gives you lemons, make lemonade!** 當人生給你酸溜溜的檸檬時，做成好喝的檸檬水吧！

0415
lend
[lɛnd]
動 借出；貸款

同 **loan** 借出；借貸給
關 **pledge** 抵押 / **entrust** 信託
片 **lend (sb.) a hand** 幫助 / **lend an ear** 有耐性地傾聽

0416
level
[`lɛvḷ]
名 程度；水平面
形 水平的

同 **height** 高度 / **degree** 程度
片 **level with sb.** 對某人說實話 / **level up** 升高 / **level down** 降低
搭 **sea level** 海平面

0417
library
[`laɪˌbrɛrɪ]
名 圖書館

關 **reading room** 閱覽室 / **periodical room** 期刊室
補 字根拆解：**libr** 書籍 + **ary** 地點

0418
license
[`laɪsṇs]
名 執照；許可

同 **certificate** 執照 / **permission** 許可
關 **validate** 使生效 / **issue** 發行；核發
搭 **driver's license** 駕照

0419
lift
[lɪft]
動 舉起；提高

片 **give (sb.) a lift** 讓某人搭便車；幫某人一把 / **lift off**（火箭等）發射
補 槓鈴（**barbell**）是舉重時使用的工具；小型的啞鈴則稱為 **dumbbell**。

0420
在閱讀或看電視時，房間內必須要有更充足的**光線**。
You need more l________ in your room when you are reading or watching TV.

0421
雖然我想繼續喝，但我知道自己酒量的**極限**。
I'd like to drink more, but I know my l________.

0422
你可以經由伺服器**連結**網際網路上的檔案。
You can l________ Internet documents through the server.

0423
我的祖父拒吃**流質**食品，因為他覺得那很難吃。
My grandfather refused to have l________ food because he thinks it tastes bad.

0424
這張**清單**上的人都沒有犯下這檔罪行的嫌疑。
None of the people on this l________ was suspected as the person who committed the crime.

0425
這艘船的最大**負載量**是五噸左右。
The maximum l________ of the ship is around five tons.

0426
導遊要求這團明天早上七點在酒店的**大廳**集合。
The tour guide asked the group to meet in the hotel l________ tomorrow at 7 a.m.

0427
戴安娜點了**龍蝦**，但服務生搞錯了，送上豬排給她。
Diana ordered l________, but the waiter got it wrong and gave her a pork chop.

light / limit / link / liquid / list / load / lobby / lobster

0420 light
[laɪt]

名 光；燈火；光亮
形 輕的；淺色的

反 **darkness** 黑暗 / **dim** 暗淡的

關 **daylight** 日光 / **bulb** 電燈泡

片 **in light of** 有鑑於 / **bring (sth.) to light** 揭露某事

0421 limit
[`lɪmɪt]

名 界線；極限
動 限制；限定

同 **restriction** 限制 / **confine** 使侷限

片 **put a limit on sth.** 設限某物 / **go the limit** 達到極限 / **within limits** 在一定的限度內

搭 **off-limits** 禁止進入的；禁止入內的

0422 link
[lɪŋk]

動 連接；結合
名 聯繫；環節

同 **connect** 連接 / **join** 連結 / **bind** 綑；綁；使連接

搭 **missing link** 事物中缺少的一個環節 / **weak link** 整體中薄弱的一環

0423 liquid
[`lɪkwɪd]

形 液態的；流動的
名 液體

同 **fluid** 液體的 / **flowing** 流動的

反 **solid** 固體；固體的

搭 **liquid asset** 流動資產

0424 list
[lɪst]

名 清單；目錄
動 列舉；把…編成表

關 **catalog** 目錄 / **itemize** 詳細列舉 / **take down** 寫下

搭 **bucket list** 人生目標清單（生前要完成的事） / **hit list** 計畫殺害或打擊的名單 / **blacklist** 黑名單

0425 load
[lod]

名 裝載；負擔
動 裝載；裝貨

反 **unload** 卸貨 / **unburden** 卸去負擔

關 **burden** 重擔 / **stack** 一疊；一堆

片 **be loaded with sth.** 富含某物 / **a load of** 許多 / **be a load off one's mind** 某人如釋重負

0426 lobby
[`lɑbɪ]

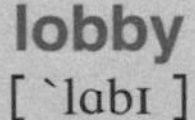

名 大廳；門廊

同 **foyer** 門廳 / **vestibule** 前廳

關 **lounge** （飯店等的）休息室；會客廳

搭 **departure lobby** 出境大廳 / **arrival lobby** 入境大廳

0427 lobster
[`lɑbstɚ]

名 龍蝦

關 **shrimp** 蝦 / **king prawn** 明蝦 / **crayfish** 淡水螯蝦 / **claw** 鉗；螯

片 **snap off** 折斷 / **crush the shell** 壓碎殼

0428
她去越南旅遊時，很享受**當地的**美食。
She enjoyed the l_________ food when traveling in Vietnam.

0429
透過手機上的 GPS，很容易就能**定位**我們的所在位置。
With GPS on cell phones, it's easy to l_________ where we are.
提示 定位也就是「確定位置」。

0430
若要確保未來的業務發展，**地理位置**好不好是最重要的因素。
A good l_________ is the most important element in business growth.

0431
雖然她**鎖上**了門，還是被小偷找到闖進公寓的方法。
Although she l_________ the door, the thief found another way to get into her apartment.

0432
請輸入管理員名稱和密碼來**登入**系統。
Please enter the name and password of administrator to l_________.

0433
隨著年齡增長，記憶力的**喪失**似乎是無法避免的現實。
As we grow older, l_________ of memory seems to be inevitable.

0434
他們推出了一款新的防曬**乳液**。
They launched a new type of suntan l_________.

0435
根據統計，贏得**彩券**的機率比被閃電擊中還低。
According to statistics, it's more likely to be hit by lightning than to win the l_________.

local / locate / location / locked / login / loss / lotion / lottery

0428
local
[`lokḷ]
形 當地的；局部的

同 **native** 本國的 / **regional** 地區的
反 **foreign** 外國的 / **alien** 外國的
搭 **local accent** 當地口音 / **local anesthesia** 局部麻醉

0429
locate
[lo`ket]
動 設置於；座落於

同 **situate** 使位於 / **pinpoint** 標出精確位置
關 **satellite** 衛星 / **navigation** 導航
片 **be located in/at** 位於

0430
location
[lo`keʃən]
名 場所；地點

同 **position** 位置 / **spot** 場所；地點
關 **neighborhood** 鄰近地區 / **district** 轄區
片 **on location** （電影）拍攝外景的

0431
lock
[lɑk]
動 鎖住；鎖上
名 鎖；水閘

反 **unlock** 開鎖；解開
片 **lock (sb.) in** 將某人關在裡面 / **lock up** 鎖好某物；監禁某人 / **lock horns over sth.** 為了某事陷入激烈爭吵

0432
login
[lɑg`ɪn]
動 登入；登錄

關 **username** 使用者姓名 / **password** 密碼 / **system** 系統 / **verify** 核實；驗證 / **validation** 批准；確認
片 **log in** 登入 / **log out** 登出 / **sign up** 註冊

0433
loss
[lɔs]
名 失去；虧損

反 **gain** 獲利；收益 / **profit** 得益
片 **be at a loss** 虧本的；不知所措的
補 **One man's loss is another man's gain.** 此消彼長。

0434
lotion
[`loʃən]
名 護膚乳液

關 **physical blocker** 物理性防曬 / **chemical blocker** 化學性防曬
搭 **toning lotion** 化妝水 / **body lotion** 身體乳液

0435
lottery
[`lɑtərɪ]
名 彩券；獎券

關 **scratch-off (lottery) ticket** 刮刮樂
片 **hit the jackpot** 中頭獎；贏得一大筆錢
搭 **win the lottery** 中樂透 / **buy a lottery ticket** 買樂透

0436
學生們都聽到了從**擴音器**傳來的通知事項。
The students all heard the announcement over the l_________.

0437
他帶著貴賓卡到機場**休息室**小憩，等待轉機。
He took a rest in the airport l_________ with his VIP card, waiting for his transfer flight.

0438
在所有的人格特質中，我們老闆最重視**忠誠度**。
Our boss valued l_________ more than any other characteristic.

0439
她忘了鎖上**行李箱**，所以衣服都散落在行李輸送帶上。
She forgot to lock her l_________, so her clothes were everywhere on the baggage carousel.

0440
由於**木材**須先經過處理，因而耽誤了文化中心的建設工程。
The construction of the cultural center was delayed due to the preprocessing of the l_________.

0441
那名作曲家自己構思了**歌詞**。
The composer conceived the l_________ all by himself.

Answer key **loudspeaker / lounge / loyalty / luggage / lumber / lyrics**

0436
loudspeaker
[`laud`spikɚ]
名 喇叭；擴音器

同 **speaker** 喇叭 / **megaphone** 擴音器
補 **loudspeaker** 可以指音響的喇叭，也能表示大聲公；但 **speaker** 一般只能表示音響的喇叭。

0437
lounge
[laundʒ]
名 休息室
動 躺；閒逛

同 **saloon** 廳；室 / **idle** 閒晃
片 **lounge around** 閒晃
搭 **transit lounge** （等待轉機的）候機室

0438
loyalty
[`lɔɪəltɪ]
名 忠誠；忠心

同 **faithfulness** 忠誠 / **fidelity** 忠貞；忠誠
反 **disloyalty** 不忠；不貞 / **betrayal** 背叛
搭 **brand loyalty** 品牌忠誠度

0439
luggage
[`lʌgɪdʒ]
名 行李

同 **baggage** 行李 / **trunk** 旅行用大皮箱
關 **wheeled suitcase** 輪式行李箱 / **duffel bag** 圓筒包；行李袋 / **backpack** 後背包 / **briefcase** 公事包

0440
lumber
[`lʌmbɚ]
名 木材
動 緩慢吃力地移動

同 **timber** 木材 / **log** 原木
片 **be lumbered with sth.** 受到某事拖累 / **lumber sb. with sth.** 迫使某人去應付某事

0441
lyric
[`lɪrɪk]
名 歌詞；抒情詩

關 **intro** 前奏 / **verse** 主歌 / **chorus** 副歌 / **outro** 歌曲結尾 / **melody** 旋律 / **rhythm** 節奏
搭 **write a song** 寫歌

UNIT 12 M 字頭填空題

請參考中文翻譯，再填寫空格內的英文單字。

0442

即使是我們最好的技師，也查不出這臺**機器**的問題在哪裡。

Even our best mechanic couldn't identify the problem with this **m**_________.

0443

這個小男孩總是亂丟東西，讓父母很**生氣**。

The little boy always made his parents **m**_________ by tossing everything around.

0444

大衛是舉世聞名的**魔術師**，幾乎能讓一切都在你眼前消失。

David is a world-famous **m**_________ who can make almost anything disappear in front of you.

0445

他走到最近的**郵筒**，並將信投進去。

He walked to the nearest public **m**_________ and put in his letter.

0446

郵差每天早上都會來這裡。

The **m**_________ comes here every day in the morning.

0447

一家企業要**維持**營運，必須仰賴許多人的加班與努力。

It requires a lot of late nights and hard work to **m**_________ a business.

0448

研發人員在我們公司中占**多數**。

R&D fellows are in the **m**_________ in our company.

machine / mad / magician / mailbox / mailman / maintain / majority

答案 & 單字解說
Get The Answer !

MP3 12

machine
[mə`ʃin]
名 機器；機械

關 **engineering** 工程學 / **efficiency** 效率
搭 **washing machine** 洗衣機 / **vending machine** 自動販賣機

0443

mad
[mæd]
形 生氣的；發瘋的

同 **irritated** 生氣的 / **insane** 瘋狂的
反 **calm** 沉著的；鎮靜的 / **rational** 理性的
片 **be mad about sb./sth.** 對…感到生氣；對…瘋狂

magician
[mə`dʒɪʃən]
名 魔術師

關 **illusion** 錯覺；幻覺 / **sensation** 知覺 / **visionary** 幻覺的 / **marvel** 令人驚奇的人或事物
搭 **perform/do magic tricks** 變魔術

mailbox
[`mel͵bɑks]
名 郵筒；郵箱；信箱

關 **post office** 郵局 / **ordinary mail** 平信 / **registered mail** 掛號信 / **prompt delivery mail** 限時郵件
補 平常我們說的 **e-mail** 其實是 **electronic mail** 的簡稱。

mailman
[`mel͵mæn]
名 郵差；郵遞員

同 **postman** 郵差 / **messenger** 送信人；信差
關 **letter** 信 / **postcard** 明信片 / **package** 包裹 / **parcel** 包裹 / **mailing address** 收件人地址 / **return address** 寄件人地址

maintain
[men`ten]
動 維持；維護

同 **keep** 維持 / **sustain** 維持；支援
反 **abandon** 放棄 / **discontinue** 停止
片 **maintain a low profile** 維持低調

0448

majority
[mə`dʒɔrətɪ]
名 多數；過半數

同 **the greater part** 大多數
反 **minority** 少數；少數派
片 **the majority of** …的大多數

0449

為了參加化妝舞會，她畫了特別的**妝**，打扮成殭屍。

She put on special **m**__________ and dressed up as a zombie for the costume party.

0450

即使換了一個新職位，他還是無法**兼顧**工作與生活。

He still couldn't **m**__________ to achieve a work-life balance in his new position.

提示 動詞與後面的 to 形成片語，表示「成功完成某事」。

0451

透過種種的困難，他學到許多有用的**管理**技巧。

He has acquired many useful **m**__________ skills through all the obstacles.

0452

他在加入公司兩年後晉升為**經理**。

He was promoted to **m**__________ two years after joining the company.

0453

那孩子亂扔食物，並因為這樣糟糕的餐桌**禮儀**受罰。

The kid tossed the food around and was punished for his bad table **m**__________.

0454

只要按照**手冊**上的指示，就能輕鬆地組裝好傢俱。

DIY furniture is easy if you follow the instructions in the **m**__________.

0455

她每年都會參加許多**馬拉松**賽事，還想步行環遊日本。

She takes part in **m**__________ every year and has decided to travel all around Japan on foot.

0456

她把自己旅遊清單上的地點**標記**在世界地圖上。

On a world map, **m**__________ are put at the places that are on her travel list.

Answer key

makeup / manage / management / manager / manners / manual / marathons / marks

0449
makeup
[ˋmek͵ʌp]
名 化妝；化妝品

片 **put on makeup** 上妝；畫妝
考 **make up** 中間若分開，則為動詞片語，有「補足、編造、組成」的意思。

0450
manage
[ˋmænɪdʒ]
動 管理；控制

同 **handle** 管理 / **manipulate** 操控；操作
反 **mismanage** 管理不善 / **mess up** 搞砸
片 **manage to** 設法；成功完成

0451
management
[ˋmænɪdʒmənt]
名 管理；經營

同 **administration** 管理 / **supervision** 管理；監督
關 **leadership** 領導地位 / **empower** 授權；准許
搭 **project management (PM)** 專案管理

0452
manager
[ˋmænɪdʒɚ]
名 經理；主任

同 **executive** 主管 / **supervisor** 管理人
反 **subordinate** 部屬 / **worker** 員工
搭 **outside manager** 空降主管

0453
manner
[ˋmænɚ]
名 禮儀；方法

同 **etiquette** 禮儀 / **method** 方法
搭 **table manners** 餐桌禮儀
考 本單字當「禮儀」解釋時，會用複數形 **manners**。

0454
manual
[ˋmænjʊəl]
名 使用手冊；指南
形 手工的；手的

同 **guide** 指南 / **handbook** 手冊
反 **automated** 機械化的 / **automatic** 自動的
搭 **manual transmission** 手排（車）

0455
marathon
[ˋmærə͵θɑn]
名 馬拉松；耐力比賽

關 **road running** 路跑 / **endurance** 耐久力
片 **run a marathon** 參加馬拉松
搭 **ultra-marathon** 超級馬拉松

0456
mark
[mɑrk]
名 記號；標記
動 做記號

片 **be off the mark** 偏離目標 / **leave (one's) mark on** 在…留下（某人的）記號
搭 **birth mark** 胎記 / **question mark** 問號

0457

他們對當前的咖啡**市場**進行了分析。

They conducted an analysis of the current coffee **m**_________.

0458

行銷工作的內容與工程師有很大的差異。

A career in **m**_________ differs a lot from that of an engineer.

0459

在泰國**按摩**比在其他國家還要便宜。

It is cheaper to have a **m**_________ in Thailand than in any other country in the world.

0460

珊蒂**精通**四國語言，包含中文、英文、西班牙文與俄文。

Sandy has **m**_________ four languages, including Chinese, English, Spanish, and Russian.

0461

很難相信玻璃的**原料**是沙。

It is hard to believe that the raw **m**_________ of glass is sand.

0462

據報導，**最高**溫可能會達到攝氏三十八度。

It is reported that a possible **m**_________ temperature would be up to 38 degrees Celsius.

0463

這個小組專門負責發展工廠內的節能**措施**。

This group is dedicated to developing energy-saving **m**_________ in factories.

0464

我手臂疼痛的狀況一直持續著，看來得尋求**醫療**建議了。

I need to seek **m**_________ advice for the persisting pain in my arm.

market / marketing / massage / mastered / material / maximum / measures / medical

0457
market
[`markɪt]
名 市場；行情

同 **marketplace** 市場 / **supermarket** 超市
片 **be on the market** 買得到的
搭 **black market** 黑市 / **market day** 市集日

0458
marketing
[`markɪtɪŋ]
名 行銷；銷售

關 **current customer** 現有顧客 / **potential client** 潛在客戶 / **publicity** 宣傳；宣揚
搭 **word-of-mouth marketing** 口碑行銷

0459
massage
[mə`saʒ]
名 按摩
動 按摩；揉捏

關 **therapist** 按摩師 / **comfortable** 舒適的
搭 **foot massage** 足部按摩 / **head massage** 頭部按摩 / **back massage** 背部按摩 / **body massage** 身體按摩

0460
master
[`mæstɚ]
動 精通；掌握
名 大師；主人

同 **comprehend** 領會 / **connoisseur** 行家
反 **amateur** 外行人 / **novice** 新手；初學者
搭 **master key** 萬能鑰匙

0461
material
[mə`tɪrɪəl]
名 材料；原料
形 物質的；有形的

同 **substance** 物質 / **substantial** 實在的
反 **spiritual** 精神上的 / **mental** 心理的
搭 **raw material** 原料 / **teaching material** 教材

0462
maximum
[`mæksəməm]
形 最大的；最高的
名 最大值

同 **highest** 最高的 / **utmost** 最大的
反 **lowest** 最低的 / **minimum** 最小量
關 **exceed** 超過 / **borderline** 邊界；界線

0463
measure
[`mɛʒɚ]
名 措施；尺寸
動 測量；計量

關 **means** 手段 / **quantify** 使量化 / **estimate** 估量
片 **beyond measure** 極其 / **take measures** 採取行動
補 字根拆解：**meas/mens** 測量 + **ure** 名詞

0464
medical
[`mɛdɪkḷ]
形 醫療的；醫學的

同 **pharmaceutical** 藥的 / **therapeutic** 治療的
搭 **medical certificate** 診斷書 / **medical school** 醫學院 / **medical insurance** 醫療保險

0465
她決定投身**醫學**事業。
She decided to pursue a career in **m**__________.
提示 投身醫學事業，就會與藥物爲伍。

0466
他穿 M **號**尺寸的衣服。
He takes a **m**__________ size in clothes.
提示 我們常說的 M 號，就是「中間的」尺寸。

0467
從我們第一次**碰面**到現在已經過了兩年。
It has been two years since our first **m**__________.
提示 由「碰面」的動詞產生的變化形。

0468
心情愉快的他邊哼著一首流行**旋律**，邊開車回家。
In a good mood, he hummed a popular **m**__________ while driving home.

0469
健身房的年**會**費約為新臺幣一萬元。
Annual **m**__________ to the gym is around ten thousand NT dollars.
提示 繳會費的人，都是具有「會員身分」的人。

0470
茱莉亞習慣把可能忘記的事寫在**便條紙**上。
Julia had a habit of writing anything she might forget down on a **m**__________ pad.

0471
我發現麗莎對字母和符號的**記憶力**極佳。
I found that Lisa had an excellent **m**__________ for letters and symbols.

0472
你有在會議上向老闆**提及**這個新想法嗎？
Did you **m**__________ the new idea to the boss in the meeting?

Answer key
medicine / medium / meeting / melody / membership / memo / memory / mention

0465 **medicine** [`mɛdəsn̩] 名 醫學；藥物

關 **medication** 藥物治療 / **pill** 藥丸；藥片
片 **give sb. a dose of their own medicine** 以牙還牙
搭 **over-the-counter medicine** 成藥（不需要處方箋就能買到的藥品）

0466 **medium** [`midɪəm] 形 中間的；適中的 名 中間；媒介

同 **middle** 中間的 / **average** 中等的
反 **extreme** 極端的 / **uttermost** 極限
補 字根拆解：**medi** 中間的 + **um** 字尾

0467 **meeting** [`mitɪŋ] 名 會議；會面

同 **convention** 會議；大會 / **session** 開會
關 **chairperson** 主席 / **agenda** 議程
搭 **a meeting of minds** 意見一致

0468 **melody** [`mɛlədɪ] 名 旋律；曲子

同 **tune** 曲調；旋律 / **song** 歌曲
關 **sonority** 響亮 / **harmonic** 悅耳的 / **acoustic** 聽覺的 / **sonata** 奏鳴曲 / **tune up** 調音

0469 **membership** [`mɛmbɚ͵ʃɪp] 名 會員資格

關 **enrollment** 入會 / **affiliation** 入會；加入 / **admission** 進入許可 / **participation** 參加
搭 **renew the membership** 延續會員資格

0470 **memo** [`mɛmo] 名 便條；備忘錄

關 **Post-it** 便利貼 / **sticky note** 便利貼 / **reminder** 提醒物 / **scratch** 潦草地寫 / **write down** 寫下
補 **memo** 為 **memorandum**（備忘錄；便條）的口語簡化。

0471 **memory** [`mɛmərɪ] 名 記憶；記憶力

片 **have vivid memory of sth.** 對某事記憶猶新 / **if (one's) memory serves** 如果（某人）沒記錯的話
搭 **a dim memory** 模糊的記憶 / **a good memory** 記性好 / **a bad memory** 記性差

0472 **mention** [`mɛnʃən] 動 提及；提到

同 **speak of** 談到 / **refer to** 提及；涉及
片 **not to mention** 更不用說（後接名詞） / **mention sth. to sb.** 向某人提及某事

0473 不好意思，可以給我一份**菜單**嗎？
Excuse me. Could you bring me the **m**_________, please?

0474 祕書忘了轉達一位重要客戶留下的**訊息**。
The secretary forgot to pass on the **m**_________ left by an important client.

0475 你的房間太**亂**了，現在就去整理乾淨！
Your room is way too **m**_________. Tidy up now!

0476 開發**金屬**產品是人類歷史上的一大步。
Developing **m**_________ products was a huge step in human history.

0477 這個問題的幾種計算**方法**已被提出來說明。
Different **m**_________ of calculation to this problem were demonstrated.

0478 他們正在討論削減**軍費**的問題。
They were discussing cuts in **m**_________ spending.

0479 她生日時收到咖啡**研磨機**當禮物。
She received a coffee **m**_________ as her birthday present.
提示 **「碾碎、研磨」的動詞也可以當名詞用。**

0480 開新戶頭**至少**需要存入一百美元。
A **m**_________ of $100 dollars is required to set up a new account.
提示 **「至少」表示最少的需求量。**

Answer key **menu / message / messy / metal / methods / military / mill / minimum**

0473
menu
[`mɛnju]
名 菜單

關 **appetizer** 開胃菜 / **main course** 主菜 / **dessert** 餐後甜點 / **beverage** 飲料

補 **set menu** 套餐 / **a la carte** 單點（原為法文，但現在已經成為普遍說法了。）

0474
message
[`mɛsɪdʒ]
名 訊息；消息

片 **leave a message** 留下訊息 / **send a message** 發送訊息 / **get a message** 收到訊息

搭 **text message** 簡訊

補 **text** 也可以當動詞，例如 **text me** 表示「傳簡訊給我」。

0475
messy
[`mɛsɪ]
形 雜亂的；骯髒的

同 **dirty** 髒的 / **chaotic** 混亂的

反 **tidy** 整潔的 / **ordered** 整齊的

搭 **messy hair** 凌亂的頭髮 / **messy business** 亂七八糟或棘手的事情

0476
metal
[`mɛtl̩]
名 金屬；合金

關 **alloy** 合金 / **bullion** 金；銀 / **copper** 銅；銅製品 / **steel** 鋼鐵 / **brassy** 黃銅的

片 **put pedal to the metal** 加速行駛；加速處理某事

0477
method
[`mɛθəd]
名 方法；辦法

同 **means** 方法 / **manner** 方法

補 **a method in one's madness** 雖然看起來瘋狂，但某舉動是有目的性的（常用於說服他人）

0478
military
[`mɪlə͵tɛrɪ]
形 軍事的；軍隊的
名 軍隊；軍方

關 **army** 軍隊 / **troops** 軍隊；部隊 / **soldier** 士兵

搭 **the military** 軍方 / **military drill** 軍事演習 / **military service** 兵役

0479
mill
[mɪl]
名 磨坊；研磨機
動 碾碎；磨成粉

同 **grinder** 研磨機 / **workshop** 小工廠

片 **be grist to the mill** 對…有幫助、有利的事物 / **go through the mill** 歷經磨難

0480
minimum
[`mɪnɪməm]
名 最小值；最低限度
形 最少的；最小的

同 **minimal** 最小的 / **least** 最少的

反 **maximum** 最大值；最大的

片 **keep sth. to a minimum** 將…保持在最低限度

0481
請稍等**片刻**，您的桌位幾**分鐘**後就能準備好。
Please wait here for just a **m**_________. Your table should be ready in a few **m**_________.
提示 **前後兩格為相同的單字，但請注意文法變化。**

0482
軍隊的**任務**是死守這座城。
The troops' **m**_________ was to defend the town to the last man.

0483
聊聊你犯**錯**的經驗吧。
Tell me about a time you made a **m**_________.
提示 **這的單字偏向於較不嚴重的失誤。**

0484
我們必須從失敗的經驗中學習，建構出成功的**模式**。
We need to develop **m**_________ of success out from the failures.

0485
科技在**現代**社會中扮演十分重要的角色。
Technology plays a crucial role in **m**_________ society.

0486
在取得巨大的成功之後，他待人依然**謙遜**。
Even after his great success, he still remains **m**_________ to people.

0487
因為想要省點住宿費，所以我們預訂了**汽車旅館**。
We booked a **m**_________ because we wanted to save some money on accommodation.

0488
摩托車在這裡很常見，是很普遍的通勤方式。
M_________ are quite common here; it is a popular way to commute.

Answer key
minute : minutes / mission / mistake / modes / modern / modest / motel / Motorcycles

0481
minute
[`mɪnɪt]
名 分鐘

搭 **up-to-the-minute** 最新的；最新款的
考 複數形 **minutes** 指「會議紀錄」，相關片語有 **take the minutes**（做會議紀錄）。
補 **Just a minute.** 等我一下，很快就好。

0482
mission
[`mɪʃən]
名 目標；任務

同 **task** 任務 / **assignment** 分派的任務
搭 **accomplish a mission** 完成任務
片 **be on a mission** 正在執行任務的

0483
mistake
[mɪ`stek]
名 錯誤；過失
動 弄錯；誤解

同 **slip** 疏忽；錯誤 / **fault** 錯誤；毛病
片 **by mistake** 搞錯；錯誤地 / **make a mistake** 犯錯 / **mistake A for B** 將 **A** 誤認、誤解成 **B**（**A** 與 **B** 可以為人或事）

0484
mode
[mod]
名 方法；形式

同 **form** 類型；種類 / **style** 風格；作風
搭 **flight mode = airplane mode** 飛航模式 / **standard mode** 標準模式

0485
modern
[`mɑdən]
形 現代的；時髦的

同 **contemporary** 當代的 / **stylish** 時髦的
搭 **post-modern** 後現代主義的 / **modern art** 現代藝術
補 字根拆解：**mod** 模式 + **ern** 字尾（表方向）

0486
modest
[`mɑdɪst]
形 謙遜的；端莊的

同 **humble** 謙遜的 / **moderate** 有節制的
反 **immodest** 傲慢的 / **arrogant** 自大的
補 字根拆解：**mod** 態度 + **est** 形容詞（拉丁字尾 **us** 的變體）

0487
motel
[mo`tɛl]
名 汽車旅館

關 **youth hostel** 青年旅館 / **B&B** 民宿 / **guesthouse** 小型家庭旅館
補 **motel** 為結合 **motor**（汽車的）與 **hotel**（飯店）的單字。

0488
motorcycle
[`motɚ͵saɪkḷ]
名 摩托車

補 同樣翻譯為摩托車，**motorcycle** 指的是野狼機車（腳必須跨坐在機車兩邊）；**scooter** 與 **moped** 則是指我們一般騎的機車（座位前方有置物踏板的車型）。

0489

他最近愛上了登**山**這項活動。

He fell in love with **m**_________ climbing recently.

提示 **單字與後方的 climbing 結合，形成慣用語。**

0490

他買了一個新的無線**滑鼠**用於工作。

He bought a new wireless **m**_________ for work.

0491

要**移動**這個鉛塊，我們需要兩位壯漢的幫忙。

We will need two strong men to **m**_________ this lead block.

0492

他們設計了一個新遊戲，是用臉部**肌肉**來移動餅乾。

They designed a new game using facial **m**_________ to move a piece of cookie.

0493

去國外旅行時，我們很愛參觀藝術**博物館**。

We are fond of visiting art **m**_________ when traveling abroad.

0494

展覽會上展示著幾件昂貴的**樂**器。

There were expensive **m**_________ instruments in the exhibition.

0495

莫札特是才華橫溢的**音樂家**，那個時代的人們都很仰慕他。

Mozart was a talented **m**_________; people at his time admired him so much.

mountain / mouse / move / muscles / museums / musical / musician

0489
mountain
[`maʊntn̩]
名 高山；山嶽
形 山的；巨大的

片 **a mountain of sth.** 大量的 / **make a mountain out of a molehill** 小題大作
補 **hiking** 指有專門步道的健行；**mountain climbing** 則為較難走，且須攜帶裝備前往的登山活動。

0490
mouse
[maʊs]
名 老鼠；電腦滑鼠

關 **marmot** 土撥鼠 / **guinea pig** 天竺鼠 / **hamster** 倉鼠（體型比天竺鼠小）
片 **(as) quiet as a mouse** 無聲無息的

0491
move
[muv]
動 移動；離開
名 遷移；移居

反 **cease** 停止 / **stay** 停留 / **remain** 保持；逗留
片 **move on** 前進 / **get a move on** 趕快 / **make a move** 行動；啟程

0492
muscle
[`mʌsl̩]
名 肌肉；力量

片 **flex one's muscles** 顯示實力；宣示武力
搭 **a muscle spasm** 肌肉痙攣 / **abdominal muscle** 腹肌 / **muscle strain** 肌肉拉傷

0493
museum
[mju`zɪəm]
名 博物館

關 **gallery** 畫廊 / **exhibition** 展覽會
片 **a museum piece** 老古董
搭 **the British Museum** 大英博物館

0494
musical
[`mjuzɪkl̩]
形 音樂的；悅耳的
名 歌舞劇；音樂劇

同 **harmonious** 悅耳的 / **melodious** 旋律優美的
關 **Broadway shows** 百老匯音樂劇
片 **play musical chairs** 玩大風吹
搭 **musical director** 音樂總監

0495
musician
[mju`zɪʃən]
名 音樂家

同 **composer** 作曲家 / **performer** 演奏者
關 **classical** 古典音樂 / **jazz** 爵士樂 / **hip-hop** 嘻哈音樂 / **rock** 搖滾樂 / **pop music** 流行音樂

UNIT 13 N 字頭填空題

Test Yourself!

請參考中文翻譯，再填寫空格內的英文單字。

0496
為了慶祝復活節，這間餐廳把**餐巾**摺成兔子的造型。
To celebrate Easter, this restaurant folds its **n**__________ into the shape of bunnies.

0497
任何非法移民到這個**國家**的人都將被驅逐出境。
Anyone who did not immigrate to this **n**__________ legally will be deported.

0498
我注意到一個陌生人站在我家**附近**好幾天了。
I noticed a stranger standing **n**__________ my house for several days.

0499
從他的辦公桌可以看出他喜歡保持**乾淨**與整齊。
You can see from his desk that he likes everything **n**__________ and tidy.

0500
申請人**必須**提前用電子郵件寄送履歷。
It's **n**__________ for applicants to e-mail their resumes in advance.

0501
他一見到**針**，就昏倒在地上。
As soon as he saw the **n**__________, he passed out and fell on the floor.

0502
沒有任何保護措施就在陽光下曝晒會對皮膚產生**不良**影響。
Exposure under the sun without protection has a **n**__________ impact on our skin.

》提示《 **產生不良影響也就是「負面的」結果。**

napkins / nation / nearby / neat / necessary / needle / negative

答案 & 單字解說
Get The Answer !

MP3 13

napkin
[`næpkɪn]
名 餐巾

關 **tissue paper** 面紙 / **paper towel** 廚房用紙巾
補 **salad plate** 沙拉用的碟 /**dinner plate** 主餐盤 / **soup bowl** 湯碗 / **salad fork** 沙拉叉 / **dinner fork** 餐叉 / **water glass** 水杯 / **wine glass** 酒杯

nation
[`neʃən]
名 國家

同 **country** 國家 / **land** 國家；國土
關 **nationwide** 全國性的
搭 **national anthem** 國歌

nearby
[`nɪr͵baɪ]
形 附近的
副 在附近

同 **neighboring** 鄰近的 / **adjacent** 鄰接的
反 **far** 遙遠的；久遠的 / **faraway** 遠方的
關 **vicinity** 附近地區 / **neighbor** 鄰居

neat
[nit]
形 整潔的；整齊的

同 **clean** 整齊的 / **orderly** 整齊的
反 **dirty** 骯髒的 / **untidy** 不整潔的
搭 **neat weight** 淨重

necessary
[`nɛsə͵sɛrɪ]
形 必需的；需要的

同 **required** 必須的 / **essential** 必要的
反 **additional** 額外的 / **extra** 外加的
搭 **a necessary evil** 不想做但卻必須做的事情；不得不接受的事

needle
[`nidḷ]
名 針；針孔

片 **look for a needle in a haystack** 大海撈針 / **be on pins and needles** 如坐針氈
搭 **thread a needle** 穿針引線

negative
[`nɛgətɪv]
形 否定的；負面的

同 **pessimistic** 悲觀的 / **cynical** 悲觀的
反 **positive** 正面的 / **affirmative** 表示贊成的
搭 **negative pole** 【電】負極 / **a double negative** 【文法】雙重否定

0503
他**忽略**電費沒繳，所以被斷電了。
He **n**__________ to pay his electricity bill, so the power was cut.

0504
這裡的每個居民都喜歡這個**社區**。
Every resident in this community loves this **n**__________.
提示 這個單字表示社區的「整個街坊」。

0505
身為神經科醫生，他在醫學院鑽研有關**神經**的知識。
As a neurologist, he studied **n**__________ in medical school.

0506
如今的年輕人很少看**報紙**，甚至連紙本書都很少看了。
Nowadays, young people seldom read **n**__________ or even paper books.

0507
正常情況下，我不會在他人面前哭泣。
Under the **n**__________ situation, I would not cry in front of people.

0508
正常來說，會將購買明細與發票一併寄出。
You would **n**__________ send the details of purchase together with the invoice.

0509
關於這個重要的問題，她寫了一張**便條**給她的同事。
She wrote her colleague a **n**__________ on the important issue.

0510
在她自殺之前，他們沒有**注意到**她被憂鬱所苦。
They didn't **n**__________ her signs of distress until she committed suicide.

Answer key: neglected / neighborhood / nerves / newspapers / normal / normally / note / notice

0503
neglect
[nɪgˋlɛkt]
動 忽略；忽視
名 疏忽；忽略

同 **overlook** 忽略 / **ignore** 忽視 / **pass over** 忽視
反 **regard** 注重 / **care** 關心；介意
補 字根拆解：**neg** 否定 + **lect** 選擇

0504
neighborhood
[ˋnebɚˏhʊd]
名 鄰近地區

關 **close to** 接近 / **block** 街區 / **community** 社區
片 **in the neighborhood** 在附近
補 字根拆解：**neigh/neah** 附近 + **bor** 居住 + **hood** 情況

0505
nerve
[nɝv]
名 神經；憂慮

關 **nerve-racking** 使人極度不安的
片 **have the nerve to** 有勇氣做某事 / **lose one's nerve** 某人失去勇氣

0506
newspaper
[ˋnjuzˏpepɚ]
名 報紙

關 **the front page** 頭版 / **classified ads** 分類廣告 / **business** 財經版 / **sports** 體育版 / **life** 生活版 / **editorials** 社論 / **supplement** 副刊
搭 **in the newspaper** 在報紙上

0507
normal
[ˋnɔrml̩]
形 正常的；標準的

同 **regular** 正常的 / **ordinary** 平常的；通常的
反 **abnormal** 反常的 / **rare** 罕見的 / **unusual** 不平常的
搭 **under normal circumstances** 一般來說

0508
normally
[ˋnɔrml̩ɪ]
副 正常地；通常

同 **commonly** 通常地 / **typically** 典型地
反 **abnormally** 反常地 / **remarkably** 引人注目地
關 **principle** 原則 / **standard** 標準 / **awkward** 不合適的

0509
note
[not]
名 筆記；注解
動 注意

同 **notice** 注意到 / **remark** 注意 / **message** 訊息
片 **take note of** 關注；留意 / **take a note of sth.** 把某事記下來

0510
notice
[ˋnotɪs]
動 注意到
名 公告；通知

同 **notification** 通知 / **announcement** 通告
片 **at a moment's notice** 臨時通知 / **escape (one's) notice** 不被某人發現 / **hand in one's notice** 遞交辭呈

0511

如有任何關於此事的變化，請**通知**我，謝謝。

Please **n**_________ me of any changes on this matter. Thank you.

0512

對他而言，休息一天能幫助他激發出更多**新穎的**想法。

To him, taking a day off will stimulate him to come up with more **n**_________ ideas.

0513

畢業之後，她就一直從事著**護士**的工作。

She has been working as a **n**_________ since graduation.

UNIT 14 O 字頭填空題

Test Yourself!

請參考中文翻譯，再填寫空格內的英文單字。

0514

他的任務是**觀察**潮汐漲退的現象。

His assignment was to **o**_________ the natural phenomena of the tides.

0515

保守的政治觀念是民主發展的主要**障礙**。

Conservative concepts in politics are the main **o**_________ to democracy.

0516

我想要一個**海景**房，謝謝。

I'd like a room with an **o**_________ view, please.

notify / novel / nurse / observe / obstacles / ocean

0511

notify
[`notə,faɪ]
動 通知；告知

同 **inform** 通知 / **report** 報告
片 **notify sb. of sth.** 通知某人某事
補 字根拆解：**not** 知道的 + **ify** 動詞（使成…化）

0512

novel
[`nɑvl̩]
形 新穎的；新奇的
名 長篇小說

同 **innovative** 創新的 / **fiction** 小說
反 **common** 普通的 / **familiar** 熟悉的；常見的
搭 **historical novel** 歷史小說 / **detective novel** 偵探小說 / **fantasy novel** 奇幻小說

0513

nurse
[nɝs]
名 護士

關 **pharmacist** 藥劑師 / **dietitian** 營養師 / **emergency room** 急診室 / **operating room** 手術室
搭 **nursing home** 療養院 / **nurses' station** 護理站

答案 & 單字解說
Get The Answer !

MP3 14

0514

observe
[əb`zɝv]
動 觀察；觀測

同 **study** 研究 / **detect** 發現
搭 **observe sb. doing sth.** 注意到某人做某事
補 字根拆解：**ob** 前往 + **serve/serv** 保存

0515

obstacle
[`ɑbstəkl̩]
名 障礙物；阻礙

同 **impediment** 阻礙 / **barrier** 障礙物
搭 **overcome an obstacle** 克服障礙
補 字根拆解：**ob** 反對 + **sta** 站立 + **cle** 小尺寸

0516

ocean
[`oʃən]
名 海洋

關 **tide** 潮汐 / **marine** 海生的；海的 / **offshore** 離岸的
搭 **ocean view** 海景 / **ocean floor** 海床
補 **the Atlantic Ocean** 大西洋 / **the Pacific Ocean** 太平洋 / **the Indian Ocean** 印度洋

0517
有室友的話，她擔心**冒犯**到對方，所以登記了單人房。
She was afraid to o__________ her possible roommates, so she registered for a single room.

0518
他還在考慮是否要接受這間公司**提供**的職缺。
He is still considering the job o__________ by the company.
提示 要判斷本單字的詞性，須考慮後面出現的 by。

0519
我們將**辦公室**搬到了新大樓。
We moved our o__________ to the new building.

0520
我訂閱了這本雜誌的**線上**版，因為那比較便宜。
I subscribed to the o__________ version of the magazine because it was cheaper.

0521
他們**點了**炸雞和洋蔥圈外帶。
They o__________ fried chicken and onion rings to go.

0522
他在一個幫助貧困兒童上學的非營利**組織**工作。
He works in a nonprofit o__________ supporting poor kids to go to school.

0523
有些小朋友對於聖誕節的**由來**很好奇。
Some kids were curious about the o__________ of Christmas.
提示 得知由來也就是了解最原始的「起源」。

0524
為了這場萬聖節派對，凱西穿了一件嚇人的殭屍**服裝**。
Cathy wore a scary zombie o__________ for the Halloween party.

Answer key
offend / offered / office / online / ordered / organization / origin / outfit

0517
offend
[əˋfɛnd]
動 冒犯；打擾

同 **insult** 侮辱 / **disrespect** 對…無禮
反 **appease** 撫慰 / **soothe** 安慰；撫慰
片 **offend against** 違反；有悖於 / **offend sb. with sth.** 因某事而冒犯到某人

0518
offer
[ˋɔfɚ]
動 提供；給予
名 提議；出價

同 **provide** 提供 / **supply** 供給
片 **on offer** 削價出售的；供出售的 / **offer up** 奉獻
搭 **special offer** 特別優惠

0519
office
[ˋɔfɪs]
名 辦公室

關 **cubicle** 小隔間 / **pantry room** 茶水間 / **staff lounge** 員工休息室 / **conference room** 會議室
片 **take office** 就職；就任
搭 **back office** 後勤部門 / **box office** 售票處

0520
online
[ˋɑn͵laɪn]
形 線上的；網路的
副 連線地

關 **website** 網站 / **computerize** 使電腦化
搭 **online shopping** 網路購物 / **online course** 線上課程
補 **a slow internet connection** 網路很慢

0521
order
[ˋɔrdɚ]
動 點餐；訂購；命令
名 命令；順序

反 **disorder** 使混亂 / **disarrange** 弄亂；擾亂
片 **be out of order** 發生故障 / **be under orders** 奉命 / **order sb. around** 支使某人
搭 **law and order** 法治

0522
organization
[͵ɔrgənəˋzeʃən]
名 組織；機構

同 **association** 協會 / **corporation** 社團法人
搭 **non-governmental organization (NGO)** 非政府組織
補 字根拆解：**organ** 機構 + **ize** 動詞 + **ation** 名詞（動作）

0523
origin
[ˋɔrədʒɪn]
名 起源；由來

同 **inception** 開端 / **source** 根源
反 **conclusion** 結論 / **result** 結果
搭 **country of origin** 原產地 / **certificate of origin** 產地證明

0524
outfit
[ˋaʊt͵fɪt]
名 配備；全套服裝

關 **costume** 服裝 / **blazer** 西裝外套
片 **pair A with B** 以 B 來搭配 A
搭 **two-piece outfit** 兩件式套裝

0525
感謝幫忙，這次欠你一個人情，下次我請你喝一杯。
Thank you so much. I **o**__________ you a drink for your help.

0526
漢克擁有一間公司，員工人數有一千人。
Hank **o**__________ a company of a thousand employees.
提示 本句在描述一個現存的事實。

0527
某些種類的生蠔會產珍珠。
Certain types of **o**__________ produce pearls.

UNIT 15 P 字頭填空題

Test Yourself!

請參考中文翻譯，再填寫空格內的英文單字。

0528
要出差時，她已經習慣打包一個小皮箱就出發。
She got used to **p**__________ a small suitcase for business trips.
提示 要判斷 get used to 後面接的單字變化為何。

0529
面試讓她感到恐慌，因而無法入睡。
She was in a **p**__________ about her interview and couldn't fall asleep.

0530
你應該將你的短文分成三到四個段落。
You should divide your short essay into three to four **p**__________.

owe / owns / oysters / packing / panic / paragraphs

owe
[o]
動 欠（債等）

同 **be in debt** 欠債的；負債的
補 **owe it to yourself** 表示「你應該要（+對自己好的事）」，如 **You owe it to yourself to take a few days off.**（你應該去休個假。）

own
[on]
動 擁有
形 自己的

同 **possess** 擁有 / **occupy** 占有
片 **see sth. with one's own eyes** 某人親眼所見 / **on one's own** 獨自地

oyster
[`ɔɪstɚ]
名 生蠔；牡蠣

關 **clam** 蛤蜊 / **mussel** 貽貝（黑殼）/ **scallop** 扇貝
搭 **oyster omelet** 蚵仔煎
補 **the world is (one's) oyster** 感覺人生掌握在自己手中

答案 & 單字解說
Get The Answer !

MP3 15

pack
[pæk]
動 打包；包裝
名 包裹；一包

同 **stuff** 把…裝滿 / **fill** 裝滿
反 **unpack** 打開（包裹等）
片 **pack away** 收拾好；保存 / **pack up** 整理行李
搭 **a pack of lies** 謊話連篇

panic
[`pænɪk]
名 驚慌；驚恐
形 恐慌的

同 **fear** 恐懼 / **fright** 驚嚇 / **horror** 恐怖
反 **bravery** 勇敢 / **composure** 沉著
片 **hit the panic button** 驚慌失措

paragraph
[`pærə͵græf]
名 段落

同 **passage** （文章的）一段 / **section** （文章等的）節
關 **theme** 主題 / **thesis statement** 文章主要論點
補 字根拆解：**para** 在旁邊 + **graph** 寫

0531
在孩子出生後，她找了一份**兼職**工作。
She found a **p**__________**-t**__________ job after her child was born.

0532
山姆今晚要舉辦**派對**，我們一起去吧！
Sam is holding a **p**__________ tonight. Let's go together!

0533
這座吊橋是 A 村往 B 村唯一的**通道**。
This suspension bridge is the only **p**__________ from village A to village B.

0534
既然申請了網路銀行服務，我就不再用**存摺**了。
Now that I have access to an online bank service, I no longer use a **p**__________.

0535
為了省錢，她選擇搭**旅客**列車往來臺中和臺北。
To save money, she takes **p**__________ trains to commute between Taichung and Taipei.

0536
進行例行的**護照**檢查時，有一名乘客對檢查人員發火。
A passenger became angry at the staff during a regular **p**__________ control.

0537
基於安全考量，你最好每三個月改一次**密碼**。
You'd better change your **p**__________ every three months for safety reasons.

0538
她為今晚的義大利麵做了番茄**糊**。
She made the tomato **p**__________ herself for tonight's spaghetti.

提示 番茄糊的質地和「漿糊」其實很像。

Answer key: part-time / party / passage / passbook / passenger / passport / password / paste

0531
part-time
[ˋpɑrtˋtaɪm]
形 兼任的；兼職的
副 兼職地

反 **full-time** 專任的；全職的
關 **hourly wage** 時薪 / **daily wage** 日薪
搭 **a part-time job** 兼職工作 / **to work part-time** 打工

0532
party
[ˋpɑrtɪ]
名 派對

片 **hold a party** 舉辦派對
搭 **party animal** 一天到晚參加派對的人 / **tea party** 茶會 / **bachelorette party**（新娘的）告別單身派對 / **bachelor party**（新郎的）告別單身派對

0533
passage
[ˋpæsɪdʒ]
名 通道；管道

搭 **the passage of time** 時間的流逝 / **a bird of passage** 漂泊不定的人；過客；候鳥
補 **a rite of passage** 為標誌了人生重要階段的儀式，例如成年禮之類的。

0534
passbook
[ˋpæs͵bʊk]
名 銀行存摺

同 **bank book** 銀行存摺
關 **deposit** 存款 / **withdrawal** 提款 / **transfer** 轉帳 / **balance** 餘額

0535
passenger
[ˋpæsəndʒɚ]
名 乘客；旅客

同 **commuter** 通勤者 / **rider** 搭乘者
關 **train** 火車 / **airplane** 飛機 / **subway** 地鐵
搭 **passenger plane** 客機 / **passenger seat** 副駕駛座

0536
passport
[ˋpæs͵port]
名 護照

關 **visa**（護照上的）簽證 / **permission** 許可 / **headshot** 大頭照 / **surname = last name** 姓
搭 **passport control**（機場的）護照檢查區

0537
password
[ˋpæs͵wɝd]
名 密碼

關 **identification** 識別 / **protection** 防護
片 **crack one's password** 破解某人的密碼
搭 **be password protected** 有密碼保護的

0538
paste
[pest]
名 漿糊；糊狀物
動 用漿糊黏貼

片 **paste sth. down** 黏貼某物 / **paste sth. on sb.** 將某事怪罪到某人身上
補 **tomato paste** 會比 **tomato suace**（番茄醬汁）更濃稠，通常指外面在賣的罐頭裝產品。

0539 咖啡配**糕點**就是我夢寐以求的下午茶。

A cup of coffee with some p_________ is my dream afternoon tea.

0540 網路購物盛行之後，顧客的行為**模式**也產生了變化。

The p_________ of customer behavior have changed since online shopping has become popular.

0541 古時候，你可以用金子、銀子、甚至食物來**支付**東西。

In ancient times, p_________ could be made in gold, silver, or even food.

提示 不要受中文影響，詞性要從英文句去判斷。

0542 她享受了獨自一人的**寧靜**週五夜，而其他人整晚都在狂歡。

She enjoyed a p_________ Friday night alone, while others partied all night long.

0543 他的背景雖然**完美**，但個性太過傲慢，所以我們沒有錄取他。

His background is p_________, but we didn't hire him because of his arrogant personality.

0544 我還沒有收到明信片，**也許**郵差把信弄丟了。

I haven't received the postcard yet. P_________ the postman lost it.

0545 該課程將於兩週**內**完成。

The course will be carried out over a two-week p_________.

提示 就概念而言，課程都會有個「期間」。

0546 珍妮特獲得升遷，被允許另請一個**私人**助理。

Janet was promoted and allowed to get a p_________l assistant.

提示 私人助理專門負責處理她「個人的」事務。

Answer key: pastries / patterns / payment / peaceful / perfect / Perhaps / period / personal

0539
pastry
[ˋpestrɪ]
名 糕點；油酥點心

關 **waffle** 華夫餅 / **pancake** 鬆餅；薄餅 / **macaroon** 馬卡龍 / **scone** 司康 / **fruit tart** 水果塔 / **puff** 泡芙
搭 **pastry bag** 擠花袋 / **taro pastry** 芋頭酥

0540
pattern
[ˋpætən]
名 模式；花樣

同 **design** 設計 / **model** 模型
片 **pattern A on B** 仿照 B 製作 A
搭 **follow the pattern** 遵循某個模式

0541
payment
[ˋpemənt]
名 支付的款項

關 **amount** 總額 / **expenditure** 支出 / **fee** 費用
搭 **down payment** 頭期款 / **installment payment** 分期付款 / **advance payment** 預付金

0542
peaceful
[ˋpisfəl]
形 平靜的；和平的

同 **placid** 平靜的 / **tranquil** 安寧的
反 **agitated** 激動的 / **turbulent** 騷亂的
搭 **a peaceful look** 安詳的神情

0543
perfect
[ˋpɝfɪkt]
形 完美的；理想的
動 使完美

同 **flawless** 完美的 / **superlative** 最好的
反 **flawed** 有缺點的 / **imperfect** 不完美的
補 **Practice makes perfect.** 熟能生巧。

0544
perhaps
[pəˋhæps]
副 大概；或許

同 **maybe** 大概；或許 / **possibly** 也許
反 **unlikely** 不可能 / **improbably** 不太可能地
關 **probability** 可能性 / **conjecture** 推測；猜測

0545
period
[ˋpɪrɪəd]
名 時期；期間

同 **duration** 持續期間 / **era** 時代
補 可當感嘆詞放句尾，表示「沒什麼好說的了」。如 **That's my final offer. Period.** 那是我最後能讓步的價格了，就這樣。

0546
personal
[ˋpɝsnl̩]
形 個人的；親自的

同 **private** 私人的 / **individual** 個人的
反 **general** 全體的 / **impersonal** 非個人的
搭 **take personal leave** 請事假 / **personal belongings** 個人行李

0547
他在大學唸**物理**，夢想成為一名太空人。
He studied **p**__________ in college, dreaming of becoming an astronaut in the future.

0548
為了你的帳號安全，不要把**個人識別碼**秀給別人看。
For account safety, do not show your __________ to anyone.
提示 為三個字母組成的縮寫（三個字母都是大寫）。

0549
那名**扒手**在偷錢包時，被當場抓了個現行。
The **p**__________ was caught red-handed while he was stealing a purse.

0550
塑膠製品已經對環境造成許多嚴重的問題。
P__________ products have caused a lot of severe environmental problems.

0551
搭乘南下列車的旅客必須至第二**月臺**候車。
Passengers heading south should wait for trains on **p**__________ 2.

0552
遊樂場裡有許多設施供孩子們玩樂。
There are a variety of facilities in the **p**__________ for kids to have fun.

0553
我沒聽清楚，可否**請**您重複剛才的話呢？
I didn't catch that. Would you **p**__________ repeat what you said?

0554
那名**水管工**正在前往修理破裂水管的路上。
The **p**__________ is on his way to repair the burst pipe.

physics / PIN / pickpocket / Plastic / platform / playground / please / plumber

0547
physics
[`fɪzɪks]
名 物理學

關 **velocity** 速率；速度 / **acceleration** 加速度 / **motion** 運動 / **inertia** 慣性 / **gravity** 地球引力
補 字根拆解：**phys(ic)** 自然 + **ics** 學

0548
PIN
[pɪn]
縮 個人識別碼

考 全大寫才是正確的縮寫，小寫的 **pin** 則表示別針，如 **pushpin**（圖釘）。
補 本單字為縮寫，完整寫法為 **personal identification number**。

0549
pickpocket
[`pɪk͵pɑkɪt]
名 扒手

關 **burglary** 闖空門 / **shoplifting** 在商店行竊
補 **catch sb. red-handed** 表示「當場抓獲某人」，這裡使用被動式 **sb. be caught red-handed**。

0550
plastic
[`plæstɪk]
形 塑膠的
名 塑膠；信用卡

關 **elastic** 有彈性的 / **synthetic** 合成的
搭 **plastic surgery** 整形手術 / **plastic card** 信用卡 / **plastic wrap** 保鮮膜

0551
platform
[`plætfɔrm]
名 月臺；平臺

關 **pedestrian** 行人的 / **timetable** 時刻表
搭 **platform shoe** 厚底鞋
補 字根拆解：**plat** 平坦的 + **form** 形狀

0552
playground
[`ple͵graʊnd]
名 遊樂場；運動場

關 **sports field** 操場；運動場
補 **playground** 一般指學校或公園裡那種小型運動場或兒童遊樂場（只有一小塊區域）；大型遊樂園則是 **amusement park**（包含各種遊樂設施）。

0553
please
[pliz]
感 請
動 取悅；使滿意

同 **satisfy** 使滿意 / **content** 使滿足
關 **pleasing** 令人愉快的 / **pleased** 感到愉快的
搭 **if you please** 煩請（常放句尾）

0554
plumber
[`plʌmɚ]
名 水管工人

關 **electrician** 電工 / **carpenter** 木匠；木工 / **bricklayer** 泥水匠 / **painter** 油漆工人 / **repairman** 修理人員；修理工 / **maintenance man** 維修保養人員

0555
亞歷山大・普希金被認為是俄羅斯最偉大的**詩人**。
Alexander Pushkin is considered to be the greatest **p**_________ of Russia.

0556
財務顧問**指出**了我們公司虧損的原因。
The financial consultant **p**_________ out the reason our company was losing money.

0557
那名臥底**警察**的身分被揭穿，嫌疑人因而快速逃脫。
The undercover **p**_________ cover blown, so the suspect escaped quickly.

0558
那名**政治人物**透過選舉成為總統。
The **p**_________ was elected to the position of president.

0559
如果你違反這項**政策**，將被處以巨額罰款。
If you violate the **p**_________, you'll be fined a significant amount of money.

0560
我國**人口**約為兩千三百萬。
The **p**_________ of our country is approximately twenty-three million.

0561
遊客一大早就在**港口**散步，享受日出的景色。
Tourists walk around the **p**_________ early in the morning, enjoying the sunrise.

0562
我們在找的嫌疑犯**可能**是一位在社會上占有相當地位的人。
It's **po**_________ that the suspect we are looking for is a person with high social status.

poet / pointed / policeman's / politician / policy / population / port / possible

0555
poet
[`poɪt]
名 詩人

關 **poem** （一首）詩 / **poetry** （總稱）詩歌 / **verse** 詩句 / **rhyme** 押韻 / **a prose poem** 散文詩
搭 **a poet laureate** 桂冠詩人

0556
point
[pɔɪnt]
動 指向；指出
名 點；要點

同 **indicate** 指出 / **speck** 斑點
片 **point out** 指出 / **at this point** 此時此刻 / **in point of** 就…而言

0557
policeman
[pə`lismən]
名 警察；警員

搭 **sleeping policeman = speed bump** 減速丘（為了減低車速而設計的路面突起）
補 女警為 **policewoman**，但為了不強調性別，也可以用 **police officer** 或 **officer** 表示。

0558
politician
[ˏpɑlə`tɪʃən]
名 政治家；政客

關 **campaign** 競選活動 / **candidate** 候選人 / **incumbent** 現任的 / **election** 選舉 / **senator** 參議員
補 **ruling party** 執政黨 / **opposition party** 在野黨

0559
policy
[`pɑləsɪ]
名 政策；方針

關 **procedure** 程序 / **enforcement** 實施；執行
搭 **privacy policy** 隱私政策 / **foreign policy** 外交政策 / **fiscal policy** 財政政策

0560
population
[ˏpɑpjə`leʃən]
名 人口

關 **inhabitant** 居民 / **populace** 民眾
搭 **population density** 人口密度
補 字根拆解：**popul** 人民 + **ation** 名詞

0561
port
[port]
名 港口

同 **harbor** 海港；港灣 / **dock** 碼頭；船塢
片 **port of call** （短暫停留的）停靠港；停留處
搭 **treaty port** 通商口岸 / **USB port** 【電腦】**USB** 連接埠

0562
possible
[`pɑsəbḷ]
形 可能的

同 **likely** 很可能的 / **potential** 可能的
反 **impossible** 不可能的
片 **as...as possible** 愈…愈好

0563
郵遞區號寫正確，郵件才能更快送達。
Only with the correct **p**_________ **c**_________ can the mail be delivered quickly.

0564
去俄羅斯旅遊時，我寄了**明信片**給我團隊的每一位成員。
I sent **p**_________ to each one of my team members while traveling in Russia.

0565
今天講課的主題是「如何找出**潛在**客戶」。
How to recognize **p**_________ customers is the main topic of today's lecture.

0566
和純理論相比，那名教授更重視**實際的**應用。
The professor values **p**_________ application over pure theory.

0567
熟能生巧，我相信你一定能做得愈來愈好。
P_________ makes perfect. I believe that you'll get better and better.

提示 多「練習」自然就能熟悉某件事。

0568
讚美你現在所擁有的一切。懂得感恩，會活得比較快樂。
P_________ yourself for what you have now. You'll be happier with a grateful attitude.

0569
為了這個企劃，他們**準備**了許久，最後終於成功了。
They have been **p**_________ so long for the project, and they finally succeeded.

0570
演講一開始，她引述了林肯**總統**的一段話。
She quoted the saying of **P**_________ Lincoln in the beginning of her speech.

postal codes / postcards / potential / practical / Practice / Praise / preparing / President

0563
postal code
片 郵遞區號

同 **zip code** 郵遞區號
關 **surface mail** 普通平信 / **recipient** 收件者
補 英國常見寫法則為 **postcode**。

0564
postcard
[`post͵kɑrd]
名 明信片

關 **stamp** 郵票；印花 / **postmark** 郵戳 / **postage** 郵資 / **greetings card** 賀卡 / **souvenir** 紀念品
搭 **landscape postcard** 風景明信片

0565
potential
[pə`tɛnʃəl]
形 潛在的；可能的
名 潛力；潛能

關 **fulfill** 實現 / **achievement** 成就
搭 **potential demand** 潛在需求
補 字根拆解：**potent/pot** 有力的 + **ial** 形容詞

0566
practical
[`præktɪkḷ]
形 實際的；實用的

同 **realistic** 實際可行的 / **pragmatic** 務實的
反 **impractical** 不切實際的 / **inefficient** 無效率的
片 **play a practical joke on sb.** 對某人惡作劇

0567
practice
[`præktɪs]
名 練習；實施
動 練習；實行

同 **train** 訓練 / **carry out** 實行
關 **rehearse** 排練 / **drill** 操練；訓練
片 **in practice** 在實踐上 / **out of practice** 疏於練習的

0568
praise
[prez]
動 讚美；表揚
名 讚美的話

同 **compliment** 讚美 / **acclaim** 稱讚
反 **criticize** 批評 / **censure** 責備
片 **in praise of** 為了讚揚…

0569
prepare
[prɪ`pɛr]
動 準備；籌備

同 **arrange** 布置；籌備 / **get ready** 準備好
片 **prepare for sth.** 為某事做準備
考 **prepare for the exam** 表示準備考試（去唸書、複習等）；**prepare the exam** 則是指出題，兩者須區別清楚。

0570
president
[`prɛzədənt]
名 總統；校長

同 **head of state** 國家元首 / **CEO** 總裁；執行長
考 如果要稱呼某某總統時，須大寫（如例句裡的林肯總統）。
補 字根拆解：**presid** 監督；指揮 + **ent** 名詞（…的人）

0571 若遇緊急事故，請**按**這個紅色按鈕。

P_________ this red button if you have an emergency.

0572 如果你沒有先**預習**，就很難跟得上進度。

It will be difficult to catch up with the class if you don't p_________ the material.

0573 在多間外商公司服務的經驗是她**無價的**資產。

Work experience in many foreign companies is her most p_________ possession.

0574 **牧師**很熟悉聖經，布道時能從中引經據典。

P_________ are familiar with the Bible and are able to cite passages when preaching.

0575 我們今年的**首要**目標是增加兩倍的收益。

Our p_________ goal is to double the revenue this year.

0576 那台雷射**印表機**每分鐘可印四十頁。

The laser p_________ is capable of printing forty pages a minute.

0577 你到底有什麼**毛病**？為什麼一直找瑞秋的麻煩呢？

What's the p_________ with you? Why are you always picking on Rachel?

0578 經理要求我重做製作**流程**的圖表。

The manager had me redo the diagram of the fabrication p_________s.

提示 本單字強調所有步驟所形成的完整「流程」。

Press / preview / priceless / Priests / primary / printer / problem / process

0571 **press** [prɛs]
動 按下；擠壓
名 新聞界

片 **in the press** 即將出版 / **get good press** 受正面報導讚揚 / **get bad press** 飽受負面報導批判
搭 **press conference** 記者會

0572 
preview [ˋpri͵vju]
動 預習；預先審查
名 試映；預覽

關 **preliminary** 預備的 / **in advance** 預先
搭 **sneak preview** （電影上映前的）搶先看
補 字根拆解：**pre** 之前 + **view** 看

0573 **priceless** [ˋpraɪslɪs]
形 無價的；貴重的

同 **invaluable** 無價的 / **precious** 貴重的
反 **valueless** 無價值的 / **worthless** 無用的
補 字根拆解：**price** 價格 + **less** 形容詞（沒有…的）

0574 **priest** [prist]
名 牧師；神父

同 **clergyman** 神職人員 / **churchman** 牧師；教士
關 **Trinity** （基督教的）三位一體 / **divine** 神聖的 / **bishop** 主教 / **religion** 宗教 / **clerical** 神職人員的

0575 **primary** [ˋpraɪ͵mɛrɪ]
形 主要的；初等的

同 **chief** 主要的 / **leading** 主要的 / **fundamental** 十分重要的 / **dominant** 占優勢的
搭 **primary school** 【英】小學
補 字根拆解：**prim** 第一的 + **ary** 形容詞

0576 **printer** [ˋprɪntɚ]
名 影印機；印刷業者

關 **typist** 打字員 / **proofreader** 校對者 / **editor** 編輯
片 **print sth. out** 把某物列印出來
搭 **inkjet printer** 噴墨式印表機 / **printer's ink** 墨水匣

0577 **problem** [ˋprɑbləm]
名 問題；毛病

片 **have a problem with sth.** 對某事有異議
搭 **No problem.** 沒問題。
補 **problem** 指一般的問題，但 **What's the problem with sb.?** 帶有責怪的口吻，表示不滿某人的行為舉止。

0578 **process** [ˋprɑsɛs]
名 過程；程序
動 處理；辦理

關 **procedure** 程序 / **step** 步驟
片 **in the process of** 在…的過程中
補 字根拆解：**pro** 向前地 + **cess/cede** 前去

0579

他們在年度展覽會上推出了一款新**產品**。

They launched a new **p**_________ in the annual exhibition.

0580

想**製作**電影，會需要財源與好的選角等條件。

P_________ of a film requires financial resources, good casting, and so on.

0581

收受賄賂的政客都被逮捕，並接受調查。

Politicians who **p**_________ from the bribery were arrested and are being investigated.

提示 收受賄賂就等於從中「得利」。

0582

電腦**程式**通常是由許多工程師合力編寫的，不會只有一個人寫。

A computer **p**_________ is usually written by many engineers, not just one.

0583

我們的專利申請被批准之後，**進展**相當大。

We have made huge **p**_________ since our application for the patent was approved.

0584

國王信守**承諾**，與鄰國協議停戰。

The king kept his **p**_________ and agreed to a ceasefire with neighboring countries.

0585

工作能力是她在短時間內獲得**升遷**的主因。

Her abilities were the main reason she was **p**_________ in such a short period.

0586

尼克對於錯失向女友**求婚**的機會而感到後悔莫及。

Nick was so regretful that he missed the perfect moment to **p**_________ to his girlfriend.

product / Production / profited / program / progress / promise / promoted / propose

0579

product
[`prɑdəkt]
名 產品；結果

同 **merchandise** 商品 / **outcome** 結果
搭 **by-product** 副產品 / **dairy product** 乳製品 / **product placement** 置入性行銷

0580

production
[prə`dʌkʃən]
名 生產；製作

同 **manufacture** 製造 / **output** 出產；生產
關 **yield** 產量 / **multiply** 成倍增加 / **defect** 瑕疵
片 **make a production of sth.** 將某事複雜化

0581

profit
[`prɑfɪt]
動 得益；獲益
名 利潤；收益

同 **benefit** 利益 / **earnings** 收益
反 **loss** 損失；虧損額 / **debt** 借款
片 **turn a profit** 轉虧為盈

0582

program
[`progræm]
名 節目；程式
動 編寫程式

片 **get with the program** 接受新的想法
搭 **run a program** 運行程式
補 字根拆解：**pro** 向前地 + **gram** 寫

0583

progress
[`prɑgrɛs]
[prə`grɛs]
名 進步 動 進展

同 **advancement** 進展 / **breakthrough** 突破性進展
片 **in progress** 進行中 / **make progress** 取得進展
補 字根拆解：**pro** 向前地 + **gress** 走

0584

promise
[`prɑmɪs]
名 諾言；承諾
動 承諾；允諾

同 **commitment** 承諾 / **guarantee** 保證 / **assurance** 保證
片 **keep a promise** 信守承諾 / **break a promise** 違背諾言
搭 **empty promise** 空頭支票

0585

promote
[prə`mot]
動 升遷；促銷；促進

同 **boost** 促進 / **facilitate** 促進 / **advertise** 宣傳
反 **degrade** 降級；降低…的地位 / **demote** 降級
補 字根拆解：**pro** 向前 + **mote** 移動

0586

propose
[prə`poz]
動 提議；建議

同 **offer** 提議 / **suggest** 建議 / **proffer** 提出
片 **propose to sb.** 向某人求婚 / **propose a toast** 敬酒
補 字根拆解：**pro** 向前 + **pose** 放置

0587
身為父母，你必須了解，自己是不可能一輩子**保護**孩子的。
As a parent, you have to know that it's impossible to **p**_________ your kids forever.

0588
牛頓所提出的萬有引力定律後來被**證明**是正確的。
Newton's Law of Universal Gravitation was later **p**_________ to be right.

0589
我們公司**提供**豐厚的年終獎金以及免費的員工住處。
Our company **p**_________ a bountiful year-end bonus and free employee accommodations.

0590
在日本，**公眾**場所是禁菸的。
Smoking in **p**_________ places is prohibited in Japan.

0591
曼蒂今早趕上**打卡**時間，沒遲到。
Mandy **p**_________ the clock just in time this morning.
提示 **打卡時會將卡「用力按」進打卡鐘。**

0592
南西決定在醫學研究的領域**發展**。
Nancy decided to **p**_________ a career in medical research.
提示 **就直譯來說，比較像是「追求」某領域的發展。**

0593
她的孩子花了好幾個小時的時間在她最近買的**謎題**書上面。
Her child spent hours on a **p**_________ book she bought recently.

Answer key: protect / proved / provides / public / punched / pursue / puzzle

0587
protect
[prə`tɛkt]
動 保護；防護

同 **defend** 保護 / **shield** 保衛 / **guard** 防範
反 **endanger** 危及 / **expose** 使暴露於
片 **protect sth. from...** 保護某物不受⋯威脅

0588
prove
[pruv]
動 證明；證實

片 **prove sb. innocent** 證明某人是無辜的 / **prove sb. guilty** 證明某人有罪
搭 **remain to be proved** 暫不能下結論的

0589
provide
[prə`vaɪd]
動 提供；供給

同 **supply** 供給 / **furnish** 裝備；提供
片 **provide sb. with sth.** 向某人提供某物
補 字根拆解：**pro** 之前 + **vide/vise** 看見

0590
public
[`pʌblɪk]
形 大眾的；公開的

同 **communal** 公共的 / **social** 社會的
反 **private** 非公開的 / **unknown** 沒沒無聞的
搭 **public figure** 公眾人物 / **public house** 小酒館

0591
punch
[pʌntʃ]
動 用拳猛擊
名 一拳

同 **pummel** 連續擊打 / **pound** 猛擊 / **batter** 連續猛擊
關 **fist** 拳頭 / **assault** 襲擊 / **forceful** 強有力的
片 **punch the clock** 打卡上下班

0592
pursue
[pɚ`su]
動 追求；進行

同 **go after** 追求 / **seek** 追求 / **engage in** 從事於
片 **pursue a career in** 追求在某職業領域的發展 / **pursue after** 追趕

0593
puzzle
[`pʌzl̩]
名 謎題；困惑
動 使迷惑；使為難

關 **enigma** 謎 / **riddle** 謎語 / **mystery** 神祕的事物
片 **puzzle over sth.** 苦苦思索某事
搭 **Chinese puzzle** 七巧板

UNIT 16 Q字頭填空題

Test Yourself !

請參考中文翻譯，再填寫空格內的英文單字。

0594

我們的老闆常提醒我們，真正重要的是**品質**。

Our boss always reminds us that it is **q**_________ that really counts.

0595

目前的實際存貨量與庫存索引不一致。

The **q**_________ on hand is not consistent to the inventory index.

0596

我們每季付一次水電費。

We pay the water and electricity bills every **q**_________.

提示 每季占據了一年「四分之一」的時間。

0597

針對牽涉其中的賄賂醜聞，大家要求市長回答相關**問題**。

The mayor was asked to answer **q**_________ about a bribery scandal he was involved in.

0598

他腦筋動得很快，能**快速地**給予顧客適當的回應。

He is clever enough to respond to customers' needs very **q**_________.

0599

雖然這項任務**相當**困難，但藉由參與其中，他也學到很多。

Although it was **q**_________ a difficult task, he learned a lot from participating in it.

0600

修理人員**開價**新臺幣五千元升級這台電腦。

The repairman **q**_________ NT$5,000 for upgrading this computer.

quality / quantity / quarter / questions / quickly / quite / quoted

答案 & 單字解說
Get The Answer !

MP3 16

quality
[`kwɑlətɪ]
名 品質
形 優良的

片 **of good quality** 優質的
搭 **air quality** 空氣品質 / **quality time** 珍貴的時光

quantity
[`kwɑntətɪ]
名 量；數量

同 **amount** 總數；數量 / **sum** 總數
片 **a large quantity of** 大量的 / **a small quantity of** 少量的

quarter
[`kwɔrtɚ]
名 季度；四分之一

考 **quarter** 也有十五分鐘的意思，像是 **a quarter past two** 就是 **2:15**；**a quarter to two** 為 **1:45**（注意後面接 **past**、**to** 意思不同）。

question
[`kwɛstʃən]
名 問題；難題

片 **be out of the question** 不可能的 / **in question** 討論中的 / **bring into question** （使某事）被討論
補 字根拆解：**quest** 尋找 + **ion** 名詞

quickly
[`kwɪklɪ]
副 立刻；迅速地

同 **rapidly** 迅速地 / **briskly** 迅速地 / **immediately** 立即
關 **response** 反應；回答 / **pace** 步調
片 **respond to** 對…做出反應 / **before long** 不久

quite
[kwaɪt]
副 相當；徹底

同 **pretty** 相當 / **entirely** 完全地
搭 **quite a few** 相當多的
考 考試時要注意拼法，不要和 **quiet**（安靜的）搞錯了。

quote
[kwot]
動 報價；引用

同 **cite** 引用 / **refer to** 提到
搭 **quote a price** 開價
補 口語上，**quote** 也可以指「引文、引用」（名詞），意思同 **quotation**。

UNIT 17 R 字頭填空題

Test Yourself!

請參考中文翻譯，再填寫空格內的英文單字。

0601
我們乘著橡皮**艇**沿河漂流。
We took a rubber **r**_________ and floated along the river.

0602
從香港飛往洛杉磯的航班屬於**長途**航線。
Flights from Hong Kong to Los Angeles are long-**r**_________ routes.
》提示《 一旦超過某個距離的「範圍」，就算長途航班了。

0603
乘坐手扶梯時，請抓緊**扶手**。
Please hold firmly onto the **r**_________ when taking the escalator.
》提示《 手扶梯的扶手功能和一般樓梯的「欄杆」相同。

0604
這間貨運公司有四條私有的內陸**鐵路**。
The transportation company has four inland **r**_________ of its own.
》提示《 可從「鐵軌架在道路上」去聯想。

0605
她被青藏**鐵路**沿途的美景震懾住了。
She was fascinated by the scene along the Qinghai-Tibet **R**_________**y**.

0606
為了讓全班都聽得到，那名教師**提高**了音量。
The teacher **r**_________ her voice in order to be heard in the classroom.

0607
新的整合構思增加了百分之三十的熱能交換**率**。
The new design of the arrangement increased the heat exchange **r**_________ by 30%.

raft / range / rail / railroads / Railway / raised / rate

答案 & 單字解說
Get The Answer !

raft
[ræft]
名 木筏
動 乘木筏

同 **flatboat** 平底船
片 **a (whole) raft of sth.** 大量的某物
搭 **life raft** 橡皮製的救生艇

0602
range
[rendʒ]
名 範圍；等級

同 **extent** 範圍 / **scope** 範圍 / **distance** 距離
片 **at close range = from close range** 離得很近地 / **out of range** 距離很遠的；無法實現的

0603
rail
[rel]
名 鐵軌；欄杆

同 **railway track** 鐵軌 / **fence** 柵欄
片 **go off the rails** 失去控制；發瘋
搭 **towel rail** 毛巾架

0604
railroad
[`rel,rod]
名 鐵路

關 **locomotive** 火車頭 / **conductor** 列車長
片 **pull into the station** （火車）進站
搭 **railroad crossing** 鐵路平交道

0605
railway
[`rel,we]
名 鐵道；鐵路

搭 **railway station** 火車站
補 與上個單字同義，但 **railway** 為英式用法，**railroad** 則為美式用法。

0606
raise
[rez]
動 舉起；增加；提高
名 加薪；提高

同 **lift** 舉起 / **elevate** 提高 / **ascend** 登高
反 **drop** 下降 / **lower** 降下 / **descend** 下降
片 **raise one's doubts** 令某人起疑 / **raise the bar** 提高標準 / **raise the stakes** （賭博）加碼

rate
[ret]
名 比率；比例
動 被評價

關 **first-rate** 極好的
片 **at any rate** 【口】無論如何
搭 **the growth rate** 成長率 / **the unemployment rate** 失業率

0608

這個資料庫僅開放給少數**高階**經理。

The database is limited to few managers of high **r**__________.

提示 **劃分階級的作用在於表示「等級」的不同。**

0609

大多數的**疹子**都是由過敏反應引起的。

Skin **r**__________ are induced by allergic reactions most of the time.

0610

在古代，消息要花一個月（甚至更長）的時間才能**傳達到**別人那裡。

In ancient times, it took one month and even more time for a piece of news to **r**__________ people.

0611

退貨時，您必須攜帶**發票**與信用卡。

You need the **r**__________ and your credit card when returning an item to the store.

0612

這件專案已經**獲得**公司高層的批准。

The project has **r**__________ approval from a high level staff member in the company.

0613

在來信排定面試時間時，請隨信附上您**最近的**照片。

Please attach a **r**__________ photo of yourself as you schedule the interview time via e-mail.

0614

餐廳老闆想買下我祖母的咖哩**食譜**。

The restaurant owner wants to buy my grandmother's curry **r**__________.

0615

那是俄羅斯東部有**史**以來最冷的冬天。

It is the coldest winter in the east region of Russia on **r**__________.

提示 **有史以來表示是調閱「紀錄」後確定的事實。**

ranks / rashes / reach / receipt / received / recent / recipe / record

0608
rank
[ræŋk]
名 官階；等級

同 **grade** 等級 / **class** 階級 / **level** 級別；地位
片 **rise from the ranks** 擢升 / **pull one's rank on sb.** 濫用職權命令某人
搭 **join the ranks of** 加入…的行列

0609
rash
[ræʃ]
名 疹；疹子
形 輕率的；魯莽的

同 **imprudent** 輕率的 / **indiscreet** 不慎重的
片 **break out in a rash** 突然大量地起疹子
搭 **diaper rash** 尿布疹 / **nettle rash** 蕁麻疹

0610
reach
[ritʃ]
動 達到；抵達

同 **arrive at** 到達 / **attain** 到達 / **approach** 接近
片 **reach an agreement** 達成協議 / **reach a conclusion** 達成結論

0611
receipt
[rɪ`sit]
名 收據；發票

同 **voucher** 收據 / **quittance** 收據
關 **return** 退貨 / **refund** 退款金額
片 **be in receipt of sth.** 已收到某物的

0612
receive
[rɪ`siv]
動 收到；得到

同 **accept** 接受 / **obtain** 得到 / **gain** 獲得
補 **receive a phone call** 表示「接到一通電話」；但我們平常說的「接電話（以回應來電者）」是用 **answer the phone**。

0613
recent
[`risn̩t]
形 最近的

同 **late** 最近的 / **up to date** 最新的
片 **in recent memory** 就最近的記憶所及
補 字根拆解：**re** 返回 + **cent** 新的；年輕的

0614
recipe
[`rɛsəpɪ]
名 食譜；烹飪法

關 **saute** 煎 / **simmer** 燉 / **broil** 烤（火源從上方來）/ **grill** 烤（火源來自下方）/ **fry** 炒 / **deep-fry** 油炸
片 **be a recipe for disaster** 結果很可能是場災難
搭 **recipe book** 食譜書

0615
record
[`rɛkəd]
[rɪ`kɔrd]
名 紀錄 動 記錄

關 **record-breaking** 破紀錄的
片 **break the record** 打破紀錄
搭 **medical record** 病歷 / **criminal record** 犯罪紀錄
考 要特別注意動詞與名詞的重音和發音不同。

0616
他花了很長時間才從妻子的死亡中**恢復**過來。
It took a long time for him to **r**_________ from his wife's death.

0617
塑膠瓶的**回收**速度遠比人們丟棄的速度慢得多。
The speed of **r**_________ plastic bottles is much slower than the speed at which we throw them away.

0618
一個主管必須要能把大問題**簡化成**數個小問題。
A manager should have the ability to **r**_________ a big problem to smaller ones.
》提示《 請往「把問題的規模縮小」這方面去聯想。

0619
若亮起紅燈，請**參考**第十頁的後續處理。
If the red light is on, please **r**_________ to page 10 for subsequent handling.

0620
珍妮沒有接受升遷，反而**拒絕**了這次的機會。
Instead of accepting her promotion, Jenny **r**_________ to take it.

0621
這個葡萄酒**產區**以其適合栽種葡萄的天氣出名。
This wine **r**_________ is famous for its suitable weather for growing grapes.

0622
任何的衝動性購物都可能會讓你**後悔**。
Any impulse buying may make you **r**_________.
》提示《 這裡的 you 為「被動感受」到後悔情緒的人。

0623
這台販賣機**只收**五十元硬幣。
This vending machine **r**_________ all coins except fifty NT dollar ones.
》提示《 「只收」表示除了五十元以外的錢都「拒收」。

recover / recycling / reduce / refer / refused / region / regretted / rejects

0616
recover
[rɪˋkʌvɚ]
動 恢復；重新獲得

同 **regain** 恢復 / **retrieve** 重新得到 / **recuperate** 恢復
關 **ward** 病房 / **intensive care unit (ICU)** 加護病房
片 **recover from sth.** 自某事恢復、走出來

0617
recycle
[riˋsaɪkḷ]
動 回收；再利用

關 **glass** 廢玻璃 / **styrofoam** 保麗龍 / **food waste** 廚餘 / **tin and aluminum cans** 鐵鋁罐
補 字根拆解：**re** 再一次 + **cycle** 旋轉

0618
reduce
[rɪˋdjus]
動 減少；降低

同 **downsize** 縮小 / **diminish** 減少
考 **reduce to $10** 表示「價格降為 **10** 元」；**reduce by $10** 則指「比原價少了 **10** 元」。

0619
refer
[rɪˋfɝ]
動 提及；涉及；參照

同 **mention** 提到 / **relate** 有關；涉及
片 **refer to** 提到；參考 / **refer to A as B** 將 **A** 稱為 **B**
補 字根拆解：**re** 返回 + **fer** 承載

0620
refuse
[rɪˋfjuz]
動 拒絕；不肯

考 婉拒好意的「拒絕」要用 **refuse**；**reject**（拒絕）用於拒絕接受不符合標準的人或事物（如拒絕某項申請）。
補 字根拆解：**re** 返回 + **fuse** 傾倒

0621
region
[ˋridʒən]
名 地區；地帶

同 **district** 地區 / **area** 區域
關 **acre** 英畝 / **real estate** 不動產；房地產
補 字根拆解：**reg** 統治 + **ion** 名詞

0622
regret
[rɪˋgrɛt]
動 後悔；懊悔

同 **repent** 懊悔 / **deplore** 對…深感遺憾
反 **content** 使滿足 / **gratify** 使滿意
片 **with regret** 遺憾地

0623
reject
[rɪˋdʒɛkt]
動 拒絕；駁回

片 **reject (sb. or sth.) out of hand** 不假思索地拒絕
補 字根拆解：**re** 向後 + **ject** 投擲

0624

觀眾很容易與他所講的內容**產生連結**，所以很多人去聽他的演講。

The audience can easily **r**__________ to what he said, so his speeches are attended by a lot of people.

0625

他已經有兩年的時間沒認真談過**感情**了。

He hasn't been in any serious **r**__________ for two years.

提示 談戀愛就是走入一段「關係」中。

0626

最新的《惡靈古堡》系列將於下週五**上映**。

The latest *Resident Evil* movie will be **r**__________ next Friday.

0627

現在她唯一能**依靠**的人就只有一直照顧著她的哥哥。

The only person she can **r**__________ on is her brother, who has been looking after her.

0628

原本隱藏起來的消息被那位記者揭露了。

The information **r**__________ secret until it was unveiled by the reporter.

提示 在走漏風聲之前，一直「維持」著保密狀態。

0629

傑森**記得**從小時候到現在所發生過的每一件事。

Jason is able to **r**__________ every incident since childhood.

0630

傑克**提醒**我明天是老闆的生日。

Jack **r**__________ me about our boss's birthday tomorrow.

0631

透過高壓水的清洗，**去除**有毒微粒。

Toxic particles were **r**__________ by high pressure water cleaning.

Answer key

relate / relationships / released / rely / remained / remember / reminded / removed

0624
relate
[rɪˋlet]
動 涉及；聯繫

同 **correlate** 使互有關聯 / **pertain** 有關
片 **relate to** 與…有關；與某人相處融洽
補 字根拆解：**re** 返回 + **late** 攜帶

0625
relationship
[rɪˋleʃən͵ʃɪp]
名 關係；關聯

同 **connection** 關係；聯繫
關 **cohabitation** 同居
片 **be in a relationship** 在談戀愛
搭 **interracial relationship** 異國戀

0626
release
[rɪˋlis]
動 上映；釋放
名 發行；釋放

同 **issue** 發行；發布 / **discharge** 釋放
反 **constrain** 束縛 / **restrain** 限制
搭 **press release** 新聞稿

0627
rely
[rɪˋlaɪ]
動 依靠；依賴；指望

同 **depend** 信賴 / **trust** 信任
片 **rely on (+ sb. or sth.)** 依靠某人、某事
補 字根拆解：**re** 徹底的 + **ly** 綑；綁

0628
remain
[rɪˋmen]
動 留下；保持不變

同 **continue** 繼續 / **last** 持續
搭 **one's remaing years** 晚年；餘生
補 **It remains to be seen.** 還說不準。

0629
remember
[rɪˋmɛmbɚ]
動 記得；想起

同 **recollect** 記起 / **recall** 回想；使想起
考 **remember to do sth.** 為「記得要去做某事」的意思；**remember doing sth.** 則表示「記得曾經做過某事」，要分清楚兩種用法的不同之處。

0630
remind
[rɪˋmaɪnd]
動 提醒；使想起

反 **forget** 忘記 / **ignore** 忽視 / **neglect** 忽略
片 **remind sb. of sth.** 使某人想起某事 / **remind sb. to (+V)** 提醒某人去做某事

0631
remove
[rɪˋmuv]
動 移開；移除

同 **eliminate** 消除 / **get rid of** 擺脫
反 **load** 裝載 / **put on** 增加 / **insert** 插入
片 **be far removed from sth.** 與某物有天壤之別
補 字根拆解：**re** 離開 + **move** 移動

0632
我**重複**做了好幾次實驗，都得到相同的結果。
I **r**_________ the experiment several times and got the same result over and over again.

0633
她因為晚**回覆**而激怒了老闆，還因此被罵了二十分鐘。
Her late **r**_________ upset her boss, and she was scolded for twenty minutes for it.

0634
她的**報告**寫得非常詳細，教授毫不遲疑地給了 A+。
Her **r**_________ was so detailed that the professor gave her an A+ without hesitation.

0635
一架直升機被派去**救援**那些因大雨而困在村子裡的人。
A helicopter was sent to **r**_________ the people trapped inside the village due to heavy rain.

0636
珍妮佛對於**研究**工作一向很認真。
Jennifer has been conscientious about her **r**_________ work.

0637
由於現在是旺季，所以你最好提早**預訂**房間。
Since it's peak season, you'd better make a **r**_________ for a room in advance.

0638
為了找一份更具挑戰的工作，我從前公司**離職**。
I **r**_________ from my former company to search for a more challenging job.

0639
雖然我不同意他的說法，但我**尊重**他發言的權利。
I don't agree with his opinions, but I **r**_________ his right to speak freely.

Answer key: **repeated / reply / report / rescue / research / reservation / resigned / respect**

0632
repeat
[rɪ`pit]
動 重複；複述

同 **reiterate** 重做；反覆地講
片 **repeat oneself** 某人不斷重複說
補 字根拆解：**re** 再一次 + **peat/pet** 尋求

0633
reply
[rɪ`plaɪ]
名 回答；答覆
動 回覆；回答

同 **answer** 回答 / **respond** 做出反應
片 **reply to** 回覆 / **in reply** 作為答覆 / **give a reply** 答覆
補 字根拆解：**re** 返回 + **ply** 摺疊

0634
report
[rɪ`port]
名 報告；報導
動 報告；描述

關 **submit** 提交 / **informative** 提供資訊的
搭 **report card** 學校成績單 / **flash report** 即時快報
補 字根拆解：**re** 返回 + **port** 運送

0635
rescue
[`rɛskju]
動 拯救；救援
名 救援；營救

同 **salvage** 救助 / **extricate** 解救
片 **come to one's rescue** 救援、幫助某人
搭 **rescue team** 救難隊

0636
research
[rɪ`sɝtʃ]
名 研究；調查
動 研究；探究

同 **study** 研究 / **exploration** 調查
片 **do a research** 做一份研究
搭 **market research** 市場調查
補 字根拆解：**re** 徹底的 + **search** 搜查

0637
reservation
[ˏrɛzɚ`veʃən]
名 預訂；保留

關 **booking** 預訂 / **available** 可得到的 / **deposit** 訂金
片 **make a reservation** 預約（訂位、訂房等）/ **cancel a reservation** 取消預約
補 字根拆解：**re** 返回 + **serv** 保留 + **ation** 名詞（動作）

0638
resign
[rɪ`zaɪn]
動 辭職；放棄

考 **resign** 接介係詞 **from**，表示「從工作或公司離職」；接介係詞 **as** 則指「從某職位或頭銜辭職」。**retire**（退休）的用法也相同。

0639
respect
[rɪ`spɛkt]
動 尊重；尊敬
名 尊敬；敬意

同 **esteem** 尊重 / **admire** 欽佩 / **adore** 敬重
反 **dishonor** 不尊重 / **insult** 羞辱 / **contempt** 蔑視
片 **earn the respect of sb.** 贏得某人的尊重 / **in respect to** 關於；就…而言 / **pay repect to sb.** 尊重某人

0640
關於這件弊案，總裁沒有**發表**任何**意見**。
The CEO gave no **r**_________ regarding the scandal.
》提示《 這裡的發表意見，是針對弊案的「回應」。

0641
作為一個成熟的成年人，我們都應該對自己的行為**負責**。
We should all be **r**_________ for our own actions as mature adults.

0642
健康檢查的**結果**尚需進一步的確認。
The **r**_________ from the health examination needed further confirmation.

0643
赫克托寄**履歷**給十家公司，但只有一家邀他去面試。
Hector sent out his **r**_________ to ten companies, but only one invited him to an interview.

0644
她四十幾歲的時候就從執行長的職位**退休**了。
She **r**_________ as chief executive in her early forties.

0645
每隔十分鐘，艾咪就又**繞回**同一個主題。
Amy **r**_________ to the same subject every ten minutes.
》提示《 不管講到哪裡，都一定會「回到」主題。

0646
幫浦的**逆**氣流可能會對房內造成嚴重的微粒汙染。
A **r**_________ flow from the pump may cause a serious particle contamination in the chamber.

0647
我們對員工的表現進行了年度**考核**。
We have an annual **r**_________ on employee performance.
》提示《 考核時會「回顧」員工一整年的表現。

response / responsible / results / resume / retired / returned / reverse / review

0640 **response** [rɪ`spɑns]
名 回答；反應

同 **respondence** 反應 / **reaction** 反應
片 **in response to** 作為對…的答覆 / **make no response to** 不回應…
補 字根拆解：**re** 返回 + **spon/spond** 保證 + **se** 名詞

0641 **responsible** [rɪ`spɑnsəb!]
形 負責任的

片 **be responsible for** 負責 / **be responsible to** 向…負責 / **hold sb. responsible for** 使某人負起責任
補 字根拆解：**respons** 承擔責任 + **ible** 形容詞（能夠）

0642 **result** [rɪ`zʌlt]
名 結果；成果
動 發生；導致

同 **consequence** 結果；後果 / **outcome** 結果
片 **as a result of** 因為；由於 / **result in** 導致 / **result from** 起因於

0643 **resume** [`rɛzjume]
名 簡歷；履歷

關 **cover letter** 求職信 / **renew** 更新
考 **CV (curriculum vitae)** 中文也翻成履歷，但與 **resume** 相比，**CV** 上面會寫有關學術方面的成就；**resume** 則比較偏向工作經驗。

0644 **retire** [rɪ`taɪr]
動 退休；退役

關 **pension** 退休金 / **Bureau of Labor Insurance** 勞工保險局
考 **retirement** 可以表示退休生活，例如：**enjoy one's retirement**（享受某人的退休生活）。

0645 **return** [rɪ`tɝn]
動 歸還；返還
名 返回；歸還

同 **give sth. back** 歸還某物
片 **in return** 作為回報 / **return to one's work** 某人回去繼續工作
搭 **a return ticket** 來回票

0646 **reverse** [rɪ`vɝs]
動 翻轉；倒退
形 反向的；顛倒的

同 **overturn** 使翻轉；顛覆 / **opposite** 相反的
片 **go into reverse** 出現逆轉 / **in reverse** 反向地
搭 **reverse gear** 倒車檔（例句：**The car is in reverse gear.**）

0647 **review** [rɪ`vju]
名 評論；複審
動 再檢查；評論

片 **under review** 在檢查中
搭 **historical review** 歷史回顧 / **get a good review** 得到好評 / **book review** 書評

0648
如果有人找到他的狗，他會給對方一筆可觀的**報酬**。
He offered a bounteous **r**_________ to anyone who finds his dog.

0649
舞台上的燈光隨著音樂的**節奏**而不斷變化。
The lighting on the stage changed constantly with the **r**_________ of the music.

0650
鑽石**戒指**象徵「永恆的愛」，因此常用於婚禮。
A diamond **r**_________ symbolizes "forever love", so it's often used in weddings.

0651
他不會為了這種愚蠢的行為而**賭上**自己的事業。
He wouldn't **r**_________ his career for such a foolish action.
提示 賭博本身就是需要「冒風險」的事情。

0652
傑克嘗試做**烤**雞，但他卻忘了打開烤箱的電源。
Jack tried to **r**_________ a chicken, but he forgot to turn on the oven.

0653
我必須替老闆訂一張商務艙的**來回**機票。
I need to book a business class **r**_________-**t**_________ ticket for my boss.
提示 由兩個單字組成，來回會形成一個「圈」。

0654
一看到高速公路上塞車的狀況，司機就改變了**路線**。
The driver changed his **r**_________ once he saw the traffic jam on the highway.

0655
我不喜歡固定的**例行工作**，所以我決定當個自由作家。
I don't like fixed **r**_________, so I decided to start my career as a freelancer.

reward / rhythm / ring / risk / roast / round-trip / route / routines

0648
reward
[rɪ`wɔrd]
名 獎賞；報酬
動 報答；酬謝

同 **bounty** 獎金 / **remunerate** 給予報酬
片 **reward sb. for sth.** 因某事獎賞某人
補 字根拆解：**re** 返回 + **ward** 照顧

0649
rhythm
[`rɪðəm]
名 節奏；韻律

關 **groove** 律動 / **tempo** 節奏 / **beat** 拍子 / **pitch** 音準 / **metronome** 節拍器
補 **off key** 走音 / **out of tune** 樂器走調 / **lip-synch** 對嘴

0650
ring
[rɪŋ]
名 環；鈴聲
動 按鈴；（鐘等）響起

片 **ring sb. up** 打電話給某人 / **ring a bell** 使想起
搭 **ring finger** 無名指 / **wedding ring** 結婚戒指 / **ring-pull**（易開罐的）拉環

0651
risk
[rɪsk]
動 冒…的風險
名 危險；風險

同 **jeopardize** 冒…的危險 / **hazard** 危險
片 **take a risk** 冒險 / **at (one's) own risk** 某人自行承擔風險 / **at risk** 冒風險的
搭 **risk management** 風險管理

0652
roast
[rost]
動 烤；炙；烘

關 **flame** 火焰 / **burn** 把食物烤焦
片 **give sb. a roasting** 嚴厲抨擊某人
搭 **roasting tin** 烤盤

0653
round-trip
[`raʊnd`trɪp]
形 來回的

反 **one-way** 單向的；單程的
補 若單字沒有用標點符號連接，而寫成 **round trip** 的話，則為名詞片語，表示「來回的旅程」。

0654
route
[rut]
名 路徑；路線

同 **itinerary** 路線；旅行計畫
片 【法】**en route** 在途中
搭 **route map** 路線圖

0655
routine
[ru`tin]
名 例行公事
形 日常的；例行的

同 **everyday** 每天的 / **ordinary** 通常的
搭 **daily routine** 日常工作
補 字根拆解：**rout/rupt** 破壞 + **ine** 形容詞（聯想：開闢道路時需要破壞 → 形成路徑 → 例行的）

0656

那支球隊無視**規則**，所以他們整個賽季都被禁賽。

The team ignored the **r**__________, so they are banned from playing the whole season.

0657

有**傳言**說唐女士將參加總統選舉。

R__________ has it that Ms. Tang is going to participate in the presidential election.

0658

我今天在超市**巧遇**一位老朋友，太令人驚喜了！

I **r**__________ into an old friend at the supermarket today. What a surprise!

提示 本動詞搭配 into 爲固定用法，表示「巧遇」。

0659

為了防止腦袋**生鏽**，你可以從每天玩數獨做起。

To keep your mind free from **r**__________, you can start by playing Sodoku every day.

UNIT 18 S 字頭填空題

Test Yourself!

請參考中文翻譯，再填寫空格內的英文單字。

0660

車掌負責維護火車乘務員及旅客的**安全**。

The conductor is in charge of the **s**__________ of train crew and passengers.

0661

為了減少庫存量，這間公司舉辦了一場**特賣**會。

The company held a **s**__________ event to reduce the inventory.

Answer key: rules / Rumor / ran / rust / safety / sales

0656
rule
[rul]
名 規則；常規
動 支配；統治

同 **principle** 原則 / **govern** 統治 / **dominate** 支配
片 **play by the rules** 遵循規則 / **rule out** 排除
搭 **the golden rule** 金科玉律

0657
rumor
[`rumɚ]
名 謠言；謠傳

反 **evidence** 證據 / **proof** 證據
片 **Rumor has it that...** 謠傳⋯
補 字根拆解：**rum** 吼叫 + **or** 名詞（聯想：大聲講而傳遍）

0658
run
[rʌn]
動 奔跑；經營
名 奔跑

同 **sprint** 奮力跑；衝刺 / **operate** 營運
片 **run into** 巧遇 / **run after** 追逐 / **run from** 逃離
搭 **run errands** 跑腿 / **long-run** 長期的

0659
rust
[rʌst]
名 鐵鏽
動 生鏽

關 **corrosion** 腐蝕 / **decay** 腐朽 / **corruption** 腐壞
片 **rust away** 因生鏽而逐漸腐蝕掉
搭 **patches of rust** 斑駁的鏽跡

答案 & 單字解說
Get The Answer !

MP3 18

0660
safety
[`seftɪ]
名 安全；平安

反 **danger** 危險 / **unsafety** 不安全
搭 **safety valve** 安全閥 / **safety net** 安全網 / **food safety** 食品安全

0661
sale
[sel]
名 出售；拍賣

同 **auction** 拍賣 / **transaction** 交易
關 **market** 市場 / **bargain** 討價還價
片 **for sale** 出售中的 / **on sale** 特價的

0662

我的新工作是在**銷售**部門做資深業務的助手。

My new job is to assist senior salespersons in the **s**_________ department.

0663

我們必須提供一些**樣品**給客戶，並協助他們做測試。

We need to bring some **s**_________ to our customers and help them do the test.

0664

她保證新材料能**滿足**他們的要求。

She promised that the new material would **s**_________ their requirements.

0665

為了買在商業區的房子，麗莎與她先生開始**省錢**。

Lisa and her husband started **s**_________ money to buy a house downtown.

0666

他把按**比例**繪製的房屋示意圖拿給我們看。

He shows us the house diagram, which was drawn to **s**_________.

提示 房屋示意圖會按照一定的「比例尺」繪製。

0667

她的**頭皮**很油膩，所以每天都會洗頭髮。

She washes her hair every day because she has an oily **s**_________.

0668

你可以使用**掃描器**來備存一份電子檔。

You can use the **s**_________ to keep an electronic copy of the file.

0669

按**時刻表**來看，我們這個時候早該抵達臺南了。

According to the **s**_________, we should have arrived at Tainan by this time.

sales / samples / satisfy / saving / scale / scalp / scanner / schedule

0662
sales
[selz]
名 銷售；銷售量

搭 **sales tax** 營業稅 / **sales campaign** 促銷活動
補 **salesperson** 指業務，口語中我們常簡略為 **sales**，但正確拼法應為 **salesperson**。

0663
sample
[ˋsæmpḷ]
名 樣品；樣本
形 樣品的

同 **specimen** 樣品 / **sampling** 實驗樣本
搭 **blood sample** 血液樣本
補 字根拆解：**s** 向外 + **ample** 拿取

0664
satisfy
[ˋsætɪsfaɪ]
動 使滿意；使滿足

反 **disappoint** 使失望 / **dissatisfy** 使感到不滿
片 **satisfy one's needs** 滿足某人的需求 / **satisfy sb. with sth.** 以某事讓某人滿意
補 **be satisfied with** 對…感到滿意

0665
save
[sev]
動 節省；挽救

片 **save the day** 化險為夷 / **save (sth.) for a rainy day** 以備不時之需
補 句子中的省錢，也可以用 **save up** 取代，此時不用加受詞 **money**，用法為 **They started saving up to buy...**。

0666
scale
[skel]
名 比例；規模
動 把…過秤

片 **scale down** 按比例縮減 / **scale up** 按比例增加 / **on a large scale** 大規模的
補 字根拆解：**scal** 攀爬 + **e** 字尾

0667
scalp
[skælp]
名 頭皮
動 欺騙；劫奪

同 **fleece** 剝削 / **overcharge** 索價過高
片 **be out for one's scalp** 給某人好看；嚴懲某人（主詞為另一人，如：**He's out for your scalp.** 他要給你好看；他打算好好修理你。）

0668
scanner
[ˋskænɚ]
名 掃描器

關 **laser printer** 雷射印表機 / **extension cord** 延長線 / **port adapter** 轉接頭
搭 **barcode scanner** 條碼掃描機

0669
schedule
[ˋskɛdʒʊl]
名 時刻表；計畫表

同 **timetable** 時刻表；時間表
片 **on schedule** 準時的 / **be ahead of schedule** 提前的 / **be behind schedule** 落後的

0670

那位老師指導學生製作他們的**科學**計畫。

The teacher instructed her students to do their **s**_________ project.

》提示《 強調自然科學這門「學科」。

0671

在使用刀或**剪刀**這類利器時，一定要小心，

Be careful when using anything that's sharp, such as a knife or **s**_________.

0672

只要按下這個按鈕，就能調整**螢幕**亮度。

You can adjust the brightness of the **s**_________ by pressing the button.

0673

夏季是旅行的旺季。

Summer is the peak **s**_________ for traveling.

0674

調味料的鹹淡已調至最適合食材的程度了。

The **s**_________ was adjusted to best fit with the ingredients.

0675

在飛行途中，請繫好您的**安全帶**。

Please fasten your **s**_________ **b**_________ at all times during the flight.

0676

他是**第二位**抵達終點的人。

He was the **s**_________ to cross the finish line.

0677

今天會議上所談的內容是最高**機密**。

The content in the meeting today is top **s**_________.

science / scissors / screen / season / seasoning / seat belt / second / secret

0670
science
[ˋsaɪəns]
名 科學；自然

關 **academic** 學術的 / **forensic** 法醫的
搭 **science fiction** 科幻小說 / **social science** 社會學
補 字根拆解：**sci** 知道 + **ence** 名詞

0671
scissors
[ˋsɪzɚz]
名 剪刀

考 一把剪刀的說法為 **a pair of scissors**，此時動詞會跟著 **pair** 做變化，所以用 **is**；沒有 **pair** 的話，則說 **the scissors are...**。
補 一把剪刀是由兩個刀片組合而成，所以必須用複數。

0672
screen
[skrin]
名 螢幕
動 掩蔽；甄選

片 **screen out** 過濾；篩選掉
搭 **screen door** 紗門 / **screen protector** 螢幕保護貼 / **take a screenshot** 擷取螢幕畫面

0673
season
[ˋsizn̩]
名 季節；時令
動 調味

片 **in season** 當季的 / **out of season** 不合時令的
搭 **rainy season** 雨季 / **low season** 淡季；蕭條的季節 / **peak season** 旺季

0674
seasoning
[ˋsiznɪŋ]
名 調味料

關 **vinegar** 醋 / **soy sauce** 醬油 / **chili sauce** 辣椒醬 / **sweet chili sauce** 甜辣醬
搭 **season sth. with hot spices** 在…上灑辣椒粉調味

0675
seat belt
片 安全帶

同 **safety belt** 安全帶
搭 **fasten one's seat belt** 繫緊安全帶 / **undo the seat belt** 解開安全帶
補 本名詞片語也可以寫成 **seatbelt**（中間無空格）。

0676
second
[ˋsɛkənd]
形 第二的
名 第二名；秒

片 **on second thought** 進一步考慮之後 / **be second to none** 首屈一指
搭 **second self** 知音 / **just a second** 稍等一下

0677
secret
[ˋsikrɪt]
名 祕密；機密
形 祕密的；隱蔽的

同 **hidden** 隱藏的 / **mysterious** 神祕的
片 **in secret** 祕密地 / **keep a secret** 保守祕密
搭 **an open secret** 公開的祕密

0678
我們想找一位具備雙語能力、日語與中文都流利的**祕書**。
We are hiring a bilingual **s**_________ capable of speaking Japanese and Chinese fluently.

0679
那群恐怖份子威脅到國家**安全**，因而被逮捕。
The terrorists were arrested for threatening national **s**_________.
提示 若涉及「國家級別的安全」，都會用這個單字。

0680
要把好的產品從不良品中**挑出來**，是很耗時的一件事。
S_________ the good products from the bad ones is time-consuming.

0681
除非有添加界面活性劑，不然水和油會自動**分離**。
Water and oil **s**_________ spontaneously unless a surfactant is added.

0682
這部人氣小說已經被改編成電視**影集**。
The popular novel has been adapted into TV **s**_________**ls**.
提示 本單字指的是「把一個故事拆成好幾集播放」的影集。

0683
我邊看那部喜劇**系列**的最後一集邊哭，實在太感人了。
I cried while watching the last episode of that comedy **s**_________; it was so touching.

0684
她頭痛得很**厲害**，無法去上班。
She had a **s**_________ headache and was unable to go to work.

0685
這家餐廳的炒飯分量可**供**兩個人吃。
One portion of fried rice in this restaurant **s**_________ two.
提示 這裡的提供指「端菜、招待」的服務。

secretary / security / Selecting / separate / serials / series / serious / serves

0678
secretary
[`sɛkrə͵tɛrɪ]
名 祕書

搭 **private secretary** 私人祕書 / **Secretary of State** 美國國務卿
補 字根拆解：**secret** 祕密 + **ary** 人（聯想：處理上司私人事務的人）

0679
security
[sɪ`kjʊrətɪ]
名 安全；防護

關 **surveillance** 監視 / **stability** 穩定；安定
搭 **security guard** 保全人員 / **information security** 資訊安全
補 字根拆解：**secur** 安全的 + **ity** 名詞（情況）

0680
select
[sə`lɛkt]
動 選擇；挑選

同 **choose** 選擇 / **pick** 挑選
關 **first-rate** 第一流的 / **option** 選擇
補 字根拆解：**se** 分開地 + **lect** 收集

0681
separate
[`sɛpə͵ret]
動 使分離；區分

同 **segregate** 分離 / **sort** 區分 / **isolate** 隔離
反 **unite** 使聯合 / **combine** 結合；聯合
補 **separate** 也可以當形容詞，表示「分開的、單獨的」，此時發音為 [`sɛprɪt]，如 **a separate room**。

0682
serial
[`sɪrɪəl]
名 連載作品的一部分
形 連續的；一系列的

同 **sequential** 連續的 / **consecutive** 連續不斷的
反 **disorderly** 雜亂的 / **sporadic** 偶發的；分散的
搭 **serial number** 序號 / **serial killer** 連環殺手

0683
series
[`siriz]
名 連續；系列

補 **series** 是指出場角色相同，但每一集都在講不同故事的單元劇；**serial** 則被拆成很多集，但只在講一個故事。簡而言之，看 **series** 可以隨便選一集看，但 **serial** 一定要從頭看，才能理解整個故事。

0684
serious
[`sɪrɪəs]
形 嚴重的；嚴肅的

同 **solemn** 嚴肅的；隆重的 / **sincere** 真誠的
反 **frivolous** 輕佻的 / **playful** 開玩笑的
搭 **a serious look on one's face** 某人臉上的嚴肅表情

0685
serve
[sɝv]
動 供應；服務

同 **supply** 供應 / **furnish** 提供
關 **ready-to-serve** 即食的
片 **serve sb. right** 某人罪有應得 / **serve for** 充當

0686

早上九點到十點這段期間，**伺服器**都在忙線中。

The **s**__________ is always busy from nine to ten in the morning.

0687

這一區星期天是沒有郵政**服務**的，平日才有。

Postal **s**__________ is not available in this region on Sundays, only on weekdays.

0688

我想在今天的會議上**解決**這個問題。

I want to get this thing **s**__________ in today's meeting.

提示 解決了問題，就能讓事情好好「安頓下來」。

0689

天氣實在太熱了，與其去慢跑，我寧願待在**陰涼處**。

The weather is so hot that I would rather stay under the **s**__________ than go jogging.

0690

新桌子**鋒利的**邊緣對小孩來說很危險。

The **s**__________ edges of the new table are dangerous for kids.

0691

在與重要的客戶會面之前，他一定會**刮鬍子**。

He always **s**__________ before meeting important clients.

0692

工作重點都列在這**張**紙上了。

Job description is listed on this **s**__________ of paper.

0693

她對核能議題的態度**轉變**了。

She had **s**__________ her attitude on nuclear power issue.

server / service / settled / shade / sharp / shaves / sheet / shifted

0686
server
[`sɝvɚ]
名 伺服器；服務生

關 **debug** 移除程式錯誤 / **configure** 配置；安裝
搭 **terminal server** 終端機伺服器 / **mail server** 電子郵件伺服器
補 **connect to Wi-Fi** 連上無線網路

0687
service
[`sɝvɪs]
名 服務；招待

關 **self-service** 自助的 / **satisfaction** 滿意；滿足
搭 **room service** 客房服務 / **military service** 兵役 / **service charge** 服務費 / **social service** 社會服務

0688
settle
[`sɛtl̩]
動 解決；安放

反 **unsettle** 使不安定 / **migrate** 移居 / **unfix** 使不穩定
關 **location** 位置；場所 / **negotiate** 協商；談判
片 **settle down** 使平靜；安頓下來

0689
shade
[ʃed]
名 陰影；陰涼處
動 遮蔽；庇蔭

同 **shadow** 陰暗處 / **cover up** 蓋住；遮住
片 **in the shade** 在陰暗處；沒沒無聞
搭 **window shade** 遮光窗簾

0690
sharp
[ʃɑrp]
形 尖銳的；鋒利的

反 **blunt** 不鋒利的 / **dull** 鈍的 / **obtuse** 鈍的；愚鈍的
片 **be sharp on** 對⋯很苛刻 / **have a sharp tongue** 講話容易傷人
搭 **a sharp turn** 急轉彎 / **a sharp angle** 銳角

0691
shave
[ʃev]
動 刮鬍子
名 刮鬍刀

同 **shear** 修剪 / **scrape away** 刮去
片 **shave off** 剃去；刮掉（薄薄的一層）
搭 **a close shave = a close call** 僥倖的脫險

0692
sheet
[ʃit]
名 表單；薄片；床單

片 **get between the sheet** 就寢；睡覺
搭 **balance sheet** 資產負債表 / **flow sheet** 生產流程圖 / **answer sheet** 答案紙 / **bed sheet** 床單

0693
shift
[ʃɪft]
動 轉移；更換
名 輪班；轉換

同 **alter** 改變 / **change** 改變 / **switch** 使轉換
片 **shift one's ground** 改變某人的觀點
搭 **day shift** 日班 / **night shift** 夜班

0694
在大型**購物**中心裡，你可以看電影、吃美食、以及購物。
You can watch movies, eat delicious food and buy things at a **s**_________ mall.

0695
短期的解決方案是限制每個家庭的用水量。
The **s**_________**-t**_________ solution is to restrict water usage for every household.

0696
我們花了半天的時間去臺北**遊覽**。
We went **s**_________ in Taipei for half a day.
提示 遊覽時會「看到」不同的「風景」。

0697
他們雖然用了同一個方法，但得到的結果連一點**相似的**地方都沒有。
Although they used the same approach, the results were not even **s**_________.

0698
任務愈**簡單**，他就愈容易搞砸。
The **s**_________ the task is, the easier he'll mess it up.

0699
單人房都被訂走了，所以我必須與三個陌生人共用一個房間。
All the **s**_________ rooms are booked, so I have to share a room with three strangers.

0700
為了趕飛機，他們**略過**午餐沒吃。
They **s**_________ lunch in order to catch their plane in time.

0701
宿舍有個「禁止**吸菸**」的標示。
There is a sign that says "No **s**_________" in the dormitory.

shopping / short-term / sightseeing / similar / simpler / single / skipped / smoking

0694
shopping
[`ʃapɪŋ]
名 購物

片 **go shopping** 去逛街；購物
搭 **shopping mall** 大型購物中心 / **shopping list** 購物清單 / **shopping bag** 購物袋

0695
short-term
[`ʃɔrt`tɝm]
形 短期的；暫時的

反 **long-term** 長期的
關 **duration** 持續期間 / **brief** 短暫的
搭 **short-term memory** 短期記憶

0696
sightseeing
[`saɪt,siɪŋ]
名 觀光；遊覽

關 **excursion** 出遊；遠足 / **jaunt** 短途旅遊
片 **go sightseeing** 去觀光
搭 **sightseeing tour** 觀光旅遊

0697
similar
[`sɪmələ]
形 類似的；相像的

同 **alike** 相像的 / **akin** 近似的
反 **different** 不同的 / **opposite** 相反的
片 **be similar to** 與…相似

0698
simple
[`sɪmpl̩]
形 簡單的；簡易的

同 **effortless** 不費力的 / **elementary** 初級的
反 **complex** 複雜的 / **complicated** 複雜的
片 **live a simple life** 過簡樸的生活

0699
single
[`sɪŋgl̩]
形 單身的；單一的

同 **alone** 單獨的 / **unmarried** 未婚的
反 **double** 成雙的 / **married** 結婚的
搭 **single mom** 單親媽媽 / **single life** 獨身生活

0700
skip
[skɪp]
動 跳過；略過

同 **leap** 跳躍 / **pass over** 忽略
關 **scamper** 蹦蹦跳跳 / **unaware** 未察覺到的
片 **skip off** 溜走 / **skip class = cut class** 翹課

0701
smoking
[`smokɪŋ]
名 抽菸；冒煙

搭 **non-smoking area** 禁菸區 / **passive smoking** 吸二手菸 / **smoking room** 吸菸室
補 **smoke alarm** 煙霧警報器 / **go up in smoke** 化為烏有

0702
因為怕體重繼續增加，琳賽晚餐後就不吃**零食**。
Lindsey refused to have any **s**_________ after dinner for fear of putting on more weight.

0703
他穿新的**運動鞋**打籃球，但最後扭傷了腳踝。
He wore his new **s**_________ while playing basketball but ended up spraining his ankle.

0704
對**足球**的熱愛是他成為體育記者的主要原因。
His love of **s**_________ is the main reason he became a sports reporter.

0705
他明天有一場**個人**表演，所以現在相當緊張。
He is going to have a **s**_________ performance tomorrow and is now quite nervous.

0706
我們會盡快**解決**這個問題。
We will try to **s**_________ the problem as soon as possible.

0707
這條資訊的**來源**不能暴露。
The **s**_________ of the information cannot be revealed.

0708
他帶了一些去歐洲旅行時買的**紀念品**，要送給同事。
He brought **s**_________ for his colleagues on a trip to Europe.

0709
警方以**超速**的罪名起訴了這名駕駛。
The police brought a prosecution against the driver for **s**_________.

snacks / sneakers / soccer / solo / solve / source / souvenirs / speeding

0702
snack
[snæk]
名 點心；小吃

關 **cracker** 餅乾 / **potato chip** 洋芋片 / **tortilla chip** 墨西哥玉米片 / **cheese puff** 起司條
搭 **midnight snack** 宵夜

0703
sneaker
[\`snikɚ]
名 運動鞋

關 **platform shoes** 厚底鞋 / **slip-on shoes** 沒有鞋帶的鞋款 / **high heels** 高跟鞋 / **kitten heels** 低跟鞋 / **tall boots** 長靴 / **flat sandals** 平底涼鞋

0704
soccer
[\`sɑkɚ]
名 足球

關 **attack** 進攻 / **defend** 防守 / **offside** 越位 / **corner kick** 角球 / **goalkeeper** 守門員 / **penalty** 罰球
搭 **soccer player** 足球選手

0705
solo
[\`solo]
形 單獨的
名 獨奏；獨唱

關 **chamber music** 室內音樂 / **duet** 二重奏 / **trio** 三重奏 / **quartet** 四重奏 / **quintet** 五重奏
搭 **play a solo** 獨奏 / **go solo** 獨自做

0706
solve
[sɑlv]
動 解決；解答

搭 **solve a problem** 解決問題 / **solve a puzzle** 解決難題
補 **solve** 和 **resolve** 都指「解決」，但 **resolve** 常用於雙方僵持不下的局面或衝突，如 **resolve a conflict**（解決衝突）、**resolve a dispute**（解決紛爭）等。

0707
source
[sors]
名 來源 ；根源

同 **origin** 起源 / **root** 源頭；來源
搭 **the sorce of sth.** 某物的發源地
補 **Sources say/claim...** 消息來源指出

0708
souvenir
[\`suvə͵nɪr]
名 紀念品

搭 **souvenir shop** 紀念品店
補 字根拆解：**sou** 在…之下 + **venir** 來（聯想：勾起記憶的物品）

0709
speed
[spid]
動 快速前進
名 速度

關 **accelerate** 加速；加快 / **agility** 敏捷；靈活
片 **at full speed** 全速地 / **speed up** 加速
搭 **a speeding ticket** 超速罰單 / **typing speed** 打字速度

0710 他放錯**香料**，導致菜的味道變得很奇怪。

He put in the wrong **s**_________ and made the dish taste really weird.

0711 因為意見不合，所以她與生意夥伴**拆夥**了。

She **s**_________ with her business partner because of differing opinions.

提示 這個單字帶有「破裂、裂開」的意思。

0712 在歐洲，幾乎每座城市都會有一個美麗的**廣場**。

In nearly every European city, there is a beautiful **s**_________.

0713 他愛書成癡，連臥室的地板上都有好幾**堆**書。

He is such a book lover and has several **s**_________ of books on the floor in his bedroom.

0714 **工作人員**對那名顧客頤指氣使的態度感到惱火。

The **s**_________ was irritated by the demanding customer.

0715 在研發新藥品的初期**階段**，老闆就決定僱用更多研究人員。

During the early **s**_________ of R&D for the new drug, the boss decided to hire more researchers.

0716 這個貨架由**不鏽鋼**製成，應該會更耐用。

The shelf is made of **s**_________ **s**_________, so it should be more durable.

0717 聽見新產品符合**標準**時，我們都鬆了一口氣。

We were relieved when we heard that the new products meet the **s**_________.

spice / split / square / stacks / staff / stages / stainless steel / standard

0710
spice
[spaɪs]
名 香料；調味品
動 加香料於

同 **flavor** 給…調味 / **season** 給…調味
片 **spice (sth.) up** 替…增添趣味
補 **Variety is the spice of life.** 豐富的經歷能讓生活充滿樂趣。

0711
split
[splɪt]
動 分開；拆開

片 **in a split second** 一瞬間 / **split up with sb.** 與某人絕交 / **sth. split in two** 某物斷成兩截
搭 **split personality** 人格分裂 / **split ends** 頭髮分岔

0712
square
[skwɛr]
名 廣場；四方形
形 方形的

關 **triangle** 三角形 / **circle** 圓形 / **oval** 橢圓形 / **rectangle** 長方形 / **trapezoid** 梯形 / **diamond** 菱形
片 **go back to square one** 重頭做起 / **have a square meal** 飽餐一頓

0713
stack
[stæk]
名 一堆；一疊
動 堆放；把…疊成堆

同 **pile** 一堆 / **heap** 一堆
關 **random** 隨便的 / **assorted** 各式各樣的；分類的
片 **stack up** 堆起 / **blow one's stack** 大發雷霆

0714
staff
[stæf]
名 全體職員

同 **crew** 工作人員 / **faculty** 全體人員
關 **teamwork** 協力；團隊合作
搭 **ground staff**（機場的）地勤人員

0715
stage
[stedʒ]
名 階段；舞台
動 上演；籌劃

關 **theater** 劇場 / **scene** 舞臺布景
片 **take center stage** 成為焦點；受人矚目
搭 **go on the stage** 登台演出

0716
stainless steel
片 不鏽鋼

關 **copper** 銅 / **iron** 鐵 / **tin** 錫 / **aluminum** 鋁 / **brass** 黃銅 / **bronze** 青銅
片 **rot one's brain** 腦袋生鏽

0717
standard
[ˋstændəd]
名 標準；規格
形 標準的

同 **criterion** 標準 / **model** 原型
片 **be up to standard** 達到標準
搭 **double standard** 雙重標準 / **standard lamp** 落地燈

0718
由於颱風逼近，所以**主食**的價格將會隨之上漲。
Prices of s_________ foods will increase due to the coming typhoon.
提示 主食的英文為固定用法：主要的 + 食物。

0719
我們需要更多的**釘書機**來準備講義。
We need more s_________ to prepare the handouts.

0720
他在一部暢銷書改編的電影裡**擔任主角**。
He s_________ in the film adapted from a best-selling novel.
提示 擔任主角的「明星」通常最容易被注意到。

0721
請問您的**牛排**要幾分熟呢？
How would you like your s_________ cooked?

0722
他**偷**母親錢的行為被抓到了。
He was caught s_________ money from his mother.
提示 被抓了個現行，此時要注意動詞變化。

0723
我們會按**步驟**，一**步步**走完整個流程。
We will go through the procedures s_________ by s_________.

0724
在過去兩週的時間內，公司的**股價**節節高升。
The company's s_________ has been soaring for the past two weeks.

0725
在會議中，他的**肚子**突然叫了。
His s_________ rumbled suddenly during the meeting.

Answer key: staple / staplers / starred / steak / stealing / step / stock / stomach

0718
staple
[ˋstepl̩]
形 主要的
名 主食；釘書針

關 **brown rice** 糙米飯 / **black glutinous rice** 紫米飯 / **red bean rice** 紅豆飯 / **saffron rice** 藏紅花香料飯
搭 **staple remover** 拔釘器 / **staple food** 主食

0719
stapler
[ˋsteplɚ]
名 釘書機

關 **stationery** 文具 / **pushpin** 圖釘 / **paper clip** 迴紋針 / **binder clip** 長尾夾 / **hole puncher** 打洞器

0720
star
[stɑr]
動 領銜主演
名 星；明星

同 **feature** 由…主演 / **heavenly body** 天體
片 **get/have stars in (one's) eyes** 自鳴得意
搭 **star sign** 星座 / **fixed star** 恆星 / **shooting star** 流星

0721
steak
[stek]
名 牛排

關 **rare** 一分熟 / **medium-rare** 三分熟 / **medium** 五分熟 / **medium-well** 七分熟 / **well-done** 全熟
補 **filet mignon** 菲力牛排 / **sirloin steak** 沙朗牛排 / **T-bone steak** 丁骨牛排 / **rib eye steak** 肋眼牛排

0722
steal
[stil]
動 偷竊；竊取

同 **pilfer** 偷竊 / **filch** 偷
片 **steal from sb.** 偷某人的東西 / **steal one's thunder** 竊取某人的點子 / **steal one's heart** 博得某人的歡心

0723
step
[stɛp]
名 步驟
動 踏步；走

片 **step on sth.** 踩到某物 / **step forward** 自告奮勇 / **step in** 干預 / **step aside** 讓開；讓位
搭 **a false step** 失足；錯誤的決策

0724
stock
[stɑk]
名 存貨；股票
動 進貨；貯存

同 **accumulate** 累積 / **amass** 堆積 / **stockpile** 貯存
片 **in stock** 有現貨的 / **out of stock** 沒貨的 / **stock up on sth.** 囤積或堆積某物

0725
stomach
[ˋstʌmək]
名 胃；肚子

片 **have butterflies in one's stomach** 感到很緊張 / **have no stomach for** 對…不感興趣 / **turn one's stomach** 令某人感到反胃
搭 **stomach upset** 腸胃不適 / **stomach ulcer** 胃潰瘍

0726

她四處閒逛，尋找小**酒店**。

She wandered around in search of a liquor **s**_________.

0727

沿著這條小徑**直走**，你就會發現我替你準備的禮物。

Go **s**_________ along the lane and you'll find the gift I prepared for you.

0728

那名經理以**嚴格的**紀律與效率在帶領他的團隊。

The manager leads his staff with **s**_________ discipline and efficiency.

0729

他被要求每個月**繳交**一次工作摘要。

He was asked to **s**_________ a summary of his work every month.

0730

倫敦的**地鐵**太複雜，對她而言就像個迷宮似的。

The **s**_________ system in London was too complicated and looked like a maze to her.

0731

長期以來，我們都是與這家**供應商**合作，購買他們的耗材。

We have cooperated with this **s**_________ for consumables for a long time.

0732

供給和需求最終會達到平衡，並決定價格。

S_________ and demand will ultimately reach equilibrium, a balance which determines the price.

0733

因為要在東京待三個星期，所以他帶了一個超大型**行李箱**。

He brought a huge **s**_________ because he had to stay in Tokyo for three weeks.

Answer key

store / straight / strict / submit / subway / supplier / Supply / suitcase

0726
store
[stor]
名 商店；儲存量
動 貯存；保管

反 **waste** 消耗；濫用 / **squander** 浪費；揮霍
片 **store sth. up** 貯存某物 / **have sth. in store** 備有某物
搭 **flagship store** 旗艦店 / **grocery store** 雜貨店 / **chain store** 連鎖店

0727
straight
[stret]
副 挺直地；直接地
形 直線的；直率的

同 **direct** 筆直的；直接的 / **upright** 挺直的
片 **get sth. straight** 搞清楚某事 / **keep a straight face** 板著臉
搭 **straight A**（成績）全優的 / **straight out** 直截了當地

0728
strict
[strɪkt]
形 嚴格的；嚴厲的

同 **severe** 嚴厲的 / **austere** 嚴格的 / **harsh** 嚴厲的
反 **lenient** 溫和的；寬容的 / **mild** 溫和的
片 **be strict with sb.** 對某人很嚴格

0729
submit
[sʌb`mɪt]
動 繳交；提出；屈服

反 **resist** 抵抗；反抗 / **disobey** 不服從
片 **submit to** 屈服於…；向…認輸
補 字根拆解：**sub** 下面 + **mit** 傳送

0730
subway
[`sʌbwe]
名 地鐵

同 **underground** 地下鐵
關 **rapid transit system** 捷運系統
補 字根拆解：**sub** 在…之下 + **way** 通道

0731
supplier
[sə`plaɪr]
名 供應商

關 **retailer** 零售商 / **vender** 賣主
補 字根拆解：**sup** 在…之下 + **ply** 裝滿 + **ier** 人（聯想：把貨裝滿的人）

0732
supply
[sə`plaɪ]
名 供應品；供應
動 供應；提供

同 **provide** 提供 / **offer** 提供；給予
片 **supply sth. to sb.** 提供某物給某人 / **in short supply** 稀少的；供應不足的
搭 **supply and demand** 市場供需 / **water supply** 供水

0733
suitcase
[`sut͵kes]
名 手提箱

片 **live out of a suitcase** 居無定所
搭 **pack one's suitcase** 裝進手提箱 / **unpack one's suitcase** 打開手提箱

0734
在戒毒期間，那位年輕人的家人給予他很大的**支持**。
His family gave the young man great **s**_________ during his drug addiction treatment.

0735
他試過一次之後就愛上**衝浪**了。
He fell in love with **s**_________ after trying it once.

0736
對她來說，朋友替她辦的生日派對是個很棒的**驚喜**。
The birthday party thrown by her friends was a great **s**_________ to her.

0737
在著手設計實驗之前，他已經先做完了**調查**。
He had already finished the **s**_________ before he started designing the experiments.

0738
服務生**刷了**卡，然後將卡和收據交給她。
The waiter **s**_________ the card and gave both the card and the receipt to her.

0739
美國的司法**制度**為：在一個人被證明有罪之前，必須視其為無辜。
The legal **s**_________ in the U.S. sees someone as innocent until he or she is proven guilty.

Answer key: support / surfing / surprise / survey / swiped / system

0734
support
[sə`port]
名 支撐；支柱
動 支援；支持

同 **aid** 救助 / **bolster** 支持 / **foster** 培養
反 **discourage** 使洩氣 / **hindrance** 妨礙
片 **moral support** 精神上的支持

0735
surf
[sɝf]
動 衝浪；瀏覽

關 **wave** 海浪 / **surfboard** 衝浪板 / **dive** 潛水
搭 **surf the internet** 上網 / **channel surf** 漫無目的地不停轉換頻道

0736
surprise
[sɚ`praɪz]
名 使人驚訝的事
動 使驚奇；驚訝

同 **astonishment** 驚訝 / **amazement** 驚奇
片 **take sb. by surprise** 出其不意 / **surprise sb. with sth.** 用某事讓某人驚訝

0737
survey
[sɝ`ve]
名 調查；考察
動 測量；勘測

同 **inspect** 審查 / **scrutinize** 詳細檢查
片 **carry out a survey** 進行調查
搭 **field survey** 實地考察 / **survey course** 概論課

0738
swipe
[swaɪp]
動 揮擊；擦過
名 用力揮擊

片 **swipe at** 擊打；以言語攻擊
搭 **card swipe machine** 刷卡機

0739
system
[`sɪstəm]
名 系統；制度

搭 **the digestive system** 消化系統 / **solar system** 太陽系 / **the immune system** 免疫系統 / **operating system** 電腦作業系統
補 **all systems (are) go** 萬事皆備

UNIT 19 T 字頭填空題

Test Yourself!

請參考中文翻譯，再填寫空格內的英文單字。

0740

在穿上之前，記得先拿掉衣服上的價格**標籤**。

Remember to take off the price **t**_________ from the clothes before wearing them.

0741

我們今天點的墨西哥**外帶**真的很辣，但意外地美味。

The Mexican **t**_________**y** we ordered today was really spicy but amazingly delicious.

0742

這座國際機場每天有數以千計的飛機**起**降。

There are thousands of **t**_________ and landings in this international airport every day.

0743

中式**外帶**餐廳在美國開始流行。

Chinese **t**_________**t** restaurants have gained popularity in the U.S.

0744

大家都看得出來提姆有與人溝通的**天賦**。

Anyone can see that Tim has **t**_________ for communicating with people.

0745

恐怖分子通常**鎖定**人多的場所，以達到他們威嚇的目的。

Terrorists usually **t**_________ crowded places to achieve their purpose of intimidation.

提示 鎖定也就是把那些場所「視爲目標」。

0746

他被指派了**任務**，要去幫助那些被困在山裡的登山者。

He was assigned the **t**_________ of helping with the hikers trapped on the mountain.

tags / takeaway / takeoffs / takeout / talent / target / task

答案 & 單字解說
Get The Answer !

MP3 19

tag
[tæg]
名 標籤；牌子
動 附加；加標籤

關 **brand** 品牌 / **trademark** 商標
片 **tag along** 尾隨 / **tag out** 【棒】觸殺出局
搭 **price tag** 價格標籤 / **name tag**（服務生等戴的）名牌

takeaway
[`tekə,we]
名 外帶食物

補 **takeaway** 還有「重要資訊」的意思，通常是指在會議中了解到的重要資訊（在會議上聽到並帶走的資訊，概念與外帶雷同）。

takeoff
[`tek,ɔf]
名 起飛；出發

考 若把本單字寫成 **take off**（中間空一格），則為動詞片語，表示「（飛機）起飛、脫下（衣服）」的意思。
補 **take off one's clothes/shoes** 脫衣服 / 脫鞋

takeout
[`tek,aʊt]
名 外帶；外賣
形 外帶的

同 **to go** 【口】外賣的
反 **for here** 【口】內用的
考 若寫成 **take out**（中間空一格），則為動詞片語，有「取出、扣除、把…拿出來（**take sth. out**）」等意思。

talent
[`tælənt]
名 才能；天才

同 **ability** 才能 / **genius** 天賦 / **capacity** 能力
片 **have a hidden talent** 身懷絕技（擁有別人不知道的天賦，表現出來時會讓人驚豔）

0745

target
[`tɑrgɪt]
動 把…當作目標
名 目標；對象

同 **aim** 瞄準 / **goal** 目標 / **objective** 目標
片 **(** 批評等 **) be dead on the target** 一針見血 / **meet the target** 達成目標 / **fall short of the target** 沒有達標

0746

task
[tæsk]
名 工作；任務

同 **duty** 本分 / **assignment** 任務
片 **take sb. to task** 責備某人
搭 **task force** 專門小組 / **fulfill a task** 完成任務

0747 他對衣服的**品味**很糟糕，所以他姐姐決定幫他改變風格。

He had terrible **t**_________ in clothes, so his sister decided to help him transform his style.

0748 由於貿易逆差，因此提高了鋼鐵及相關產品的**課稅**。

T_________ on steel and related products were increased due to a trade deficit.

0749 這名**計程車**司機會說流利的中文和英文。

This **t**_________ driver is fluent in both Chinese and English.

0750 **電話**線路沿著牆角，彎曲地牽過去。

The **t**_________ cable is twisted on the corner of the wall.

0751 她在住家附近的銀行擔任**出納員**。

She works as a **t**_________ in a bank near her home.

0752 高**溫**可能會引起機械故障的問題。

High **t**_________ may induce malfunction of the equipment.

0753 **寺廟**是中華文化裡很重要的一環。

T_________ are an important feature of Chinese culture.

0754 水面的**張力**讓部分昆蟲能「行走」在水面上。

The surface **t**_________ of water allows some insects to 'walk' on water.

Answer key: taste / Taxes / taxi / telephone / teller / temperature / Temples / tension

0747
taste
[test]
名 滋味；品味
動 嚐起來；體驗

關 **savor** 滋味；氣味；風味 / **experience** 體驗
片 **have a taste for sth.** 喜好某物 / **in good taste** 高雅的 / **in poor taste** 俗氣的

0748
tax
[tæks]
名 稅；稅金
動 向…課稅

關 **progressive** 累進的 / **citizenship** 公民身分
搭 **file taxes** 報稅 / **income tax** 所得稅 / **consumption tax** 消費稅 / **tax refund** 退稅

0749
taxi
[`tæksɪ]
名 計程車

片 **hail a taxi** 在路邊招計程車 / **call a taxi** 電話叫計程車
考 **taxi** 當動詞時表示「飛機起飛前或降落時，至登機口前的滑行」。因此，**taxiway** 指飛機的滑行道。

0750
telephone
[`tɛlə͵fon]
名 電話
動 打電話

關 **extension** 電話分機 / **receiver** 電話聽筒
片 **answer the phone** 接電話 / **call back** 回撥 / **make a phone call** 打電話 / **hang up on sb.** 掛某人電話

0751
teller
[`tɛlɚ]
名 出納員；敘述者

搭 **fortune teller** 算命師；占卜師
補 我們常用的 **ATM**（自動提款機），其實就是 **automatic teller machine** 的縮寫。

0752
temperature
[`tɛmprətʃɚ]
名 氣溫；體溫

片 **run a temperature** 發燒 / **take (one's) temperature** 量（某人的）體溫
搭 **room temperature** 室溫；常溫

0753
temple
[`tɛmpl̩]
名 寺廟

關 **church** 教堂（天主教、基督教）/ **cathedral** 大教堂（天主教；有主教的教堂）/ **mosque** 清真寺（伊斯蘭教）/ **synagog** 禮拜堂（猶太教）
補 **temple** 也能用來指人頭部兩側的「太陽穴」。

0754
tension
[`tɛnʃən]
名 緊繃；張力
動 使拉緊；使緊張

搭 **high-tension** 高壓的 / **low-tension** 低電壓的 / **tension headache** 緊張性頭痛
補 字根拆解：**tens/tend** 拉緊 + **ion** 名詞（狀態）

0755
專業**術語**似乎是他最大的障礙。
Technical **t**_________ appeared to be the biggest hindrance for him.

0756
她很想念以前全家人一起去**戲院**看電影的日子。
She really missed those days when her family would go to the **t**_________ together.

0757
這份合約沒有簽名，**因此**不具效力。
This contract is not signed and **t**_________**e** null and void.

0758
小偷當場被逮個正著，身上還帶著偷來的錢。
The **t**_________ was caught at the scene, with all the stolen money on him.

0759
小女孩被突如其來的**雷聲**嚇到，因而哭了起來。
The little girl was scared by the sudden clap of **t**_________ and started crying.

0760
人們意識到，經濟發展會對環境造成**威脅**。
Economic development was perceived to be a **t**_________ to the environment.

0761
我對車子**一竅不通**。
I am all **t**_________ when it comes to cars.
提示 本句考的是一竅不通的俚語用法。

0762
這個表演非常受歡迎，記得要提早**訂票**。
Book the **t**_________ ahead because the show is really popular.

terms / theater / therefore / thief / thunder / threat / thumbs / ticket(s)

0755
term
[tɜm]
名 術語；期間；條款

同 **period** 期間 / **condition** 條件；情況
片 **in terms of** 就…方面來說 / **on equal terms** 平等的 / **on easy terms** 分期付款的；以寬厚的條件

0756
theater
[`θɪətɚ]
名 戲院；劇院

關 **Broadway** 百老匯 / **opera** 歌劇
片 **go to the theater** 去看電影
搭 **lecture theater = lecture hall** 演講廳

0757
therefore
[`ðɛr͵for]
副 因此；所以

同 **hence** 因此 / **consequently** 因此
關 **I think, therefore I am.** 我思故我在。
補 字根拆解：**there** 那裡 + **fore** 前面

0758
thief
[θif]
名 小偷

同 **pilferer** 小偷 / **burglar** 破門竊盜者
關 **criminal** 犯罪的 / **pickpocket** 扒手
片 **like a thief in the night** 祕密地

0759
thunder
[`θʌndɚ]
名 雷；雷聲
動 打雷

關 **rainstorm** 暴風雨 / **roaring** 轟鳴的；咆哮的
片 **ride out a storm** 度過難關
搭 **afternoon thundershower** 午後雷陣雨

0760
threat
[θrɛt]
名 威脅；恐嚇

同 **intimidation** 恐嚇 / **caution** 警告
片 **make threats against sb.** 恐嚇某人
搭 **an empty threat** 虛張聲勢的威脅

0761
thumb
[θʌm]
名 大拇指
動 用拇指翻書

關 **index finger** 食指 / **middle finger** 中指 / **ring finger** 無名指 / **little finger** 小指
片 **be all thumbs** 笨拙的 / **have a green thumb** 精通園藝 / **thumb through** 快速翻閱 / **thumb a lift** 要求搭便車

0762
ticket
[`tɪkɪt]
名 票；券

關 **coupon** 減價優待券 / **hallmark** 戳記
搭 **meal ticket** 餐券 / **scalped ticket** 黃牛票 / **e-ticket** 電子票券 / **speeding ticket** 超速罰單

0763
他看著牆上的**時刻表**，尋找開往馬德里的火車。
He was looking at the **t**_________ on the wall, searching for trains heading to Madrid.

0764
她父親給了服務生十美元**小費**，感謝他良好的服務。
Her father **t**_________ the waiter ten dollars for his great service.

0765
我建議你把報告**標題**的字體放大，因為看起來很不清楚。
I suggest you enlarge the font size of your report **t**_________. It is quite unclear now.

0766
許多餐廳提供拋棄式的**牙籤**。
Many restaurants provide disposable **t**_________.

0767
她連在國外念書時，都與高中同學保持**聯繫**。
She stayed in **t**_________ with her high-school friends even when studying abroad.

0768
電動車的安全標準近幾年愈來愈**嚴格**。
Safety standards for electric cars are getting **t**_________ these days.

0769
新政策強調發展當地**旅遊業**。
The new policy emphasized on the development of local **t**_________.

0770
希臘的**旅遊**季是夏天，那時候旅館都會很忙碌。
The **t**_________ season in Greece is summer and the hotels are busy.

Answer key
timetable / tipped / title / toothpicks / touch / tough / tourism / tourist

0763
timetable
[`taɪm͵tebḷ]
名 時刻表；時間表

關 **departure station** 出發站 / **arrival station** 目的站 / **transfer** 轉線 / **platform** 月臺 / **delay** 班次延遲
片 **set up** 安排 / **put off** 延後 / **move up** 提前

0764
tip
[tɪp]
動 給小費
名 小費；尖端

同 **gratuity** 小費 / **bonus** 獎金；額外的好處
片 **tip of the iceberg** 冰山一角 / **on the tip of one's tongue** 話到嘴邊，卻想不起來

0765
title
[`taɪtḷ]
名 標題；題目
動 加上標題

同 **headline** 標題
關 **subtitle** 副標題；字幕
搭 **job title** 工作職稱

0766
toothpick
[`tuθ͵pɪk]
名 牙籤

關 **serving tray** 餐盤 / **napkin** 餐巾 / **pepper mill** 胡椒研磨器 / **salt shaker** 鹽罐 / **teapot** 茶壺 / **ice bucket**（存放飲料的）冰桶

0767
touch
[tʌtʃ]
名 接觸；聯繫
動 觸摸；聯繫

同 **contact** 接觸；觸碰 / **feel** 摸；感覺
片 **stay in touch** 保持聯絡 / **get in touch with sb.** 聯絡某人 / **touch down**（飛機等）著陸
搭 **touch-tone** 按鍵式的（形容電話）

0768
tough
[tʌf]
形 堅固的；強硬的

同 **hard** 費力的 / **arduous** 費力的 / **sturdy** 堅固的
反 **tender** 柔軟的 / **cozy** 愜意的 / **effortless** 容易的
片 **get tough with sb.** 對某人採取強硬手段
搭 **a tough call** 很難的選擇

0769
tourism
[`tʊrɪzəm]
名 旅遊；觀光

關 **tour guide** 導遊 / **vacation** 假期
搭 **space tourism** 太空旅遊
補 **be with a tour group** 跟團出遊

0770
tourist
[`tʊrɪst]
形 旅遊的；觀光的
名 觀光客

同 **sightseer** 觀光客 / **traveler** 旅客；遊客
搭 **tourist attraction** 觀光景點 / **tourist trap** 敲遊客竹槓的地方 / **tourist bus** 觀光巴士

0771
在父母染病之後，他便持續**追蹤**他們的健康狀況。
He kept **t**_________ of his parents' health after they became ill.
提示 追蹤就等於把每一個「軌跡」都記錄下來。

0772
這份工作需要有**貿易**的工作經驗，不會聘用門外漢。
This job requires prior experience in the **t**_________, and no layman will be hired.

0773
這間公司提供國際化的**訓練**課程給新進人員。
The company provides international **t**_________ courses to newcomers.

0774
兩個孩子唸私立學校的**學費**對她而言是一個沉重的負擔。
The **t**_________ for the private schools of her two children was quite a burden for her.

0775
加入催化劑之後，溶液**轉變**成白色。
The solution started to **t**_________ white after a catalyst was added.

0776
我弟弟**扭到**的腳踝開始腫脹。
My brother's **t**_________ ankle begins to swell up.

Answer key: track / trade / training / tuition / turn / twisted

track
[træk]
名 蹤跡；小徑
動 追蹤；跟蹤

同 **path** 小路 / **pathway** 小徑 / **footpath** 鄉間小路
片 **be on the track of** 追蹤 / **get off the track** 離題 / **be on the right track** 在正確的方向上

trade
[tred]
名 貿易；交易
動 進行交易

同 **deal** 交易 / **business** 生意
片 **a jack of all trades** 萬事通
搭 **trade surplus** 貿易順差 / **trade deficit** 貿易逆差 / **fair trade** 公平貿易

training
[`trenɪŋ]
名 訓練；鍛鍊

同 **practice** 訓練 / **exercise** 鍛鍊
搭 **self-training** 自我訓練 / **training center** 訓練中心 / **in-service training** 在職訓練

tuition
[tju`ɪʃən]
名 學費；教學

同 **instruction** 講授 / **teaching** 教學
關 **semester** 一學期 / **curricular** 課程的
補 字根拆解：**tuit** 照顧 + **ion** 名詞（動作）

turn
[tɝn]
動 轉動；使變化
名 轉動；轉向

片 **turn away** 轉過去 / **turn against** 反對 / **turn around** 轉身 / **take turns** 輪流 / **turn over a new leaf** 重新開始；改過自新

0776

twist
[twɪst]
動 扭轉；旋轉
名 扭；絞

同 **curl** 使捲起來 / **spin** 旋轉 / **rotate** 旋轉
片 **twist sb. around your little finger** 任意擺布某人 / **twist one's arm** 強迫；施壓 / **twist off** 將某物擰開

UNIT 20 U 字頭填空題

Test Yourself!

請參考中文翻譯，再填寫空格內的英文單字。

0777

我們高中規定我們只能穿**制服**。

We were allowed to wear only **u**_________ in our high school.

0778

這間房子裡的每**件**傢俱都具備現代風格。

Each **u**_________ of furniture in the house suited the modern style.

0779

科英布拉是葡萄牙的一座**大學**城，以其學術自由和一流的教職員聞名。

Coimbra, a **u**_________ town in Portugal, is famous for its academic freedom and top faculty.

0780

除非你能達到年收益的目標，**否則**無法獲得晉升。

You will not get the promotion **u**_________ you achieved the annual target revenue.

0781

卡車一抵達市場就開始**卸貨**，所有的海鮮都被卸下。

The seafood on the truck was **u**_________ as soon as it arrived at the market.

0782

如今，人們偏好使用電子鑰匙卡來**開**門。

Nowadays, people prefer to use electric key cards to **u**_________ doors.

提示 **開門就是「把門鎖打開」。**

0783

直到消息出來**之前**，他們都沒有收到商業夥伴的任何訊息。

They hadn't heard anything from their business partner **u**_________ the news was released.

uniforms / unit / university / unless / unloaded / unlock / until

答案 & 單字解說
Get The Answer !

uniform
[`junə͵fɔrm]
名 制服
形 相同的；一致的

同 **consistent** 一致的 / **homogeneous** 同種的
反 **unsystematic** 無系統的 / **various** 不同的
片 **in uniform** 穿著制服

unit
[`junɪt]
名 單元；單位

同 **component** 構成要素 / **member** 成員
關 **army** 軍隊 / **entity** 實體 / **squad** 【軍】小隊
搭 **unit price** 單價 / **unit cost** 單位成本

university
[͵junə`vɝsətɪ]
名 大學

同 **college** 大學；學院 / **campus** 大學
關 **undergraduate** 大學生 / **scholarship** 獎學金
補 字根拆解：**uni** 單一 + **vers** 轉變 + **ity** 名詞

unless
[ʌn`lɛs]
連 除非

考 **unless** 為從屬連接詞，與 **if not** 的意思相同，所以 **We will go there if it doesn't rain. = We will go there unless it rains.**（除非下雨，否則我們會去。）

unload
[ʌn`lod]
動 卸貨；擺脫

同 **discharge** 卸貨 / **get rid of** 擺脫
反 **load** 裝載 / **replenish** 把…裝滿
片 **unload sth. from** 從…卸下某物

0782

unlock
[ʌn`lɑk]
動 開…的鎖；揭開

同 **open** 打開 / **unravel** 揭開；弄清
關 **locksmith** 鎖匠 / **treasure** 金銀財寶
片 **unlock the secret of sth.** 解開某事物之謎

until
[ən`tɪl]
連 到…為止
介 直到…時

片 **not...until** 到…之前都沒有；直到…才…
考 **until** 也可以用 **till** 取代，但 **till** 比較不正式。

0784
經理要求定期更新製造的進度。
The manager requested a regular **u**__________ on the manufacturing progress.

0785
他們保證軟體的升級可以解決這個問題。
They promised that a software **u**__________ would be able to solve this problem.
提示 這個單字強調「等級向上提升」，而非更新。

0786
為了備份，他將自己的報告上傳到雲端。
He **u**__________ his report to the cloud as a backup.

0787
收到拒絕的回函讓她感到很沮喪。
She was really **u**__________ after receiving the rejection letter.

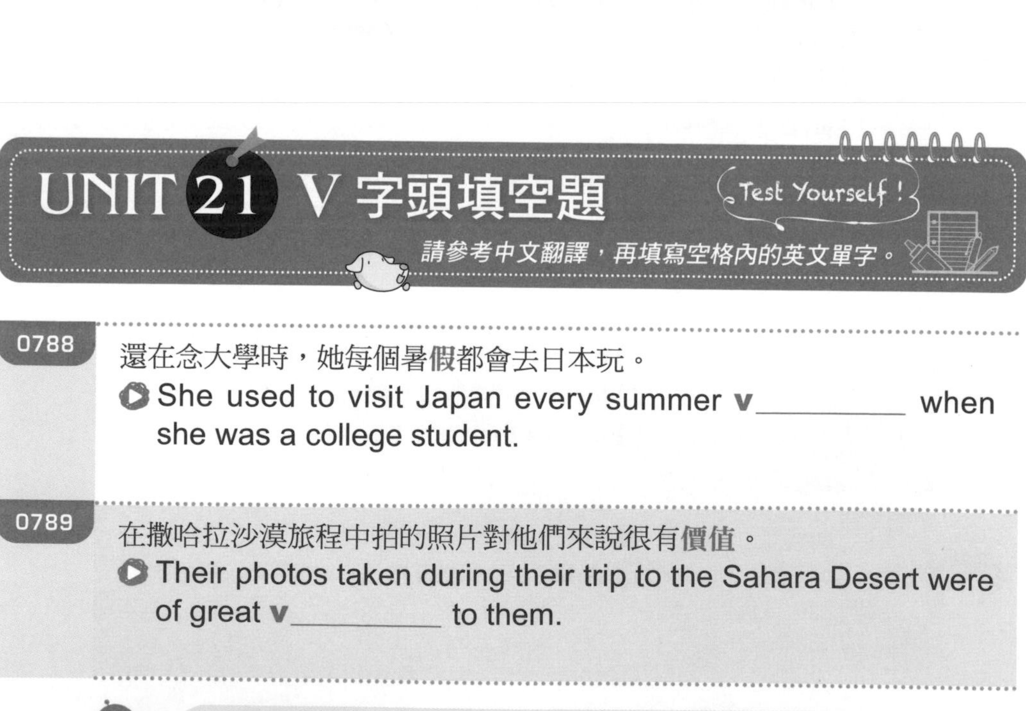

UNIT 21 V 字頭填空題

Test Yourself!

請參考中文翻譯，再填寫空格內的英文單字。

0788
還在念大學時，她每個暑假都會去日本玩。
She used to visit Japan every summer **v**__________ when she was a college student.

0789
在撒哈拉沙漠旅程中拍的照片對他們來說很有價值。
Their photos taken during their trip to the Sahara Desert were of great **v**__________ to them.

Answer key: update / upgrade / uploaded / upset / vacation / value

0784 **update**
[ʌp`det]
動 更新
名 最新情況

關 **modernize** 使現代化 / **latest** 最新的
片 **update sb. on sth.** 向某人更新某事的進度 / **keep sb. updated = keep sb. posted** 讓某人知道最新情況

0785 **upgrade**
[ʌp`gred]
名 升級；提高品質
動 升級；提升

同 **ascent** 提高 / **rise** 上升 / **boost** 舉；抬
反 **downgrade** 使降級 / **decline** 下降
片 **be on the upgrade** 上升的；進步的

0786 **upload**
[ʌp`lod]
動 【電腦】上傳

反 **download** 【電腦】下載
關 **wireless** 無線的 / **overload** 超載
片 **upload sth. to...** 上傳某物至…

0787 **upset**
[ʌp`sɛt]
形 苦惱的
動 使苦惱；翻倒

同 **disturbed** 心煩意亂的 / **dismay** 使沮喪
片 **to upset the apple cart** 製造麻煩；打亂計畫 / **be upset about** 對…感到苦惱

答案 & 單字解說
Get The Answer !

MP3 21

0788 **vacation**
[ve`keʃən]
名 假期；休假

片 **go on vacation** 去渡假 / **take a day off** 請一天假
搭 **summer vacation** 暑假 / **winter vacation** 寒假 / **paid vacation** 帶薪休假

0789 **value**
[`vælju]
名 價值；重要性
動 評價；重視

同 **worth** 有…的價值 / **importance** 重要性
片 **of great value** 寶貴的；有很高的價值
補 **be good value for the money** 很划算；CP 值很高

0790

春天的天氣據說是四季當中最**多變的**。

The weather in spring is said to be the most **v**_________ among the four seasons.

0791

草莓的品種非常**多樣**，各自的甜度和酸度都不同。

There are a **v**_________ of strawberries, each with different degrees of sweetness and sourness.

0792

他總是為了沒準時繳交報告，編**各式各樣的**理由。

He is always giving **v**_________ excuses for not handing in his report on time.

0793

隨著季節不同，樹葉的顏色會跟著**變化**。

The color of the leaves **v**_________ in different seasons.

0794

他不吃任何肉類，只吃水果、**蔬菜**、穀物和蛋。

He does not eat any meat, only fruit, **v**_________, grains, and eggs.

0795

付款都必須**透過**電匯的方式處理。

All the payment should be **v**_________ telegraphic transfer (T/T).

0796

就我的**觀點**來看，她的想法是錯誤的。

In my **v**_________, her opinion is wrong.

提示 「觀看」到的事物，會形成一個人的觀點。

0797

很多人會拉**小提琴**，但只有少數人精通。

Many can play the **v**_________, but just a few master it.

variable / variety / various / varies / vegetables / via / view / violin

0790 **variable**
[ˋvɛrɪəbl̩]
形 多變的；易變的
名 變數；可變因素

同 **changeable** 不定的 / **volatile** 易變的
反 **constant** 固定的 / **invariable** 不變的
搭 **variable factor** 可變因素
補 字根拆解：**vari** 改變 + **able** 形容詞（能夠）

0791 **variety**
[vəˋraɪətɪ]
名 多樣化；變化

同 **diversity** 多樣性 / **assortment** 各種各樣
反 **monotony** 單調 / **uniformity** 一致；單調
片 **a variety of = various** 各種的；不同的

0792 **various**
[ˋvɛrɪəs]
形 各種各樣的

同 **different** 不同的 / **diverse** 多變化的
反 **uniform** 相同的；一致的
補 字根拆解：**vari** 不同的 + **ous** 形容詞（具備…性質）

0793 **vary**
[ˋvɛrɪ]
動 使不同；變更

同 **differ** 相異 / **alter** 改變；修改
反 **conform** 使一致 / **match** 吻合
片 **vary with** 隨…變化 / **to varying degrees** 不同程度地

0794 **vegetable**
[ˋvɛdʒətəbl̩]
名 蔬菜；青菜
形 蔬菜的

關 **vegetarian** 素食主義者 / **agriculture** 農業
搭 **vegetable sponge** 菜瓜布 / **organic vegetable** 有機蔬菜 / **vegetable peeler** 蔬菜的削皮刀
補 **vegetable** 除了蔬菜之外，也可以表示「植物人」。

0795 **via**
[ˋvaɪə]
介 經由；透過

同 **by means of** 透過 / **by way of** 經由
補 **through** 也有經由的意思，但強調「從內部穿透」的概念；**via** 則強調「透過中間的媒介，達成目的」。

0796 **view**
[vju]
名 觀點；景色
動 觀看；查看

同 **observe** 觀察 / **opinion** 意見
片 **in view of** 由於；考慮到
搭 **point of view** 觀點；看法

0797 **violin**
[ˏvaɪəˋlɪn]
名 小提琴

同 **fiddle** 小提琴
關 **viola** 中提琴 / **cello** 大提琴
搭 **play the violin** 拉小提琴

0798
對背包客來說，俄羅斯的觀光**簽證**很難申請。
A Russian tourist **v**__________ is hard for backpackers to get.

0799
過年期間，他們**拜訪**了親戚，並發了紅包。
They **v**__________ their relatives in the New Year holidays and handed out red envelopes.

0800
據估計，每年大約有四億名**觀光客**來這座城市。
It is estimated that about 400 million **v**__________ come to the city every year.

0801
他試著以閱讀大量文章來增加**字彙量**。
He tried hard to increase his **v**__________ by extensive reading.

0802
她高中時有打**排球**，並擔任隊長的職務。
She played **v**__________ in high school and was the leader of the team.

0803
此系列的偵探小說總共有十**冊**。
The detective novel series includes ten **v**__________ in total.

0804
在臺灣，年滿十八歲的人都有**投票**的權力。
In Taiwan, people over eighteen years old are eligible to **v**__________.

Answer key: visa / visited / visitors / vocabulary / volleyball / volumes / vote

0798
visa
[ˋvizə]
名（護照上的）簽證

搭 **Schengen Visa** 歐洲申根簽證
補 **visa** 與 **Visa card** 雖然只有一字之差，意思卻完全不同。**visa** 指護照上的簽證；**Visa card** 則為信用卡的一種，使用時要注意其差別。

0799
visit
[ˋvɪzɪt]
動 參觀；拜訪；探望
名 參觀；訪問

同 **drop in** 突然來訪 / **call on sb.** 拜訪某人
片 **pay a visit to sb.** 拜訪某人 / **on a visit** 在參觀中
搭 **an official visit** 官方正式的訪問

0800
visitor
[ˋvɪzɪtɚ]
名 觀光客；探病者

同 **visitant** 訪客 / **caller** 探望者
關 **hospitality** 好客 / **companion** 同伴
搭 **a frequent visitor** 常客

0801
vocabulary
[vəˋkæbjə͵lɛrɪ]
名 字彙；詞彙

同 **lexicon** 語彙 / **glossary** 詞彙表
片 **not in one's vocabulary** 某人的字典裡沒有這個詞
補 字根拆解：**voca** 聲音 + **bul** 增強 + **ary** 名詞

0802
volleyball
[ˋvɑlɪ͵bɔl]
名 排球

關 **serve** 發球 / **jump serve** 跳發 / **set** 舉球 / **tip** 吊球 / **spike** 扣球 / **block** 攔網 / **dig** 救球
片 **play volleyball** 打排球

0803
volume
[ˋvɑljəm]
名 卷；容量；音量

關 **paperback** 平裝本 / **hardback** 精裝本
片 **speak volumes for** 充分說明…
補 字根拆解：**volu** 滾動 + **me** 字尾

0804
vote
[vot]
動 投票；表決
名 選舉；投票

同 **ballot** 投票；選票 / **poll** 投票
關 **referendum** 公投 / **majority** 過半數；大多數
片 **vote for** 投票贊成 / **vote against** 投票反對 / **vote sth. down** 投票否決某事

UNIT 22 W 字頭填空題

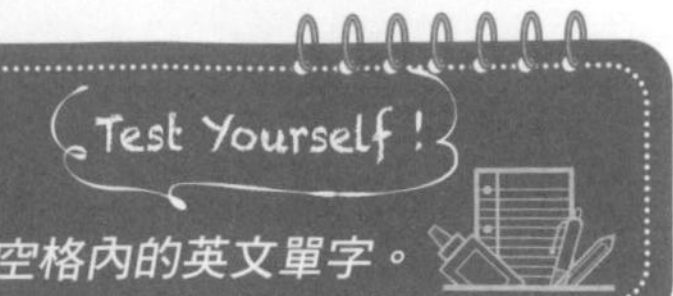

請參考中文翻譯，再填寫空格內的英文單字。

0805
他在學校附近的一家餐廳兼職做**服務生**。
He worked part-time in a restaurant as a **w**_________ near the school.

0806
如果**天氣**允許，我們就從下週開始實行我們的登山計畫。
If the **w**_________ permits, we will begin our mountain climbing adventure next week.

0807
我今晚參加了我高中同學的**婚禮**。
I attended a **w**_________ of my high school classmate's tonight.

0808
你**週末**有什麼計畫？我準備和家人一起去露營。
What's your plan for the **w**_________? I am going camping with my family.

0809
歡迎來到我們公司，等一下我們會展示聚合物的生產過程。
W_________ to our company. We will show you how we produce the polymer later.

0810
在**整個**中東區域都能買到我們的產品。
Our products are available in the **w**_________ Middle East region.

0811
壁櫥的**寬度**約為一公尺，這個箱子顯然放不進去。
The **w**_________ of the closet is around a meter. We clearly can't put the box in it.

waiter / weather / wedding / weekend / Welcome / whole / width

答案 & 單字解說
Get The Answer !

MP3 22

0805

waiter
[`wetɚ]
名 (男) 服務生

- 同 **server** 侍者
- 搭 **head waiter** (飯店的) 領班
- 補 在國外，不會用職業 **waiter** 來稱呼別人。叫服務生時一般用 **Excuse me** 或 **Hello** 來引起服務生注意。

0806

weather
[`wɛðɚ]
名 天氣

- 片 **be under the weather** 身體不舒服 / **in all weathers** 風雨無阻
- 搭 **a fair-weather friend** 不能共患難的朋友 / **weather forecast** 氣象預報

0807

wedding
[`wɛdɪŋ]
名 婚禮

- 搭 **wedding cake** 結婚蛋糕 / **wedding reception** 婚宴 / **white wedding** 傳統婚禮（新娘穿著白色婚紗）
- 補 **walk down the aisles** 走紅毯 / **toss the bouquet** 丟新娘捧花

0808

weekend
[`wik`ɛnd]
名 週末
形 週末的

- 反 **weekdays** 平日（週一至週五）
- 關 **sleep late** 睡得很晚 / **brunch** 早午餐
- 片 **on the weekend** 在週末 / **on weekends** 每逢週末

0809

welcome
[`wɛlkəm]
動 歡迎
名 歡迎；款待

- 關 **salutation** 招呼；致意
- 片 **welcome to...** 歡迎來到…
- 搭 **a warm welcome** 熱烈的歡迎

0810

whole
[hol]
形 全部的；整個的
名 全部；整體

- 同 **entire** 全部的 / **complete** 完整的
- 片 **as a whole** 作為整體 / **to see the whole picture** 窺其全貌

0811

width
[wɪdθ]
名 寬度；寬闊

- 同 **breadth** 寬度 / **broadness** 寬闊
- 關 **length** 長度 / **height** 高度 / **depth** 深度

0812
今天風很大，出門別忘了帶夾克。
It's **w**__________ today. Don't forget to bring a jacket with you.

0813
保羅用毛巾擦了桌子，才擺上餐盤與餐具。
Paul **w**__________ the table with a towel and then placed the plates and utensils.

0814
無線充電很方便，充電時再也不用被充電線纏住了。
W__________ charging is convenient; we don't have to be tangled in wires while charging the devices.

0815
環球之旅一直是她的夢想。
Going on a **w**__________ tour has always been her dream.
提示 環球之旅就是「遍及全球的」旅行。

0816
明天將有一個強颱靠近，這讓他很擔心。
It **w**__________ him that a strong typhoon is coming tomorrow.

0817
她用錫箔紙把肉裹起來，再放入烤箱。
She **w**__________ the meat with tin foil before putting it into the oven.

0818
很多女性最在意眼睛周圍出現的細紋。
A lot of women care the most about the **w**__________ around their eyes.

Answer key
windy / wiped / Wireless / worldwide / worries / wrapped / wrinkles

0812
windy
[ˋwɪndɪ]
形 有風的

同 **breezy** 有微風的 / **blowy** 有風的；風大的
關 **windless** 無風的 / **upwind** 迎風的；逆風的
補 **get wind of sth.** 聽到或得知某個消息

0813
wipe
[waɪp]
動 擦去；消滅

同 **rub** 擦 / **obliterate** 擦掉…的痕跡；消滅
片 **wipe A off B** 從 B 中抹去 A / **wipe sth. off the map** 完全摧毀 / **wipe the smile off one's face** 令某人不再得意

0814
wireless
[ˋwaɪrlɪs]
形 無線的

反 **wired** 有線的
關 **bluetooth** 藍芽 / **remote** 相隔很遠的
搭 **wireless device** 無線裝置

0815
worldwide
[ˋwɝld͵waɪd]
形 遍及全球的
副 在全世界

同 **global** 全世界的 / **extensive** 廣泛的
反 **local** 當地的 / **limited** 有限的
關 **hemisphere** 半球 / **continent** 大陸

0816
worry
[ˋwɝɪ]
動 使擔心；憂慮
名 煩惱；擔心

同 **bother** 使煩惱 / **trouble** 憂慮
反 **soothe** 使平靜 / **please** 使高興
片 **be worried sick** 極度擔心的

0817
wrap
[ræp]
動 包裹；纏繞
名 包裹物

同 **bundle** 捆 / **packet** 把…包起來
片 **wrap up** 包裹；掩藏；總結 / **keep sth. under wraps** 對某事保守祕密
搭 **plastic wrap** 保鮮膜 / **wrapping paper** 包裝紙

0818
wrinkle
[ˋrɪŋkl̩]
名 皺紋；困難
動 起皺紋

關 **forehead wrinkles** 抬頭紋 / **nasolabial folds** 法令紋 / **crow's feet** 魚尾紋
片 **wrinkle one's brow** 皺眉

UNIT 23 Y to Z 字頭填空題

Test Yourself!

請參考中文翻譯，再填寫空格內的英文單字。

0819

這裡有提供豪華**遊艇**的私人遊湖行程。

There are luxury **y**_________ offering a private lake tour here.

0820

事實證明，練**瑜伽**有助於減輕疼痛感，也能增進心理健康。

It is proven that practicing **y**_________ helps you relieve pain and improve mental health.

0821

與去年相比，該公司的收入增長為**零**。

The revenue of the company came to a **z**_________ growth rate compared to last year.

0822

外面很冷，出門之前記得拉上外套**拉鍊**。

It's freezing out there, so **z**_________ your coat up before going out.

Answer key **yachts / yoga / zero / zip**

答案 & 單字解說
Get The Answer !

0819 **yacht**
[jɑt]
名 快艇；遊艇

搭 **open yacht** 敞篷快艇

補 由於中文翻譯都指「遊艇」，所以 **yacht** 常與 **cruise** 搞混。**yacht** 所指的是小型快艇；**cruise** 則為船上有各種服務的豪華郵輪。

0820 **yoga**
[ˋjogə]
名 瑜伽

關 **yoga mat** 瑜珈墊 / **foam block**（瑜珈的）輔助磚

片 **do yoga** 做瑜珈

0821 **zero**
[ˋzɪro]
名 零；零度
形 零的；全無的

關 **number** 數字 / **algebraic** 代數的

搭 **zero hour** 行動開始的時間 / **absolute zero** 絕對零度 / **zero-sum game** 零和遊戲

0822 **zip**
[zɪp]
動 拉上拉鍊
名 拉鍊

反 **unzip** 拉開拉鍊；【電腦】解壓縮

片 **zip up** 拉上拉鍊 / **undo a zip** 拉開拉鍊

搭 **zip file** 壓縮檔 / **zip code** 郵遞區號

Part 2 企業錄用標準660分必備

下面的關鍵字，讓你想到什麼英文呢？

- 檢查之後，才發現病人的**循環**系統出問題。→ p.267
- 住在**市中心**非常方便，只是房價也很貴。→ p.295
- 我爸爸以前很喜歡看報紙上的**社論**。→ p.297
- 公司特地舉辦**募款**酒會，邀請名流參加。→ p.315
- 具備雙重**國籍**的人，其實比想像中多。→ p.355

別緊張，邊猜邊填更好玩！

具備業務與會議交流的能力，走向專業。

本章將帶你達標 660 門檻，也就是企業錄用標準。
突破之後，你的職場交流力也會大幅度提升喔！

本章重點在於培養職場專業度，單字更進階，
如果你在職場上需要用英文應對、溝通，
就絕對不能漏掉本章的精華單字。

在本章答題卡住的話，恭喜你！
找到弱點單字了，只要針對弱點強化，
就能輕鬆地突破分數瓶頸了。

業務應對無礙、參加會議侃侃而談，
用英語**暢行職場** & **升職**，一點都不難！

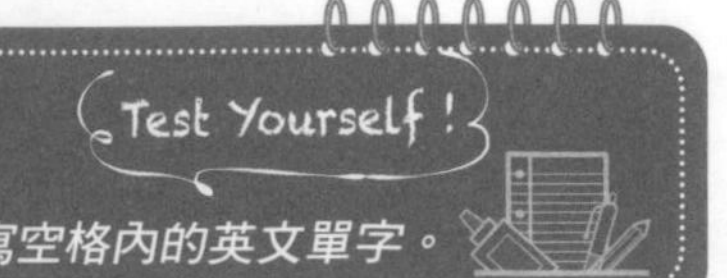

UNIT 01 A 字頭填空題

請參考中文翻譯，再填寫空格內的英文單字。

0823
在意外發生之前，有偵測到車內液位**異常的**下降。
An **a**_________ decrease in the liquid level in the car was detected before the accident.

0824
我們在臺東**搭**渡輪，前往綠島遊覽。
We all got **a**_________ the ferry in Taitung to go visit Green Island.

0825
顧客的緊急來電導致會議**臨時**中斷。
We had an **a**_________ end to the meeting due to an emergency call from a customer.

0826
為了頂替她這一年**不在**的空缺，而僱用了一名兼職人員。
A part-time staff member was hired to replace her during her year-long **a**_________.

0827
她要去渡假，所以下個星期都**不在**。
She will be **a**_________ the following week, for she will be on a vacation.

0828
小腸負責進一步消化食物與**吸收**養分。
The small intestine further digests the food and **a**_________ the nutrients.

0829
他年輕時因喝酒與抽菸過量，**虐待**了自己的身體。
He **a**_________ his body when he was young by drinking and smoking heavily.

abnormal / aboard / abrupt / absence / absent / absorbs / abused

答案 & 單字解說
Get The Answer !

0823
abnormal
[æb`nɔrmḷ]
形 異常的；反常的

同 **eccentric** 反常的 / **odd** 奇怪的
反 **normal** 正常的 / **usual** 平常的
考 **ab-** 為表示「否定」的字首。

0824
aboard
[ə`bord]
副 上船；登機
介 在…上面

同 **on board** 在（船、飛機、火車）上
考 這個單字和 **abroad**（在國外）很像，須特別注意。
補 字根拆解：**a** 在上面 + **board** 登

0825
abrupt
[ə`brʌpt]
形 突然的；唐突的

同 **sudden** 突然的 / **unexpected** 突如其來的
反 **expected** 預期要發生的 / **slow** 緩緩的
補 字根拆解：**ab** 離開 + **rupt** 破壞

0826
absence
[`æbsṇs]
名 缺席；缺乏

反 **presence** 出席；在場
片 **in the absence of** 缺乏…的情況下 / **one's absence from work** 某人曠職 / **a leave of absence** 留職停薪

0827
absent
[`æbsṇt]
形 缺席的；不在場的

反 **present** 出席的；在場的
關 **absent-minded** 心不在焉的
補 字根拆解：**ab** 離開 + **s/ess** 存在 + **ent** 形容詞

0828
absorb
[əb`sɔrb]
動 吸收；汲取

同 **assimilate** 吸收 / **soak up** 吸取
關 **liquid** 液體 / **digest** 消化；領會
片 **be absorbed in** 專注於…

0829
abuse
[ə`bjuz]
動 虐待；濫用

同 **injure** 傷害 / **maltreat** 虐待 / **misuse** 濫用
搭 **abuse one's authority** 濫用職權
補 **abuse** 可以當名詞，發音為 [ə`bjus]，常見搭配有 **drug abuse**（吸毒）、**child abuse**（虐待兒童）等。

0830 經過了十小時的斡旋，總算有個勉強**能接受的**結果。

The final result of the 10-hour-long negotiation was barely **a**_________.

0831 諾貝爾獎得主將被邀請發表**獲獎**演說。

The winner of the Nobel Prize will be invited to give an **a**_________ speech.

》提示《 得獎者先「接受」了獎項，才會發表演說。

0832 新的體育場可**容納**超過五千人。

The new stadium is able to **a**_________ over five thousand people.

0833 我們通常會在三個月前開始上網搜尋**住宿的地方**。

We usually search for **a**_________ online about three months in advance.

0834 金在一個月內就**完成**了新老闆指派給她的工作。

Kim **a**_________ the task assigned by her new boss within one month.

0835 愛因斯坦是一般大眾都**承認**的天才。

Einstein is widely **a**_________ to be a genius.

0836 她只是我生意上**認識的人**，不是親密好友。

She is only a business **a**_________ instead of a close friend.

0837 他們去年以兩千萬的價格**買下**這間公司。

They **a**_________ the firm last year for twenty million dollars.

》提示《 字面上的意思爲「以兩千萬的價格取得公司的經營權」。

acceptable / acceptance / accommodate / accommodations / accomplished / acknowledged / acquaintance / acquired

0830
acceptable
[ək`sɛptəbḷ]
形 可接受的

反 **intolerable** 無法忍受的 / **inadequate** 不適當的
片 **the acceptable face of sth.** 某事物可接受的那一面
補 字根拆解：**ac** 前往 + **cept** 拿取 + **able** 形容詞

0831
acceptance
[ək`sɛptəns]
名 接受；贊同

搭 **acceptance rate**（大學、學校的）錄取率
考 作為商業用語時，意思為（票據等的）承兌。
補 **acceptance speech** 指的是某人領獎或獲得榮譽時所發表的演說。

0832
accommodate
[ə`kɑmə͵det]
動 能容納；使適應

同 **supply** 供給 / **adjust** 改變…以適應
關 **domicile** 住處 / **permanent** 永久的
補 字根拆解：**ac** 前往 + **commod** 使符合 + **ate** 動詞

0833
accommodation
[ə͵kɑmə`deʃən]
名 住處；適應

同 **settlement** 落腳處 / **adaptation** 適應
搭 **accommodation address** 臨時通訊地址 / **provide accommodation for** 為…提供膳宿

0834
accomplish
[ə`kɑmplɪʃ]
動 實現；達到

同 **complete** 完成 / **achieve** 完成
關 **undoubtedly** 毫無疑問地 / **prevail** 戰勝；勝過
片 **be accomplished in** 擅長；精通

0835
acknowledge
[ək`nɑlɪdʒ]
動 承認；表示感謝

反 **deny** 否認 / **disagree** 不同意
片 **acknowledge sb. as sth.** 認同某人為… / **acknowledge sb. to be right** 認同某人是正確的
補 字根拆解：**ac** 前往 + **know** 知道 + **ledge** 動作

0836
acquaintance
[ə`kwentəns]
名 相識的人；相識

關 **associate** 合夥人 / **colleague** 同事
片 **have a slight acquaintance with sth.** 知之甚少
搭 **a nodding acquaintance** 點頭之交
補 字根拆解：**ac** 前往 + **quaint** 理解 + **ance** 狀態

0837
acquire
[ə`kwaɪr]
動 獲得；學到

同 **earn** 博得 / **gain** 獲得 / **obtain** 得到
反 **lose** 失去 / **throw away** 拋棄
搭 **an acquired taste** 後天培養的嗜好

0838
想要激發這個連鎖反應，必須先讓某種酵素**活化**。
A particular enzyme has to be **a**_________ first to trigger the chain reaction.

0839
市長的三個孩子在政治上都很**活躍**。
All three children of the mayor's are politically **a**_________.

0840
被逮捕時，蘇珊對海洛因重度**成癮**。
Susan was heavily **a**_________ to heroin at the time she was arrested.

0841
運送到國外需要收取**額外**費用。
A_________ fees are required for overseas delivery.

0842
年度預算僅**足以**買一台新機器。
The annual budget is barely **ad**_________ to buy one new machine.

提示 **表示預算的錢買一台機器是最「適當的」。**

0843
他們在報紙和網路上都**刊登**了新產品的**廣告**。
They **a**_________ the new product in both the newspapers and on the internet.

0844
代理商在網路上放了新車款的**廣告**。
The agents have released an online **a**_________ for the new car.

0845
傑克的專長是化學工程，所以一直以來都由他擔任技術**顧問**。
Jack has been a technical **a**_________ because of his expertise in chemical engineering.

Answer key
activated / active / addicted / Additional / adequate / advertised / advertisement / advisor

0838
activate
[`æktə͵vet]
動 使活化；觸發

同 **stimulate** 刺激 / **trigger** 觸發
反 **calm** 使鎮定 / **halt** 停止
考 除了「觸發」化學反應這個意思外，第一次啟用帳戶，也是用這個動詞（**activate one's account**）。

0839
active
[`æktɪv]
形 活躍的；積極的

同 **dynamic** 有活力的 / **vivacious** 活潑的
反 **inactive** 無生氣的 / **passive** 消極的
片 **be on active duty** （軍人）現役的

0840
addicted
[ə`dɪktɪd]
形 上癮的；入迷的

同 **obsessed** 著迷的
片 **be addicted to** 對…上癮（通常指不良嗜好）
考 **addict** 當動詞（使成癮）使用時的發音為 [ə`dɪkt ]；當名詞（上癮的人）解釋時則為 [ `ædɪkt]。

0841
additional
[ə`dɪʃənḷ]
形 額外的；添加的

同 **extra** 額外的 / **supplementary** 補充的
搭 **additional costs** 額外花費
補 字根拆解：**add(i)** 添加 + **tion** 名詞 + **al** 形容詞

0842
adequate
[`ædəkwɪt]
形 足夠的；適當的

同 **enough** 足夠的 / **sufficient** 足夠的
反 **inadequate** 不充分的 / **deficient** 不足的
考 常搭配介係詞 **for** 使用，例如 **be adequate for sth.**（在…上足夠）。

0843
advertise
[`ædvɚ͵taɪz]
動 做廣告；使顯眼

同 **promote** 促銷 / **publicize** 廣告；宣傳
關 **advertising agency** 廣告公司 / **social media** 社群媒體 / **email blast** 群發電子郵件

0844
advertisement
[͵ædvɚ`taɪzmənt]
名 廣告；宣傳

同 **commercial** 廣告 / **publicity** 宣傳
片 **be an advertisement for sth.** 成為…的好例子
搭 **classified advertisement** 分類廣告

0845
advisor
[əd`vaɪzɚ]
名 顧問

同 **counselor** 顧問 / **consultant** 顧問
考 **advisor** 或 **adviser** 這兩種拼法都是正確的。
補 **advisor** 還能指大學生與研究生的「指導教授」。

0846 他從小就對汽車**情有獨鍾**。

He developed a deep **a**_________ for cars in his childhood.

0847 土地投資的討論案已經從今天的**議程**中移除了。

The discussion of land investment has been removed from today's **a**_________.

0848 太過**強勢的**推銷有時會令人十分不悅。

Too **a**_________ promotion can sometimes be very offensive.

提示 強勢的推銷會讓人感覺很有「侵略性」。

0849 關於這筆交易，我們已達成口頭**協議**，但細節還在討論。

We had a verbal **a**_________ on the deal, while the details are still under discussion.

0850 隨著醫療設備的改善，感染**愛滋病**的人逐漸減少。

The number of people with **A**_________ has been decreasing as health facilities have improved.

0851 現今主要的**大型客機**都是由空中巴士或波音公司製造的。

The major **a**_________**rs** in service today are manufactured by either Airbus or Boeing.

0852 不健康的飲食與酗**酒**是他罹患癌症的主因。

Unhealthy diets and **a**_________ abuse are the main reasons that he got cancer.

0853 上班時間禁止飲用**含酒精的**飲料。

Consumption of **a**_________ beverages is prohibited during working hours.

affection / agenda / aggressive / agreement / AIDS / airliners / alcohol / alcoholic

0846
affection
[ə`fɛkʃən]
名 感情；鍾愛

同 **fondness** 喜愛；鍾愛 / **love** 熱愛
反 **hatred** 憎惡；敵意
片 **feel an affection for** 對…懷有感情

0847
agenda
[ə`dʒɛndə]
名 議程

關 **consensus** 共識 / **veto** 否決權
片 **have a hidden agenda** 別有居心
搭 **provisional agenda** 臨時議程 / **meeting agenda** 會議議程

0848
aggressive
[ə`grɛsɪv]
形 侵略的；有衝勁的

同 **combative** 好鬥的 / **invasive** 侵略性的
反 **defensive** 防禦的；保衛的
考 本單字多用於形容人的態度。

0849
agreement
[ə`grimənt]
名 同意；協定

同 **contract** 合約 / **pact** 協定；條約
片 **be in agreement with sb.** 與某人意見一致
搭 **reach an agreement** 達成協議

0850
AIDS
[edz]
縮 愛滋病

關 **Human Immunodeficiency Virus (HIV)** 人類免疫缺乏病毒，又稱愛滋病毒。
補 本單字的完整名稱為 **Acquired Immune Deficiency Syndrome**。

0851
airliner
[`ɛr͵laɪnɚ]
名 大型客機

同 **aircraft** 飛機 / **airplane** 飛機
關 **foot rest** 放腳的腳踏板 / **seat belt** 安全帶 / **armrest** 椅子的扶手 / **reading light** 閱讀燈

0852
alcohol
[`ælkə͵hɔl]
名 酒；酒精

同 **liquor** 酒 / **intoxicant** 酒類
關 **whiskey** 威士忌 / **vodka** 伏特加 / **tequila** 龍舌蘭酒 / **wine** 葡萄酒 / **rum** 蘭姆酒
搭 **rubbing alcohol** 消毒用酒精

0853
alcoholic
[͵ælkə`hɔlɪk]
形 酒精的
名 酗酒者

同 **drunkard** 酒鬼
反 **nonalcoholic** 不含酒精的
補 字根拆解：**alcohol** 蒸餾物 + **ic** 形容詞（有關的）

0854
山姆有憂鬱、藥物濫用和**酗酒**的歷史。
Sam has a long history of depression, drug abuse, and **a**_________.

0855
彼特提醒他同事，一個人走夜路時要保持**警覺**。
Peter told his colleague to stay **a**_________ when walking alone at night.

0856
那對孿生兄弟的外表和性格都很**相似**。
The twin brothers are **a**_________ in appearance and personality.

0857
對小麥和麩質**過敏的**人不能吃麵包和麵條。
People who are **a**_________ to wheat and gluten should not eat bread and noodles.

0858
他正在尋找**替代的**資金來源以拓展公司的資源流動性。
He is seeking **a**_________ sources of funding to broaden the resource mobilization of the company.

0859
他雖然只是**業餘的**棒球選手，但真的很厲害。
Although he is only an **a**_________ baseball player, he is really good.

0860
吉米一直都有精通多種語言的**雄心壯志**。
Jimmy has always had a burning **a**_________ to be proficient in multiple languages.

0861
經理很**有野心**，想出了許多富有挑戰的行銷計畫。
The manager was **a**_________ and proposed some challenging marketing plans.

Answer key
alcoholism / alert / alike / allergic / alternative / amateur / ambition / ambitious

0854 alcoholism
[ˋælkəhɔl͵ɪzəm]
名 酗酒

關 **consumption** 消耗量 / **hangover** 宿醉 / **mania** 狂熱 / **excessive** 過度的 / **nausea** 噁心；作嘔
補 **binge drinking** 暴飲（為了喝醉而狂飲，是負面用詞）

0855 alert
[əˋlɝt]
形 警覺的；留心的
動 警示；警告

同 **watchful** 警惕的 / **attentive** 留意的 / **vigilant** 警戒的
反 **heedless** 不留心的 / **unaware** 未察覺到的
片 **be on full alert** 警覺的

0856 alike
[əˋlaɪk]
形 相像的；相同的
副 相似地；一樣地

同 **similar** 相似的 / **identical** 完全相同的
反 **different** 不同的 / **dissimilar** 相異的
關 **homogeneous** 同種的 / **compare** 對照

0857 allergic
[əˋlɝdʒɪk]
形 過敏的

關 **allergen** 過敏源 / **itchy** 癢的 / **rash** 疹子
片 **be allergic to = have a/an (** 過敏源 **) allergy** 對⋯過敏
搭 **allergic reaction** 過敏反應

0858 alternative
[ɔlˋtɝnətɪv]
形 替代的
名 替代方案

同 **substitute** 代替的 / **replacement** 代替
片 **have no alternative** 無選擇的
搭 **alternative energy** 替代能源（太陽能、風能等）

0859 amateur
[ˋæmə͵tʃʊr]
形 業餘的；外行的
名 業餘者；外行人

反 **expert** 熟練的 / **professional** 專業的
關 **avocation** 副業；興趣 / **hobby** 嗜好
補 字根拆解：**amat** 喜愛 **+ eur** 名詞（人）

0860 ambition
[æmˋbɪʃən]
名 雄心；抱負

同 **aspiration** 志向 / **desire** 渴望
反 **apathy** 無興趣 / **indifference** 冷淡
關 **drive** 幹勁；魄力 / **objective** 目標

0861 ambitious
[æmˋbɪʃəs]
形 野心勃勃的

同 **aspiring** 有強烈願望的 / **enthusiastic** 熱烈的
片 **be ambitious for one's child** 望子成龍；望女成鳳
補 字根拆解：**amb** 在周圍 **+ it** 行走 **+ ious** 形容詞

0862
他們選了新開的**遊樂**園作為這學期的郊遊地點。
They chose the newly-opened **a**_________ park for the special outing this semester.

0863
取得詳細的數據之後，就能更直接、深入地**分析**這個議題。
Detailed data acquisition enabled a more direct and profound **a**_________ of this issue.

0864
總統**宣布**美國國會已通過稅改法案。
The president **a**_________ that the bill on tax reform has been approved by Congress.

0865
針對細菌感染，醫師會使用**抗生素**。
The doctors would use **a**_________ to cure bacterial infections.

0866
在面試中有些刁鑽的問題是珍沒**預料到**的。
There were a few tough questions in the interview that Jane didn't **a**_________.

0867
他**預期**會有工作輪調，等待著消息宣布。
He waited for the announcement of the job transfer in **a**_________.

0868
他在五年前喜歡上中國的**骨董**，並從那時開始蒐集。
He fell in love with Chinese **a**_________ and started collecting them five years ago.

0869
那名女性開了一支相當不錯的香檳作為宴會的**餐前酒**。
The woman opened a decent champagne as an **a**_________ for the feast.

Answer key
amusement / analysis / announced / antibiotics / anticipate / anticipation / antiques / aperitif

0862
amusement
[ə`mjuzmənt]
名 樂趣；娛樂

同 **entertainment** 娛樂 / **recreation** 娛樂
反 **gloom** 陰暗 / **melancholy** 憂鬱
搭 **amusement arcade** 電子遊樂場

0863
analysis
[ə`næləsɪs]
名 分析；解析

同 **investigation** 調查 / **scrutiny** 詳細的檢查
片 **perform an analysis** 做分析
搭 **risk analysis** 風險分析

0864
announce
[ə`nauns]
動 通知；宣布

同 **proclaim** 宣布 / **declare** 宣告
反 **conceal** 隱藏 / **suppress** 壓制
考 用於向大眾口頭宣布或以媒體形式發布的情況，通常與人生大事（婚事、訃聞）或政府政策有關。

0865
antibiotic
[ˌæntɪbaɪ`ɑtɪk]
名 抗生素
形 抗生的

關 **penicillin** 青黴素 / **antibody** 抗體
補 字根拆解：**anti** 對抗的 + **bio** 生命 + **tic** 字尾

0866
anticipate
[æn`tɪsəˌpet]
動 預期；期望

同 **expect** 預料 / **assume** 以為
補 **expect** 指的是「你不確定某件事是否會發生，但你相信它會」；**anticipate** 則偏向於「你有把握某件事會發生，並為此做了準備」。

0867
anticipation
[ænˌtɪsə`peʃən]
名 預料；期望

同 **expectancy** 預期；預料 / **prospect** 預期
片 **in anticipation of sth.** 預計會發生某事 / **in eager anticipation** 熱切地期待

0868
antique
[æn`tik]
名 骨董；古物
形 古代的；古老的

同 **ancient** 古舊的；古老的
反 **modern** 現代的；時髦的
補 字根拆解：**anti** 之前的 + **que** 外表（聯想：外表看起來是古代的物品 → 骨董）

0869
aperitif
[ɑperɪ`tif]
名 餐前酒；開胃酒

反 **digestif** 餐後酒（通常為烈酒）
關 **vermouth** 苦艾酒 / **pastis** 茴香酒 / **gin** 琴酒 / **dry sherry** 不甜的雪利酒
補 本單字為法語，因此發音較特別。

0870 參考資料列在本書最後的**附錄**中。

The references are listed in the **a**_________ at the end of the book.

0871 觀眾們為這場精采的表演**鼓掌**了五分鐘之久。

The audience **a**_________ for over five minutes after the spectacular performance.

0872 在戲劇落幕時，演員們獲得如雷的**掌聲**。

The actors received thunderous **a**_________ when the play ended.

0873 這些**設備**有含在房屋的售價裡嗎？

Are these **ap**_________ included in the price of the house?

0874 安德森先生被**指派**去做檢修，調查這次停電的原因。

Mr. Anderson was **ap**_________ to troubleshoot the cause of the blackout.

0875 我今天傍晚五點已經**安排**要去看牙醫。

I have an **a**_________ with my dentist at five in the evening today.

提示 **安排看牙，就是和牙醫「約好」了時間。**

0876 對於這個複雜的問題，我們只能得到一個**大概的**解釋。

We could only reach an **a**_________ solution to this complicated problem.

0877 我想我**大約**要花兩個星期才能找到房子。

I think it will take **a**_________ two weeks for me to find a house.

appendix / applauded / applause / appliances / appointed / appointment / approximate / approximately

0870
appendix
[ə`pɛndɪks]
名 附錄；附件

同 **postscript** 附錄 / **annex** 附件；附錄
關 **index** 索引 / **supplementary** 增補的
補 字根拆解：**ap** 前往 + **pend** 掛；貼 + **ix** 字尾

0871
applaud
[ə`plɔd]
動 鼓掌；喝采

同 **acclaim** 喝采 / **hail** 歡呼
反 **boo** 倒喝采
補 字根拆解：**ap** 前往 + **plaud** 拍手

0872
applause
[ə`plɔz]
名 喝采；鼓掌歡迎

同 **clapping** 鼓掌；拍手 / **praise** 讚揚
關 **a standing ovation** 起立鼓掌
搭 **a round of applause** 一陣掌聲

0873
appliance
[ə`plaɪəns]
名 器具；裝置

同 **instrument** 器具 / **device** 設備 / **apparatus** 儀器
搭 **household (electric) appliances** 家電
補 字根拆解：**appli** 應用 + **ance** 名詞（動作）

0874
appoint
[ə`pɔɪnt]
動 任命；指派；約定

同 **assign** 分派 / **nominate** 任命；指定
片 **be appointed as** 被指派為 / **be appointed to V** 被指派去做某事
考 表示與人約定時間時，多以名詞 **appointment** 表示。

0875
appointment
[ə`pɔɪntmənt]
名 約定；任命

同 **arrangement** 約定；安排 / **designation** 任命
關 **reminder** 提醒物 / **rearrange** 重新安排
片 **make/arrange an appointment** 預約

0876
approximate
[ə`prɑksəmɪt]
形 接近的；大約的
動 接近；近似

同 **rough** 粗略的 / **close** 接近的
搭 **an approximate idea** 尚未成形的想法
補 字根拆解：**ap** 前往 + **proxim** 接近的 + **ate** 形容詞

0877
approximately
[ə`prɑksəmɪtlɪ]
副 大概；近乎

同 **roughly** 粗略地 / **almost** 差不多
反 **exactly** 精確地 / **precisely** 準確地
關 **average** 平均的 / **estimate** 估計

0878

沿著這條巷子走，通過一座**拱**橋後，餐廳就在右手邊。

The restaurant will be on your right side when you pass an **a**_________ bridge along this lane.

0879

他是個聞名世界的**建築師**。

He is a famous **a**_________ who is known around the world.

0880

這個城市的新**建築**和舊房子巧妙地融合在一起。

The city's modern **a**_________ blends well with the old styles.

0881

美國電話的**區域號碼**為三碼，台灣則為兩碼。

A_________ **c**_________ in the U.S. are three-digit codes, while in Taiwan a two-digit code has been adopted.

0882

早上的時候，通往市區的**主要幹道**總是塞得很嚴重。

The main **a**_________ into the downtown area are always jammed in the morning.

提示 主幹道的功能就好似人體的「動脈」，輸送大量的車輛。

0883

這間餐廳強調他們使用天然食材，沒有放任何**人工**添加物。

The restaurant emphasizes that they only use natural ingredients, not **a**_________ ones.

0884

指派給新人的**工作**是要在明天之前繳交自我介紹。

The **a**_________ for the newcomers is to hand in their self-introduction by tomorrow.

0885

為了簡化計算，所以一開始就先做了合理的**假設**。

Reasonable **a**_________ were made at the beginning to simplify the calculation.

arch / architect / architecture / Area codes / arteries / artificial / assignment / assumptions

0878

arch
[ɑrtʃ]
名 拱形；拱門
動 使呈弧形

同 **archway** 拱門；拱道
關 **arcade** 拱廊 / **curvature** 彎曲 / **bow** 弓形的
搭 **arch bridge** 拱橋 / **triumphal arch** 凱旋門

0879

architect
[`ɑrkə͵tɛkt]
名 建築師

關 **landscaper** 庭園設計家 / **draftsman** 製圖者 / **designer** 設計者 / **decorator** 室內裝潢師
補 字根拆解：**archi** 主要的 + **tect** 建築者

0880

architecture
[`ɑrkə͵tɛktʃɚ]
名 建築物；建築學

同 **building** 建築物 / **construction** 建設
關 **postmodernism** 後現代主義 / **minimalism** 極簡派藝術 / **neoclassicism** 新古典主義 / **Baroque** 巴洛克風格 / **Rococo** 洛可可式

0881

area code
片 電話區碼

同 **dialing code** （電話的）區域號碼
關 **district** 行政區 / **telephone number** 電話號碼
補 **have dialed the wrong number** 打錯電話了

0882

artery
[`ɑrtərɪ]
名 動脈；主要幹道

同 **avenue** 大道
關 **vein** 靜脈 / **blood vessel** 血管
補 字根拆解：**art** 氣管 + **ery** 名詞（物）

0883

artificial
[͵ɑrtə`fɪʃəl]
形 人造的；人工的

同 **synthetic** 人造的 / **unreal** 不真實的
反 **natural** 天然的 / **real** 真正的
搭 **artificial intelligence (AI)** 人工智慧

0884

assignment
[ə`saɪnmənt]
名 工作；指派

同 **task** 任務 / **appointment** 任命
片 **on assignment** 執行任務
考 本單字多用於任務性外派，例如 **a foreign/diplomatic assignment to South Africa**（到南非的外交任命）。

assumption
[ə`sʌmpʃən]
名 假定；設想

同 **presumption** 假定 / **supposition** 假定
片 **on the assumption that...** 假定⋯；假設⋯
補 字根拆解：**assump/assum** 接受 + **tion** 名詞（動作）

0886
儘管政府再三**保證**，上個月開始，電費還是調漲了。
Despite the government's **a**__________, the electricity fee has risen since last month.

0887
她從四歲起，就受訓要成為職業**運動員**。
She started the training to become a professional **a**__________ at the age of four.

0888
上教堂對崔西家而言是不可或缺的活動。
A__________ at church is a must for Tracy's family.
提示 上教堂表示人會「在現場」，請以這個概念去聯想。

0889
我們去馬來西亞的時候，住在一間**閣樓**臥室中。
We stayed in an **a**__________ bedroom when visiting Malaysia.

0890
這個國家每年會有好幾百位的人成為合格**律師**。
Each year, hundreds of people qualify as **a**__________ in this country.

0891
由於債臺高築，他們的房屋因此被拿去**拍賣**。
Their house was put up for **a**__________ because of their debts.

0892
海倫通過嚴格的**徵選**，將參與國內巡迴演出。
Through rigorous **a**__________, Helen was selected to perform in the nation-wide tour.

0893
稽核員每年會來我們公司兩次，檢查公司的帳務。
A__________ come twice a year to examine the accounts in our company.

Answer key
assurances / athlete / Attendance / attic / attorneys / auction / auditions / Auditors

0886

assurance
[ə`ʃurəns]
名 保證；把握

同 **affirmation** 肯定 / **guarantee** 保證
反 **diffidence** 缺乏自信
搭 **quality assurance** （商品及服務的）品質保證
補 字根拆解：**as** 前往 + **sur** 安全 + **ance** 名詞（性質）

0887

athlete
[`æθlit]
名 運動員

同 **sportsman** 運動員；喜好運動的人
搭 **Spanish athlete** 愛吹牛的人（美國俚語）/ **athlete's foot** 香港腳

0888

attendance
[ə`tɛndəns]
名 到場；出席

同 **presence** 出席 / **participation** 參加
片 **be in attendance** 出席
搭 **attendance record** 出勤紀錄

0889

attic
[`ætɪk]
名 閣樓；頂樓

同 **garret** 閣樓 / **cockloft** 小閣樓
關 **storeroom** 儲藏室 / **cellar** 酒窖 / **ceiling** 天花板

0890

attorney
[ə`tɜnɪ]
名 律師

同 **lawyer** 律師 / **barrister** 律師
關 **a bar exam** （美國的）律師執照考試
搭 **a power of attorney (POA)** 委託書

0891

auction
[`ɔkʃən]
名 拍賣
動 把…拍賣掉

片 **hold an auction of sth.** 舉辦…的拍賣會 / **be put up for auction** 被拍賣
補 字根拆解：**auc** 增加 + **tion** 名詞（聯想：參加者不斷增加出價的拍賣會）

0892

audition
[ɔ`dɪʃən]
名 徵選；試聽
動 對…進行面試

同 **tryout** 選拔賽；試用
片 **audition for** 為了…而試演或進行面試（此處的 **audition** 為動詞）
補 字根拆解：**aud(i)** 聽 + **tion** 名詞

0893

auditor
[`ɔdɪtɚ]
名 查帳員；稽核員

關 **accountant** 會計師 / **deduction** 減免額 / **trustee** 受託管理人 / **supervisory** 管理的；監督的
片 **in the red** 虧損；負債 / **in the black** 有盈餘

0894

這間禮堂能容納上千人。

The a_________ can accommodate thousands of people.

0895

當局正在處理這個情況，試圖將損害降到最低。

The a_________ are handling the situation and trying to minimize the casualties.

0896

他已取得進入這棟博物館地下室的書面許可。

He had got a written a_________ to enter the basement of the museum.

提示 取得許可表示相關單位有「授權」給你。

0897

一偵測到有人出現，自動門就會打開。

The a_________ door opens as soon as it detects the presence of someone.

0898

為了保護本土汽車產業，政府提高了進口關稅。

The government aims to protect the a_________ industry by elevating tariffs on imports.

0899

關於是否要限制槍枝的取得，最近有很激烈的討論。

There are fierce discussions about whether or not to restrict the av_________ of guns these days.

提示 槍枝的「可取得性」高，對社會是有風險的。

0900

瑪莉一直夢想著能進航空業工作。

Mary has always dreamed of entering the a_________ industry.

0901

這兩位橄欖球明星的對決，全世界的粉絲都等候已久。

The competition between the two football stars has been long a_________ by fans worldwide.

auditorium / authorities / authorization / automatic / automobile / availability / aviation / awaited

0894
auditorium
[ˌɔdəˋtorɪəm]
名 禮堂；觀眾席

同 **hall** 會堂 / **assembly room** 大禮堂；會堂
考 複數有兩種講法，分別為 **auditoriums** 與 **auditoria**。
補 字根拆解：**audit** 聽見 + **or** 人 + **ium** 地點

0895
authority
[əˋθɔrətɪ]
名 威信；權力

同 **force** 支配力 / **jurisdiction** 權力；權限
片 **have authority over sb./sth.** 有掌控…的權力
搭 **the authorities** 官方；當局（此時須用複數形）

0896
authorization
[ˌɔθərəˋzeʃən]
名 授權；批准

同 **permission** 許可 / **approval** 批准；認可
片 **give sb. authorization to + V** 批准某人做某事
搭 **an authorization letter** 授權書

0897
automatic
[ˌɔtəˋmætɪk]
形 自動的；無意識的

同 **automated** 自動化的 / **spontaneous** 無意識的
搭 **automatic teller machine (ATM)** 自動提款機；自動出納機 / **automatic pilot**（飛機等的）自動駕駛

0898
automobile
[ˋɔtəməˌbɪl]
名 汽車
形 汽車的

關 **compact car** 小型轎車 / **sedan** 轎車 / **sports car** 跑車 / **convertible** 敞篷車
補 字根拆解：**auto** 自己 + **mobile** 可移動的

0899
availability
[əˌveləˋbɪlətɪ]
名 可得性；可利用性

補 詢問他人是否有空時，與 **free** 相比，更建議用本單字的形容詞形態 **available**，例如 **Are you available this afternoon?**（你今天下午有空嗎？）

0900
aviation
[ˌevɪˋeʃən]
名 飛行；航空學

關 **navigation** 航海；導航 / **pilot** 駕駛員
搭 **aviation security** 飛航安全 / **aviation law** 航空法
補 字根拆解：**avi** 鳥 + **ation** 名詞

0901
await
[əˋwet]
動 等候；期待

同 **wait for** 等候 / **expect** 期待
補 字根拆解：**a** 前往 + **wait** 觀看

0902 近十年來，大眾對於環境議題的**意識**已大幅提升。

Public **a**__________ of environmental issues has largely increased over the past decade.

UNIT 02 B 字頭填空題

Test Yourself!

請參考中文翻譯，再填寫空格內的英文單字。

0903 這個網站提供了一個電子平臺給**企業對企業**的業務交流模式。

This website offers an e-platform for **B**__________ businesses.

提示 本題考的是「企業對企業」的專有縮寫。

0904 通訊科技的進步將會使**企業對顧客**的這塊市場大幅飆漲。

The progress in communication technology would result in an explosive increase of the **B**__________ market.

提示 和上一題類似的縮寫，想想「企業」與「顧客」。

0905 楊先生一直都專注於工作，到五十幾歲都還是**單身**。

Mr. Yang devoted himself to his career and remained a **b**__________ till his fifties.

0906 我們捧了一束花到**後臺**，恭喜班的表演成功。

We went **b**__________ with a bunch of flowers to congratulate Ben on his successful performance.

0907 在一連串的投資失敗後，這間公司宣告**破產**。

The company went **b**__________ due to a series of bad investments.

awareness / B2B / B2C / bachelor / backstage / bankrupt

0902
awareness
[ə`wɛrnɪs]
名 察覺；體認

同 **alertness** 警覺 / **consciousness** 意識
片 **be well aware of** 對…心知肚明
搭 **eco-awareness** 環保意識 / **self-awareness** 自我意識

答案 & 單字解說
Get The Answer !

MP3 25

0903
B2B
縮 企業對企業

補 本縮寫的全稱為 **business to business**（企業對企業）；另外一個相關詞為 **B2C**（企業對顧客）。

0904
B2C
縮 企業對顧客

關 **C2C** 消費者對消費者的交易模式
補 本單字的完整名稱為 **business to consumer**。

0905
bachelor
[`bætʃələ]
名 單身漢

關 **bachelorette** 未婚女子
搭 **a bachelor's degree** 學士學位
考 欲表達某特定學位時，要大寫，如 **Bachelor of Science**（理工學位）。

0906
backstage
[`bæk`stedʒ]
副 在後臺；向後臺
形 幕後的

反 **onstage** 臺上的
關 **spotlight** 聚光燈
片 **behind the curtain** 在幕後

0907
bankrupt
[`bæŋkrʌpt]
形 破產的；倒閉的
動 使破產

同 **broke** 【口】破產的 / **insolvent** 破產的
反 **rich** 有錢的 / **wealthy** 富裕的
片 **go bankrupt** 破產

0908
由於債務龐大，他們宣告**破產**。
They declared **b**_________ due to a huge amount of debt.

0909
我祖父總是找同一位**理髮師**剪頭髮。
My grandfather always goes to the same **b**_________ for a haircut.

0910
有時候，真心的交流能跨越語言上的**障礙**。
Sometimes sincere attempts at communication overcome language **b**_________.

0911
美容師會打理好每個人的外表。
The **b**_________ took care of everyone's appearance.

0912
新一批的產品，將會以這個樣品為**基準**。
This sample will be the **b**_________**k** for the new batch of products.

0913
我們以為**事先**計劃能讓一切完美進行，但還是漏了一些細節。
We thought planning **b**_________ would make everything perfect, but something was still missing.

0914
我們認為現階段不宜將此攤販**列入黑名單**。
We consider it inappropriate to **b**_________ the vendor at this stage.

0915
他被診斷出有循環系統的問題，是**血**管退化所導致的。
He was diagnosed with some circulation problems due to the degradation of his **b**_________ vessels.

bankruptcy / barber / barriers / beautician / benchmark / beforehand / blacklist / blood

0908
bankruptcy
[`bæŋkrəptsɪ]
名 破產；倒閉

搭 **file for bankruptcy** 申請破產 / **involuntary bankruptcy** 非自願性破產 / **moral bankruptcy** 道德淪喪
補 字根拆解：**bank** 銀行 + **rupt** 打斷 + **cy** 名詞

0909
barber
[`bɑrbɚ]
名 理髮師
動 幫…理髮

搭 **barber shop** 理髮店（專門幫男性理髮的店家）
補 **barber** 指的是幫男性理髮的理髮師；女生要弄頭髮而約的髮型設計師，則稱為 **hairstylist**。

0910
barrier
[`bærɪr]
名 障礙；障礙物

同 **barricade** 障礙物 / **obstruction** 阻礙
搭 **crash barrier** （公路上的）防撞護欄 / **crush barrier** （阻擋人群擠入的）擋擠欄

0911
beautician
[bju`tɪʃən]
名 美容師

關 **cleanse** 清潔 / **face massage** 臉部按摩 / **deep clean** 深層清潔 / **tone** 調理 / **moisturize** 保濕 / **whiten** 美白
補 字根拆解：**beaut** 美麗 + **ic** 形容詞 + **ian** 名詞（人）

0912
benchmark
[`bɛntʃ,mɑrk]
名 基準；標準

同 **standard** 標準 / **criterion** 標準
關 **threshold** 門檻 / **paradigmatic** 範例的
補 字根拆解：**bench** 長椅 + **mark** 記號

0913
beforehand
[bɪ`for,hænd]
副 事先；預先
形 提前的

同 **in advance** 事先
反 **afterward** 之後；以後
搭 **an hour beforehand** 提前一小時

0914
blacklist
[`blæk,lɪst]
動 列入黑名單
名 黑名單

同 **ban** 禁止 / **expel** 把…除名
關 **disallow** 不允許 / **insulate** 隔離；使孤立
片 **add sb. to one's blacklist** 把某人加進黑名單

0915
blood
[blʌd]
名 血液

關 **bleeding** 流血的 / **bloody** 血淋淋的；殘忍的
片 **in one's blood** 天生的；與生俱來的
搭 **blood pressure** 血壓 / **flesh and blood** 血肉之軀

0916

藍領階級的員工比較有可能罹患癌症。

B__________**-c**__________ workers have significantly higher chances of getting cancer.

0917

艾薇的表現優異，因而被選為**董事會**成員。

Ivy did a really good job and was elected as a **b**__________ member.

0918

根據這本小冊子，每年會舉行兩次**董事會**。

According to this pamphlet, the **b**__________ **m**__________ is held twice a year.

提示 **這個名詞片語強調董事成員的「會議」。**

0919

通過走廊時，他拿到很多補習班發放的廣告**冊子**。

He received many advertising **b**__________**ts** from cram schools as he walked through the corridor.

0920

朋友們送她一個**書籤**當作生日禮物。

Her friends gave her a **b**__________ as a birthday present.

0921

如今，在路上已經看不太到電話**亭**了。

Nowadays, you can rarely see phone **b**__________ on the streets.

0922

關鍵是，我還是這裡的員工，所以必須完成這些工作。

The **b**__________ **l**__________ is that I am still working here, so I have to complete the tasks.

0923

本列車開**往**基隆，前往臺中的車在另一邊的月臺。

This train is **b**__________ for Keelung. The one for Taichung is on the other side of the platform.

Blue-collar / board / board meeting / booklets / bookmark / booths / bottom line / bound

0916

blue-collar
[`blu`kɑlɚ]
形 藍領階級的

關 **white-collar** 白領的 / **industrial** 工業的 / **operative** 操作的 / **factory** 工廠 / **manufacturer** 製造商

搭 **a blue-collar job** 藍領工作（從事體力勞動的工作）

board
[bord]
名 董事會；木板
動 上（船、飛機等）

同 **embark** 上船（或飛機等） / **lumber** 木材

關 **committee** 委員會 / **advisory** 諮詢的

片 **on board** 在船上；在飛機上；在火車上

board meeting
片 董事會（會議）

關 **meeting notice** 開會通知 / **agenda** 議程 / **chairman** 主席 / **take the minutes** 做會議紀錄

補 **budget meeting** 預算會議

0919

booklet
[`bʊklɪt]
名 小冊子

同 **brochure** 小冊子 / **pamphlet** 小冊子

關 **foldout** 插頁 / **illustration** 插圖

補 字根拆解：**book** 書 + **let** 小的

bookmark
[`bʊk͵mɑrk]
名 書籤

關 **web page** 網頁 / **saved pages** 已儲存的頁面

補 把網頁存起來的網頁「書籤」，也是用同一個單字。

booth
[buθ]
名 亭子；貨攤

關 **display** 陳列 / **corner** 街角 / **mobility** 流動性；移動性 / **convenient** 便利的

搭 **voting booth** 投票亭 / **ticket booth** 售票亭

0922

bottom line
名 底線；事實

關 **top line** 營業金額 / **bottom line** 利潤

補 **bottom line** 原指財務報表的最後一行數字，也就是「盈虧、利潤」，後用以表示「最重要、最關鍵的事」。

bound
[baʊnd]
形 正在前往的
動 跳躍；彈回

片 **be bound for** 準備前往；開往

搭 **be bound and determined** 決心要做（後面通常接 **to + V**，表示一定要做某事）

0924
對他來說，穿越法國與德國的**交界**是件令人興奮的事。
Traveling across the **b**_________ between France and German was so exciting for him.

0925
W 飯店是全世界最著名的**精品**酒店之一。
The W Hotel is one of the famous **b**_________ hotels in the world.

0926
他們在午餐時進行**腦力激盪**，期望能激發出靈感。
They **b**_________ together during lunch, hoping to come up with good ideas.

0927
他買了一台**全新的**跑車，以犒賞自己今年的努力。
He bought a **b**_________**-n**_________ sports car as a reward for all his hard work over the year.

0928
畢業後，我的大學朋友成為我的保險**經紀人**。
My college friend became my insurance **b**_________ after we graduated.

0929
這座博物館收藏的**青銅**和象牙製品令人驚豔。
The collection of **b**_________ and ivory artifacts in this museum is amazing.

0930
大多數人都用 GOOGLE **瀏覽器**來找資料。
Most people use Google **b**_________ to search for information.

0931
這間餐廳以其班尼迪克蛋的**早午餐**組合聞名。
This restaurant is famous for its eggs Benedict **b**_________ set.

Answer key
boundary / boutique / brainstormed / brand-new / broker / bronze / browsers / brunch

0924
boundary
[`baʊndrɪ]
名 邊界；界線

同 **border** 邊緣 / **limit** 界線
片 **the boundary between A and B** **A** 與 **B** 的交界
補 字根拆解：**bound/bond** 綑綁 **+ ary** 名詞

0925
boutique
[bu`tik]
名 精品店

關 **shopping mall** 購物中心；大型商場 / **chain store** 連鎖店 / **department store** 百貨公司
搭 **boutique hotel** 精品酒店

0926
brainstorm
[`bren͵stɔrm]
動 集思廣益
名 突來的靈感

關 **inspiration** 靈感 / **conceive** 構想出
片 **have a brainstorm** 靈光一現
補 **a flash of inspiration** 突然的一個靈感

0927
brand-new
[͵brænd`nju]
形 全新的；嶄新的

反 **second-hand** 二手的 / **tattered** 破爛的
補 本單字也可以寫成 **brand new**（中間不連接），意思不變，此時為形容詞片語。

0928
broker
[`brokɚ]
名 經紀人；代理人

搭 **stockbroker** 股票經紀人 / **pawnbroker** 當鋪老闆
補 **broker** 作為經紀人，能銷售不同公司的產品；而 **agent** 通常是在某特定公司之下，只提供該公司的產品。

0929
bronze
[brɑnz]
形 青銅製的
名 青銅

關 **exhibition** 展覽會 / **archaeology** 考古學
搭 **ancient bronze artifacts** 青銅器 / **bronze medal** 銅牌（第三名）

0930
browser
[`braʊzɚ]
名 瀏覽器

關 **search engine** 搜尋引擎
片 **go viral** 爆紅；在網路上瘋傳
搭 **web browser** 網路瀏覽器

0931
brunch
[brʌntʃ]
名 早午餐

關 **French toast** 法式吐司 / **hash brown(s)** 薯餅 / **grilled tomato** 烤番茄 / **mashed potatoes** 馬鈴薯泥
考 本單字是由 **breakfast** 與 **lunch** 組合而成的。

0932
回頭看看最原始的電腦，跟現在的筆電比起來笨重多了。
Looking back on the original computer, which is **b**_________ compared to the laptops of nowadays.

0933
降低稅賦減輕了民眾的**負擔**。
Reduced taxes alleviate the **b**_________ on the public.

0934
他遞出**名片**，臉上帶著堅定的微笑。
He handed out his **b**_________ **c**_________ with a firm smile.
提示 名片是為了「商業」交流而產生的。

0935
他是一名很成功的**商人**，每年都能賺進上百萬。
He was a successful **b**_________ **p**_________, earning millions of dollars a year.

0936
警方以持有毒品的罪名**逮捕**了他。
The police **b**_________ him for possession of drugs.
提示 口語用法，必要時，警方可能會「以拳打擊」罪犯。

0937
他們發出聲明，表示以很好的價格**收購了全部股份**。
They made an announcement on the **b**_________ with a fairly attractive price.
提示 收購全部股份就是把產權「全部買走」。

Answer key: bulky / burden / business card / business person / busted / buyout

0932
bulky
[ˋbʌlkɪ]
形 龐大的；笨重的

同 **cumbersome** 笨重的 / **ponderous** 沉重的
反 **airy** 輕而薄的 / **light** （重量）輕的
關 **oversize** 特大號 / **spacious** 廣闊的

0933
burden
[ˋbɝdn̩]
名 負擔；重擔
動 加負擔於

反 **lighten** 減輕（負擔等）/ **reduce** 降低；減少
片 **shoulder a burden** 挑起重擔 / **burden sb. with sth.** 加負擔於某人身上

0934
business card
片 名片

關 **phone number** 電話號碼 / **e-mail address** 電子郵件信箱 / **contact information** 聯絡資訊

0935
business person
片 商人

補 與 **businessman** 同義，在女性意識抬頭之後，產生較無性別之分的 **business person**，類似的單字還有 **chairman = chairperson**（主席）。

0936
bust
[bʌst]
動 逮捕；打破
名 胸像；半身像

同 **arrest** 逮捕 / **break** 打破；折斷
片 **bust sth. up** 使某事終止；破壞某物
補 這個單字當動詞使用時（打破、逮捕）為口語用法。

0937
buyout
[ˋbaɪˌaʊt]
名 收購全部產權

關 **merger**（公司等的）合併 / **acquisition** 接管 / **takeover** 接管 / **redemption** 贖回 / **bailout** 緊急財政援助
片 **buy out** 買斷…的股份或產權

UNIT 03 C 字頭填空題

Test Yourself!

請參考中文翻譯，再填寫空格內的英文單字。

0938

我們要在健行路程中段的**小木屋**住一晚。

We are going to stay at a log **c**_________ for one night at about the halfway point of the hike.

0939

辦公室的檔案**櫃**最近都換新了。

The filing **c**_________ in the office were replaced with new ones recently.

0940

根據這份企劃，玻璃將被用來製造海底**電纜**。

Based on the project, glass will be used for the submarine **c**_________.

0941

關於明天的考試，他們被要求帶一台工程用**計算機**過去。

They were asked to bring an engineering **c**_________ for tomorrow's exam.

0942

他們舉辦了一連串支持同性婚姻合法化的**宣傳活動**。

They held a series of **c**_________ for the legalization of same-sex marriage.

0943

她是抗議新政策活動中的主要**倡導者**。

She is a major **c**_________ in the protest against the new policy.

提示 重點要放在她是「遊行活動」的參與者。

0944

在這平靜的水面上**划獨木舟**是個令人難忘的體驗。

C_________ on the peaceful waters is an unforgettable experience.

提示 別想得太難，「獨木舟」本身就能當動詞。

Answer key

cabin / cabinets / cables / calculator / campaigns / campaigner / Canoeing

答案 & 單字解說
Get The Answer !

0938
cabin
[`kæbɪn]
名 小屋；客艙

同 **cottage** 小屋 / **compartment** 隔間
關 **wooden** 木製的 / **shelter** 避難所
搭 **log cabin** 木屋 / **cabin crew** 航班空服員

0939
cabinet
[`kæbənɪt]
名 櫥櫃；內閣
形 內閣的

同 **cupboard** 櫥櫃 / **Ministry** 內閣
關 **drawer** 抽屜 / **closet** 衣櫥
補 字根拆解：**cabin** 小屋 **+ et** 小

0940
cable
[`kebl̩]
名 纜線；電纜

同 **wire** 電纜；電線 / **cord** 絕緣電線
關 **cablegram** 海外電報 / **broadcast** 廣播
搭 **cable TV** 有線電視 / **cable car** 纜車

0941
calculator
[`kælkjə͵letɚ]
名 計算機；計算者

關 **addition** 加法 / **subtraction** 減法 / **multiplication** 乘法 / **division** 除法
搭 **pocket calculator** 袖珍型計算機

0942
campaign
[kæm`pen]
名 競選活動；運動
動 從事活動；競選

同 **movement** 活動 / **crusade** 運動
片 **campaign for** 競選…
搭 **a whispering campaign** （為破壞人事、選舉等的）造謠 / **a smear campaign** 抹黑

0943
campaigner
[kæm`penɚ]
名 從事社會運動者

關 **slogan** 口號 / **solidarity** 團結一致 / **demonstrator** 示威者 / **protest** 抗議
補 **campaign rally** （選舉的）造勢活動

0944
canoe
[kə`nu]
動 划獨木舟
名 獨木舟

同 **pirogue** 獨木舟 / **kayak** 獨木舟
關 **row** 划船 / **rudder** （船的）舵
片 **paddle one's own canoe** 【口】自力更生

0945 由於訂單增加，我們工廠已經**滿載**兩個禮拜了。

Due to increased orders, our factory has been working at full **c**_________ for two weeks.

提示 工廠的單已經排到它「能容納」的最大量。

0946 公司的債務一直以來都很重，三年內**資金**不可能回本。

Full return of **c**_________ in three years is impossible, for the company has been deep in debt.

0947 **機長**廣播，我們即將降落於桃園國際機場。

This is the **c**_________ speaking. We will soon be landing at Taoyuan International Airport.

0948 據估計，該國的肺結核**帶原者**佔了全國五分之一的人口。

The estimated number of tuberculosis **c**_________ in the country is about one fifth of the population.

0949 更新版的**目錄**昨天已經印好，可以寄給顧客了。

The updated **c**_________ was printed yesterday and is ready to be sent to our customers.

0950 世界知名的里約熱內盧**嘉年華會**於每年的二月舉行。

The world-famous **c**_________ in Rio de Janeiro is held in February every year.

0951 他們**完成**了重要的森林保育研究。

They had **c**_________ **o**_________ important research on forest protection.

0952 每一位乘客能帶七公斤的**隨身行李**上飛機。

Every passenger is allowed to bring seven kilograms of **c**_________-**o**_________ luggage on the flights.

capacity / capital / captain / carriers / catalog(ue) / carnival / carried out / carry-on

0945 **capacity** [kəˋpæsətɪ]
名 容量；能力

同 **quantity** 數量 / **competence** 能力
搭 **storage capacity** 存儲容量
補 字根拆解：**cap** 抓取 + **acity/ity** 名詞

0946 **capital** [ˋkæpətḷ]
名 資金；首都
形 首要的；大寫的

片 **make capital out of sth.** 利用；從某事中獲益
搭 **capital letter** 大寫字母
考 **capital** 當「資金」解釋時，為不可數名詞。

0947 **captain** [ˋkæptɪn]
名 機長；船長；隊長

同 **leader** 領導者 / **head** 首長
片 **captain of industry** 工業巨頭
補 字根拆解：**capt/cap** 頭 + **ain** 名詞（人）

0948 **carrier** [ˋkærɪɚ]
名 帶原者；運送人

同 **transporter** 輸送者 / **conveyor** 搬運者
片 **aircraft carrier** 航空母艦
補 字根拆解：**carri/carr** 運送 + **er** 名詞（人）

0949 **catalogue** [ˋkætəlɔg]
名 目錄

關 **classify** 將…分類 / **archival** 檔案的
考 本單字也可以拼寫為 **catalog**，意思不變。
補 字根拆解：**cata** 完全的 + **logue** 計算；總計

0950 **carnival** [ˋkɑrnəvḷ]
名 狂歡；嘉年華會

同 **jamboree** 狂歡聚會 / **festival** 節日
關 **celebration** 慶典 / **street fair** 街頭市集 / **spree** 狂飲作樂 / **costume** 服裝 / **masquerade** 化裝舞會

0951 **carry out**
片 執行；完成

同 **implement** 執行 / **perform** 履行 / **execute** 實行
關 **project** 企劃 / **instruction** 指示
搭 **carry out an experiment** 做實驗

0952 **carry-on** [ˋkærɪɑn]
形 隨身攜帶的
名 隨身行李

同 **hand luggage** 手提行李 / **baggage** 行李
關 **check-in baggage** 託運行李
補 **carry-on** 本身就能當名詞（隨身行李）。

0953 醫生們每個月會挑幾個病患作為**個案研究**的範例。

The doctors picked several patients for further **c**________ **s**________ each month.

0954 他**隨意的**穿著在今晚的宴會中顯得格格不入。

His **c**________ clothes were inappropriate for tonight's formal banquet.

0955 政府花在這座歷史性**大教堂**的維護費用超過五百萬美元。

The government spent over five million dollars on the maintenance of the historic **c**________.

0956 想在這家跨國企業工作，就必須有語言的**檢定證明**。

C________ on language proficiency are required to work for the international trading company.

0957 這間公司的總裁有架**私人飛機**，屋頂上還有私人停機坪。

The president of the company has a private **c**________ plane and a helipad on his roof.

提示 **是一台「被授予特許權，僅供總裁使用」的飛機。**

0958 他被提名為那個健康機構的**主席**。

He was nominated to be the **c**________ of the health organization.

提示 **請回答能看出性別的那個單字。**

0959 線上**辦理登機手續**既便利又省時。

It's convenient and time-saving to **c**________ **i**________ to your flights online.

0960 櫃檯人員提醒我們，要在十一點前**退房**。

The receptionist reminded us that the **c**________ time is before 11:00.

Answer key **case study / casual / cathedral / Certifications / chartered / chairman / check in / checkout**

case study
片 個案研究

關 **research** 研究 / **methodology** 方法論
搭 **a case study on sth.** 關於…的個案研究

casual
[ˋkæʒuəl]
形 隨意的；偶然的

同 **informal** 非正式的 / **accidental** 偶然的
反 **formal** 正式的 / **planned** 有計畫的
搭 **casual wear** 休閒服裝

cathedral
[kəˋθidrəl]
名 大教堂
形 大教堂的

關 **Catholicism** 天主教 / **worship** 禮拜；崇拜
補 **cathedral** 為內有主教駐守的天主教教堂；**church** 則指一般性的教堂（基督教、天主教皆可）。

certification
[ˌsɜtɪfəˋkeʃən]
名 證明；檢定

關 **qualification** 資格；能力 / **credential** 證書
補 **certification** 強調的是認證的動作與過程；**certificate** 則是指最後官方機構授予的證書文件。

charter
[ˋtʃɑrtɚ]
動 給予特權；包租
名 特權；特許狀

關 **chartered** 受特許的 / **lease** 租賃 / **treaty** 契約
補 常見的「包機」可以用 **a charter plane**、**a charter flight** 表達，為一名詞片語。

chairman
[ˋtʃɛrmən]
名 主席；議長

關 **preside** 擔任會議主席 / **parliamentary** 議會的
片 **pencil sth. in** 安排某事 / **run sth. by sb.** 告訴某人某事（徵求別人的意見時使用，例如 **run your idea by me** 告訴我你的想法）

check in
片 到達並登記；報到

搭 **check in at the hotel** 辦理旅館入住 / **check in the luggage** 託運行李 / **check-in counter** 報到櫃檯
考 本片語多用來表示「登機手續」與「旅館入住登記」。

checkout
[ˋtʃɛkˌaut]
名 結帳的時間

搭 **checkout time** 退房時間 / **checkout counter** 結帳櫃檯 / **checkout page** （網購的）結帳頁面
補 此為名詞，動詞片語的寫法為 **check out**（結帳離開）。

0961
既然你肚子很痛，就必須做個仔細的**身體檢查**。
You need to have a thorough **c**_________ regarding your intensive abdominal pain.

0962
在與**循環**系統有關的疾病上，女性的死亡率超過男性。
Female mortality rates for diseases related to the **c**_________ system exceed that of males'.

0963
準時繳稅是**公民**應盡的義務。
You are obligated as a **c**_________ to pay your taxes on time.

0964
他是在美國出生的，所以擁有美國**公民的身分**。
He was granted American **c**_________ since he was born there.

0965
他**聲稱**他從天上偷來了青春永駐的祕方。
He **c**_________ that he had stolen the secret recipe for staying young forever from Heaven.

0966
儘管外表有差異，老虎與貓都被**歸類於**貓科動物。
Although they look different, tigers and cats are **cl**_________ into the feline family.

0967
我將圖表複製到**剪貼簿**，再貼到我的 PPT 檔案裡。
I copied the figure to the **c**_________ and then pasted it into my PowerPoint.

0968
進入展覽區之前，請將您的大衣留在**衣帽間**。
Please leave your coats in the **c**_________ before entering the exhibition area.

Answer key
checkup / circulatory / citizen / citizenship / claimed / classified / clipboard / cloakroom

0961
checkup
[ˋtʃɛk͵ʌp]
名 健康檢查

同 **physical examination** 體檢
搭 **general checkup** 一般健檢 / **premarital checkup** 婚前健康檢查
補 **draw blood** 抽血 / **check one's vision** 檢查視力

0962
circulatory
[ˋsɜkjələ͵torɪ]
形 循環上的

關 **oxygen** 氧氣 / **ventricle** 【解】心室
搭 **the circulatory system** 循環系統
補 字根拆解：**circul** 圓圈 + **at(e)** 動詞 + **ory** 形容詞

0963
citizen
[ˋsɪtəzn̩]
名 公民；市民

同 **inhabitant** 居民 / **resident** 居民
搭 **senior citizen** 老年人
補 字根拆解：**citi/city** 城市 + **zen** 人（從 **-ian** 演變）

0964
citizenship
[ˋsɪtəzn̩͵ʃɪp]
名 公民身分

關 **liability** 責任；義務 / **civic** 市民的
搭 **dual citizenship** 雙重國籍
考 字尾 **-ship** 有「具備…特性或關係」的意思。

0965
claim
[klem]
動 聲稱；主張
名 權利；要求

同 **allege** 宣稱 / **assert** 聲稱 / **declare** 聲明
反 **disclaim** 放棄權利 / **surrender** 交出
片 **lay claim to** 對…提出權利要求

0966
classify
[ˋklæsə͵faɪ]
動 分類；歸類

同 **categorize** 將…分類 / **sort** 把…分類
片 **classify by** 按照…分類
補 字根拆解：**class** 種類 + **ify** 動詞（使成…化）

0967
clipboard
[ˋklɪp͵bord]
名 剪貼簿；寫字夾板

關 **attach** 附加；貼上 / **paste** 貼上
補 **clipboard** 專指電腦裡面的「剪貼簿」，為一軟體功能；除此之外，還能表示「可夾紙的寫字板」。

0968
cloakroom
[ˋklok͵rʊm]
名 衣帽間；更衣間

補 **cloakroom** 是指公共場所（如劇院、酒店）的衣帽間，供客人暫放衣物；如果是家裡的衣帽間，則用 **dressing room** 表示。

0969 因為租金調漲，所以那間甜點店**結束營業**了。

The dessert shop **c**_________ **d**_________ due to the rising of the rent.

0970 一場火災導致多人死亡以及工廠**倒閉**。

A fire caused several deaths and the **c**_________ of the factory.

0971 這台電腦會依照你所下的**指令**運行。

The computer operates according to the **c**_________ you give.

》提示《 **對電腦下指令，也是一種「命令」。**

0972 電子**商務**變得愈來愈熱門，尤其在年輕世代中更是如此。

E-**c**_________ has been a popular thing especially with the young generation.

0973 在歷經五年的測試後，這種藥終於進入**商業化**生產。

The drug has finally gone into **c**_________ production after five years of testing.

0974 這組團隊的成員之間缺乏**溝通**。

There has been a lack of **c**_________ among the team members.

0975 如果看到**通勤者**湧進捷運站的畫面，你會嚇一跳的。

You will be shocked when seeing all the **c**_________ flocking to the MRT station.

0976 不同等級間服務與支援的**比較**，已整理於下方。

A **c**_________ of the different levels of service and support is briefly summarized below.

closed down / closure / commands / commerce / commercial / communication / commuters / comparison

0969 **close down**
片 關閉；停業

考 寫成 **close-down**（倒閉）時，則為名詞片語。
補 本片語有兩種含意，第一個為例句的「永久性停業」；第二個則表示一天結束的「關門」（隔天會再開門）。

0970 **closure**
[ˋkloʒɚ]
名 關閉；終止

同 **conclusion** 終結 / **termination** 終止
反 **beginning** 開端 / **introduction** 介紹
補 字根拆解：**clos** 關閉 + **ure** 名詞

0971 **command**
[kəˋmænd]
名 命令；控制
動 命令；指揮

同 **demand** 要求 / **order** 命令 / **direct** 指揮
片 **have a good command of** 能駕馭；管控得很好 / **at one's command** 聽某人的吩咐
補 字根拆解：**com** 強調 + **mand** 託管

0972 **commerce**
[ˋkɑmɝs]
名 商業；貿易

同 **trade** 貿易；商業 / **business** 商業
搭 **electronic commerce (e-commerce)** 電子商務 / **mobile commerce (m-commerce)** 行動商務

0973 **commercial**
[kəˋmɝʃəl]
形 商業的；商務的
名 商業廣告

搭 **a commercial organization** 商業組織 / **commercial law** 商事法
考 **commercial** 當名詞指廣告，如 **television commercials**（電視廣告），多以複數形出現。

0974 **communication**
[kə͵mjunəˋkeʃən]
名 溝通；通訊

關 **connection** 聯絡 / **transmission** 傳送
片 **be in communication with sb.** 與某人有聯繫
補 字根拆解：**com** 共同 + **mun** 服務 + **ic** 形容詞 + **ation** 名詞

0975 **commuter**
[kəˋmjutɚ]
名 通勤者

關 **back and forth** 來回地；來來回回
補 字根拆解：**com** 強調 + **mut** 交換 + **er** 人（聯想：在兩地間變換位置的人）

0976 **comparison**
[kəmˋpærəsn̩]
名 比較；對照

片 **in comparison with** 與…相比 / **make a comparison of** 針對…加以比較 / **beyond comparison** 無與倫比的
補 字根拆解：**com** 共同 + **pari/par** 相等的 + **son** 名詞

0977 我的衣櫃有三個**隔間**，所以我將衣物整理成三類疊放。

My closet has three **c**__________, so I classify my clothes into three categories.

0978 關於這場車禍，她主張自己應該獲得**賠償**。

She claimed **c**__________ for the car accident.

0979 希望進入好大學的學生們會面臨激烈的**競爭**。

Students wishing to enter top universities face fierce **c**__________.

0980 他們對潛在的**競爭者**做了大量的研究。

They had conducted a great amount of research on their potential **c**__________.

0981 約翰似乎很喜歡他的工作，因為從來都沒聽他**抱怨**過。

John seems to like his work very much because he has never **c**__________ about it.

0982 針對這個能治癒嚴重頭痛的**複**分子，他們已經申請了專利。

They have filed a patent for a **c**__________**x** molecule capable of healing serious headaches.

提示 複分子會包含比較「複雜的」分子結構。

0983 這個產品的規格**符合**國際標準。

The specifications of the product are in **c**__________ with international standards.

0984 不**遵守**法庭裁定的人將被罰款，甚至是坐牢。

Those who don't **c**__________ with the court order will be fined or put into jail.

Answer key: compartments / compensation / competition / competitors / complained / complex / compliance / comply

0977
compartment
[kəm`partmənt]
名 隔間；劃分

同 **partition** 分隔間 / **division** 分開
關 **departmental** 部門的 / **enclose** 圍住
補 字根拆解：**com** 強調 + **part** 分割 + **ment** 名詞

0978
compensation
[ˏkampən`seʃən]
名 彌補；賠償

同 **indemnity** 賠償 / **reimbursement** 補償
搭 **unemployment compensation** 失業補償金
補 字根拆解：**com** 共同 + **pens** 懸掛 + **ation** 名詞

0979
competition
[ˏkampə`tɪʃən]
名 競爭；比賽

同 **contest** 競賽 / **rivalry** 競爭；對抗
關 **set a record** 寫下紀錄 / **break the record** 破紀錄
補 講某 **A** 與某 **B** 的競爭，則用 **a competition between A and B**。

0980
competitor
[kəm`pɛtətɚ]
名 競爭者；對手

同 **adversary** 敵手 / **opponent** 對手
反 **ally** 同盟者 / **collaborator** 合作者
補 字根拆解：**com** 共同 + **petit** 攻擊 + **or** 名詞（人）

0981
complain
[kəm`plen]
動 抱怨；投訴

同 **grumble** 埋怨 / **criticize** 批評 / **moan** 抱怨
反 **compliment** 讚美；恭維 / **praise** 讚美
片 **complain about (sb. or sth.)** 抱怨

0982
complex
[`kamplɛks]
形 複雜的；難懂的
名 複合物

同 **complicated** 複雜的 / **perplexing** 難懂的
反 **easy** 容易的；不費力的 / **simple** 簡單的
補 字根拆解：**com** 共同 + **plex/plic** 摺疊

0983
compliance
[kəm`plaɪəns]
名 順從；服從

同 **conformity** 順從；符合
關 **regulatory** 管理的 / **violate** 違反
片 **in compliance with** 符合；遵照

0984
comply
[kəm`plaɪ]
動 服從；遵守

反 **disobey** 違抗 / **challenge** 挑戰
片 **comply with** 遵守
補 字根拆解：**com** 強調 + **ply** 裝滿（聯想：按照某種規格填滿，就是遵守的表現。）

0985
這幾冊書**囊括**了這位知名作家全部的作品。
These volumes **c**_________**e** the complete works of the brilliant writer.
提示 從另一個角度來說，書的內容就是由這些作品「組成」的。

0986
政府與抗議者之間暫時達成**和解**。
A **c**_________ between the government and the protesters has been reached temporarily.

0987
染了頭髮之後，她每週會用一次**潤髮乳**。
She used hair **c**_________ once a week after getting her hair dyed.

0988
他之前住在**公寓大樓**裡，與住同一層的鄰居們都很熟。
He lived in a **c**_________**m** and was familiar with his neighbors living on the same floor.

0989
他擔任世界知名交響樂團的**指揮**。
He is the **c**_________ of a world-famous orchestra.

0990
下一年的**會議**，也會在阿拉斯加舉行。
The **c**_________ will be held in Alaska for the second successive year.

0991
不要讓你的思考脈絡被這一個素材**侷限**住。
Do not **c**_________ your consideration to this single piece of material.

0992
大約有一半的學生已**確認**要登記今日的午餐。
Around half of the students had **c**_________ the registration of today's lunch box.

Answer key
comprise / compromise / conditioner / condominium / conductor / conference / confine / confirmed

0985
comprise
[kəm`praɪz]
動 包括；組成

片 **consist of** 組成 / **be composed of** 由…組成
考 本單字主、被動形態都有；同義詞的 **consist of** 只有主動語態；**compose** 只有被動語態。
補 字根拆解：**com** 完全地 + **prise** 抓住

0986
compromise
[`kɑmprə͵maɪz]
名 妥協；和解
動 妥協；讓步

同 **concession** 讓步 / **reconciliation** 和解；和好
搭 **reach a compromise** 達成和解 / **compromise with sb. on sth.** 與某人在某事上達成和解
補 字根拆解：**com** 共同 + **promise** 承諾

0987
conditioner
[kən`dɪʃənɚ]
名 護髮素；調節器

關 **tonic** 滋補的 / **moisturize** 使溼潤
搭 **hair conditioner** 潤髮乳 / **air conditioner** 空調
補 字根拆解：**con** 共同 + **di(c)** 說 + **tion** 名詞 + **er** 物

0988
condominium
[`kɑndə͵mɪnɪəm]
名 公寓大樓

關 **metropolitan** 大都市的 / **suburban** 郊區的
考 本單字可以簡寫成 **condo** [`kɑndo]。
補 字根拆解：**con** 共同 + **domin** 財產 + **ium** 字尾

0989
conductor
[kən`dʌktɚ]
名 指揮；領導者

同 **maestro** 名指揮家 / **superintendent** 主管
關 **score** 樂譜 / **baton** 樂隊指揮棒
補 字根拆解：**con** 共同 + **duct** 領導 + **or** 名詞（人）

0990
conference
[`kɑnfərəns]
名 研討會；會議

片 **be in a conference** 在開會
搭 **conference call** 電話會議 / **conference room** 會議室
補 字根拆解：**confer** 協商 + **ence** 名詞（動作）

0991
confine
[kən`faɪn]
動 侷限；限制

同 **limit** 限制 / **constrain** 束縛
反 **liberate** 解放 / **release** 釋放
片 **be confined to** 侷限於…

0992
confirm
[kən`fɝm]
動 確認；證實

同 **verify** 證實 / **prove** 證明
反 **disprove** 證明為假 / **contradict** 反駁
搭 **a confirmed case** 確診病例

0993 有人通知我已被公司錄取，但我尚未收到書面**確認**。

I was informed about getting the new job but hadn't received the written c__________.

0994 古時候，人們結婚必須取得父母的**同意**。

In ancient times, people sought c__________ from their parents for marriage.

0995 山姆的老闆在**考慮**將他擢升至經理。

Sam is being c__________ for the position of senior manager by his boss.

0996 這筆新投資需要仔細**考量**。

The new investment requires careful c__________.

0997 她的設計風格很**一致**，傢俱和牆壁的顏色都很搭。

Her designs revealed a c__________ style; all the furniture and the color of the walls fit together.

0998 因為橋還在**建造**中，所以他們封鎖了這條路。

They blocked this road because the bridge is still under c__________.

0999 針對這件事情，他請求**諮詢**律師。

He asked for a c__________ with the lawyer to discuss the matter.

1000 雷找到一份新工作，而且對這份工作感到很**滿意**。

Ray found a new job and is very c__________ with it.

Answer key

confirmation / consent / considered / consideration / consistent / construction / consultation / content

0993
confirmation
[ˌkɑnfɚˋmeʃən]
名 確定；證實

同 **ratification** 批准 / **validation** 確認
關 **impeach** 控告；彈劾 / **evidence** 證據
搭 **confirmation letter** 確認信函

0994
consent
[kənˋsɛnt]
名 答應；贊成
動 同意；贊成

同 **permit** 允許 / **assent** 同意
片 **consent to sth.** 允許某事
補 字根拆解：**con** 共同 + **sent** 感覺

0995
consider
[kənˋsɪdɚ]
動 考慮；細想

同 **contemplate** 仔細考慮 / **meditate** 深思熟慮
片 **consider doing sth.** 考慮去做某事 / **consider A (to be) B** 將 A 視為 B

0996
consideration
[kənsɪdəˋreʃən]
名 考慮；斟酌

同 **deliberation** 深思熟慮
關 **priority** 優先 / **introspect** 內省
片 **in consideration of** 考慮到

0997
consistent
[kənˋsɪstənt]
形 一貫的；一致的

同 **coherent** 一致的 / **accordant** 一致的
反 **inconsistent** 不一致的 / **erratic** 無規律的
補 字根拆解：**con** 共同 + **sist** 放置 + **ent** 形容詞

0998
construction
[kənˋstrʌkʃən]
名 建造；施工

同 **erection** 建造 / **manufacture** 製造
片 **under construction** 建造中的
搭 **capital construction** 基礎建設

0999
consultation
[ˌkɑnsəlˋteʃən]
名 諮詢；商議

關 **discussion** 討論 / **conference** 會議
片 **in consultation with** 與…磋商
補 字根拆解：**con** 共同 + **sult** 拿取 + **ation** 名詞

1000
content
[kənˋtɛnt]
形 滿足的
動 使滿足

補 這個單字也可以當名詞（指「滿足」）；不過，其實 **content** 做名詞時更常用來表示「內容」，此時發音為 [ˋkɑntɛnt]（重音在第一音節）。

1001
贏得全國歌唱大賽時，她哭了。
She burst into tears when she won the national singing **c**_________**t**.

1002
選手們來自這所大學的各個系所。
The **c**_________**ts** came from all of the departments of the university.

1003
我幾乎無法從上下文猜到他想表達的意思。
I could barely guess what he meant from the **c**_________.

1004
她在工作上尋求的是持續的自我成長。
She was seeking **c**_________ self-improvement at work.

1005
他是一名管理二十人的承包商工頭。
He was a chief labor **c**_________ who was in charge of twenty people.

1006
與他年紀相仿的年輕人喜歡站在主流想法的相反面。
Young people of his age like to be on the **c**_________**y** side to popular opinion.

1007
我發現用這個 APP 付款很方便。
I found it quite **c**_________ to pay the bill through this app.

1008
在中國傳統上，男主外，女主內。
Chinese **c**_________ has it that men work outside and women manage inside the family.

contest / contestants / context / continuous / contractor / contrary / convenient / convention

1001
contest
[`kantɛst]
[kən`tɛst]
名 比賽 動 競爭

同 **competition** 比賽 / **contend** 爭奪
搭 **hold a contest** 舉辦比賽
補 字根拆解：**con** 共同 + **test** 證明

1002
contestant
[kən`tɛstənt]
名 選手；競爭者

同 **candidate** 候選人 / **contender** 競爭者
關 **victory** 勝利 / **the final round** 決勝局
補 字根拆解：**con** 共同 + **test** 測試 + **ant** 名詞（人）

1003
context
[`kantɛkst]
名 上下文；背景

關 **relevance** 關聯 / **particular** 特殊的
片 **quote sth. out of context** 斷章取義
補 字根拆解：**con** 共同 + **text** 編織

1004
continuous
[kən`tɪnjʊəs]
形 連續的；不斷的

同 **endless** 不斷的 / **consecutive** 連續不斷的
反 **broken** 中斷的 / **discontinuous** 間斷的
補 字根拆解：**con** 共同 + **tinu** 保持 + **ous** 形容詞

1005
contractor
[`kantræktɚ]
名 承包商；立約人

同 **builder** 建設者 / **manufacturer** 廠商
關 **bid** 投標；喊價 / **party**（契約等的）當事人
補 字根拆解：**con** 共同 + **tract** 拉 + **or** 名詞（人）

1006
contrary
[`kantrɛrɪ]
形 相反的；對立的
名 相反；反面

同 **opposite** 相反的 / **conflicting** 衝突的
片 **on the contrary** 恰恰相反；相反地 / **be contrary to sth.** 與某事相反

1007
convenient
[kən`vinjənt]
形 方便的；便利的

反 **inconvenient** 不便的 / **unhandy** 不方便的
關 **nearby** 附近的 / **handy** 手邊的；便於使用的
搭 **a convenient memory** 只記得對自己有利的事

1008
convention
[kən`vɛnʃən]
名 習俗；大會；公約

同 **assembly** 集會 / **compact** 契約
關 **the Geneva Convention** 日內瓦公約（為國際人道法訂下標準）

1009
身為一名成功的業務，提姆熟知**說話**的藝術。
As a successful salesman, Tim knew well the art of **c**_________.

1010
當溫度高於攝氏零度時，冰會**轉變**為水。
Ice will come across a **c**_________ into water upon temperatures higher than zero degrees Celsius.

1011
史帝夫總算**說服**老闆採納他的提案。
Steve finally **c**_________ his boss to accept his proposal.

1012
學校老師用紅色墨水**批改**學生的作業。
School teachers make **c**_________ on students' homework in red ink.
》提示《 **批改作業就是要把學生錯的地方「改正確」。**

1013
你可以在這家店以便宜的價格買到各類**化妝品**。
You can buy all sorts of **c**_________ in the store at cheap prices.

1014
這篇文章受**版權**保護，若你要引用，就必須列在參考資料中。
The article is protected by **c**_________, so make sure you give references if you quote from it.

1015
比起住在大城市，他更喜歡待在**鄉下地方**。
He loves staying in the **c**_________ rather than living in the city.

1016
他的工作是提供年輕人**諮詢**，給予增進專業技巧的建議。
His job is to **c**_________**l** youngsters on how to develop their professional skills.

Answer key: **conversation / conversion / convinced / corrections / cosmetics / copyright / countryside / counsel**

1009
conversation
[ˌkɑnvɚˋseʃən]
名 會話；談話

同 **discourse** 談話 / **dialogue** 對話
片 **carry on a conversation with** 與…展開對話 / **make conversation** 找話聊

1010
conversion
[kənˋvɝʃən]
名 轉換；改變

同 **alteration** 改變 / **transformation** 轉變
關 **transition** 過渡時期 / **fluctuate** 波動
補 字根拆解：**con** 共同 + **vers** 轉 + **ion** 名詞

1011
convince
[kənˋvɪns]
動 使信服；說服

同 **persuade** 說服 / **assure** 使確信
反 **dissuade** 勸阻 / **discourage** 勸阻
片 **convince sb. of sth.** 使某人相信某件事 / **convince sb. to + V** 說服某人去做某事

1012
correction
[kəˋrɛkʃən]
名 訂正；改正

同 **amendment** 改正；修正
片 **make a correction** 批改
搭 **correction fluid** 修正液；立可白

1013
cosmetic
[kɑzˋmɛtɪk]
名 化妝品
形 化妝品的

關 **foundation** 粉底 / **concealer** 遮瑕膏 / **shading powder** 修容餅 / **pressed powder** 粉餅 / **mascara** 睫毛膏 / **lip palette** 唇彩盤
搭 **cosmetic surgery** 整容手術

1014
copyright
[ˋkɑpɪˌraɪt]
名 版權；著作權
形 有版權保護的

關 **intellectual property rights** 智慧財產權
搭 **copyright infringement** 侵犯版權

1015
countryside
[ˋkʌntrɪˌsaɪd]
名 農村；鄉間

反 **metropolis** 首都 / **urban area** 市區
關 **rural** 農村的；田園的 / **farmland** 農田
片 **in the countryside** 在鄉下

1016
counsel
[ˋkaʊnsḷ]
動 勸告；提議
名 忠告；商議

同 **advise** 勸告 / **instruct** 指導 / **confer** 商談
片 **follow one's counsel** 聽從某人的勸告
補 字根拆解：**coun** 共同 + **sel** 取得

1017
愛心傘這項服務是建立在互信的基礎上。
The offering of **c**__________**y** umbrellas is based on mutual trust.
提示 使用愛心傘，必須遵循一定的「禮儀」。

1018
為了申請研究所，他重寫了好幾次自薦信。
He rewrote the **c**__________ **l**__________ for the applications to graduate schools several times.

1019
俄羅斯娃娃是由技藝精湛的工匠製作的。
Russian dolls are made by skilled **cr**__________.
提示 強調「工藝、手藝」高超的人。

1020
那間公司透過信貸購買了所有的新設備。
The company bought all the new equipment on **c**__________.

1021
你必須達成每一項標準，才能通過期末考。
You won't be able to pass the final test until all the **c**__________ are satisfied.

1022
這部新電影受到廣大的讚賞，就連評論家們也認同。
The new film was widely appreciated, even by the **c**__________.
提示 評論家的工作就是要公正地給予「批評」。

1023
選擇正確的工具執行工作是很重要的。
Choosing the right tools for the job is **cri**__________.

1024
有些人在拿東西時，會習慣翹起小拇指。
Some people are used to **cr**__________ their little finger when picking something up.
提示 翹起來的小拇指，其「彎曲」程度因人而異。

Answer key
courtesy / cover letters / craftsmen / credit / criteria / critics / critical / crooking

1017
courtesy
[`kɜtəsɪ]
名 禮貌；禮儀

同 **politeness** 客氣 / **good manners** 禮貌
補 字根拆解：**court** 宮廷 + **esy** 名詞（聯想：宮廷當然重視禮節）

1018
cover letter
片 自薦信；求職信

補 求職信的結構通常為：第一段簡介自己，並簡述申請的原因；第二段介紹相關經驗；第三段展現你能為公司做什麼；最後，再附上履歷或其他資料，並感謝對方的閱讀。

1019
craftsman
[`kræftsmən]
名 工匠；巧匠

同 **artisan** 工匠 / **mechanic** 技工
關 **handicrafts** 手工藝 / **handmade** 手工的
搭 **literary craftsman** 文學巨匠

1020
credit
[`krɛdɪt]
名 信用；榮譽

片 **on credit** 以信貸方式購買 / **take credit for sth.** 邀功 / **give sb. crdit for** 因為…而讚揚某人
搭 **credit limit** 信用額度

1021
criteria
[kraɪ`tɪrɪə]
名 標準；準則

同 **standard** 標準 / **norm** 基準
搭 **meet a criterion** 符合標準
考 單數為 **criterion**，但較常使用複數 **criteria**。

1022
critic
[`krɪtɪk]
名 評論家；批評家

同 **reviewer** 評論家 / **faultfinder** 吹毛求疵者
補 除了一般的評論家之外，**critic** 也可以用來指「吹毛求疵的人」。

1023
critical
[`krɪtɪkḷ]
形 關鍵性的；批評的

同 **crucial** 關鍵的 / **vital** 極其重要的
反 **inessential** 非必要的 / **trivial** 不重要的
搭 **critical thinking** 批判性思維；思辨能力

1024
crook
[krʊk]
動 使彎曲
名 鉤；彎曲物

同 **bend** 使彎曲 / **curve** 使彎曲 / **hook** 鉤
片 **by hook or by crook** 不擇手段
搭 **sth. be crooked** 某物歪了。

1025
把環保材料暴露在空氣中，五年後就會被**分解掉**。
The environmentally friendly material started to **c**________ after five years of being exposed to the air.
》提示《 使用環保材質的物品在被分解後會逐漸「粉碎掉」。

1026
當派對主辦人開始收拾東西時，就是在**暗示**客人該離開了。
It was a **c**________ for guests to leave the party when the host started cleaning up.

1027
聽說機場的外**幣**匯率是最差的。
The exchange rates for foreign **c**________ at airports are said to be the most unfavorable.

1028
這家公司為了增加市場占有率而**減**價。
The company **c**________ **d**________ on the price in order to increase its market share.

1029
要研究一個化學合成物的發展**週期**，可能要花好幾年的時間。
The development **c**________ of researching a chemical compound may take up to years.

UNIT 04 D 字頭填空題

Test Yourself!

請參考中文翻譯，再填寫空格內的英文單字。

1030
颱風對那座城鎮造成嚴重的**破壞**。
The typhoon caused serious **d**________ to the town.

crumble / cue / currencies / cut down / cycle / damage

1025
crumble
[`krʌmbḷ]
動 粉碎；消失

同 **decompose** 分解 / **decay** 腐爛
片 **crumble up** 解體；分解
補 **That's the way the cookie crumbles.** 人生就是這樣的（遇到不順心的事也不用太在意）。

cue
[kju]
名 暗示；信號
動 給…暗示

同 **hint** 暗示 / **signal** 信號 / **clue** 跡象
片 **cue sb. in** 告訴某人相關資訊

1027
currency
[`kɝənsɪ]
名 貨幣；流通

同 **legal tender** 法定貨幣 / **money** 貨幣
關 **inflation** 通貨膨脹 / **deflation** 通貨緊縮
補 字根拆解：**curr** 跑；動 + **ency** 名詞（聯想：貨幣是會流通的物品）

1028
cut down
片 削減；縮短

同 **retrench** 節省 / **minimize** 使減到最小
片 **cut down on sth.** 減少某物的數量；減少使用某物
補 **cut back (on)** 減少某物的量（尤其指錢）

1029
cycle
[`saɪkḷ]
名 週期；循環

同 **circle** 週期；圈
搭 **life cycle** 生命週期 / **vicious cycle** 惡性循環
補 字根拆解：**cyc** 環 + **le** 反覆動作

答案 & 單字解說
Get The Answer !

MP3 27

1030
damage
[`dæmɪdʒ]
名 損害；損失
動 傷害；毀壞

同 **injury** 傷害 / **impair** 損害
反 **construction** 建設 / **repair** 修補
搭 **damage control** 災害防控；損害管制

1031
擴大了**資料庫**之後，準確度也會跟著提升。
As the **d**_________ enlarges, the accuracy increases.

1032
他們擁有野馬的**經銷代理權**，專賣福特旗下的流行跑車款。
They own a Mustang **d**_________, selling the popular sports car produced by Ford.

1033
為了預算問題，他們已經**爭論**了六個小時之久。
They have been **d**_________ over six hours on the budget.
提示 **與 discuss 相比，討論更加熱烈的「辯論」。**

1034
在砲彈的轟擊過後，村莊的**殘骸**像雨一般落下。
D_________ rained down after the bomb hit the village.

1035
關於實驗的數據，你不能**隱瞞**老闆，這樣是不道德的。
You can't **d**_________ your boss concerning the experiment data; it's not ethical.

1036
今天早上，公司**宣布**了執行長要退休的消息。
The company made a **d**_________ of the CEO's retirement this morning.

1037
在比賽中，拼寫錯誤會**扣**分。
Points will be **d**_________ for spelling mistakes in the contest.

1038
因為出錯，所以支付金額被**扣除**了。
A **d**_________ in payment was made due to the mistakes made.

Answer key
database / dealership / debating / Debris / deceive / declaration / deducted / deduction

1031
database
[`detə,bes]
名 資料庫；數據庫

考 **data** 為 **datum** 的複數形態，相似單字還有 **medium/media**、**criterion/criteria** 等。
補 字根拆解：**data** 數據 + **base** 基礎；根據

1032
dealership
[`dilə,ʃɪp]
名 經銷權；代理權

關 **distributor** 批發商 / **agent** 代理商 / **divider** 分配者
補 字根拆解：**deal** 分發 + **er** 人 + **ship** 名詞（特性）

1033
debate
[dɪ`bet]
動 辯論；爭論
名 辯論；討論

同 **argue** 爭論 / **discuss** 討論
片 **debate on sth.** 詳盡地討論某事
補 字根拆解：**de** 完全地 + **bate** 敲打

1034
debris
[də`bri]
名 殘骸；廢墟

同 **remains** 遺跡 / **ruin** 斷垣殘壁
搭 **debris flow** 土石流
補 字根拆解：**de** 完全地 + **bris** 毀壞

1035
deceive
[dɪ`siv]
動 欺騙；隱瞞

同 **beguile** 欺騙 / **hoax** 欺騙
片 **deceive yourself** 自欺欺人 / **deceive sb. into + Ving** 騙某人去做某事

1036
declaration
[,dɛklə`reʃən]
名 宣告；申訴

同 **announcement** 宣告 / **proclamation** 公布
片 **make a declaration of sth.** 宣布某事
補 字根拆解：**de** 強調 + **clar(e)** 澄清 + **ation** 名詞

1037
deduct
[dɪ`dʌkt]
動 扣除；剪除

同 **subtract** 減去 / **reduce** 減少
反 **add** 增加 / **expand** 增長
片 **deduct sth. from** 從…中扣除某物

1038
deduction
[dɪ`dʌkʃən]
名 扣除；扣除額

同 **abatement** 減少額 / **reduction** 減少
關 **expense** 支出 / **taxable** 應課稅的
補 字根拆解：**de** 往下 + **duc** 引導；通向 + **tion** 名詞

1039
巴塞隆納隊在今年的足球錦標賽中**擊敗**塞維利亞隊。
Barcelona **d**_________ Sevilla in the football championship this year.

1040
當媽媽責怪她太晚回家時，她的哥哥替她**辯護**。
Her brother came to her **d**_________ when their mother blamed her for coming home late.

1041
被告在庭審中宣稱自己是無辜的。
The **d**_________ pleaded innocent during the trial.
提示 被告就是律師的「辯護對象」。

1042
在汽車這方面，美國與許多國家的交易都呈現貿易**逆差**的狀態。
America is running a trade **d**_________ when it comes to cars with many other countries.

1043
松露通常被視為**珍饈**。
Truffles are often thought of as a **d**_________.

1044
自從接受化療後，她的身體就一直都很**孱弱**。
She had been in a **d**_________ health condition since the chemotherapy.
提示 身體很「脆弱」，感覺一碰就會倒地。

1045
對孩子取得的高分，李太太感到**很滿意**。
Mrs. Lee was **d**_________ with her child's high scores.
提示 感到滿意時，心情當然會「很高興」。

1046
牛奶要先經過殺菌後，才**能配送**。
The milk is **d**_________ only after sterilization.

defeated / defense / defendant / deficit / delicacy / delicate / delighted / deliverable

1039 defeat
[dɪˋfit]
動 擊敗；挫敗
名 失敗；挫折

關 **triumph** 大勝利 / **jubilation** 歡騰
搭 **admit defeat** 認輸
補 字根拆解：**de** 不 + **feat** 做（聯想：使對方無作為）

1040 defense
[dɪˋfɛns]
名 辯護；防禦

同 **protection** 保護 / **vindication** 辯護
反 **assault** 攻擊 / **attack** 進攻
片 **come to one's defense** 保護某人
搭 **self-defense** 自衛；正當防衛

1041 defendant
[dɪˋfɛndənt]
名 被告
形 辯護的

關 **suspect** 嫌疑犯 / **prosecutor** 檢察官 / **jury** 陪審團 / **witness** 證人 / **judge** 法官
補 **accuse sb. of sth.** 為某事起訴某人

1042 deficit
[ˋdɛfɪsɪt]
名 赤字

同 **shortfall** 不足（額）；赤字
關 **trade deficit** 貿易逆差 / **trade surplus** 貿易順差
補 字根拆解：**de** 往下 + **ficit** 做（聯想：做的比所需的少，就會不足。）

1043 delicacy
[ˋdɛləkəsɪ]
名 佳餚；精美

同 **dainty** 精美的食品 / **exquisiteness** 精巧
關 **appetizing** 開胃的 / **mouthwatering** 令人垂涎欲滴的 / **melt in one's mouth** 入口即化

1044 delicate
[ˋdɛləkət]
形 脆弱的；精巧的

同 **fragile** 易碎的；脆弱的 / **exquisite** 精美的
反 **coarse** 粗糙的 / **crude** 未經加工的
補 字根拆解：**de** 離開 + **lic** 誘惑 + **ate** 形容詞

1045 delighted
[dɪˋlaɪtɪd]
形 欣喜的；愉快的

反 **depressed** 沮喪的 / **sorrowful** 傷心的
片 **be delighted with sth.** 對某事感到滿意
考 **delighted** 指「人感到開心」；若要描述事情令人開心，則用 **dclightful**。

1046 deliverable
[dɪˋlɪvərəbl̩]
形 可運送的

關 **free shipping** 免運費 / **shipping fee** 運費 / **shipping rate** 運費費率
補 字根拆解：**de** 離開 + **liver** 自由 + **able** 形容詞

1047
那名演員做了**示範**，表現人感到悲傷時的真正模樣。
The actor gave a **d**_________ of what a real expression of sadness looks like.

1048
我家旁邊新開了一間**牙科**診所，超方便的！
There is a newly opened **d**_________ clinic beside my house. How convenient!

1049
那個隊伍使用金屬**探測器**來搜尋埋藏起來的寶藏。
The team used a metal **d**_________, trying to search for the hidden treasure.

1050
按照財務顧問的指示，我在新帳戶中**存入**了一千美元。
I **d**_________ a thousand dollars in my new account as my financial advisor instructed.

1051
一九三〇年代的經濟大**蕭條**是一個可怕的歷史事件。
The Great **D**_________ of the 1930s was a horrible historic event.
提示 本單字專門用來表示一九三〇年代的經濟大蕭條。

1052
聽說她是全世界最美的女性，而且她的美麗無法用言語來**形容**。
She was said to be the prettiest women in the world; her beauty was beyond **d**_________.

1053
東尼**絕望地**環視這個荒涼的房間。
Tony looked around the bleak room in **d**_________.
提示 這個單字表示「絕望」，和 in 組合成片語「絕望地」。

1054
目標是**設計**出一個能整合這兩項功能的程式。
The goal is to **d**_________ a program that integrates both functions.
提示 這個單字含有「發明」出某物的概念。

demonstration / dental / detector / deposited / Depression / description / despair / devise

1047
demonstration
[ˌdɛmənˋstreʃən]
名 示範；遊行示威

同 **manifestation** 顯示 / **protest** 抗議
片 **hold a demonstration** 舉行示威活動
補 字根拆解：**de** 完全 + **monstr** 顯示 + **ation** 名詞

1048
dental
[ˋdɛntḷ]
形 牙齒的；牙科的

關 **dentist** 牙醫 / **bad breath** 口臭 / **braces** 牙套
搭 **dental floss** 牙線 / **dental implant** 植牙
補 字根拆解：**dent** 牙齒 + **al** 形容詞（關於…的）

1049
detector
[dɪˋtɛktɚ]
名 探測器

關 **sensor** 感應器 / **sensitivity** 靈敏度
搭 **metal detector** 金屬探測器
補 字根拆解：**de** 離開 + **tect** 覆蓋 + **or** 名詞（物）

1050
deposit
[dɪˋpɑzɪt]
動 存錢；寄存
名 存款；押金

搭 **demand deposit** 活期存款 / **safe deposit box** （銀行裡的）貴重物保管箱；保險箱
補 字根拆解：**de** 往下 + **posit** 放置

1051
depression
[dɪˋprɛʃən]
名 不景氣；沮喪

同 **melancholy** 憂鬱 / **recession** 衰退
關 **emotion** 情緒 / **economic** 經濟上的
補 字根拆解：**de** 往下 + **press** 壓 + **ion** 名詞

1052
description
[dɪˋskrɪpʃən]
名 描述；敘述

片 **be beyond description** 難以形容的；難以描述的 / **of every description** 各式各樣的
搭 **a full description of** 對…的詳細描述
補 字根拆解：**de** 往下 + **scrip** 寫 + **tion** 名詞

1053
despair
[dɪˋspɛr]
名 絕望
動 絕望；喪失信心

反 **hope** 希望 / **encouragement** 鼓勵
片 **in despair** 絕望地 / **fall into despair** 陷入絕望
補 字根拆解：**de** 沒有 + **spair** 希望

1054
devise
[dɪˋvaɪz]
動 設計；發明；策劃

同 **conceive** 構想出 / **come up with** 想出
反 **duplicate** 複製 / **plagiarize** 抄襲
考 作名詞時，拼寫為 **device**（裝置）。

1055

他是一位**忠誠的**丈夫，同時也是慈父。

He is both a **d**_________ husband and a loving father.

提示 忠誠的性格會將一切「奉獻」給家庭。

1056

文章裡的**圖表**把重點明確地標示了出來。

The **d**_________ in the article precisely illustrate the main points.

1057

肉比蔬菜更難**消化**。

Meat is harder to be **d**_________ than vegetables.

1058

電影中的血腥場面令她**作嘔**。

The bloody scene in the movie **d**_________ her.

1059

搭乘擁擠的火車通勤令我**感到厭惡**。

To me, it is **d**_________ to commute in a crowded train.

提示 單字的詞性必須從英文句去判斷。

1060

他拿到工程學的**文憑**，之後也找到一份工程師的工作。

He received a **d**_________ in engineering, and later landed a job as an engineer.

提示 這個單字強調的是能證明學歷的那張文憑。

1061

她迅速**關掉**煙霧偵測器的警報，以免被抓到在抽菸。

She quickly **d**_________ the alarm of the smoke detector in case she got caught smoking.

提示 關掉警報器就等於讓它「失去作用」。

1062

高易燃性是它的**缺點**之一，所以大家不喜歡。

Its high inflammability is one of its **di**_________, so people do not like it.

Answer key

devoted / diagrams / digested / disgusted / disgusting / diploma / disabled / disadvantages

1055 **devoted**
[dɪˋvotɪd]
形 忠實的；獻身的

同 **faithful** 忠誠的 / **dedicated** 獻身的
反 **disloyal** 不忠實的 / **apathetic** 冷淡的
片 **be devoted to** 專心致力於

1056 **diagram**
[ˋdaɪə͵græm]
名 圖表；圖解

關 **linear** 直線的 / **parameter** 參數
搭 **tree diagram** 樹狀圖
補 字根拆解：**dia** 穿過 + **gram** 寫；畫

1057 **digest**
[daɪˋdʒɛst]
動 消化；領悟
名 摘要；文摘

關 **have an upset stomach** 肚子不舒服 / **indigestion** 消化不良 / **bloated** 脹氣的
補 字根拆解：**di** 分開地 + **gest** 運送（聯想：食物會通過不同的器官進行消化）

1058 **disgust**
[dɪsˋgʌst]
動 作嘔；厭惡
名 作嘔；憎惡

同 **repel** 使人厭惡 / **sicken** 使作嘔
反 **appeal** 有吸引力 / **interest** 引起關心
片 **to one's disgust** 令某人作嘔 / **be disgusted with** 對…感到不滿

1059 **disgusting**
[dɪsˋgʌstɪŋ]
形 令人厭惡的

同 **nauseous** 令人作嘔的 / **loathsome** 令人憎惡的
反 **lovable** 討人喜歡的 / **pleasing** 令人愉快的
補 字根拆解：**dis** 否定 + **gust** 味道 + **ing** 形容詞

1060 **diploma**
[dɪˋplomə]
名 畢業文憑；執照

關 **degree** 學位 / **credit** 學分 / **bachelor** 學士
補 字根拆解：**di** 兩倍 + **plo** 摺疊；編結 + **ma** 名詞

1061 **disable**
[dɪsˋebl̩]
動 使失去能力

反 **assist** 幫助 / **heal** 治癒
關 **disabled** 有殘疾的；有缺陷的
片 **disable sb. from doing sth.** 使某人不能做某事

1062 **disadvantage**
[͵dɪsədˋvæntɪdʒ]
名 劣勢；不利因素

同 **drawback** 缺點 / **handicap** 不利條件
片 **at a disadvantage** 處於劣勢
補 字根拆解：**dis** 否定 + **adv** 前往 + **ant** 前面 + **age** 名詞

1063
那些**不誠實**、將假數據摻雜在報告裡的學生會被當掉。
The **d**_________ students presenting false data in research papers will be flunked.

1064
她**不喜歡**與人互動，尤其是面對那些愛講八卦的人。
She **d**_________ interacting with people, especially with those who gossip a lot.

1065
所有的新發明都會在年度展覽中**展出**。
All the new inventions will be **d**_________ in the annual exhibition.

1066
他無法**區分**英國不同地區的英語口音。
He cannot **d**_________ the accents in different regions in England.

1067
我的姪子在學習時很容易**分心**。
My nephew is easily **d**_________ from his study.

1068
新政策的目標在於能讓社會上的財富更平均地**分配**。
The new policy aims at reaching a more equitable **d**_________**n** of wealth in society.

1069
研討會一開始，我們就被**分成**幾個小組，以便認識彼此。
We were **d**_________ into small groups to get to know each other at the beginning of the workshop.

1070
當一位**上門推銷的**業務，有時很具挑戰。
Being a **d**_________**-to-d**_________ salesman sometimes is really challenging.

提示 **上門推銷的業務需要一家一家去拜訪。**

Answer key
dishonest / dislikes / displayed / distinguish / distracted / distribution / divided / door-to-door

1063

dishonest
[dɪs`ɑnɪst]
形 不誠實的

反 **trustworthy** 值得信賴的 / **upright** 正直的
關 **dishonorable** 可恥的 / **untruthful** 不真實的
補 字根拆解： **dis** 否定 + **honest** 誠實的

1064

dislike
[dɪs`laɪk]
動 不喜愛；厭惡
名 厭惡；反感

同 **disfavor** 討厭 / **loathe** 厭惡；憎恨
反 **admire** 欣賞 / **adore** 愛慕；崇拜
關 **tendency** 傾向 / **hostility** 敵意

1065

display
[dɪ`sple]
動 陳列；顯示
名 陳列；展示品

片 **on display** 展示著的
搭 **display cabinet** 展示櫃
補 字根拆解：**dis** 分離 + **play/ply** 摺疊

1066

distinguish
[dɪ`stɪŋgwɪʃ]
動 分辨；區別

同 **differentiate** 區別 / **tell** 辨別
反 **confuse** 使混淆 / **bewilder** 使迷惑
片 **distinguish A from B** 分辨出 **A** 與 **B** / **distinguish oneself** 表現突出

1067

distract
[dɪ`strækt]
動 使分心；轉移

同 **divert** 使分心 / **disturb** 妨礙
片 **be all ears** 專心聽 / **be all in one's head** 胡思亂想
補 字根拆解：**dis** 分開 + **tract** 拉

1068

distribution
[ˌdɪstrə`bjuʃən]
名 分配；分布

關 **statistics** 統計資料（複）/ **commerce** 交易
搭 **distribution center** 配送中心
補 字根拆解：**dis** 個別的 + **tribu** 指派 + **tion** 名詞

1069

divide
[də`vaɪd]
動 劃分；除以

同 **separate** 分開 / **split** 劃分
片 **divide sth. into** 把某物劃分成
補 **(number A) divided by (number B)** 【數】**A** 除以 **B**

1070

door-to-door
[`dɔrtəˌdɔr]
形 挨家挨戶的

同 **from door to door** 挨家挨戶地
搭 **door-to-door interview** 家戶訪問（一家一家地訪問）
考 當形容詞使用時，寫成 **door-to-door**；當副詞使用時，則為 **door to door**。

1071
她住在非常便利的**市中心**。
She lived in the **d**_________ area, which is very convenient.

1072
上司要求她在本週五傍晚前寄出第二份提案**草稿**。
Her boss asked her to send a second **d**_________ of the proposal by Friday evening.

1073
住宿舍唯一的**缺點**，是必須與他人共用一間浴室。
The only **dr**_________ of living in the dorm is that you have to share a bathroom with others.

1074
有人忘了關緊水龍頭，讓水**滴**了一整天。
Someone forgot to turn off the tap and let water **d**_________ out of the tap all day long.

1075
你可以從這條**車道**開進大樓的停車場。
You can access the parking lot in this building through the **d**_________.

1076
已經證明有石墨烯層嵌入的新材料會更加**耐用**。
The new material with graphene layers embedded proved to be more **d**_________.

1077
莎拉總是會在機場的**免稅**商店購買紀念品。
Sarah always buys souvenirs at **d**_________-**f**_________ shops at airports.

1078
染料不容易存放，因為它們很容易結塊。
The storage of **d**_________ pigments was difficult because they tended to form an agglomeration.

Answer key: **downtown / draft / drawback / dribble / driveway / durable / duty-free / dye**

1071
downtown
[ˌdaʊnˋtaʊn]
形 城市商業區的
副 在城市商業區

關 **metropolitan** 大都市的 / **central** 中心的
搭 **live downtown** 住在市中心 / **go downtown** 去市中心
補 字根拆解：**down** 往 + **town** 市中心

1072
draft
[dræft]
名 草稿；匯票
動 起草

同 **sketch** 草稿 / **bill** 匯票
片 **draft (sth.) up** 起草
搭 **draft beer** 大木桶倒出的生啤酒

1073
drawback
[ˋdrɔˌbæk]
名 缺點

同 **shortcoming** 缺點 / **flaw** 缺點
反 **advantage** 優點 / **strength** 長處
關 **noticeable** 顯而易見的 / **tolerate** 容忍

1074
dribble
[ˋdrɪbl̩]
動 一滴一滴落下
名 毛毛雨；一滴

同 **trickle** 滴；淌 / **drizzle** 毛毛雨
片 **dribble away** 逐漸消失
搭 **soccer dribbling**（足球的）運球；盤球

1075
driveway
[ˋdraɪvˌwe]
名 私人車道

關 **asphalt** 柏油 / **concrete** 水泥 / **paver** 鋪路的磚石
補 **driveway** 指的是連接私人住宅與馬路之間的車道，可供停車用。

1076
durable
[ˋdjʊrəbl̩]
形 耐用的；持久的

同 **long-lasting** 持久的 / **enduring** 持久的
反 **fragile** 易損壞的 / **unreliable** 不可靠的
補 字根拆解：**dur** 持久的 + **able** 形容詞

1077
duty-free
[ˋdjutɪˋfri]
形 免稅的

關 **tax-free** 免稅的
搭 **duty-free shop** 免稅商店
補 **get a tax refund** 退稅

1078
dye
[daɪ]
名 染料
動 染色

反 **bleach** 漂白；脫色
關 **pigment** 顏料 / **colorant** 著色劑
片 **dye one's hair** 染某人的頭髮

UNIT 05 E 字頭填空題

Test Yourself!

請參考中文翻譯，再填寫空格內的英文單字。

1079

這份報告指出勞工的平均**薪資**上升。

The report shows that there was an increase in the average **e**_________ for workers.

1080

不幸的是，他聽到電話那頭傳來自己的**回音**。

Unfortunately, he heard an **e**_________ on the phone.

1081

森林的**生態環境**已脆弱到無法再承受任何破壞了。

The fragile **e**_________ of the forest could not withstand any further damage.

提示 這個單字強調森林「生態」，而非僅指周遭環境。

1082

沿海地區的**經濟**狀況有所成長。

The **e**_________ development in the coastal area has been growing.

1083

從**社論**中能明顯看出一間報社的政治傾向。

It's obvious to see a newspaper's political leanings from its **e**_________.

1084

新配方在平面上的清潔**成效**如何還有待驗證。

The **e**_________**ss** of the new formula on surface cleaning has yet to be proven.

1085

總統**大選**將於年底舉行。

The presidential **e**_________ will take place at the end of the year.

earnings / echo / ecology / economic / editorials / effectiveness / election

答案 & 單字解說
Get The Answer !

1079 earnings
[`ɜnɪŋz]
名 收入；薪資；利潤

同 **salary** 薪水 / **income** 收入 / **revenue** 收益
關 **overtime pay** 加班費 / **allowance** 津貼 / **bonus** 獎金 / **premium** 獎金；津貼 / **merit pay** 績效獎金

1080 echo
[`ɛko]
名 回音；反應
動 產生迴響

關 **ultrasound** 超音波 / **resonant** 共鳴的
片 **cheer sb. to the echo** 熱烈鼓掌歡迎或恭賀某人
搭 **echo chamber** 同溫層效應（指人們接收的資訊只侷限在某一個面向）

1081 ecology
[ɪ`kɑlədʒɪ]
名 生態；環境

關 **reuse** 重複利用 / **recycle** 回收 / **renewable energy** 可再生能源 / **eco-friendly** 有利於生態的
補 字根拆解：**eco** 家 + **logy** 名詞（學說）

1082 economic
[ˌikə`nɑmɪk]
形 經濟上的

同 **financial** 財政的；金融的 / **fiscal** 財政的
考 本單字要與 **economical**（節約的）分清楚。
補 字根拆解：**eco** 家族 + **nom** 法令 + **ic** 形容詞

1083 editorial
[ˌɛdɪ`torɪəl]
名 社論
形 編輯的

關 **commentary** 評論 / **critique** 批評 / **opinion** 意見
補 字根拆解：**edit** 產出 + **or** 人 + **ial** 字尾

1084 effectiveness
[ə`fɛktɪvnəs]
名 效能；效果

補 **effective** 意為「有效果的」（看結果）；另一個非常相似的單字 **efficient** 則表示「有效率的」（重視過程，看是否能很快完成）。

1085 election
[ɪ`lɛkʃən]
名 選舉

關 **nomination** 提名 / **nominee** 被提名者
搭 **general election** 普選 / **primary election** 初選
補 **run for President** 競選總統

1086
為了成為**電工**，他通過了考試。
He passed the exam to become a qualified **e**_________.

1087
這一檔新節目**提高了**觀眾收視率。
The new television program **e**_________ the audience rates.

1088
收視率之所以會**上升**，要歸功於這檔全新的節目。
The **e**_________ in audience numbers was credited to the brand-new program.

1089
她**有資格**申請出國留學的獎學金。
She was **e**_________ to apply for a grant for studying abroad.

1090
他們鼓勵創新，並**接受**所有新的想法。
They encouraged innovation and **e**_________ all new ideas.
提示 接受就像能「擁抱」一切事物般地寬大。

1091
雷射筆**發出**的雷射光會傷害眼睛。
Pointers can **e**_________ strong laser beams which is harmful to the eyes.

1092
研究所在教育學生時，**重視**獨立思考的訓練。
Graduate schools put **e**_________ on independent thinking while educating students.
提示 重視某事的話，就會一直不斷地「強調」。

1093
我們學校很**重視**學生們獨立思考的能力。
Our school **e**_________ students' ability to think independently.

electrician / elevated / elevation / eligible / embraced / emit / emphasis / emphasizes

1086 **electrician** [ˏilɛkˋtrɪʃən] 名 電工；電氣技師

同 **wireman** 電線工人
關 **electric shock** 觸電 / **conductivity** 傳導性
補 字根拆解：**electric** 電的 + **ian** 名詞（人）

1087 **elevate** [ˋɛləˏvet] 動 提升；升高

同 **heighten** 提高 / **raise** 提升 / **uplift** 抬起
反 **drop** 降低 / **degrade** 降級；降低
片 **be elevated to** 被升高到；被晉升為

1088 **elevation** [ˏɛləˋveʃən] 名 提升；海拔

同 **advancement** 提高；晉升 / **altitude** 高度
關 **incline** 傾斜 / **geographic** 地理的
補 字根拆解：**e** 向外 + **lev** 提升 + **ation** 名詞

1089 **eligible** [ˋɛlɪdʒəbl̩] 形 有資格的

同 **qualified** 有資格的 / **fit** 適合的
反 **ineligible** 無資格的；不適任的
搭 **be eligible for** 符合…的標準

1090 **embrace** [ɪmˋbres] 動 擁抱；圍繞；包括

同 **grasp** 抱住 / **welcome** 歡迎
反 **exclude** 排除 / **reject** 拒絕
補 **accept** 是「認同並接受」；**embrace** 則「不一定認同，但會列入考慮」。

1091 **emit** [ɪˋmɪt] 動 發射；射出

同 **give off** 發出 / **emanate** 散發；放射
搭 **light emitting diode (LED)** 發光二極體
補 字根拆解：**e** 向外 + **mit** 發出去

1092 **emphasis** [ˋɛmfəsɪs] 名 強調；重視

同 **importance** 重要 / **stress** 重要性
片 **put emphasis on** 強調
補 字根拆解：**em** 在裡面 + **pha** 顯示 + **sis** 字尾

1093 **emphasize** [ˋɛmfəˏsaɪz] 動 強調；重視

同 **accentuate** 強調 / **underscore** 強調
考 動詞的 **emphasize** 為及物動詞，後面「不需要」任何介係詞。

1094 他們**聘用**了一批專業人員，將新化學物應用在大規模的生產上。

They **e**_________ a group of professionals to introduce the new chemical into mass production.

1095 他們計劃在六個月內增加**員工**人數，使其擴增一倍。

They have a plan of doubling the number of **e**_________ in six months.

1096 我的母親一直很**鼓勵**我參加各種戶外活動。

My mother has been **e**_________ me to take part in any kind of outdoor activities.

1097 最近，我在她的臉書上面看到她**訂婚**的消息。

I saw from her Facebook page that she was **e**_________ recently.

1098 那名土木**工程師**替這座城市設計了好幾座橋。

The civil **e**_________ designed several bridges in this city.

1099 恐龍的體型都很**龐大**，只有少數體型很小。

Dinosaurs were **e**_________ species; only a few were small.

1100 我們**宴請**了許多商業夥伴。

We **en**_________ many of our business partners.

提示 爲了讓賓客盡興，宴會上也會提供「娛樂」吧。

1101 我可以**請問**一下，博物館的入場費是多少呢？

May I **e**_________ about the price of admission into the museum?

Answer key: employed / employees / encouraging / engaged / engineer / enormous / entertained / enquire

1094
employ
[ɪm`plɔɪ]
動 僱用；利用

同 **hire** 僱用 / **recruit** 招募
反 **dismiss** 解僱 / **sack** 【口】開除
關 **corporation** 社團法人 / **welfare** 福利

1095
employee
[ˏɛmplɔɪ`i]
名 員工；受僱者

同 **worker** 勞工 / **laborer** 勞動者
反 **employer** 老闆；雇主
補 字根拆解：**em** 在裡面 + **ploy** 摺疊 + **ee** 人（聯想：在公司內部忙碌的人）

1096
encourage
[ɪn`kɜɪdʒ]
動 鼓勵；促進

同 **support** 支持 / **urge** 激勵
反 **discourage** 勸阻 / **impede** 阻止
關 **courageous** 勇敢的 / **determined** 決然的
補 字根拆解：**en** 使 + **cour** 心臟 + **age** 動作

1097
engaged
[ɪn`gedʒd]
形 訂婚的；忙於…的

片 **be engaged to sb.** 與某人訂婚
搭 **engagement ring** 訂婚戒指
補 **propose to sb.** 向某人求婚

1098
engineer
[ˏɛndʒə`nɪr]
名 工程師；技師

關 **engineering** 工程學 / **program** 電腦程序 / **technical** 技術性的 / **technology** 科技 / **develop** 發展
補 字根拆解：**en** 在裡面 + **gine** 生產 + **er** 名詞（人）

1099
enormous
[ɪ`nɔrməs]
形 巨大的；龐大的

同 **giant** 巨大的 / **colossal** 龐大的
反 **diminutive** 微小的 / **tiny** 極小的
補 字根拆解：**e(n)** 在…之外 + **norm** 範圍 + **ous** 形容詞

1100
entertain
[ˏɛntɚ`ten]
動 款待；使娛樂

同 **amuse** 使歡樂 / **feast** 盛宴款待
反 **annoy** 惹惱 / **repel** 排斥；抵制
片 **entertain sb. with sth.** 以某事娛樂某人

1101
enquire
[ɪn`kwaɪr]
動 詢問；調查

同 **inquire** 調查 / **query** 詢問
片 **enquire about sth.** 打聽某事
補 基本上與 **inquire** 同義。若要細分的話，**enquire** 偏向一般性的詢問；**inquire** 則表示正式的調查。

1102

我們**必須**抓住進入市場的機會。

It is **e**_________ for us to grab the opportunity to enter the market.

提示 抓住機會是「必要的」成功條件。

1103

她非常**熱心**地籌備月底的歡送會。

She was really **e**_________ about hosting the farewell party at the end of this month.

1104

電子票券在臺灣愈來愈普遍了。

E_________ **t**_________ are becoming more and more common in Taiwan.

1105

如果你對自己的工作表現有自信，當然**有資格**要求升職。

You are **en**_________ to ask for a promotion if you are confident in your performance.

提示 就好像「賦予（自己升職的）資格」一樣。

1106

據我**估計**，電動車應該不會這麼快普及。

In my **e**_________, electric cars may not become popular in such a short period.

1107

對莎拉來說，那首歌**讓她想起**了在羅馬的難忘夏天。

To Sarah, that song **ev**_________ an unforgettable summer in Rome.

提示 表示歌曲「喚醒」她的記憶，而且每次聽都很有感觸。

1108

他**評估**了這兩份工作的薪水以及未來發展。

He **e**_________ the salary and the career development of the two jobs.

1109

她被要求對自己第一個月的表現進行自我**評價**。

She was asked to do a self-**e**_________ on her performance for the first month.

essential / enthusiastic / Electronic tickets / entitled / estimation / evokes / evaluated / evaluation

1102
essential
[ɪ`sɛnʃəl]
形 必要的
名 必需品

同 **crucial** 重要的 / **necessary** 必需的
反 **inessential** 非必要的 / **optional** 非必須的
補 字根拆解：**ess** 存在 + **ent** 名詞 + **ial** 形容詞

1103
enthusiastic
[ɪn͵θjuzɪ`æstɪk]
形 熱心的；狂熱的

同 **interested** 感興趣的 / **passionate** 熱情的
反 **uncaring** 不注意的 / **lethargic** 無生氣的
補 字根拆解：**en** 在裡面 + **thus** 神 + **iastic** 字尾

1104
electronic ticket
片 電子票券

考 **electronic**（電子的）與 **electric**（用電的）的意思不同。
補 雖然就字面翻譯來說，這個片語能表示各種電子票券，但使用時最常用來指「電子機票」。

1105
entitle
[ɪn`taɪtl̩]
動 使有資格；定名

同 **empower** 使能夠 / **name** 命名
片 **be entitled to** 有權利做某事 / **entitle sb. to + V** 授權某人做某事

1106
estimation
[͵ɛstə`meʃən]
名 預估；判斷

同 **appraisal** 評價 / **reckoning** 估計
片 **in one's estimation** 根據某人估計
補 字根拆解：**estim** 估計 + **ation** 名詞

1107
evoke
[ɪ`vok]
動 引起；喚起

同 **arouse** 喚起 / **elicit** 引出 / **prompt** 引起
考 **evoke** 所喚起的，通常是情感面（**emotion**）與記憶（**memory**）這一類。
補 字根拆解：**e** 向外 + **voke** 叫喚

1108
evaluate
[ɪ`vælju͵et]
動 評估；估價

同 **appraise** 評價 / **assess** 估價；評價
補 **evaluate** 與 **assess** 基本上同義，但若遇到與「稅款」有關的描述，就必須用 **assess**。

1109
evaluation
[ɪ͵vælju`eʃən]
名 評估；評價

搭 **job evaluation** 工作評價（公司考量工作的難易度、繁重度等條件，定出合理的薪資）
補 字根拆解：**e** 向外 + **valu** 價值 + **ation** 名詞

1110
演化被視為適應新環境後的結果。
E_________ is viewed as a result of adaptation to new environments.

1111
車速**超過** 160 公里的話，可能會對輪胎造成損害。
E_________ the speed of 160 km per hour could cause damage to the tires.

1112
他們總會在聖誕夜進行**交換**禮物的活動。
They always e_________ gifts with each other on Christmas Eve.

1113
她總是為上班遲到找**藉口**。
She is always making e_________ for being late for work.

1114
小孩們明天要去**遠足**。
The kids are going to have an ex_________ tomorrow.

1115
走進那間充滿**異國情調的**咖啡廳，她感到很驚奇。
She was amazed when walking into the cafe featuring an e_________interior design.

1116
氣體的體積會隨著溫度升高而**膨脹**。
The volume of gas e_________ with increasing temperature.
提示 膨脹的氣體會向四處「擴張」。

1117
我們公司急於**擴張**新的研究領域。
Our company is eager to search for a new area for research e_________.

Evolution / Exceeding / exchange / excuses / excursion / exotic / expands / expansion

1110
evolution
[ˌɛvəˋluʃən]
名 演化；發展

同 **evolvement** 進化 / **mutation** 變化；突變
補 字根拆解：**e** 向外 + **volu** 滾動 + **tion** 名詞（聯想：就像石頭滾動，演化就是一個線性發展的過程。）

1111
exceed
[ɪkˋsid]
動 超過；勝過

同 **surpass** 勝過 / **excel** 勝過 / **outreach** 超越
反 **fall behind** 落後 / **drop behind** 落後
片 **exceed (sb./sth.) in...** 在…方面超過某人或某物

1112
exchange
[ɪksˋtʃendʒ]
動 交換；調換
名 交流；交易

同 **interchange** 交換 / **substitute** 用…代替
片 **in exchange for** 作為…的交換
搭 **exchange student** 交換學生 / **foreign exchange** 外匯 / **exchange rate** 匯率

1113
excuse
[ɪkˋskjuz]
名 理由；藉口
動 原諒；辯解

同 **pardon** 原諒 / **reason** 理由
片 **make an excuse** 找藉口
搭 **Excuse me.** 不好意思 / **excuse oneself** 請求原諒；失陪（禮貌性表示自己要先離開的說法）

1114
excursion
[ɪkˋskɝʒən]
名 遠足；短途旅行

同 **outing** 遠足；郊遊 / **jaunt** 遠足
片 **an excursion into sth.** 涉獵
補 字根拆解：**ex** 向外 + **cur** 跑 + **sion** 名詞

1115
exotic
[ɛgˋzɑtɪk]
形 異國風情的

反 **native** 本土的 / **indigenous** 本地的；土產的
關 **alien** 外國的 / **bizarre** 奇異的 / **mysterious** 神祕的
補 字根拆解：**exo** 外部 + **tic** 形容詞

1116
expand
[ɪkˋspænd]
動 擴張；擴大

同 **spread** 擴張 / **enlarge** 擴大 / **broaden** 擴大
反 **shrink** 收縮；縮短 / **compress** 壓縮
片 **expand on sth.** 詳細說明某事；進一步說明某事 / **expand into** 擴大；拓展

1117
expansion
[ɪkˋspænʃən]
名 擴張；膨脹

同 **extension** 擴大 / **inflation** 膨脹
反 **contraction** 收縮 / **shrinkage** 減低
補 字根拆解：**ex** 向外 + **pan(d)** 伸長 + **sion** 名詞

1118
他曾是南極**遠征隊**的成員之一，在當地進行環境研究。
He was a member of the **ex**_________**n** to the Antarctic, doing research on the local environment.

1119
由於財務出狀況，梅爾文減少了他的一切**開銷**。
Melvin reduced all **e**_________ due to his financial problems.

1120
要解決這個問題，需要與電腦相關的**專業知識**。
Fixing this problem required **e**_________ in computer science.

1121
教授詳細**解釋**了馬克士威方程式。
The professor gave a detailed **e**_________ of Maxwell's equations.

1122
日本製的汽車通常很省油，被**外銷**到全世界。
Japanese cars are often energy-efficient, and they are **e**_________ all over the world.

1123
麥當勞在幾年前將營業時間**延長**至全天 24 小時。
McDonald's **e**_________ its opening hours to all-day long a few years ago.

Answer key: **expedition / expenses / expertise / explanation / exported / extended**

1118
expedition
[ˌɛkspɪˋdɪʃən]
名 遠征隊；考察

關 **pilgrimage** 朝聖 / **trek** 長途跋涉 / **exploratory** 探勘的 / **overland** 橫越大陸的 / **wilderness** 荒漠
補 字根拆解：**ex** 向外 + **pedi/ped** 腳 + **tion** 名詞

1119
expense
[ɪkˋspɛns]
名 費用；支出

片 **at one's expense** 在損害或犧牲某人的情況下
考 **expense** 指比較正式且大型的費用，所以 **shipping expense** 偏向公司在進出貨時會產生的開支；**shipping fee** 則表示消費者購物的運費。

1120
expertise
[ˌɛkspɚˋtiz]
名 專門技術或知識

同 **ability** 能力 / **knowledge** 知識 / **skill** 技術
關 **proficiency** 熟練 / **practical** 實際的；實踐的
補 字根拆解：**ex** 在…之外 + **pert** 熟練的 + **ise** 字尾

1121
explanation
[ˌɛkspləˋneʃən]
名 解釋；說明

關 **explicit** 詳盡的 / **logical** 合邏輯的
片 **an explanation of sth.** 對某物的解釋
補 字根拆解：**ex** 向外 + **plan** 平坦 + **ation** 名詞

1122
export
[ɪksˋport]
動 出口；輸出

反 **import** 進口
片 **export sth. to** 外銷某物到（某地）
考 本單字也可以作為名詞（出口），但此時重音必須放在第一音節，念成 [ˋɛksport]。

1123
extend
[ɪkˋstɛnd]
動 延長；延續

同 **prolong** 延長 / **lengthen** 使加長
反 **abbreviate** 使簡短 / **shorten** 縮短
補 字根拆解：**ex** 向外 + **tend** 伸長

UNIT 06 F字頭填空題

Test Yourself!

請參考中文翻譯，再填寫空格內的英文單字。

1124

你最大的**失敗**經驗是什麼？你是如何克服的呢？

What was your biggest **f**_________? And how did you cope with that?

1125

她的家人住在第五大道附近的一家**精緻**酒店。

His family stayed at a **f**_________ hotel near Fifth Avenue.

1126

我們為幾週後就要離職的凱特舉行了**歡送**會。

We held a **f**_________ party for Kate, who will quit her job weeks later.

1127

請**繫緊**您的安全帶，直到飛機完全停穩為止。

Please keep your seat belts **f**_________ until the plane comes to a full stop.

1128

燈泡的鎢**絲**決定了它的燈光特性。

A tungsten **fi**_________**t** in the light bulb determines the characteristics of the light produced.

1129

濾水器可以去除大部分的雜質。

The water **f**_________ can remove most of the impurities.

1130

華森先生負責管理公司的**財政**事務。

Mr. Watson is responsible for administering a company's **f**_________**e** business.

failure / fancy / farewell / fastened / filament / filter / finance

答案 & 單字解說
Get The Answer !

failure
[`feljɚ]
名 失敗；挫折

反 **success** 成功 / **rise** 興盛
搭 **heart failure** 心臟衰竭
補 字根拆解：**fail** 失敗 + **ure** 名詞（動作）

1125
fancy
[`fænsɪ]
形 別緻的；花俏的
名 迷戀；想像

反 **plain** 樸素的 / **simple** 簡單的
關 **ornament** 裝飾品 / **deluxe** 豪華的
片 **take a fancy to** 喜歡上（通常是有點突然、沒預料到會喜歡上的狀況）

1126
farewell
[`fɛr`wɛl]
形 告別的
名 告別；送別會

關 **tribute** 敬意；稱頌 / **bon voyage** 一路平安
搭 **farewell party** 歡送會 / **farewell gift** 餞別禮
補 字根拆解：**fare** 去 + **well** 好的

fasten
[`fæsn̩]
動 繫緊；拴住

同 **bind** 綁 / **hitch** 拴住 / **attach** 繫上
反 **detach** 分開；使分離 / **unhook** 解開
片 **fasten up** 繫緊；繫上

filament
[`fɪləmənt]
名 燈絲；細線

同 **thread** 線 / **fiber** 纖維
關 **light bulb** 電燈泡 / **cordless** 不用電線的
補 字根拆解：**fila** 線 + **ment** 名詞

filter
[`fɪltɚ]
名 過濾器
動 過濾；濾除

同 **percolate** 過濾 / **purify** 淨化
片 **filter out** 濾除；過濾掉
搭 **water filter** 濾水器 / **filter paper** 濾紙

1130
finance
[`faɪnæns]
名 財政；金融
動 提供資金

同 **sponsor** 資助 / **subsidize** 資助；補助
關 **fiscal policy** 財政政策 / **monetary policy** 貨幣政策
搭 **finance a project** 投資某項目

1131
在新加坡街上亂丟垃圾的人會被**處以罰金**。
In Singapore, people who throw garbage on the street will be **f**_________.

1132
警方正在收集犯罪現場的**指紋**。
The police are collecting **f**_________ at the crime scene.

1133
這棟大樓的每層樓都設有**滅火器**。
F_________ **e**_________ are placed on every floor of this building.

1134
她夢想成為像她爸爸一樣的**消防員**。
She dreamed of becoming a **f**_________, just as her father was.

1135
我電腦的**防火牆**能阻擋他人看見我的個人資訊。
The **f**_________ on my computer helps block others from seeing my personal information.

1136
他們買了**急救**設備，並裝設於大樓的每一層。
They have bought sets of **f**_________-**a**_________ equipment and installed them on every floor of the building.

1137
在晚餐的應酬中，大家不斷地**奉承**那位老闆。
The **f**_________ of the boss was abundant during the business dinner.
提示 **原為動詞，要注意搭配冠詞時該有的變化。**

1138
在**跳蚤**市場總是能找到令人驚奇之物。
You can always find something amazing in a **f**_________ market.

fined / fingerprints / Fire extinguishers / firefighter / firewall / first-aid / flattering / flea

1131
fine
[faɪn]
動 處以罰金
名 罰金；罰錢

關 **ticket** 罰單 / **regulation** 條例；規定 / **legal** 法律上的 / **tailgate** 逼車
片 **run the red light** 闖紅燈 / **write a ticket** 開罰單 / **get a ticket** 被開罰單

1132
fingerprint
[ˋfɪŋgɚ͵prɪnt]
名 指紋

搭 **fingerprint sensor** 指紋感測器
補 現在的智慧型手機有搭載各種解鎖方式，例如 **Touch ID**（指紋辨識系統）、**Face ID**（人臉辨識系統）等。

1133
fire extinguisher
片 滅火器

關 **extinguish** 熄滅 / **hydrant** 消防栓 / **pull out** 拔出 / **safety pin** 插鞘；安全鞘
搭 **on fire** 著火 / **fire scene** 火場

1134
firefighter
[ˋfaɪr͵faɪtɚ]
名 消防員

關 **ambulance** 救護車 / **paramedic** 急救護理人員（並非醫生或護士，如救護車上的人員）
片 **put out a fire** 滅火 / **stay low to the ground** 壓低身體，靠近地面

1135
firewall
[ˋfaɪrwɔl]
名【電腦】防火牆

關 **cyberattack**（駭客發起的）網路攻擊 / **antivirus** 防毒軟體 / **encryption**【電腦】加密
補 **cyber security** 網路安全

1136
first-aid
[ˋfɝstˋed]
形 急救用的

關 **Band-Aid** OK 繃 / **cotton swab** 棉花棒 / **tweezers** 鑷子 / **iodine** 碘酒 / **thermometer** 溫度計
搭 **first-aid kit** 急救箱

1137
flatter
[ˋflætɚ]
動 奉承；諂媚

同 **compliment** 恭維 / **praise** 讚美 / **blandish** 奉承
關 **social** 社會的；社交的 / **exaggerate** 誇大
搭 **be flattered** 感到榮幸 / **flatter oneself** 自命不凡

1138
flea
[fli]
名 跳蚤

關 **insect** 昆蟲；蟲 / **sanitation** 公共衛生
片 **a flea in one's ear** 刺耳的話；尖銳的斥責
搭 **flea market** 跳蚤市場 / **flea bite** 跳蚤咬的紅斑

1139
莎拉一直想成為**空服員**，這個夢想在今年成真了。
Sarah has been dreaming of being a **f**_________ **a**_________, and this year her dream came true.

1140
日久生**情**；如果你多去了解他，也許會改變想法。
Familiarity breeds **fo**_________; once you get to know him, you might change your mind.
提示 有了感情之後，也許就會變得很「鍾愛」對方呢！

1141
她被**禁止**透漏任何有關新產品的細節。
She is **f**_________ from revealing any details of the new product.

1142
最近的那則經濟**預測**警告了熊市即將來臨。
The recent economic **f**_________ warned of the coming of bear market.

1143
原諒並忘記他人的過錯並非一件易事。
To **f**_________ and forget is not an easy thing.

1144
實驗報告必須以特定的**格式**來整理。
Reports of experiments should be organized in a specified **f**_________.

1145
下週三將會開一場關於人工智慧潮流的線上**論壇**。
An online **f**_________ about trends in AI will be held next Wednesday.

1146
我們在月初成立了這間**基金會**，已經吸引了大量的資金投入。
We started the **f**_________ early this month, and it has attracted a lot of money so far.

Answer key
flight attendant / fondness / forbidden / forecast / forgive / format / forum / foundation

1139
flight attendant
片 空服員

同 **steward** 男服務人員 / **stewardess** 女服務人員
關 **food trolley** 送餐的推車 / **turbulence** 亂流
補 **in-flight entertainment** 飛機上提供的娛樂項目

1140
fondness
[`fɑndnɪs]
名 喜愛；鍾愛

同 **affection** 鍾愛 / **liking** 喜歡；愛好
關 **inclined** 傾向的 / **adore** 崇拜；愛慕
片 **have a fondness for** 喜愛

1141
forbid
[fɚ`bɪd]
動 禁止；阻止

同 **prohibit** 禁止 / **ban** 禁止
反 **allow** 允許 / **permit** 許可
考 本單字的動詞三態為 **forbid**、**forbade**、**forbidden**。

1142
forecast
[`for͵kæst]
名 預報；預測
動 預言；預報

同 **predict** 預言 / **foresee** 預見
搭 **weather forecast** 天氣預報

1143
forgive
[fɚ`gɪv]
動 原諒；寬恕

同 **absolve** 寬恕 / **condone** 寬恕
反 **condemn** 譴責 / **punish** 懲罰
補 字根拆解：**for** 完全 + **give** 給予

1144
format
[`fɔrmæt]
名 格式；形式

同 **pattern** 樣式 / **shape** 形狀
搭 **file format** 文件格式
補 字根拆解：**form** 形狀 + **at** 字尾

1145
forum
[`forəm]
名 論壇

關 **seminar** 研討會 / **symposium** 座談會
補 字根拆解：**for** 外面的 + **um** 地方；場所

1146
foundation
[faʊn`deʃən]
名 基礎；基金會

同 **ground** 基礎 / **organization** 機構
片 **be without foundation** （宣稱、指控等）毫無根據的 / **lay the foundation of** 打好…的基礎

1147
他上個月辭掉了工作，轉去當**自由**記者。
He quit his job and became a **f**_________ journalist last month.
》提示《 **這裡的自由指的是「自由工作者」。**

1148
我們會持續追蹤這個異常訊號發生的**頻率**。
We will keep tracing the **f**_________ of the occurrence of this weird signal.

1149
我們已經將**常見**問題列在附錄裡了。
We have listed the **f**_________ asked questions (FAQ) in the appendix.

1150
能量飲料強調身體的**機能性**補給。
Energy drinks provide **f**_________ supplements to the body.

1151
這場演唱會的目的是要為海嘯的受害者**募款**。
The purpose of this concert is to **f**_________ for the victims of the tsunami.

1152
你可以用**漏斗**將液體倒入瓶內。
You can use a **f**_________ to pour the liquid into the bottle.

1153
他們同時使用太多家電，**保險絲**因而燒斷了。
The **f**_________ was blown because they used so many home appliances at the same time.

Answer key **freelance / frequency / frequently / functional / fundraise / funnel / fuse**

1147
freelance
[`fri`læns]
形 自由工作的

同 **self-employeed** 自僱的（不替別人工作）
補 **freelance** 通常指具「特約性質的工作」，但工作地點不一定在家，所以不等於我們講的 **SOHO** 族。

1148
frequency
[`frikwənsɪ]
名 頻率；次數

關 **regularity** 規律性 / **recurrence** 再發生
搭 **adverb of frequency** 頻率副詞
補 字根拆解：**frequ** 塞在一起 + **ency** 名詞（聯想：圈住 → 常見）

1149
frequently
[`frikwəntlɪ]
副 頻繁地；經常地

同 **often** 常常 / **repeatedly** 多次 / **regularly** 經常地
反 **rarely** 很少 / **seldom** 不常；很少
搭 **FAQ (frequently asked questions)** 常見問題

1150
functional
[`fʌŋkʃənl̩]
形 機能的；實用的

同 **practical** 實用的 / **useful** 有用的
反 **impractical** 不切實際的 / **useless** 無用的
搭 **multifunctional** 多功能的

1151
fundraise
[`fʌndreɪz]
動 募款；集資

關 **generous** 慷慨的 / **donation** 捐贈 / **welfare service** 福利服務 / **charity** 施捨；善舉
搭 **fundraising event** 募款活動

1152
funnel
[`fʌnl̩]
名 漏斗

關 **beaker** 燒杯 / **dropper** 滴管 / **test tube** 試管 / **stirring rod** 攪拌棒 / **Petri dish** 培養皿
搭 **marketing funnel** 行銷漏斗（讓潛在客戶成為購買者的一種行銷概念）

1153
fuse
[fjuz]
名 保險絲

關 **fusion** 熔化 / **ignite** 點燃 / **wire** 金屬線
片 **blow a fuse** 大發雷霆
補 **have a short fuse** 十分易怒（美國俚語）

UNIT 07 G 字頭填空題

請參考中文翻譯，再填寫空格內的英文單字。

1154
攀爬陡坡時，應該把汽車打到低速**檔**。
You should set your car in low **g**__________ when climbing steep slopes.

1155
臺灣地熱所**產生**的電力無法滿足用電量。
Geothermal energy in Taiwan is not able to **g**__________ sufficient power to meet electrical needs.

1156
如果突然停電，工廠有自己的緊急**發電機**。
The factory has its own emergency **g**__________ in case of a sudden power cut.

提示 **大型工廠的備用發電機通常不只一台。**

1157
根據科學研究，這個疾病可能是由**基因**突變所引起的。
According to scientific research, the cause of that disease may be **g**__________ mutation.

1158
湯姆是個**真誠的**人，對待他人總是誠實又溫和。
Tom is a **g**__________ person who treats people honestly and kindly.

1159
未來幾年的全球經濟預計將一片**低迷**。
The worldwide economy is forecast to be **g**__________ in the near future.

提示 **一片低迷的經濟將導致人們的心情「憂鬱又陰沉」。**

1160
她**逐漸**掌握了身為經理所需的能力。
She **g**__________ obtained the skills she needed to be a manager.

gear / generate / generators / genetic / genuine / gloomy / gradually

答案 & 單字解說
Get The Answer !

gear
[gɪr]
名 排檔；齒輪；工具

同 **cogwheel** 齒輪 / **apparatus** 裝置
片 **gear up for sth.** 為了某事做好準備 / **be in gear** 一切處於正常狀態

generate
[ˋdʒɛnə͵ret]
動 產生；引起

同 **produce** 生產 / **create** 創造 / **engender** 產生
關 **productive** 多產的 / **kilowatt** 千瓦（電力單位）
補 字根拆解：**gener/gen** 生產 + **ate** 動詞

generator
[ˋdʒɛnə͵retɚ]
名 發電機；產生器

關 **power plant** 發電廠
搭 **electric generator** 發電機 / **solar generator** 太陽能發電機

genetic
[dʒəˋnɛtɪk]
形 基因的

搭 **GMF = genetically modified food** 基因改造食品
補 字根拆解：**genet/gen** 生產 + **ic** 形容詞（聯想：生來就具備的＝基因）

genuine
[ˋdʒɛnjuɪn]
形 真誠的；真正的

同 **authentic** 真正的 / **sincere** 真誠的
反 **fake** 假的；冒充的 / **false** 不真實的
搭 **the genuine article** 真品

gloomy
[ˋglumɪ]
形 陰暗的；憂鬱的

同 **dismal** 陰沉的 / **dreary** 陰鬱的
反 **bright** 明亮的 / **cheerful** 使人愉快的
搭 **sb. feel gloomy** 某人感到鬱悶

1160

gradually
[ˋgrædʒuəlɪ]
副 逐步地；逐漸地

同 **progressively** 逐漸地 / **increasingly** 漸增地
反 **abruptly** 突然地 / **suddenly** 意外地；忽然
補 字根拆解：**grad** 走 + **ual** 形容詞 + **ly** 副詞

1161

舊式**雜貨**店現在已經很少見了。

Old-fashioned privately owned **g**__________ stores are rarely seen today.

1162

在被准飛前，每架飛機都由**地勤人員**妥善照顧。

Each aircraft is taken good care of by the **g**__________ **c**__________ before it is allowed to fly.

提示 地勤人員就是「在地面服務的團隊」。

UNIT 08 H 字頭填空題

Test Yourself!

請參考中文翻譯，再填寫空格內的英文單字。

1163

確保網路安全與防範**駭客**竊取個資是很重要的一件事。

It's important to ensure Internet security and prevent **h**__________ from stealing personal information.

1164

開餐廳的詳細步驟都有收錄在這本**手冊**裡面。

A detailed introduction to opening a restaurant is in the **h**__________.

1165

遭遇困難時，重要的是你如何**處理**，而非花了多久時間。

What matters is how you **h**__________ a difficult situation, not how long it takes.

1166

那間公司所擁有的經營特權今日已**移交**給政府管理。

The **h**__________ of the franchise to the government was conducted today.

grocery / ground crew / hackers / handbook / handle / handover

1161

grocery
[`grosərɪ]
名 食品雜貨

搭 **shop for groceries** 去買日用品 / **grocery shopping** 家常雜貨的採買

補 國外的 **grocery store** 類似我們的超市，如果要強調柑仔店，可以參考本題例句，加 **old-fashioned** 形容。

1162

ground crew
片 地勤人員

反 **flight crew** 機組人員（跟著搭乘班機的人員，如空服員）

關 **aviation safety inspector** 飛機維修人員

答案 & 單字解說
Get The Answer !

MP3 31

hacker
[`hækɚ]
名 駭客

關 **cyber attack** 網路攻擊 / **cyber manhunt** 網路肉搜

搭 **ethical hacker** 道德駭客（以找出網站的安全風險為目標，會告知管理者安全漏洞，並提醒修正。）

handbook
[`hænd͵bʊk]
名 手冊；指南

同 **manual** 手冊 / **guidebook** 手冊

搭 **employee handbook** 員工手冊 / **student handbook** 學生手冊

1165

handle
[`hændḷ]
動 處理；管理
名 把手

同 **deal with** 處理 / **administer** 管理

片 **handle oneself** 某人能照顧好自己

搭 **love handles** 腰間贅肉 / **handling charge** 處理費（包括包裝與運費等）

handover
[`hændovɚ]
名 移交；交接

片 **take over** 接管 / **turn over** 移交

補 **hand sth. over to sb.** 把某物交出來給某人（此時 **hand over** 為動詞片語）

1167

更換電腦**硬體**花了二十萬左右的金額。

A renewal of the computer **h**_________ cost around two hundred thousand dollars.

1168

技術發展應該要能與大環境的變化**一致**。

Technology developments should be in **h**_________ with the changing environment.

1169

她的飲食和生活習慣會**危害**到她的健康。

Her diet and lifestyle were considered to be **h**_________ to her health.

》提示《 表示她的生活習慣已成爲健康的「危害物」。

1170

他新買了一副音質很好的**頭戴式耳機**。

He bought a new pair of **h**_________ with better sound.

1171

重啟發電廠的**聽證會**將於下週舉行。

The **h**_________ concerning the restart of a power plant will be held next week.

1172

一個醫師團隊被派去那座村莊，協助當地進行**醫療保健**的培訓。

A team of doctors was sent to the village to help with the local **h**_________ training.

1173

他的家人在郊區擁有超過一千**公頃**的土地。

His family owns over a thousand **h**_________ of land in the suburban area.

1174

如果您有任何疑問，請儘管問我，不用**猶豫**。

If you have any questions, do not **h**_________ to ask me.

hardware / harmony / hazards / headphones / hearing / healthcare / hectares / hesitate

1167
hardware
[`hɑrd͵wɛr]
名 硬體；五金器具

關 **software** 軟體 / **firmware** 電腦韌體 / **interface** 介面 / **processor** 電腦處理器 / **storage** 存儲器
補 字根拆解：**hard** 硬的 + **ware** 製品

1168
harmony
[`hɑrmənɪ]
名 和諧；融洽

同 **accordance** 一致；和諧 / **compatibility** 協調
反 **disharmony** 不協調 / **discord** 不一致；爭吵
片 **in harmony with** 與…協調一致

1169
hazard
[`hæzɚd]
名 危險；危害物
動 冒…的危險

同 **risk** 危險 / **venture** 冒險
反 **safety** 安全 / **security** 防護
搭 **hazard light** （汽車上的）警示燈

1170
headphone
[`hɛd͵fon]
名 頭戴式耳機

關 **earphone** 入耳式耳機
搭 **headphone jack** 耳機孔
考 複數形為 **headphones**，因為耳機有左右耳，所以一般都用複數形。

1171
hearing
[`hɪrɪŋ]
名 聽證會；聽力

關 **audible** 可聽見的 / **interrogation** 訊問
補 **hearing**（聽證會）主要在判斷案件是否要進入審判程序；**trial** 則為正式審判，要判斷被告有罪或無罪。

1172
healthcare
[`hɛlθkɛr]
名 醫療保健

關 **pharmacy** 藥局 / **hospital** 醫院 / **clinic** 診所
搭 **healthcare system** 醫療體系
補 拆開寫成 **health care** 也可以，意思完全相同。

1173
hectare
[`hɛktɛr]
名 公頃

關 **square meter** 平方公尺
補 字根拆解：**hect** 一百 + **are** 公畝（聯想：**1** 公頃等於 **100** 公畝）

1174
hesitate
[`hɛzə͵tet]
動 猶豫；遲疑

同 **ponder** 仔細考慮 / **waver** 猶豫不決
反 **be determined** 下定決心
片 **hesitate over sth.** 在某事上猶豫不決

1175

這個地點曾是柏林圍牆的所在地，具**重大歷史意義**。

The site is **h**_________ because it is where the Berlin Wall once stood.

提示 強調「在歷史上具意義」的地點。

1176

國家圖書館裡面有大量的**歷史**文獻。

The national library has a great number of **h**_________ documents.

提示 文件記載「過往的、歷史上曾發生過的」事件。

1177

畫線時，請確保你所畫的都是**水平**線。

When you draw the lines, make sure you keep all of them **h**_________.

1178

人力資源部門負責招聘和薪資管理。

The **h**_________ **r**_________ department is responsible for recruiting and the distribution of salary.

UNIT 09 I 字頭填空題

Test Yourself!

請參考中文翻譯，再填寫空格內的英文單字。

1179

他擅長**說明**所見之物，也很會講生動的故事。

He is good at **i**_________ what he sees and at making vivid stories.

1180

這本書有很多**插圖**，適合六歲以下的兒童閱讀。

This book is for children under six, and it's full of **i**_________.

Answer key

historic / historical / horizontal / human resources / illustrating / illustrations

1175 **historic**
[hɪs`tɔrɪk]
形 有歷史意義的

關 **important** 重要的 / **landmark** 里程碑；地標
搭 **historic site** 古蹟 / **historic battle** 具歷史意義的重大戰役 / **historic figure** 具歷史意義的重要人物

1176 **historical**
[hɪs`tɔrɪkḷ]
形 和歷史有關的

考 **historical** 強調的是「過往的、史學的」。
補 **historic event** 指具重大意義的歷史事件；而 **historical event** 只是「過去的事件」（不一定具備什麼意義）。

1177 **horizontal**
[ˌhɑrə`zɑntḷ]
形 水平的；橫的
名 水平線；水平面

同 **level** 水平的；水平線
關 **vertical** 垂直的；豎的
搭 **horizontal bar** 單槓

1178 **human resource**
片 人力資源

關 **employee turnover** 員工流動率
搭 **HR manager** 人資主管 / **HR advisor** 人資顧問
考 表示「人資」時，**resources** 習慣用複數形。
補 **human recource** 常縮寫為 **HR**。

答案 & 單字解說
Get The Answer !

MP3 32

1179 **illustrate**
[`ɪləstret]
動 說明；解釋

同 **clarify** 闡述 / **explain** 解釋
反 **complicate** 使複雜化 / **obscure** 使難理解
補 **illustrate** 的說明，通常會伴隨著圖表，所以形容詞 **illustrated** 表示「有插圖的」。

1180 **illustration**
[ɪˌlʌs`treʃən]
名 插圖；說明

同 **picture** 畫；圖片 / **elucidation** 說明
關 **explicit** 清楚的；明確的 / **iconic** 符號的
補 字根拆解：**il** 在裡面 + **lustr** 使光明 + **ation** 名詞

1181
智慧型手機為人們的生活型態帶來很大的**衝擊**。
Smart phones have had a great **i**_________ on people's lifestyle.

1182
政策在幾年就已經確立了，但卻一直還沒**實施**。
The policy has been made years ago, but the **i**_________ hasn't yet to be done.

1183
那是他**衝動**之下做的決定，我會請他重新考慮。
It was an **i**_________ decision, so I will ask him to consider the matter again.

1184
看到飛機逐漸**靠近**，在她面前降落，她感到很興奮。
She was excited to see an **i**_________ flight landing before her.

1185
道瓊**指數**是以三十間大公司為基準，計算出來的數值。
The Dow Jones **I**_________ is calculated with reference to thirty large companies.

1186
每個月，她都會找間好咖啡店來**滿足**她對甜點的口腹之欲。
Every month, she chooses a good cafe to **i**_________ her appetite for sweets.

提示 意思是她每個月會「放縱」一下，祭祭五臟廟。

1187
傷口如果沒有經過適當的消毒，可能會導致嚴重的**感染**。
A wound without proper sterilization may develop serious **i**_________.

1188
那位男性每年都會施打流感疫苗，以預防**流感**。
Every year, the man gets a vaccine to protect him against **i**_________.

Answer key: impact / implementation / impulsive / incoming / Index / indulge / infections / influenza

1181

impact
[`ɪmpækt]
[ɪm`pækt]
名 影響 動 撞擊

同 **influence** 影響 / **affect** 對…發生作用
片 **have an impact on** 對…有影響
補 字根拆解：**im** 在裡面 + **pact** 繫緊

1182

implementation
[ˌɪmpləmɛn`teʃən]
名 執行；完成

同 **fulfillment** 完成 / **execution** 執行
搭 **an implementation of a policy** 政策的執行
補 字根拆解：**im** 在裡面 + **ple** 充滿 + **ment** 字尾 + **ation (ate+ion)** 名詞

1183

impulsive
[ɪm`pʌlsɪv]
形 衝動的；推進的

反 **cautious** 謹慎的 / **deliberate** 慎重的；深思熟慮的
關 **(do sth.) without forethought** 沒有仔細思考就去做
補 字根拆解：**im** 在裡面 + **puls** 推動 + **ive** 形容詞

1184

incoming
[`ɪnˌkʌmɪŋ]
形 正在靠近的

同 **approaching** 逐漸靠近的 / **coming** 即將到來的
關 **arrival** 抵達 / **entry** 進入 / **near** 接近的 / **incomer** 新來者 / **advent** 出現；到來

1185

index
[`ɪndɛks]
名 指數；索引

關 **indicator** 指標；指示物 / **percent** 百分比；百分率 / **stock market** 股票市場 / **rise** 上升 / **drop** 下降
搭 **index finger** 食指 / **price index** 物價指數

1186

indulge
[ɪn`dʌldʒ]
動 放縱；沉迷於

關 **satisfied** 感到滿意的 / **addicted** 沉溺於…的
片 **indulge in** 沉迷於
補 字根拆解：**in** 在裡面 + **dulge** 吸引

1187

infection
[ɪn`fɛkʃən]
名 感染；傳染

關 **contamination** 汙染 / **virus** 病毒
補 字根拆解：**in** 在裡面 + **fect/fac** 做 + **ion** 名詞（聯想：細菌進入體內，發生作用）

1188

influenza
[ˌɪnflʊ`ɛnzə]
名 流行性感冒

關 **pandemic**（疾病）流行的 / **fever** 發燒
片 **take sick leave = call in sick** 請病假
補 口語上常用 **flu**，如 **catch the flu**（感冒）。

1189

剛剛我們只**隨意**討論了一下包裝設計。

It was only an **i**________ discussion regarding the package design.

提示 既然是隨意的討論，就「並非正式的」對談。

1190

可口可樂的**成分**一直都是個祕密。

The **i**________ of Coca-Cola have long been kept a secret.

1191

那個時候，他的事業正處於**起步**階段。

His business was at its **i**________ stage at that time.

1192

你可以打電話**詢問**，也可以直接去櫃檯問人。

You can either **i**________ by phone or just go to the counter in person.

1193

他們要求展開司法**調查**，查清楚這筆錢的流向。

They demanded a judicial **i**________**y** into the handling of the money.

1194

為了抽血，而將針管**插入**她的皮膚。

A needle was **i**________ into her skin to draw blood.

提示 強調「插入」針管的動作，並沒有注射藥品進去。

1195

針對人類演化，她的實驗結果提供了一個**深刻的見解**。

The result of her experiment offered an **i**________ into the evolution of human beings.

提示 深刻的見解表示她的「洞察力」不同一般。

1196

替車子進行第二次的拋光後，他們用手電筒仔細**檢查**表面。

They used a flashlight to carefully **i**________**t** the surface after the second car polishing.

Answer key: informal / ingredients / initial / inquire / inquiry / inserted / insight / inspect

informal
[ɪn`fɔrml̩]
形 非正式的

同 **casual** 隨便的 / **unofficial** 非正式的
反 **formal** 正式的 / **official** 官方的；正式的
片 **be off the record** 私底下說的；不供發表的

ingredient
[ɪn`gridɪənt]
名 成分；要素

同 **component** 成分 / **factor** 要素
關 **additive** 添加物 / **organic** 有機的
補 字根拆解：**in** 在裡面 + **gredi** 走 + **ent** 物

initial
[ɪ`nɪʃəl]
形 開始的；最初的
名 首字母

反 **final** 最終的；最後的 / **last** 最後的
關 **inception** 開端 / **introductory** 準備的
補 字根拆解：**in** 進入 + **iti** 去；走 + **al** 形容詞（聯想：正要進入一個新階段）

inquire
[ɪn`kwaɪr]
動 詢問；調查

同 **interrogate** 質問 / **investigate** 調查
片 **inquire into sth.** 調查某事 / **inquire about (sb. or sth.)** 打聽

inquiry
[ɪn`kwaɪrɪ]
名 調查；質詢

考 基本上與 **enquiry** 同義，但若涉及「正式的調查」（如警方、檢調單位的詢問），就只能用 **inquiry**。
補 字根拆解：**in** 在裡面 + **quir(e)** 尋找 + **y** 字尾

insert
[ɪn`sɝt]
動 插入；嵌入

同 **inject** 注射 / **embed** 把…嵌進
搭 **get an IV** 打點滴（**IV = intravenous injection**）
補 字根拆解：**in** 在裡面 + **sert** 結合

insight
[`ɪn͵saɪt]
名 見解；洞察力

關 **acumen** 敏銳 / **intuition** 直覺
片 **an insight into sth.** 對某事的深刻見解
補 字根拆解：**in** 在裡面 + **sight** 看見

inspect
[ɪn`spɛkt]
動 檢查；審查

同 **examine** 檢查 / **observe** 觀察
關 **survey** 調查報告 / **analyst** 分析者
補 字根拆解：**in** 在裡面 + **spect** 看

1197
你一定要徹底**檢查**，要不然，一個小問題就能搞砸整個計畫。
You must run a thorough i_________; otherwise, any small mistake will ruin the whole project.

1198
他去莫斯科旅行時被**啟發**，因而開始學俄文。
He was i_________ to learn Russian after a trip to Moscow.

1199
我**馬上**就到，請待在原地就好。
I'll be there in an i_________. Please stay where you are.
提示 **固定搭配，「一剎那」表示很快就會抵達。**

1200
那位經理**指導**他的團隊，意圖讓這個企劃大賣。
The manager i_________ the team and steered the project towards huge success.

1201
一包洋芋片的卡路里，就等於我們每日建議**攝取量**的一半了。
The calories in a package of potato chips equal half of one's recommended daily i_________.

1202
在整個政治生涯中，他一直奉行著誠信與**正直**。
His career as a politician was characterized by loyalty and i_________.

1203
她想成為掌權者的**意圖**相當明顯。
Her i_________ to be the one in charge was quite clear.

1204
互動式教學法近幾年被廣為提倡。
I_________ teaching methods have been widely promoted recently.

Answer key
inspection / inspired / instant / instructed / intake / integrity / intention / Interactive

1197 inspection

[ɪn`spɛkʃən]

名 檢驗；檢查

- 同 **examination** 檢查 / **scrutiny** 詳細的檢查
- 關 **autopsy** 驗屍 / **provable** 可證明的
- 搭 **baggage inspection**（機場的）隨身行李檢驗

1198 inspire

[ɪn`spaɪr]

動 鼓舞；激勵

- 同 **encourage** 鼓勵 / **stimulate** 刺激；激勵
- 關 **inspiring** 激勵人心的 / **inspired** 得到靈感的
- 片 **inspire sb. with sth.** 以某事激勵某人

1199 instant

[`ɪnstənt]

名 頃刻；一剎那

形 立即的；即食的

- 同 **moment** 片刻 / **immediate** 立即的；即刻的
- 搭 **instant coffee** 即溶咖啡 / **instant noodles** 泡麵
- 補 字根拆解：**in** 在裡面 + **st** 站立 + **ant** 形容詞

1200 instruct

[ɪn`strʌkt]

動 指導；指示

- 同 **guide** 指導 / **command** 命令；指揮
- 片 **instruct sb. in sth.** 教導某人某事
- 補 字根拆解：**in** 在裡面 + **struct** 建立

1201 intake

[`ɪn͵tek]

名 攝取量；引入口

- 反 **exhaust** 排出；排氣
- 片 **an intake of breath** 倒吸一口氣
- 搭 **intake window** 進氣窗口

1202 integrity

[ɪn`tɛgrətɪ]

名 正直；誠實

- 同 **probity** 誠實 / **uprightness** 正直
- 反 **deceit** 奸詐 / **dishonor** 不名譽
- 搭 **a man of integrity** 誠實的人

1203 intention

[ɪn`tɛnʃən]

名 意圖；目的

- 同 **purpose** 意圖；目的 / **target** 目標
- 搭 **have no intention of** 無意；不想；不打算 / **without intention** 無意間地；並非故意地
- 補 字根拆解：**in** 朝向 + **tent** 伸長 + **ion** 名詞

1204 interactive

[͵ɪntə`æktɪv]

形 互動的

- 同 **mutual** 交互的 / **reciprocal** 相互的
- 反 **dissociated** 分開的；無連結的
- 關 **interplay** 相互影響 / **communicate** 溝通

1205
在所有的主要出入口，我們都有安裝**對講機**。
We installed i_________ at the main entrances.

1206
今年夏天，我們有六位來自頂尖大學的**實習生**。
We have six i_________ this summer, all coming from prestigious colleges.

1207
我們的目標是以更聰明的方式**詮釋**這些數值，讓大眾理解。
Our goal is to i_________ the statistics to the public in a clever way.

1208
打斷正在說話的人是不禮貌的。
It's impolite to i_________ someone while the person is speaking.

1209
湯瑪斯・愛迪生是電燈泡的**發明者**。
Thomas Alva Edison is the i_________ of the electric light bulb.

1210
針對這件意外，進行了徹底的**調查**。
A thorough i_________ of the incident was under way.

1211
調查人員非常仔細，關注著每一個細節。
The i_________ are thorough, and they pay a lot of attention to every detail.

1212
政府必須呈現出有利的財政優勢，才能吸引外來**投資者**。
The government has to present favorable financial advantages to attract foreign i_________.

intercoms / interns / interpret / interrupt / inventor / investigation / investigators / investors

1205

intercom
[`ɪntə͵kɑm]
名 室內對講機

考 本單字為 **intercommunication device** 的簡寫。
補 **intercom** 為室內對講機（如家裡在用的）；警察等在外用的無線對講機，則為 **walkie-talkie**。

1206

intern
[ɪn`tɜn]
名 實習生
動 做實習生

關 **internship** 實習 / **practicum** 實習課程
補 **practicum** 雖然也指實習，但卻是大學裡安排的，是課程的一環；**intern** 則並非大學安排的實習課。

1207

interpret
[ɪn`tɜprɪt]
動 解釋；說明；詮釋

片 **interpret sth. for sb.** 向某人解釋某事 / **interpret A as B** 將 **A** 解釋為 **B**
補 字根拆解：**inter** 在…之間 + **pret** 交易

1208

interrupt
[͵ɪntə`rʌpt]
動 打斷；中斷

同 **stop** 停止；中止 / **cut off** 中斷；切斷
關 **conversation** 對話 / **ongoing** 進行的
補 字根拆解：**inter** 在…之間 + **rupt** 打斷

1209

inventor
[ɪn`vɛntɚ]
名 發明家

同 **creator** 創造者 / **designer** 設計者
補 字根拆解：**in** 在裡面 + **vent** 來 + **or** 人（聯想：依照自己的想法，把物品製作出來的人）

1210

investigation
[ɪn͵vɛstə`geʃən]
名 調查；研究

關 **criminal** 罪犯 / **charge** 控告；指控 / **interrogate** 審問 / **allegation** 申辯；主張 / **testify** 證實；作證
補 字根拆解：**in** 朝向 + **vestig** 痕跡 + **ation** 名詞

1211

investigator
[ɪn`vɛstə͵getɚ]
名 調查員；研究者

片 **look into** 調查；研究 / **check up on sb.** 調查某人（的背景、行為等）
補 **Federal Bureau of Investigation (FBI)** 聯邦調查局

1212

investor
[ɪn`vɛstɚ]
名 投資者

關 **boom** 蓬勃發展 / **capital infusion** 資金挹注
補 字根拆解：**in** 進入 + **vest** 著衣 + **or** 人（聯想：賦予衣物的人 → 賦予財富的人）

1213
我已在電子郵件中附上**發貨單**，以供您參考上一次的紀錄。
I have attached the **i**_________ in the e-mail for your reference on the previous shipping.

1214
蒂娜的不守時**激怒**了她所有的客戶，也因此讓她被開除。
Tina's unpunctuality **i**_________ all her clients and thus made her fired.

1215
她在英國生活了很多年，你可以請她給你的倫敦**行程**一些建議。
With her years of living in the UK, you can consult her for your **i**_________ in London.

UNIT 10 J to K 字頭填空題

Test Yourself!

請參考中文翻譯，再填寫空格內的英文單字。

1216
下飛機後，他整整兩天都在調整**時差**。
He suffered from **j**_________ **l**_________ for two days after getting off the plane.

1217
在失業的那段期間，他每天都會去**就業中心**。
He went to the **j**_________ **c**_________ every day during the period he was unemployed.

1218
她是一位備受尊敬的科學家，其研究成果發表在許多學術**期刊**上。
She is a well-respected scientist whose research has been published in many academic **j**_________.

invoice / irritated / itinerary / jet lag / job center / journals

invoice
[`ɪnvɔɪs]
名 發貨單
動 開發票給

補 **invoice** 是指列有貨品與價格明細的單據；**receipt** 則是我們購物之後商家給的統一發票。

irritate
[`ɪrə͵tet]
動 激怒；刺激

同 **provoke** 激怒 / **annoy** 惹惱
反 **appease** 緩和 / **calm** 使平靜
補 字根拆解：**ir** 在裡面 + **rit** 摩擦 + **ate** 動詞

1215

itinerary
[aɪ`tɪnə͵rɛrɪ]
名 旅程；路線

同 **route** 路線 / **journey** 旅程
關 **guidebook** 旅遊指南
搭 **organize one's itinerary** 規劃行程

答案 & 單字解說
Get The Answer !

MP3 33

1216

jet lag
片 時差

關 **jet-lagged** 有時差的 / **timezone** 時區
搭 **get jet lag** 有時差症狀
補 **be badly jet-lagged** 時差很嚴重

job center
片 就業中心

補 由政府建立的單位，提供無工作者諮詢的機會，並給予適當的幫助，直至人們找到工作。

journal
[`dʒɝnḷ]
名 期刊；雜誌

同 **periodical** 期刊 / **magazine** 雜誌
補 同樣翻為「雜誌」，**journal** 偏向學術性期刊；**magazine** 則為大眾通俗性雜誌。

1219
作為一名**記者**，她必須面對那些政客的威脅。
Being a **j**__________, she has to deal with threats from the politicians.

1220
即使討論了三小時之久，**陪審團**仍然沒有得出結論。
The **j**__________ was still unable to reach a verdict after three hours of discussion.

1221
法官是為了伸張**正義**而存在，所以他在審判中必須公正。
A judge is aimed to bring **j**__________ to the court, so he should remain impartial through a trial.

1222
不要為了結果而**不擇**手段。
The end does not always **j**__________**y** the means.
提示 **直譯爲「結果再好，也無法替不正當的手段辯護」。**

1223
她的老闆在一場銀行搶案中被**挾持**。
Her boss was **k**__________ in a bank robbery.

1224
腎功能的突發性衰竭是他的死因。
Sudden **k**__________ failure was the cause of his death.

Answer key **journalist / jury / justice / justify / kidnapped / kidney**

journalist
[ˋdʒɝnəlɪst]
名 新聞記者

- 同 **reporter** 記者 / **newspaperman** 新聞工作者
- 關 **press conference** 記者會
- 補 字根拆解：**journ** 日；一天 **+ al** 形容詞 **+ ist** 人

jury
[ˋdʒʊrɪ]
名 陪審團

- 關 **attachment** 扣押 / **injunction** 強制令
- 搭 **blue-ribbon jury** 藍帶陪審團（由具特別資格的人組成，通常知識水準極高，用以處理複雜案件。）
- 補 字根拆解：**jur** 發誓；法律 **+ y** 字尾

justice
[ˋdʒʌstɪs]
名 正義；司法

- 關 **death penalty** 死刑 / **life imprisonment** 無期徒刑
- 片 **do justice to (sb. or sth.)** 公平地對待；合理地處理
- 補 字根拆解：**just** 公平 **+ ice** 字尾

justify
[ˋdʒʌstəˌfaɪ]
動 證明合法；辯解

- 同 **legitimatize** 宣布為合法 / **defend** 替…辯護
- 搭 **justify oneself** 替自己辯解
- 補 字根拆解：**just** 公平 **+ ify** 做

kidnap
[ˋkɪdnæp]
動 綁架；劫持

- 同 **abduct** 綁架；劫持
- 關 **siege** 包圍；圍攻 / **ransom** 贖金
- 補 **sb. be taken hostage** 某人被劫為人質

kidney
[ˋkɪdnɪ]
名 腎臟

- 關 **dialysis** 洗腎 / **renal failure** 腎衰竭
- 補 字根 **ren-** 與 **nephr(o)-** 也都具備 **kidney** 的意思，如 **renal**（腎臟的）、**nephropathy**（腎臟病）。

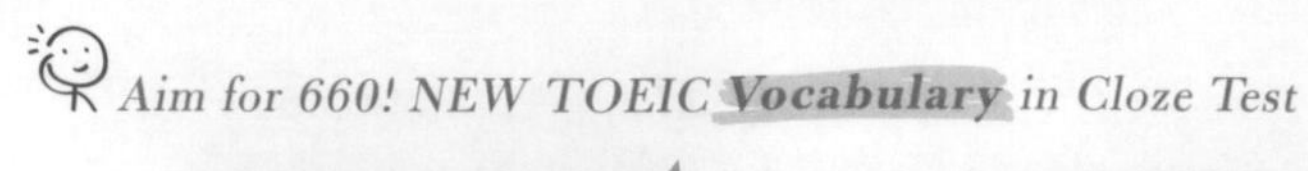

UNIT 11 L 字頭填空題

請參考中文翻譯，再填寫空格內的英文單字。

1225

學術單位與**實驗室**的合作是很重要的。

The cooperation between academic institutions and l__________ are important.

1226

十八歲至六十五歲的人是一個國家的主要**勞動力**。

People aged eighteen to sixty-five years old make up the l__________ f__________ in a country.

1227

我們每一個人都應從工作中學習，並持續攀登職涯的**梯子**。

Every one of us should learn from our jobs and keep progressing up the career l__________.

1228

因為工廠引進了機器人，所以數百名的員工將被**解僱**。

Hundreds of workers will be l__________ o__________ due to the introduction of robots in the factory.

1229

房東趕走了我的鄰居，因為他引發太多問題。

The l__________ kicked my neighbor out because he has caused too many problems.

1230

每次看到美麗的**風景**，我都會停下腳步，拍照留念。

Every time I see beautiful l__________, I'd stop for a while and take a lot of pictures.

1231

這條**小巷**太窄，一次只能容納一個人通過。

The l__________ is too narrow, allowing only one person to go through at a time.

Answer key: laboratories / labor force / ladder / laid off / landlord / landscapes / lane

答案 & 單字解說
Get The Answer !

MP3 34

laboratory
[ˋlæbrə,torɪ]
名 實驗室

關 **distil** 蒸餾；提煉 / **oxidize** 氧化；生鏽 / **ferment** 使發酵 / **combustion** 燃燒 / **catalyst** 催化劑

補 字根拆解：**labora/labor** 工作 + **tory** 場所

1226

labor force
片 勞動力

同 **workforce** 勞動力 / **manpower** 人力；勞動力

關 **employment rate** 就業率

補 **labor** 為美式拼寫；英式拼寫則為 **labour force**。

1227

ladder
[ˋlædɚ]
名 梯子

關 **stepladder** 四腳梯 / **climb** 攀登 / **upside** 上方

搭 **aerial ladder** （消防車的）雲梯 / **corporate ladder** 公司內部的升遷管道 / **social ladder** 社會階層

1228

lay off
片 解僱

同 **get sacked** 被解僱

關 **severance pay** 遣散費

片 **lay sb. off** 解僱某人

landlord
[ˋlænd,lɔrd]
名 房東；地主

關 **deposit** 押金；保證金 / **tenant** 房客

片 **move in** 入住新居 / **move out** 搬出去

補 **sign a lease** 簽租約 / **pay the rent** 付租金

landscape
[ˋlænd,skep]
名 景觀；景色

同 **scene** 景色 / **view** 景色

搭 **landscape gardening** 造景園藝

補 字根拆解：**land** 大地 + **scape** 情況

lane
[len]
名 巷弄；車道

同 **alley** 小巷 / **path** 小路

搭 **reversible lane** 調撥車道 / **passing lane** 超車道（公路最內側的車道）/ **exit lance** 出口車道（準備下匝道的右車道）

1232
山姆通常會在平日**洗衣服**，一週洗兩次。
Sam does his l________ twice a week, mostly on weekdays.

1233
溫蒂有各種**薰衣草**香味的產品，包括香水、洗髮乳等。
Wendy has all kinds of l________ -scented products, including perfumes and shampoos.

1234
那間公司提出**訴訟**，控告它的前員工。
The company has filed a l________ against its former employee.

1235
這個專案是讓麥克學習團隊**領導**的絕佳機會。
This project would be a perfect chance for Mike to learn about team l________.

1236
你在通過這一整條攤位的路上，會收到成堆的**傳單**。
You will receive piles of l________ as you walk through the line of stands.

1237
你覺得哪一隊會是這一季的**聯盟**冠軍呢？
Which team do you think will be the l________ champion this season?

1238
每個細節他們都一一確認，因為爆炸性化學物質**外洩**是很危險的。
They checked every detail because the l________ of explosive chemicals is dangerous.

1239
昨天宴會的**剩菜**還夠我們兩個吃一頓中餐。
The l________ from yesterday's feast can still serve two of us for lunch.

Answer key
laundry / lavender / lawsuit / leadership / leaflets / league / leakage / leftovers

1232
laundry
[`lɔndrɪ]
名 要洗的衣物

關 **laundromat** 自助洗衣店
片 **do the laundry** 洗衣服
搭 **laundry room** 洗衣間 / **laundry bag** 洗衣袋

1233
lavender
[`lævəndɚ]
名 薰衣草
形 淡紫色的

同 **light purple** 淡紫色的 / **violet** 紫色的
補 本單字包含的 **lav-** 字根，和 **laundry** 的 **lau-** 一樣，都有「洗」的意思。

1234
lawsuit
[`lɔˏsut]
名 訴訟

片 **file a lawsuit** 提出訴訟
補 **legal dispute** 法律糾紛 / **null and void** 無法律效力的 / **be legally binding** 具法律效力的

1235
leadership
[`lidɚʃɪp]
名 領導；領導力

同 **headship** 領導者的職位
關 **preside** 主持；指揮 / **peer** 同儕；同事
補 **take over a team** 接管團隊

1236
leaflet
[`liflɪt]
名 傳單

同 **handbill** 傳單；廣告單 / **flyer** 傳單
搭 **give out/distribute leaflets** 發傳單
補 字根拆解：**leaf** 葉子 + **let** 小的（聯想：像葉子般輕薄 → 傳單）

1237
league
[lig]
名 聯盟；同盟

同 **union** 協會 / **alliance** 聯盟
片 **in league with** 勾結；串通 / **out of (one's) league** 在（某人的）能力範圍之外
搭 **major league** 職業性運動聯盟

1238
leakage
[`likɪdʒ]
名 洩漏

關 **rupture** 破裂 / **discharge** 排出
搭 **nuclear leakage** 核外洩
補 字根拆解：**leak** 流出 + **age** 名詞（與…有關）

1239
leftover
[`lɛftˏovɚ]
名 剩餘物
形 殘餘的

同 **residual** 殘留的；剩餘的
關 **wrap up** 打包 / **a doggy bag** 打包袋
補 當「剩菜」解釋時，一定要用複數形。

1240
歐洲擁有許多歷史**遺留**下來的古蹟建築。
Europe has a rich **l**_________**y** of ancient architecture.

1241
為了解決這個棘手的問題，我們最好訴諸**法律**途徑。
To put an end to this tricky problem, we had better seek **l**_________ advice.

1242
減少糖分的攝取量對你的健康有益。
L_________ the amount of sugar intake would be good for your health.

1243
在啟航之前，我們都必須穿上**救生衣**。
Before we sail, we should all put on **l**_________ **v**_________.

1244
他們在**救生艇**上度過八個小時，最後被漁民救出。
They spent eight hours in a **l**_________, and were finally rescued by some fishermen.

1245
我們這**一生**有可能看到人工智慧所帶來巨大變革。
We might witness incredible changes due to the coming of the AI era in our **l**_________.

1246
記得替陽臺上的植物澆水，客廳的植物**也是**。
Be sure to water the plants on the balcony, and **l**_________ those in the living room.
提示 填入副詞，表示「同樣」要澆水。

1247
好在他知道自己的酒量**到哪裡**，所以沒有喝太多。
Fortunately, he knew his **l**_________**n** regarding alcohol and didn't drink too much.
提示 知道自己的酒量＝明白自己的極限。

Answer key: legacy / legal / Lessening / life vests / lifeboat / lifetime / likewise / limitation

1240
legacy
[`lɛgəsɪ]
名 遺產；遺贈

關 **inheritance** 遺產 / **heritage** 繼承物
補 **legacy** 通常指「歷史上傳承之物」；**inheritance** 則表示「人死後留給後人的財產」；**heritage** 則是從家族或社會流傳下來的「傳統」。

1241
legal
[`ligl̩]
形 法律的；合法的

同 **lawful** 合法的 / **legitimate** 合法的
搭 **legal tender** 法定貨幣
補 字根拆解：**leg** 法律 + **al** 形容詞

1242
lessen
[`lɛsn̩]
動 減少；減輕

同 **diminish** 減少 / **curtail** 縮減
反 **increase** 增加 / **raise** 提升
補 字根拆解：**less** 較少的 + **en** 使

1243
life vest
片 救生衣

同 **life jacket** 救生衣
關 **water wings**（戴在手臂上的）充氣浮袋
片 **hold one's breath** 閉氣

1244
lifeboat
[`laɪf͵bot]
名 救生艇

同 **life raft** 充氣式救生艇
關 **sunken** 沉沒的 / **coastguard** 海岸警備隊
補 **at sea** 在海上 / **on land** 在陸地上

1245
lifetime
[`laɪf͵taɪm]
名 一生；終身
形 終身的

關 **life span** 壽命 / **eternity** 永恆；不朽 / **century** 世紀 / **mortal** 會死的；凡人的
片 **(the + N) of a lifetime** 千載難逢的

1246
likewise
[`laɪk͵waɪz]
副 同樣地；照樣地

同 **similarly** 同樣地 / **as well** 也；同樣地
補 **likewise** 為寫作常見的轉折語，經常放在句首（後接逗號）；也可以放在動詞後面修飾（如 **...do likewise** 如此做；照著做）。

1247
limitation
[͵lɪmə`teʃən]
名 限制；侷限性

關 **define** 給…下定義 / **boundary** 界線
搭 **statute of limitations** 訴訟時效
補 字根拆解：**limit** 界線 + **ation** 名詞

1248

她將自己製作的**酒**介紹給朋友們。

She introduced the **l**__________ she made by herself to her friends.

1249

隨手亂丟垃圾的人會被重重處罰。

People who **l**__________ on the streets will be seriously punished.

1250

肝臟是主管新陳代謝的器官。

The **l**__________ is the organ in charge of metabolism.

1251

飼養**家禽**被視為傳統產業。

L__________**k** farming is considered to be a traditional industry.

1252

裝載的貨全都不見了，甚至連一點痕跡都沒有。

The **l**__________ went missing, disappearing without even a trace.

提示 用「裝載」的動詞去變化，就能表示貨物。

1253

針對這個議題發表進一步的聲明滿合**邏輯的**。

Further declaration on the issue seemed to be a **l**__________ consequence.

1254

凱蒂正在**尋找**一副能搭配她晚禮服的耳環。

Katy is **l**__________ **f**__________ a pair of earrings to pair with her formal gown.

1255

新藥品的**長期**副作用尚待觀察。

The **l**__________**-t**__________ side effects of the new drug are still under investigation.

Answer key: liquor / litter / liver / Livestock / loading / logical / looking for / long-term

1248 **liquor**
[`lɪkɚ]
名 酒；烈酒

同 **hard drinks** 烈酒 / **spirits** 烈酒（習慣用複數形）
關 **distillery** 釀酒廠 / **intemperance** 酗酒；過度
補 **liquor** 所指的酒類偏向威士忌、白蘭地等烈酒。

1249 **litter**
[`lɪtɚ]
動 亂丟垃圾
名 廢棄物

關 **rubbish** 垃圾 / **clutter** 雜亂；凌亂
片 **be littered with sth.** 到處都是某物

1250 **liver**
[`lɪvɚ]
名 肝臟；居住者

片 **pull an all-nighter** 開夜車；通宵學習、工作（專指整晚沒睡的情況）/ **stay up late** 熬夜；晚睡（並沒有通宵）
搭 **liver function index** 肝功能指數

1251 **livestock**
[`laɪv͵stɑk]
名 家畜；家禽

同 **cattle** 家畜；牲口 / **poultry** 家禽
關 **dairy cattle** 乳牛 / **beef cattle** 肉牛 / **sheep** 綿羊 / **goat** 山羊 / **goose** 鵝 / **calve** 小牛；犢

1252 **loading**
[`lodɪŋ]
名 裝貨；裝載的貨

關 **self-loading**（槍械類）自動裝填彈藥的
搭 **loading bay** 裝貨與卸貨區（尤指船後方裝卸貨的地方）

1253 **logical**
[`lɑdʒɪkl̩]
形 合邏輯的

同 **reasonable** 合理的 / **rational** 合理的
反 **absurd** 荒謬的 / **irrational** 不合理的
片 **make sense** 合理；有意義

1254 **look for**
片 尋找

關 **interrogative** 疑問的 / **Lost & Found** 失物招領處
補 同樣是「找」，**search** 指仔細的搜索；**seek** 則通常搭配抽象物，如 **seek for an answer**（找尋答案）。

1255 **long-term**
[`lɔŋ͵tɝm]
形 長期的

反 **short-term** 短期的
片 **in the long term** 就長期來看
搭 **long-term care** 長期照護

1256 高速公路上設有個人休息室，提供給開長途的**貨車**司機使用。
There are private lounges for long-distance l__________ drivers along the highway.
提示 本單字指的是後面載有貨櫃的大型貨車。

1257 敏蒂得了感冒，**肺部**也被病毒感染。
Mindy got a cold, and her l__________ were infected by a virus.

1258 他透過**擴音器**說話，讓大家可以清楚聽到他的聲音。
He spoke through a l__________ so that everyone could hear him better.

1259 收到年終獎金後，她便向城裡的**豪華**酒店預訂了一晚的住宿。
After receiving her annual bonus, she booked a night in a l__________ hotel in town.

UNIT 12 M 字頭填空題

Test Yourself!

請參考中文翻譯，再填寫空格內的英文單字。

1260 我母親以前總是用**磁鐵**把提醒和照片貼在冰箱上。
My mother always put notes and pictures on the fridge using m__________.

1261 舊車需要更多的注意及**維護**。
Old cars need a lot more caring and m__________.

lorry / lungs / loudspeaker / luxury / magnets / maintenance

lorry
[`lɔrɪ]
名 貨車；卡車

關 **container** 貨櫃 / **diesel** 柴油引擎
補 **lorry** 與 **truck** 都是貨車，但 **truck** 是運送商品的貨車（較輕）；**lorry** 則更大，載的東西也更重（如運送貨櫃的車）。

lung
[lʌŋ]
名 肺臟

關 **respiration** 呼吸 / **asthma** 氣喘
片 **take a deep breath** 深呼吸
搭 **lung cancer** 肺癌 / **aqua lung** 水肺；水中呼吸器

loudspeaker
[`laʊd`spikɚ]
名 喇叭；擴音器

同 **speaker** 喇叭 / **megaphone** 擴音器
關 **volume** 音量 / **stereo** 立體音響裝置

luxury
[`lʌkʃərɪ]
名 豪華；奢侈品

同 **extravagance** 奢侈 / **opulence** 華麗
片 **live in the lap of luxury** 生活優渥
補 字根拆解：**luxu** 奢侈；豪華 + **ry** 名詞（物）

答案 & 單字解說
Get The Answer !

MP3 35

magnet
[`mægnɪt]
名 磁鐵

關 **lodestone** 天然磁石 / **electrode** 電極
搭 **magnet effect** 磁吸效應 / **gossip magnet** 八卦焦點
補 字義演變：**magnet** 磁鐵礦 → 磁鐵

maintenance
[`mentənəns]
名 維護；保養

同 **preservation** 維護 / **upkeep** 保養
搭 **routine maintenance** 定期維修
補 字根拆解：**main** 手 + **ten** 保持 + **ance** 名詞

1262
為了擴張店面，他們僱用更多**人手**來幫忙。
They are hiring more **m**________ to support their expansion.

1263
製作了兩百個之後，工廠就停止**生產**這款特別版的玩具了。
The factory stopped **m**________ the special edition toy after 200 were made.

1264
母親叮嚀我去醫院的時候要戴**口罩**。
My mother asked me to wear a **m**________ when going to the hospital.

1265
這一區動物的**大規模**遷徙使其成為熱門觀光景點。
The **m**________**e** scale of animal migration has made the area a popular sightseeing attraction.

1266
舒適的**床墊**有些要價好幾萬臺幣。
Some comfortable **m**________ cost tens of thousands of NT dollars.

1267
他已經是個**成熟的**大人，足以照顧自己。
He is a **m**________ adult capable of taking care of himself.

1268
因為他正在節食，所以拒吃**美乃滋**。
He refused to eat **m**________ because he was on a diet.

1269
當志工幫助他人讓他的退休生活過得很**有意義**。
Being a volunteer and helping others made his retirement **m**________.

manpower / manufacturing / mask / massive / mattresses / mature / mayonnaise / meaningful

1262 **manpower** [`mæn,pauɚ] 名 人力；勞動力

同 **worker** 員工 / **labor force** 勞動力
關 **personnel** 人事部門 / **mobility** 流動性

1263 **manufacture** [,mænjə`fæktʃɚ] 動 製造；加工

同 **produce** 生產 / **assemble** 配裝
關 **automatic** 自動的 / **supplier** 供應商
補 字根拆解：**manu** 手 + **fac** 製作 + **ture** 字尾

1264 **mask** [mæsk] 名 口罩；面具

關 **disguise** 掩飾 / **masquerade ball** 化裝舞會
片 **put on a mask** 戴上面具；做出假象 / **drop the mask** 摘下假面具
搭 **eye mask** 眼罩 / **facial mask** 面膜

1265 **massive** [`mæsɪv] 形 巨大的；大規模的

同 **colossal** 巨大的 / **enormous** 龐大的
反 **miniature** 小型的；小規模的
補 字根拆解：**mass** 大量 + **ive** 形容詞

1266 **mattress** [`mætrɪs] 名 床墊

關 **murphy bed** 活動折疊床（可收納到牆壁）/ **headboard** 床頭板 / **bed sheet** 床單
搭 **spring mattress** 彈簧床墊 / **foam mattress** 記憶海綿床墊 / **air mattress** 充氣床墊

1267 **mature** [mə`tjʊr] 形 成熟的 動 使成熟

同 **ripe** 成熟的；老成的 / **mellow** 使成熟
反 **immature** 未成熟的 / **inexperienced** 經驗不足的
關 **adulthood** 成年 / **aging** 變老；老化

1268 **mayonnaise** [,meə`nez] 名 美乃滋

補 **white sauce** 白醬 / **honey mustard sauce** 蜂蜜芥末醬 / **thousand island dressing** 千島醬 / **Italian dressing** 義大利沙拉醬

1269 **meaningful** [`minɪŋfəl] 形 有意義的

同 **worthwhile** 值得做的 / **constructive** 建設性的
反 **meaningless** 無意義的 / **pointless** 無意義的
關 **connotation** 言外之意 / **proposal** 提議

1270 她一**邊**等待血液檢查的結果，一**邊**閱讀小說。

She was waiting for the results from the blood test. In the **m**_________, she was reading a novel.

提示 **表示兩個動作是「同時」進行的。**

1271 他是個經驗豐富的**技師**，凡是車子的問題，他都能修理。

He is an experienced car **m**_________ who is able to fix all car problems.

1272 **力學**研究的是力的效應以及物體受力後的運動模式。

M_________ studies the effect of forces and the subsequent movement of objects.

1273 過去這幾個星期，這件醜聞受到許多**媒體**的關注。

The scandal had received much **m**_________ attention in the past few weeks.

1274 身體或**心理**層面出了問題，都必須去看醫生。

One needs to consult a doctor for both physical and **m**_________ problems.

1275 在外商公司，替新人準備一位**導師**是很常見的。

It's usual in foreign companies to provide a **m**_________ for newcomers.

1276 那名兇手毫無**憐憫之心**或悔意，因此被判死刑。

The murderer showed no **m**_________ or repentance, so he was sentenced to death.

1277 他打算**合併**他旗下的兩家公司，以提高收益。

He intended to **m**_________ his two companies into one for better profits.

Answer key **meantime / mechanic / Mechanics / media / mental / mentor / mercy / merge**

1270

meantime
[ˋmin͵taɪm]
名 其間
副 其間；同時

同 **meanwhile** 其間；同時
補 **at the same time** 表示前後兩件事同時間發生；**in the meantime** 隱含第一件事未完成，在這其間做第二件。

mechanic
[məˋkænɪk]
名 技師；機械工

同 **machinist** 機械師 / **technician** 技師
關 **apprentice** 學徒 / **engine** 引擎
補 字根拆解：**mechan** 機械 + **ic** 名詞（人）

mechanics
[məˋkænɪks]
名 力學；機械學

關 **kinetics** 動力學 / **technique** 技術
搭 **quantum mechanics** 量子力學

media
[ˋmidɪə]
名 媒體

關 **controversial** 有爭議性的 / **groundless** 無根據的
搭 **social media** 社交媒體 / **news media** 新聞媒體 / **mass media** 大眾媒體

mental
[ˋmɛntḷ]
形 心理的；精神的

同 **psychological** 心理的；精神的
搭 **mental disorder = mental illness** 精神病
補 字根拆解：**ment** 心智 + **al** 形容詞

mentor
[ˋmɛntɚ]
名 導師
動 指導

同 **advisor** 顧問 / **instructor** 指導者
關 **tutorial** 輔導的 / **intellect** 智力；理解力
補 字根拆解：**ment** 心智 + **or** 人（聯想：指導成長的人）

mercy
[ˋmɝsɪ]
名 憐憫；寬容

同 **sympathy** 同情 / **compassion** 憐憫
片 **be at the mercy of** 任由…擺布或控制 / **without mercy** 殘忍地
搭 **mercy killing = euthanasia** 安樂死

merge
[mɝdʒ]
動 合併；併吞

同 **incorporate** 使…合併 / **unite** 使聯合
片 **merge in(to)** 併入 / **merge with** 與…合併
補 字根拆解：**merg** 沉沒 + **e** 字尾

1278
喬許只是負責**傳話的人**，他並不清楚完整的情況。
Josh was only a **m**__________. He knew little about the whole situation.

1279
主唱用**麥克風**演奏，用他的技巧讓觀眾大吃一驚。
The lead singer played with the **m**__________ and surprised the audience with his tricks.

1280
他不小心將金屬碗放進**微波爐**，因此炸毀了他的廚房。
He accidentally put a metal bowl into the **m**__________ and blew up his kitchen.

1281
晉升為執行長對莉莉來說是一個重大的**里程碑**。
It was a major **m**__________ for Lily to be promoted to the position of CEO.

1282
每天都能服用這些藥丸，補充維生素與**礦物質**。
These pills can be taken every day as a supplement for vitamins and **m**__________.

1283
中國有超過一百個**少數**民族。
In China, there are over a hundred ethnic **m**__________.

1284
他將自己**悲慘的**生活歸咎於選錯了職業。
He blamed his **m**__________ life on the bad choices he made in his career.

1285
我覺得你**誤解**演講的重點了。
I think you **m**__________ the points in the speech.

messenger / microphone / microwave / milestone / minerals / minorities / miserable / misunderstood

1278
messenger
[`mɛsɪndʒɚ]
名 送信人；使者

同 **courier** 信差 / **mailman** 郵差
片 **don't shoot the messenger** 勿殺信使（指不要遷怒於告訴你壞消息的人）

1279
microphone
[`maɪkrə,fon]
名 麥克風

關 **boom operator** 收音員 / **sound mixer** 混音器
搭 **lapel microphone** 領夾式麥克風
補 字根拆解：**micro** 小的 + **phone** 聲音

1280
microwave
[`maɪkro,wev]
名 微波爐
動 用微波爐加熱

關 **oven** 爐；烤箱 / **frizzle** 發出吱吱聲
搭 **be microwave safe** 可微波的
補 字根拆解：**micro** 小的 + **wave** 波長

1281
milestone
[`maɪl,ston]
名 里程碑

同 **milepost** 里程碑 / **turning point** 轉捩點
關 **achievement** 成就 / **breakthrough** 突破性進展
補 字根拆解：**mile** 哩 + **stone** 紀念碑

1282
mineral
[`mɪnərəl]
名 礦物；礦物質
形 礦物的

關 **graphite** 石墨 / **agate** 瑪瑙 / **quartz** 石英
搭 **mineral water** 礦泉水
補 字根拆解：**miner** 礦物 + **al** 形容詞（關於…的）

1283
minority
[maɪ`nɔrətɪ]
名 少數；少數派

同 **smaller part** 少數
反 **majority** 多數；大多數
補 字根拆解：**minor** 較少的 + **ity** 名詞

1284
miserable
[`mɪzərəbl̩]
形 痛苦的；悽慘的

同 **woeful** 悲哀的 / **wretched** 悲慘的
反 **joyful** 充滿喜悅的 / **gleeful** 歡欣的
補 字根拆解：**miser** 不幸 + **able** 形容詞

1285
misunderstand
[,mɪsʌndɚ`stænd]
動 誤解；曲解

片 **get sb. wrong** 誤解某人的意思（口語常見的 **Don't get me wrong.** 就是要對方別誤解自己，澄清時用的。）
補 字根拆解：**mis** 錯誤地 + **under** 在…之中 + **stand** 站立

1286
糖和鹽**混合**在一起，很難辨別哪個是哪個。
It's hard to tell which is which in the **m**_________ of sugar and salt.

1287
作為一間**跨國**企業的業務，傑森經常出差。
As a salesperson in a **m**_________ corporation, Jason travels a lot.

1288
為了符合各州不同的法律，這份提案必須**修改**。
This proposal must be **m**_________ to fit the laws in different states.

1289
監視器**監控**著員工每分每秒的舉動。
The employees' every move is **m**_________ every second by the security cameras.

1290
這位教授**單調乏味的**演講讓半數的學生睡著了。
The professor's **m**_________ speech put half of the class to sleep.

提示 「毫無變化的聲調」會讓人感到無趣。

1291
市議會決定建造一座**紀念碑**，以紀念這場悲劇。
The city council decided to build a **m**_________**t** in memory of the tragedy.

1292
想讓家人過好日子的想法，是**驅使**他如此努力工作的原因。
To allow his family to live a good life was the reason that **m**_________ him to work so hard.

1293
大家都很好奇他對她這麼好的**動機**。
Everyone wondered what his **m**_________**n** was in being nice to her.

Answer key
mixture / multinational / modified / monitored / monotonous / monument / motivated / motivation

1286

mixture
[`mɪkstʃɚ]
名 混合；混雜

同 **fusion** 融合 / **compound** 混合物
反 **separation** 分開 / **dissociation** 分解
補 字根拆解：**mixt/mix** 混合 + **ure** 名詞

1287

multinational
[`mʌltɪ`næʃənḷ]
形 跨國的；多國的

關 **parent company** 母公司 / **subsidiary** 子公司；隸屬的 / **headquarters** 總公司 / **branch** 分公司
搭 **multinational corporation** 跨國企業

1288

modify
[`mɑdə͵faɪ]
動 修改；變更

關 **modifier** 修飾詞語 / **version** 版本
搭 **genetically modified** 基因改造的
補 字根拆解：**mod** 方法 + **ify** 做

1289

monitor
[`mɑnətɚ]
動 監控；監視
名 顯示器；螢幕

同 **supervise** 監視 / **keep an eye on** 監視；照料
關 **surveillance camera** 監視攝影機
補 字根拆解：**mon** 警告 + **itor/or** 名詞（物）

1290

monotonous
[mə`nɑtənəs]
形（聲音）單調的

同 **boring** 無趣的 / **dreary** 乏味的
反 **interesting** 有趣的 / **various** 各種的
補 字根拆解：**mono** 單一 + **ton** 聲音 + **ous** 形容詞

1291

monument
[`mɑnjəmənt]
名 紀念碑

同 **memorial** 紀念碑；紀念物
關 **statue** 雕像 / **tribute** 敬意；稱頌
補 字根拆解：**monu/mon** 提醒 + **ment** 名詞

1292

motivate
[`motə͵vet]
動 激發；刺激

同 **drive** 驅使 / **prompt** 促使 / **propel** 推動
關 **behavior** 行為 / **impulsion** 推動力
補 字根拆解：**motiv/mot** 移動 + **ate** 動詞

1293

motivation
[͵motə`veʃən]
名 動機；幹勁

同 **motive** 動機 / **incentive** 動機
關 **purpose** 目的 / **willing** 樂意的 / **lack** 缺少
搭 **the motivation for sth.** 做某事的動機

1294

這份報告我們有**很多**份，所以發給了所有與會者。

We had **m**_________ copies of the report and distributed them to all attending the meeting.

UNIT 13 N 字頭填空題

Test Yourself!

請參考中文翻譯，再填寫空格內的英文單字。

1295

他有臺灣和美國的雙重**國籍**。

He has dual **n**_________ - Taiwan and the U.S.

1296

這場拍賣會是為了幫助這一區的**窮**人與病患而舉辦的。

The auction was held to help the **n**_________ and the sick in the area.

1297

然而，我們將繼續向政府施壓，以期條款能通過。

Ne_________, we will continue to pressure the government to pass the bill.

1298

經過了三個小時的**協商**，他們終於達成協議。

After **n**_________ for three hours, they finally reached an agreement.

1299

該銀行確保了**網路系統**的安全，使其不被駭客入侵。

The bank secured its online **n**_________ so that it wouldn't be hacked.

multiple / nationality / needy / Nevertheless / negotiating / network

multiple
[ˋmʌltəpl̩]
形 複合的；多樣的
名 倍數

考 **a multiple-choice question** 指「選擇題」，而且是單選題，國外遇到複選題通常會再多加敘述。
補 字根拆解：**multi** 許多 + **ple** 摺疊

答案 & 單字解說
Get The Answer !

MP3 36

nationality
[ˌnæʃəˋnælətɪ]
名 國籍

關 **race** 種族 / **history** 歷史 / **native** 出生地的
搭 **sovereign state** 主權國家
補 字根拆解：**nation** 種族 + **al** 形容詞 + **ity** 名詞

needy
[ˋnidɪ]
形 貧窮的

同 **destitute** 貧困的 / **indigent** 十分貧窮的
考 **the + adj.** 可表示具備該形容詞特質的人，如本題的 **the needy**（窮人）與 **the sick**（病人）。

nevertheless
[ˌnɛvəðəˋlɛs]
副 不過；然而

同 **however** 然而 / **nonetheless** 但是
補 **nevertheless** 為連接副詞，常置於句首。此外，它比 **however** 更正式，因此較常用於正式文章中。

negotiate
[nɪˋgoʃɪˌet]
動 談判；協商

關 **mediate** 調解 / **arbitrate** 仲裁；調停
片 **negotiate with sb. over sth.** 與某人協商某事
補 字根拆解：**neg** 否定 + **oti** 悠閒 + **ate** 動詞

network
[ˋnɛtˌwɝk]
名 網路系統

關 **chain** 連鎖 / **system** 系統
搭 **neural network** 神經網路 / **network card** 網卡

1300
對**新手**來說，理解技術性詞彙向來是最困難的一件事。
Understanding technical terms is always the most difficult task for **n**__________**es**.
》提示《 這個單字為較口語的用法。

1301
他剛找到工作，成為一間知名科技公司的**新員工**。
He just found a job and became a **n**__________ **h**__________ at a famous IT company.
》提示《 名詞片語，新員工就是「新僱用」的人。

1302
我們公司有每季出刊的**業務通訊**，報導每項研究的進度成果。
In the company, we have a quarterly **n**__________**r** revealing the process of each research.

1303
新聞廣播不僅播送每日新聞，還提供實用知識給聽眾。
The **n**__________ offered the audience not only daily news but also practical knowledge.

1304
這是**不可退款的**門票，如果你想改時間，就得重買一張票。
It is a **n**__________**-r**__________ ticket, so if you want to change the time, you'll have to buy a new one.

1305
乘坐**直飛**航班絕對比需要轉機的航班更快。
Taking a **n**__________**-s**__________ flight will absolutely be faster than having to transfer to another flight.

1306
據說，發電廠產生的**核**廢料都被丟棄在那座島上。
It is said that **n**__________ waste from power plants was disposed on that island.

1307
她的小孩在大學附設的**托兒所**學習。
Her child goes to a **n**__________ affiliated to a college.

newbies / new hire / newsletter / newscast / non-refundable / non-stop / nuclear / nursery

1300
newbie
[`njubɪ]
名 新手

同 **novice** 新手 / **newcomer** 新進人員
反 **senior staff** 資深員工
關 **new employee orientation** 新人訓練

1301
new hire
片 新員工

關 **seniority** 年資 / **junior** 資淺的 / **senior** 資深的
補 **possess X-year experience as (+** 職位 **)** 擁有 **X** 年…的經驗

1302
newsletter
[`njuz`lɛtɚ]
名 業務通訊

補 **newsletter** 通常是某個組織發行的刊物，發給特定群體的人；**magazine** 則是大眾刊物，供給所有人購買。

1303
newscast
[`njuz͵kæst]
名 新聞廣播

關 **broadcast** 廣播 / **transmission** 傳送
補 字根拆解：**news** 新聞 **+ cast** 投；擲

1304
non-refundable
[͵nɑnrɪ`fʌndəbl̩]
形 不可退費的

反 **refundable** 可退費的
關 **return** 退（貨）/ **exchange** 換（貨）
搭 **get a refund** 退費

1305
non-stop
[͵nɑn`stɑp]
形 直達的；不間斷的
副 不停地

補 **non-stop flight** 為「直達航班」（最快、比較貴）；**direct flight** 則是「直飛航班」（但中途會有停靠站）。

1306
nuclear
[`njuklɪɚ]
形 核能的；核心的

搭 **nuclear family** 核心家庭（僅有父母及子女）/ **nuclear energy** 核能 / **nuclear leakage** 核外洩
補 字根拆解：**nucl(e)** 核 **+ ar** 形容詞

1307
nursery
[`nɝsərɪ]
名 托兒所；育兒室

搭 **day nursery** 日間托兒所 / **the nursery of disease** 疾病的溫床
補 字根拆解：**nurs** 養育 **+ ery** 場所

UNIT 14 O 字頭填空題

Test Yourself!

請參考中文翻譯，再填寫空格內的英文單字。

1308

他在年初為自己設立了幾個年度財務目標。

He set up for himself annual financial **o**________ at the beginning of the year.

1309

肥胖是全球最常見的健康問題之一。

O________ is one of the most common health concerns in the world.

1310

那場音樂會的門票真的很難拿到。

A ticket to that concert was really hard to **o**________.

1311

作為職業，他選擇成為軍人。

He chose to be a soldier as his **o**________.

1312

酒駕是常見的違法行為，在某些假日的夜晚尤其常見。

DUI is a common **of**________, especially on nights of certain holidays.

1313

他是一個直腸子，講出口的話有時候會得罪人。

He was a man who spoke his mind, which resulted in **o**________ comments sometimes.

1314

我時不時頭痛，這樣已經好幾個禮拜了。

I've had headache **o**________ **and o**________ for a couple of weeks.

提示《 時不時頭痛表示這個症狀「斷斷續續的」。

objectives / Obesity / obtain / occupation / offense ; offence / offensive / on and off

答案 & 單字解說
Get The Answer !

MP3 37

objective
[əb`dʒɛktɪv]
名 目標
形 客觀的

同 **goal** 目標 / **aim** 目標 / **impartial** 公正的
反 **subjective** 主觀的 / **biased** 偏頗的
補 字根拆解：**object** 實物 + **ive** 形容詞

obesity
[o`bisətɪ]
名 肥胖；過胖

關 **overweight** 過重的（須減重）/ **obese** 過重的（影響到健康）/ **flappy** 胖到肉鬆垮垮的
補 字根拆解：**ob** 超過 + **es/ed** 吃 + **ity** 名詞

obtain
[əb`ten]
動 得到；獲得

同 **attain** 獲得 / **acquire** 取得；學到
反 **throw away** 扔掉 / **relinquish** 交出
補 字根拆解：**ob** 前面；在眼前 + **tain** 握住

occupation
[ˌɑkjə`peʃən]
名 職業；工作

同 **profession** 職業 / **vocation** 職業；行業
關 **employment** 受僱 / **possession** 擁有；占有
補 字根拆解：**oc** 在上方 + **cup(y)** 拿取 + **ation** 名詞

offense
[ə`fɛns]
名 罪行；冒犯

搭 **no offense (to sb.)** 【口】請（某人）不要見怪
考 **offense** 與 **offence** 都是正確的拼寫。美國比較常用 **offense**；**offence** 則較常用於美國以外的地區。
補 **DUI**（酒駕）的全稱為 **driving under the influence**。

1313

offensive
[ə`fɛnsɪv]
形 冒犯的；唐突的

反 **inoffensive** 不傷人的 / **defensive** 防禦的
搭 **defensive rebound** 防守籃板球
補 觀賞運動比賽時，也很常聽到觀眾大喊 **offensive**（進攻）與 **defensive**（防守）。

on and off
片 斷斷續續地；偶爾

同 **intermittently** 間歇地
補 本片語也可以寫成 **off and on**，意思不變。

1315
窗戶採用**不透明**玻璃的設計，以防止陽光直射室內。
The windows had o_________ glass to shut out the heat from outside.

1316
總裁被邀請參加那場半導體研討會的**開幕**典禮。
The president was invited to attend the o_________ ceremony of the semiconductor seminar.

1317
地震時，電力系統也正常**運作**。
The power system o_________ normally during earthquakes.

1318
他的個性**樂觀**，總是看向事情的光明面。
He is o_________, always looking on the bright side.

1319
蘇**選擇**到英國攻讀碩士學位。
Sue o_________ to take a master's program in the United Kingdom.
提示 **本題單字的名詞形很常見，請思考動詞的拼寫。**

1320
太多**選擇**有時反而是件壞事。
Sometimes having too many o_________ turns out to be a bad thing.

1321
申請我們學校時，你可以**自行選擇**要不要提供第三封推薦信。
It is o_________ to provide a third recommendation letter when applying to our school.

1322
在面試時，她被要求**口頭**介紹一下自己。
She was asked to give an o_________ presentation introducing herself in the interview.

opaque / opening / operates / optimistic / opted / options / optional / oral

1315
opaque
[o`pek]
形 不透光的；暗的

同 **impenetrable** 不能穿過的 / **murky** 黑暗的
反 **transparent** 透明的 / **translucent** 半透明的
補 字根拆解：**opaq** 暗的 + **ue** 字尾

1316
opening
[`opənɪŋ]
形 開始的
名 開始；開幕式

搭 **opening ceremony** 開幕式；開幕典禮 / **opening remarks** 開場的致詞
補 **open** 當形容詞使用時，有「空缺的」意思，所以 **job opening** 表示「職缺」。

1317
operate
[`ɑpə͵ret]
動 操作；運轉

同 **work** （機器等）運轉 / **conduct** 經營；實施
片 **operate on sb.** 替某人動手術
補 字根拆解：**oper** 工作 + **ate** 動詞

1318
optimistic
[͵ɑptə`mɪstɪk]
形 樂觀的

同 **bright** 開朗的 / **positive** 積極的
反 **pessimistic** 悲觀的；悲觀主義的
補 字根拆解：**opt** 希望 + **im** 在裡面 + **istic** 形容詞

1319
opt
[ɑpt]
動 選擇

同 **select** 選擇 / **determine** 決定
片 **opt for + N** 選擇某事、某物 / **opt to + V** 選擇做某事 / **opt out of sth.** 決定不參加某事

1320
option
[`ɑpʃən]
名 選擇；選擇權

同 **choice** 選擇；抉擇 / **selection** 選擇
片 **leave one's options open** 暫不決定
考 字根 **opt-** 有「選擇」與「希望」兩種意思。
補 字根拆解：**opt** 選擇 + **ion** 名詞

1321
optional
[`ɑpʃənl̩]
形 非強制的
名 選修科目

反 **compulsory** 強制的 / **compelled** 受迫的
關 **compulsory subject = required subject** 必修科目 / **elective subject** 選修科目

1322
oral
[`orəl]
形 口頭的；口的

同 **spoken** 口頭的 / **verbal** 言語的
關 **written** 書面的 / **printed** 印刷的
搭 **oral cavity** 口腔

1323 他簽署了一份同意書，登記為**器官**捐贈者。

He signed a consent form to register himself as an o________ donor.

1324 他收藏的汽車模型都**排列得很整齊**，陳列在架子上。

All his collections of car models are o________ and displayed on the shelves.

1325 他拒絕把**裝飾品**拿下來，因為那是女兒送他的禮物。

He refused to take the o________ down because it was a gift from his daughter.

1326 記得把資料歸檔好，**否則**當你需要時會找不到。

Keep your files organized; o________, you won't be able to find things you need.

1327 他們昨天去**暢貨中心**買了一堆衣服。

They went to an o________ and bought a lot of clothes yesterday.

1328 生物科技的發展**前景**很慘澹。

The o________ for the development of biotechnology is bleak.

1329 我們試著在下一季增加百分之十的**產量**。

We are trying to increase the o________ by 10% in the next quarter.

1330 **卵巢**癌是現代女性最常見的癌症之一。

Cancer of the o________ is one of the most common cancers among women nowadays.

organ / organized / ornament / otherwise / outlet / outlook / output / ovaries

1323 **organ** [`ɔrgən] 名 器官

關 **digestive** 消化的 / **respiratory** 呼吸的 / **excretory** 排泄的 / **circulatory** 循環上的
搭 **organ failure** 器官衰竭 / **organ transplant** 器官移植
補 字根拆解：**org** 作用 + **an** 字尾

1324 **organize** [`ɔrgə͵naɪz] 動 組織；使有條理

同 **arrange** 整理 / **systematize** 使系統化
反 **disorganize** 瓦解 / **destroy** 破壞
搭 **well-organized** 有條理的

1325 **ornament** [`ɔrnəmənt] 名 裝飾品 動 裝飾；美化

同 **adornment** 裝飾品 / **embellishment** 裝飾
關 **beautify** 美化 / **decorative** 裝潢用的
片 **be ornamented with** 以…裝飾

1326 **otherwise** [`ʌðɚ͵waɪz] 副 否則；此外

補 **otherwise** 當「否則」解釋時，後面習慣上會接不好的結果，帶有警告或提醒的意味。**or** 也有「否則」的意思，但 **or** 為連接詞，文法與 **otherwise** 不同。

1327 **outlet** [`aut͵lɛt] 名 暢貨中心；出口

關 **retail** 零售 / **plaza** 廣場；購物中心
補 **outlet** 在國外是販賣名牌過季商品的地方，價格通常很吸引人，也常會搭配折扣活動。

1328 **outlook** [`aut͵luk] 名 前景；觀點

同 **prospect** 前景 / **viewpoint** 觀點
關 **promising** 有希望的；有前途的
搭 **an outlook on sth.** 對某事的看法

1329 **output** [`aut͵put] 名 產量；【電】輸出

同 **production** 生產 / **yield** 產量
反 **input** 投入；輸入
補 字根拆解：**out** 向外 + **put** 放置

1330 **ovary** [`ovərɪ] 名 卵巢

關 **feminine** 女性的；婦女的 / **pregnancy** 懷孕
補 字根拆解：**ov** 蛋 + **ary** 字尾

1331 登機之後，請將行李置於**頭頂上方的**置物艙。

Once you board the plane, please place your bags in the o_________ compartment.

1332 因為班機延遲，所以他只好在倫敦**過夜**。

He stayed o_________ in London because of the delay of his flight.

1333 他負責**監督**工廠的生產過程。

He is responsible for o_________ the factory's manufacturing process.

1334 由於需要長時間的飛行，**海外**出差有時候挺累人的。

O_________ traveling is sometimes tiring because of the long flights.

1335 為了盡快增加產量，我們必須**加班**。

We have to work o_________ to increase production as soon as possible.

1336 你會因為行李**超重**而被收取額外的費用。

You will be charged extra money for o_________ luggage.

Answer key: **overhead / overnight / overseeing / Overseas / overtime / overweight**

1331

overhead
[`ovɚ`hɛd]
形 在頭上的；高架的

片 **above one's head** 在某人頭頂上方
搭 **overhead light** 掛在天花板上的燈 / **overhead cable** 高架電纜

1332

overnight
[`ovɚ`naɪt]
副 整夜；通宵
形 一整夜的

關 **layover** 臨時滯留
搭 **stay overnight** 過夜
補 字根拆解：**over** 橫越 + **night** 夜晚

1333

oversee
[`ovɚ`si]
動 監督；監視

同 **superintend** 監督 / **administer** 管理
關 **committee** 委員會 / **responsible** 承擔責任的
補 字根拆解：**over** 在上方 + **see** 看

1334

overseas
[`ovɚ͵siz]
形 海外的；國外的
副 在海外；向國外

同 **abroad** 在國外 / **foreign** 外國的
反 **domestic** 國內的 / **internal** 內部的
補 字根拆解：**over** 橫越 + **seas** 海洋

1335

overtime
[͵ovɚ`taɪm]
副 超過地；加班地

關 **a nine-to-five job** 朝九晚五的工作
片 **work overtime** 加班 / **get off (work)** 下班
補 字根拆解：**over** 超過 + **time** 時間

1336

overweight
[`ovɚ͵wet]
形 超重的

同 **corpulent** 肥胖的 / **stout** 肥胖的 / **obese** 過胖的
反 **skinny** 極瘦的 / **slender** 苗條的；修長的
關 **unhealthy** 不健康的 / **bodybuilder** 健美運動者

UNIT 15 P to Q 字頭填空題

Test Yourself!

請參考中文翻譯，再填寫空格內的英文單字。

1337

我租的地方不能收**包裹**，這點不太方便。

My rented place was unable to receive **p**_________, which was a little bit inconvenient.

1338

這傷口用看的都覺得**痛**，更別說是去碰它了。

It was **p**_________ even to see the wound, not to mention to touch it.

1339

經過這麼多年，她對**止痛藥**的依賴度愈來愈高。

After all these years, she developed a high level of dependence on **p**_________.

1340

去年夏天，我們參觀了倫敦的白金漢**宮**。

We visited Buckingham **P**_________ in London last summer.

1341

我們會將重要資訊全都印在**小冊子**裡。

We will have all the necessary information printed in the **p**_________.

1342

他用**迴紋針**夾住這幾張紙。

He used a **p**_________ **c**_________ to hold these pieces of paper together.

1343

她最主要的工作，是待在辦公室處理**文書作業**。

Her job mainly involved dealing with **p**_________ in the office.

packages / painful / painkillers / Palace / pamphlet / paper clip / paperwork

答案 & 單字解說
Get The Answer !

MP3 38

1337
package
[ˋpækɪdʒ]
名 包裹；包
動 包裝；打包

同 **parcel** 包裹 / **packet** 小包裹
片 **pick up a package** 領取包裹
補 字根拆解：**pack** 包裹 + **age** 名詞（表動作）

1338
painful
[ˋpenfəl]
形 痛苦的；費力的

同 **agonizing** 令人苦悶的 / **arduous** 費力的
關 **trauma** 外傷；創傷 / **grievance** 抱怨；牢騷
補 字根拆解：**pain** 痛苦 + **ful** 形容詞（充滿）

1339
painkiller
[ˋpen͵kɪlɚ]
名 止痛藥

關 **antipyretic** 退燒藥 / **cough syrup** 咳嗽糖漿 / **hypnotic = sleeping pill** 安眠藥 / **steroid** 類固醇
片 **wear off** 逐漸消失（**The drug wore off.** 藥效退了。）

1340
palace
[ˋpælɪs]
名 宮殿；皇宮

關 **castle** 城堡 / **renovation** 整修 / **imperial** 皇帝的；女皇的 / **throne room** 覲見室
片 **be open to the public** 對大眾開放

1341
pamphlet
[ˋpæmflɪt]
名 小冊子

同 **booklet** 小冊子 / **leaflet** 單張印刷品
補 字根拆解：**pam** 所有 + **phlet** 愛（源自一首拉丁情詩的標題，這首詩當時以活頁紙流傳，後衍生出薄本之意）

1342
paper clip
片 迴紋針

關 **staple** 訂書針 / **binder clip** 長尾夾 / **thumbtack** 圖釘 / **office supplies** 辦公室文具

1343
paperwork
[ˋpepɚ͵wɝk]
名 文書工作

關 **word processing** 電腦文書處理
搭 **do the paperwork** 寫報告；處理文書作業
補 **paperwork** 所指的文書，包含表格、報告等一切與文書有關的事物。

1344
他很享受這場**遊行**，甚至還結識了一些朋友。
He enjoyed the **p**_________ a lot and even made some friends.

1345
那個**小包裹**裡面有一瓶葡萄酒，運送時請小心。
The **p**_________**l** has a bottle of wine in it, so be careful when delivering it.

1346
美國上週將**部分**在伊拉克的駐軍撤回。
The U.S. made a **p**_________ withdrawal of troops from Iraq last week.

1347
所有的成員都**參加**了行前說明會。
All the members **p**_________ in the briefing before the trip.

1348
去南美洲時，茱蒂很不習慣當地**熱情的**打招呼方式。
Judy was not used to the **p**_________ way of saying hello when visiting South America.

1349
他已在教會當了好幾十年的**牧師**，幫助人們信奉上帝的教誨。
He has been a **pa**_________ in the church for decades, helping people convert to God's teachings.

1350
他的診所外面總有許多**病人**在等著看病。
There were always a lot of **p**_________ waiting outside his clinic.

1351
演講時，要善用**停頓**以強調你的重點。
When giving a speech, **p**_________ to emphasize your main points.

Answer key
parade / parcel / partial / participated / passionate / pastor / patients / pause

1344
parade
[pə`red]
名 遊行；行進
動 遊行；列隊行進

關 **movement** 運動（比較緩和，未必會走上街頭）/ **demonstration** 示威遊行（具政治色彩）
補 **parade** 用以表示較中立的遊行，所以慶典活動的遊行都用這個單字。

1345
parcel
[`pɑrsl̩]
名 包裹

關 **fragile** 易碎的 / **postage** 郵資 / **weigh** 秤重
補 寄送包裹時，可以用 **How long will that take?** 來確認「（包裹）大約多久會寄到？」。

1346
partial
[`pɑrʃəl]
形 部分的

同 **fractional** 部分的；少量的
反 **complete** 完整的 / **entire** 整個的
片 **be partial to** 偏袒

1347
participate
[pɑr`tɪsə͵pet]
動 參與；參加

同 **take part in** 參加 / **partake** 參與；參加
補 字根拆解：**parti/part** 部分 + **cip** 拿 + **ate** 動詞（聯想：拿到參加的名額，就會參與。）

1348
passionate
[`pæʃənɪt]
形 熱情的；激昂的

同 **ardent** 熱烈的 / **zealous** 熱心的；熱情的
補 字根拆解：**pass** 受苦 + **ion** 名詞 + **ate** 形容詞（**pass**、**pat** 字根同源，表「受苦」。）

1349
pastor
[`pæstɚ]
名 牧師

關 **priest** 神父（天主教）
補 字根拆解：**past** 引導至牧場 + **or** 人（聯想：牧羊人 → 心靈的指路人）

1350
patient
[`peʃənt]
名 病患
形 有耐心的

關 **physician** 內科醫生 / **surgeon** 外科醫生 / **outpatient** 門診病人 / **chronic disease** 慢性病 / **medication** 藥物治療
補 字根拆解：**pat** 受苦 + **ient** 字尾

1351
pause
[pɔz]
動 中斷；暫停
名 暫停；停頓

反 **proceed** 繼續進行 / **continue** 繼續
關 **hesitation** 猶豫 / **temporary** 暫時的
片 **sth. give pause to sb.** 某事讓某人躊躇

1352

她對朋友的高**薪**感到很羨慕。

She is really envious of her friend's big **p**________.

》提示《 **國外在給薪資時，會以「薪水支票」支付。**

1353

蘇菲亞討厭擁擠的人潮，所以總是避免在**旺季**出去旅行。

Sophia hates crowds, so she always avoids traveling during **p**________ **s**________.

1354

如果你搭地鐵沒有買票，就會被**罰款**。

If you don't buy a ticket before taking the subway, you'll be facing a **p**________**y**.

1355

汽油仍是燃油中最常被使用的。

P________ is still the most-used form of fuel.

1356

這些數字是用**百分比**表示的。

The figures are expressed as **p**________**es**.

1357

那場芭蕾**表演**非常優雅，激起海倫學芭蕾的心。

The ballet **p**________ was so elegant that it inspired Helen to learn ballet.

1358

院方**允許**訪客探訪那位病人，但一次只能見一位。

The patient was **p**________ to see only one visitor at a time.

1359

這款遊戲的家庭、社區、甚至連伴侶，都能做**個人化**設定。

You can **p**________ your home, your community, and even your life partner in this game.

Answer key

paycheck / peak seasons / penalty / Petrol / percentages / performance / permitted / personalize

1352 **paycheck**
[`pe,tʃɛk]
名 薪水

片 **live paycheck to paycheck** 月光族 / **above one's paycheck** 超過某人的權限
補 在美國，發給員工的通常是薪資支票，因此 **paycheck** 就被用來指稱「薪水」。

1353 **peak season**
片 旺季

同 **high season** 旅遊旺季
反 **slack season** 淡季 / **low season** 淡季
補 **busy season** 工作上的忙碌季

1354 **penalty**
[`pɛnḷtɪ]
名 刑罰；罰款

同 **sentence** 判決 / **fine** 罰金
搭 **pay a penalty** 付罰金 / **death penalty** 死刑
補 字根拆解：**pen** 處罰 + **al** 形容詞 + **ty** 名詞

1355 **petrol**
[`pɛtrəl]
名 汽油

同 **gasoline** 汽油
搭 **petrol station** 加油站
補 **petrol** 與 **gas** 都指「汽油」，只是 **petrol** 為英式用法。

1356 **percentage**
[pə`sɛntɪdʒ]
名 百分比

關 **proportion** 比例 / **mathematics** 數學
搭 （數字）+ **percentage of sth.** 某物的百分之…
補 字根拆解：**per** 每 + **cent** 一百 + **age** 字尾

1357 **performance**
[pə`fɔrməns]
名 演出；表現；性能

同 **presentation** 演出 / **showing** 表演
搭 **cost-performance ratio** 性價比；**CP** 值
補 字根拆解：**per** 完全 + **form** 形式 + **ance** 名詞（動作）

1358 **permit**
[pə`mɪt]
動 准許；允許

反 **forbid** 禁止；不許 / **disallow** 不允許
片 **permit sb. to + V** 准許某人做某事
補 字根拆解：**per** 穿過 + **mit** 傳送

1359 **personalize**
[`pɝsnəl,aɪz]
動 個人化

關 **distinctive** 特殊的 / **customize** 訂做
搭 **personalize sth.** 使某物個人化
補 字根拆解：**person** 人 + **al** 形容詞 + **ize** 動詞

1360
蒂娜試著**說服**客戶，但客戶根本不相信她的話。
Tina tried to **p**________ the customer, but the customer didn't buy her words at all.

1361
她是醫院裡的**藥劑師**，每週工作四天。
She is a **p**________ in the hospital and works four days a week.

1362
為了減輕頭痛的狀況，貝絲去**藥局**買了一些止痛藥。
Beth went to the **p**________ for some painkillers to ease her headache.

1363
企業通常會經歷四個**階段** — 擴張、高峰、縮編與低谷。
A business usually encounters four **p**________ - expansion, peak, contraction, and trough.

1364
她看著母親的**照片**，忍不住大哭了起來。
She looked at the **ph**________ of her mother and couldn't help crying out loud.

1365
這個**物質**世界上有很多誘惑。
There are so many temptations in this **p**________ world.

1366
保險推銷員的**話術**都相同，我不會再被那些話騙了。
All insurance salesperson have the same sales **p**________; I will not fall for it again.

提示 推銷人員都會保持一種精神飽滿的「音調」。

1367
他們同意在火車站的**接送**區會合。
They agreed on meeting at the **p**________ point in the train station.

persuade / pharmacist / pharmacy / phases / photograph / physical / pitch / pickup

1360
persuade
[pɚˋswed]
動 說服；勸服

片 **persuade sb. of sth.** 說服某人相信某事 / **persuade sb. to + V** 說服某人去做某事
補 字根拆解：**per** 強烈地 + **suade** 激勵

1361
pharmacist
[ˋfɑrməsɪst]
名 藥劑師

關 **prescription** 處方箋 / **label** 標籤 / **dose** （藥物等的）一劑 / **injection** 打針；注射
搭 **fill a prescription** 根據處方箋配藥

1362
pharmacy
[ˋfɑrməsɪ]
名 藥局；藥房

關 **clinic** 診所 / **dispensary**（醫院的）藥劑部
搭 **at a pharmacy** 在藥局
補 字根拆解：**pharm** 藥品 + **acy** 場所

1363
phase
[fez]
名 階段；方面

片 **phase out** 使逐步淘汰 / **in phase** 同步地 / **out of phase** 不同步地
搭 **a difficult phase in life** 人生中的艱困時期

1364
photograph
[ˋfotə͵græf]
名 照片

關 **photogenic** 上相的（**photo** 照片 + **genic** 非常合適的）
片 **take a photograph** 拍照；照相
補 字根拆解：**photo** 光 + **graph** 寫

1365
physical
[ˋfɪzɪkḷ]
名 身體的；物質的

同 **corporeal** 肉體的 / **material** 物質的
搭 **physical science** 自然科學 / **physical education** 體育課 / **physical examination** 體檢
補 字根拆解：**phys** 自然 + **ical** 形容詞

1366
pitch
[pɪtʃ]
名 音高；投球
動 投擲；搭帳篷

關 **tone** 音色；音調 / **baseball** 棒球 / **fling** 扔；擲
搭 **sales pitch** 推銷商品的說法 / **wild pitch** 【棒】暴投 / **a good pitch** 【棒】好球

1367
pickup
[ˋpɪk͵ʌp]
名 接人；提貨

片 **pick sb. up** 用汽車接某人
搭 **pickup truck** 輕型小貨車

1368

卡車輾過一名老人，然後撞上了**柱子**。

A truck ran over an old man and then crashed into a **p**_________.

1369

在這趟旅程中，你可以實際體驗當**飛行員**的感覺。

You can experience being a **p**_________ and actually flying a plane on this tour.

1370

早春時，我爺爺會開始**耕種**。

My grandfather starts **p**_________ in the early spring.

提示 耕種時會先「犁田」。

1371

最新的**投票數**顯示，人民對政府目前的表現相當不滿。

The latest **p**_________ show a great dissatisfaction over the current government's performance.

1372

對**花粉**過敏的人在春季時請務必戴上口罩。

People who are allergic to **p**_________ are advised to wear masks during spring.

1373

空氣**汙染**已經成為全球性的問題。

Air **p**_________ has become an issue around the globe.

1374

我們的研發團隊開發出一種可以用於窗戶隔音的人工**聚合物**。

Our R&D team developed a synthetic **p**_________ that can be used to soundproof windows.

1375

他感受到語音助理的**流行趨勢**，例如亞馬遜的 Alexa。

He could sense the increasing **p**_________ of voice assistants like Amazon Alexa.

pillar / pilot / plowing / polls / pollen / pollution / polymer / popularity

1368 **pillar**
[`pɪlɚ]
名 柱子

關 **Gothic** 哥德式的 / **Baroque** 巴洛克式的 / **Rococo** 洛可可式的 / **Romanesque** 羅馬式的
片 **from pillar to post** 四處奔波

1369 **pilot**
[`paɪlət]
名 飛行員；駕駛員

關 **co-pilot** 副機長 / **propeller** 推進器 / **turbulence** 亂流 / **ground** 地面 / **tower** 塔臺 / **flight level** 飛行高度
搭 **automatic pilot** 自動駕駛系統 / **pilot lamp** 指示燈

1370 **plow**
[plaʊ]
名 犁；剷雪機
動 耕種；挖溝

同 **furrow** 犁田 / **cultivate** 耕作；栽培
片 **under the plow** 用於耕種的 / **plow ahead** 艱難且緩慢地前進 / **plow the sand** 徒勞無功

1371 **poll**
[pol]
名 投票數；民調

關 **questionnaire** 問卷 / **electoral** 選舉的；選舉人的 / **predict** 預料 / **commentator** 時事評論者
片 **go to the polls** 投票 / **conduct a poll** 做民意調查

1372 **pollen**
[`pɑlən]
名 花粉

關 **pollinate** 傳授花粉 / **pollinator** 授粉者 / **stem** 莖；葉柄 / **bud** 花蕾 / **petal** 花瓣 / **shell** 果殼
片 **be allergic to** 對…過敏

1373 **pollution**
[pə`luʃən]
名 汙染

關 **smog**（髒空氣造成的）煙霧 / **haze**（能見度很差的）霾害 / **particulate matter** 懸浮微粒
補 字根拆解：**pol** 之前 + **lu** 弄髒 + **tion** 名詞

1374 **polymer**
[`pɑlɪmɚ]
名 【化】聚合物

關 **artificial** 人造的 / **nylon** 尼龍 / **silicone** 矽樹脂
補 字根拆解：**poly** 許多 + **mer** 小單位

1375 **popularity**
[ˌpɑpjə`lærətɪ]
名 流行；聲望

反 **unpopularity** 不受歡迎
關 **trend** 風潮 / **pop culture** 流行文化
片 **go viral** （某人或某物）爆紅

1376

他發現有一隻流浪狗在他家的**前廊**徘徊，決定把狗帶回家。

He found a stray dog wandering around his front **p**_________ and decided to take it in.

1377

申請人必須附上**作品集**和履歷。

Applicants have to attach their **p**_________ along with their resumes.

1378

他看向**舷窗**外，欣賞雲端之上的美麗景色。

He stared out of the **p**_________ at the spectacular views above the clouds.

1379

傑森很喜歡這道湯，因為它裡面只加了一**小份**洋蔥。

Jason loved the soup because it just contains a small **p**_________ of onion.

1380

你是從哪裡聽說有這個**職缺**的？

How did you hear about this **p**_________?

提示 每個工作的「位置」就是一個職缺。

1381

我們正在找**正向積極**、能與團隊配合的人才。

We are looking for a **p**_________ person who is also good at working with others.

1382

他之所以被選中，是因為他**具備**優秀的溝通技巧。

That he was chosen was because he **p**_________**d** great communication skills.

1383

他有**可能**是錯的嗎？

Is there any **p**_________ that he may be wrong?

porch / portfolios / porthole / portion / position / positive / possessed / possibility

1376
porch
[portʃ]
名 門廊；走廊

補 **porch** 指大門外的門廊（空間滿大），人們常在 **porch** 放椅子，坐著乘涼；**portico** 也是門廊，但沒有 **porch** 那種空間，僅限於門口前樓梯的一小塊而已。

1377
portfolio
[port`folɪˌo]
名 作品集；文件夾

關 **freelancer** 自由工作者 / **self-employed** 自僱的 / **collection** 收集；收藏品 / **category** 種類
補 字根拆解：**port** 運載 + **folio** 一頁

1378
porthole
[`portˌhol]
名 舷窗

關 **bow** 船頭 / **stern** 船尾
補 **porthole** 指的是船或飛機上的小舷窗。

1379
portion
[`porʃən]
名 部分；一份
動 把…分成多份

同 **share** 一份 / **section** 部分
片 **portion out** 分配
補 字根拆解：**port/part** 部分 + **ion** 名詞

1380
position
[pə`zɪʃən]
名 職位；位置

同 **location** 位置 / **post** 職位；職守
關 **status** 情況；狀態 / **occupancy** 占有
補 字根拆解：**posit** 放置 + **ion** 名詞

1381
positive
[`pɑzətɪv]
形 正向的；確實的

同 **definite** 確切的 / **certain** 確信的
反 **negative** 消極的 / **uncertain** 不確定的
片 **on a positive note** 往好處看；正面看來

1382
possess
[pə`zɛs]
動 具有；支配

同 **own** 擁有 / **occupy** 占用
片 **be possessed of sth.** 擁有某物或某特質
補 字根拆解：**pos** 放置 + **sess** 坐

1383
possibility
[ˌpɑsə`bɪlətɪ]
名 可能性

同 **probability** 可能性 / **likelihood** 可能性
反 **impossibility** 不可能的事
補 字根拆解：**poss** 能 + **ibil** 能夠 + **ity** 情況

1384

寄出明信片之前，要先在櫃檯付**郵資**。

Before mailing the postcard, you have to pay the **p**_________ at the counter.

1385

由於颱風，研討會將**推遲**到下週舉行。

The seminar will be **p**_________ to next week because of the typhoon.

1386

如今，我們仰賴電腦來更準確、快速地**預測**天氣。

We now rely on computers to **p**_________ the weather more accurately and faster.

1387

誰都看得出來她**比較喜歡**喝咖啡，而非開水。

One can easily observe her **p**_________ for coffee over water.

1388

為完成交易，必須**預付**五百元。

To complete the transaction, a **p**_________ of $500 is required.

1389

醫生**開了**一些止痛藥給病人，以減輕他的疼痛感。

The doctor **p**_________ some painkillers to help the patient with his pain.

1390

你要有醫師**處方箋**才能買這些藥。

You need a doctor's **p**_________ to buy these pills.

1391

我們現在將**介紹**最新型的掃地機器人給各位看。

Now, we **p**_________ you with the latest model of our cleaning robot.

》提示《 **介紹通常會伴隨著「展示、呈現」商品。**

postage / postponed / predict / preference / prepayment / prescribed / prescription / present

1384

postage
[ˋpostɪdʒ]
名 郵資；郵費

- 關 **postmark** 郵戳 / **printed paper** 印刷品
- 片 **send sth. by airmail** 航空郵寄某物

postpone
[postˋpon]
動 延遲；延期

- 同 **push back** 向後推遲
- 反 **bring forward** 把…提前
- 補 字根拆解：**post** 後面 + **pone** 放置

predict
[prɪˋdɪkt]
動 預測；預言

- 同 **forecast** 預測 / **foretell** 預言
- 關 **envision** 想像；展望 / **future** 未來
- 補 字根拆解：**pre** 之前 + **dict** 說

preference
[ˋprɛfərəns]
名 偏愛；優先

- 片 **in preference to** 優先於
- 搭 **a preference for** 偏愛
- 補 字根拆解：**pre** 之前 + **fer** 支持 + **ence** 名詞

prepayment
[priˋpemənt]
名 預付

- 關 **upfront** 預付的 / **liquidation** 了結；償付
- 搭 **prepaid card** 預付卡

prescribe
[prɪˋskraɪb]
動 開藥；規定

- 關 **tablet** 藥片 / **capsule** 膠囊 / **antacid** 胃藥 / **eye drops** 眼藥水 / **vitamin** 維他命
- 片 **prescribe sth. for sb.** 替某人開藥

prescription
[prɪˋskrɪpʃən]
名 處方箋

- 片 **be available on prescription** 憑處方拿（藥）
- 搭 **refill a prescription** 按原處方箋拿藥
- 補 字根拆解：**pre** 之前 + **scrip** 寫 + **tion** 名詞

1391

present
[prɪˋzɛnt]
動 展現；提交

- 片 **present sb. with sth.** 呈現某物給某人
- 補 本單字常以形容詞出現，表示「在場的」，此時念作 [ˋprɛzn̩t]（重音與動詞形態不同）。

1392
我們的食物都是有機的，不含任何人工**防腐劑**。
All of our food is organic and doesn't contain any artificial **p**_________.

1393
為了**保留**歷史建築，市政府採取了行動。
The city took steps to **p**_________ several historic buildings.

1394
她全心投入時尚界，所以結婚並非她的**優先事項**。
She dedicates herself fully to the fashion world, so getting married has not been her **p**_________.

1395
她很重視個人**隱私**，所以鮮少讓別人進她的臥房。
She values her **p**_________, so she seldom lets others go into her bedroom.

1396
程序太複雜，讓很多人因此感到挫折。
The **p**_________ is too complicated and makes a lot of people feel frustrated.

1397
Photoshop 是個商用軟體，在**處理**圖像方面非常好用。
Photoshop is a commercial software that is very handy in image **p**_________.

1398
她決定把對攝影的興趣轉變為**職業**。
She decided to turn her interest in photography into her **p**_________.

1399
他在一所著名大學擔任化學**教授**。
He is a **p**_________ of chemistry at a well-known university.

Answer key
preservatives / preserve / priority / privacy / procedure / processing / profession / professor

1392 **preservative** [prɪ`zɝvətɪv]
名 防腐劑
形 防腐的；保存的

關 **additive** 添加物 / **rotten** 腐爛的；發臭的
補 字根拆解：**pre** 之前 + **serva** 保護 + **tive** 字尾

1393 **preserve** [prɪ`zɝv]
動 保存；保護

同 **protect** 保護 / **conserve** 保存
搭 **be well preserved** 保養良好的
補 **preserve** 指「不接觸，以保持完好」(如保存歷史遺跡)；**conserve** 則偏向「善加利用，以免浪費或破壞」。

1394 **priority** [praɪ`ɔrətɪ]
名 優先權

片 **give priority to** 優先考慮
搭 **a top priority** 最優先的事項
補 字根拆解：**prior** 優先的 + **ity** 名詞（狀態）

1395 **privacy** [`praɪvəsɪ]
名 隱私

關 **confidentiality** 機密 / **paparazzo** 狗仔隊
搭 **one's right to privacy** 某人的隱私權
補 字根拆解：**priv** 離開 + **acy** 名詞

1396 **procedure** [prə`sidʒɚ]
名 程序；步驟

同 **process** 步驟；過程 / **measure** 措施
搭 **standard operating procedure (SOP)** 標準作業程序
補 字根拆解：**pro** 向前 + **ced** 走 + **ure** 名詞

1397 **processing** [`prɑsɛsɪŋ]
名 處理

關 **complicated** 複雜的 / **time-consuming** 費時的
搭 **word processing** 文字處理 / **data processing** 數據處理 / **central processing unit**（電腦的）中央處理器

1398 **profession** [prə`fɛʃən]
名 職業；專業

同 **vocation** 職業 / **occupation** 職業 / **career** 職涯
考 **job** 所指的工作，不一定涉及專業技能；**profession** 則強調某種專業技能（需透過學習與訓練獲得的技能）。
補 字根拆解：**pro** 向前 + **fess** 講話 + **ion** 名詞

1399 **professor** [prə`fɛsɚ]
名 教授

同 **instructor** 教師 / **lecturer** 講師
搭 **associate professor** 副教授 / **assistant professor** 助理教授 / **adjunct professor** 兼任教授 / **visiting professor** 客座教授

1400
面試官都對他的**簡介**印象深刻，但不喜歡他高傲的態度。
The interviewers were impressed by his **p**_________ but disliked his arrogance.

1401
這部電影將採用最新的 3D 技術**投影**在牆上。
The movie will be **p**_________ on the wall with the latest 3D technology.

1402
教室裡的**投影機**被一名學生丟的球砸壞了。
The **p**_________ in the classroom was broken after a student threw a ball at it.

1403
他畢業於排名前五的大學，**前途**確實很被**看好**。
Graduating from a top five university, he indeed has a **p**_________ future.

1404
傑克在年末獲得了**升遷**。
Jack was given the **p**_________ at the end of the year.

1405
他以一週的免費早餐為條件，請同學幫忙**校對**他的報告。
He asked his classmate to **p**_________ his paper and treated her to breakfast for a week.

1406
有時候，要選擇**適當的**詞彙來描述自己的感覺是很困難的。
Sometimes it's hard to select the **p**_________ words to describe your feelings.

1407
屬於公司的**財產**不可以帶走。
You are not allowed to take out any **p**_________ that belongs to the company.

Answer key
profile / projected / projector / promising / promotion / proofread / proper / property

1400
profile
[ˋprofaɪl]
名 簡介；輪廓；側面

片 **adopt a high profile** 採取高調的姿態 / **keep a low profile** 保持低調
補 字根拆解：**pro** 向前 + **file** 畫線（聯想：畫線描出輪廓）

1401
project
[prəˋdʒɛkt]
動 投影；投射

關 **visual** 視覺的 / **image** 影像 / **entertain** 使娛樂
片 **project oneself into** 設想自己身處於⋯
補 字根拆解：**pro** 向前 + **ject** 拋；擲

1402
projector
[prəˋdʒɛktɚ]
名 投影機

關 **enlarge** 擴大；放大 / **projection screen** 投影布幕 / **laser pointer** 雷射筆
搭 **overhead projector** 投影片放映機（使用透明片）

1403
promising
[ˋprɑmɪsɪŋ]
形 前途看好的

同 **auspicious** 吉兆的 / **bright** 明亮的
反 **hopeless** 不抱希望的 / **ominous** 不祥的
搭 **a promising sign** 很好的跡象

1404
promotion
[prəˋmoʃən]
名 升遷；促銷；促進

同 **elevation** 提升；提高 / **boost** 促進；推動
考 除了人員的升遷與商品促銷外，**promotion** 也能表示推廣新的、較優異的想法或做法，如 **the promotion of a healthy lifestyle**。

1405
proofread
[ˋpruf͵rid]
動 校正；校對

同 **revise** 校訂；修訂 / **correct** 改正
關 **proofreader** 校對者 / **manuscript** 原稿 / **corrective** 矯正的 / **rephrase** 改變措辭 / **paraphrase** 釋義

1406
proper
[ˋprɑpɚ]
形 適當的；恰當的

同 **appropriate** 適當的 / **accurate** 準確的
反 **improper** 不適當的 / **unsuitable** 不合適的
搭 **proper noun** 專有名詞

1407
property
[ˋprɑpətɪ]
名 財產；所有物

同 **possessions** 財產 / **belongings** 財產
搭 **intellectual property** 智慧財產 / **property tax** 財產稅 / **public property** 公共財產

1408

公司大**部分**的股權都掌握在我們老闆的手上。

The biggest **pr**__________ of the company's stock is in our boss's hand.

1409

凱特的**提案**被接受了，而且她還被任命為專案的組長。

Kate's **p**__________ was accepted, and she was assigned to be the leader of the project.

1410

一天之內攝取過多**蛋白質**是會中毒的。

Taking in too much **p**__________ in one day can be toxic to the body.

1411

居民們聚集起來，**抗議**核電廠的興建計畫。

The residents gathered and **p**__________ against the proposal to build a nuclear power plant.

1412

在古埃及，若發生飢荒，領導者在分配**糧食**方面有著至關重要的作用。

In ancient Egypt, the ruler played a crucial role in distributing **p**__________ during famine.

提示 換句話說，領導者要適當地「提供、供應」糧食給人民。

1413

珍問了過多的私人問題，因而**激怒**了主管。

Jane **p**__________ her supervisor by asking too many personal questions.

1414

歐文幫我們公司增加了**曝光度**與業績。

Owen helped our company increase **p**__________ and increase sales.

提示 增加曝光度，就是讓「公眾」注意到。

1415

他們慷慨解囊的消息**傳遍**了全國。

The news of their donation was **p**__________ nationwide.

提示 「向民眾宣傳」就能讓消息傳遍。

proportion / proposal / protein / protested / provisions / provoked / publicity / publicized

1408
proportion
[prə`porʃən]
名 比例；部分

同 **ratio** 比率 / **portion** 一部分 / **percentage** 比例
片 **out of proportion** 不成比例
補 字根拆解：**pro** 為了（**for**）+ **port** 部分 + **ion** 名詞

1409
proposal
[prə`pozl̩]
名 提案；求婚

關 **proposition** 提議 / **scheme** 方案；計畫
搭 **make a proposal** 求婚；提出建議
補 字根拆解：**pro** 向前 + **pos** 放置 + **al** 名詞

1410
protein
[`protiɪn]
名 蛋白質

關 **mineral** 礦物質 / **carbohydrate** 碳水化合物 / **electrolyte** 電解質
補 字根拆解：**prot** 第一的 + **ein** 字尾

1411
protest
[prə`tɛst]
動 抗議；反對

反 **agree** 同意；贊同 / **support** 支持；擁護
片 **(do sth.) under protest** （經抗議後）心有不甘地去做某事
補 本單字當名詞時念作 [`protɛst]，重音不同。

1412
provision
[prə`vɪʒən]
名 供應；預備

關 **preparation** 準備；預備 / **replenish** 把…裝滿
考 當「糧食、食物」解釋時，習慣用複數形表示。
補 字根拆解：**pro** 向前 + **vis** 看 + **ion** 名詞（聯想：向前看到而預做準備）

1413
provoke
[prə`vok]
動 激怒；激起

同 **irritate** 使惱怒 / **incense** 激怒 / **excite** 激起
片 **provoke sb. into sth.** 激某人去做某事
補 字根拆解：**pro** 向前 + **voke** 叫喊

1414
publicity
[pʌb`lɪsətɪ]
名 名聲；宣傳

關 **fame** 名聲 / **commercial** 廣告 / **flyer** 宣傳單
搭 **target customer** 目標客群 / **prospective customer** 潛在顧客
補 字根拆解：**publ** 人們 + **ic** 形容詞 + **ity** 名詞

1415
publicize
[`pʌblɪˌsaɪz]
動 宣傳；廣告

搭 **launch a product** 推出產品
補 **marketing blitz** 強勢的行銷攻勢 / **by word of mouth** 透過口耳相傳

1416
她最新的小說在一週前就**出版**了，而且還很暢銷呢。
Her latest novel was **p**_________ a week ago and has become a bestseller.

1417
他很**準時**，尤其是與客戶約好要見面的時候。
He is **p**_________, especially for meetings with customers.

1418
在**購買**車輛時，就有必要把保險包含在內。
It is necessary to include insurance when **p**_________ a car.

1419
白色常被視為**純潔**的代表色，因此是婚禮上最常用的顏色。
White is often regarded as a symbol of **p**_________ and thus is the most widely-used color in weddings.

1420
這趟旅程的**目的**是要享受大自然。
The **p**_________ of this trip is to enjoy the nature.

1421
那位推著**推車**賣美味豆腐的老太太是我的奶奶。
The old lady selling delicious bean curd on a **p**_________ is my grandmother.

1422
為了記錄自己去過哪些地方，她用有色**圖釘**在地圖上標記。
She put colored **p**_________ on the map, trying to keep a record of where she had been to.

1423
多數國家的打工渡假都有**名額**限制，除了澳洲以外。
Working holidays in most countries have **q**_________ limits, Australia excluded.

Answer key
published / punctual / purchasing / purity / purpose / pushcart / pushpins / quota

1416
publish
[`pʌblɪʃ]
動 出版；發布

同 **issue** 發行；發布
關 **publishing** 出版業 / **publisher** 出版社
補 字根拆解：**publ** 人們 + **ish** 動詞

1417
punctual
[`pʌŋktʃuəl]
形 準時的；守時的

同 **on time** 準時 / **on schedule** 準時
反 **unpunctual** 不守時的
補 字根拆解：**punct** 刺 + **ual** 形容詞

1418
purchase
[`pɜtʃəs]
動 購買；獲得
名 所購之物

同 **buy** 買 / **obtain** 獲得 / **procure** 獲得
補 **buy** 與 **purchase** 都有「購買」之意，但 **buy** 通常指生活用品等的一般性消費；**purchase** 則涉及商務的合約交易或大金額的消費。

1419
purity
[`pjurətɪ]
名 純淨；純粹

反 **impurity** 不純；不潔
關 **plain** 簡樸的；樸素的 / **refine** 提煉；精製
補 字根拆解：**pur** 純粹 + **ity** 名詞

1420
purpose
[`pɜpəs]
名 目的；意圖

關 **practical** 實際的 / **strategy** 策略
片 **on purpose** 故意地
補 字根拆解：**pur** 向前 + **pose** 放置

1421
pushcart
[`puʃ͵kart]
名 手推車

關 **peddler** 小販 / **street vendor** 路邊攤
補 **pushcart** 所指的手推車，是「小販用的商品推車（攤販型推車，推到一處就可以開始販賣商品）」，而非商場用的購物推車。

1422
pushpin
[`puʃ͵pɪn]
名 圖釘

同 **thumbtack** 【美】圖釘 / **drawing pin** 【英】圖釘
關 **paper clip** 迴紋針 / **bulldog clip** 大鋼夾 / **binder clip** 長尾夾 / **pin** 大頭針；別針

1423
quota
[`kwotə]
名 定額；配額

同 **allocation** 分配額 / **allotment** 分配
關 **halve** 將…對分 / **equalize** 使均等
補 字根拆解：**quot** 數字 + **a** 字尾

UNIT 16 R 字頭填空題

請參考中文翻譯，再填寫空格內的英文單字。

1424

她看完報告後**勃然大怒**，嚇到了辦公室的所有人。

Her sudden **r**_________ after seeing the report terrified everyone in the office.

1425

隨機取樣確保了這份市場調查的可信度。

The **r**_________ selection of the samples ensured the credibility of this market survey.

1426

樂透號碼為電腦**隨機**挑選出來的。

The lottery numbers are **r**_________ selected by the computer.

1427

去年的線上交易額有了**急速的**成長。

There was **r**_________ growth in online sales volume last year.

提示 這個單字強調「非常快速的」上升。

1428

公司裡的男女**比例**大約為二比一。

The **r**_________ of men to women in the company is roughly two to one.

1429

核子反應爐的溫度可高達攝氏一千度。

The temperature of a **r**_________ could reach a thousand degrees Celsius.

提示 核子反應爐其實就是一種「反應裝置」。

1430

他拿起**聽筒**，投了幾枚硬幣進去，再撥打電話號碼。

He picked up the **r**_________, put in a few coins, and dialed the number.

rage / random / randomly / rapid / ratio / reactor / receiver

答案 & 單字解說
Get The Answer !

MP3 39

1424
rage
[redʒ]
名 狂怒；盛怒

同 **frenzy** 狂怒；狂熱 / **anger** 生氣
反 **calm** 平靜 / **appeasement** 平息；緩和
片 **be in a rage** 在盛怒當中 / **be all the rage** 風行一時

1425
random
[`rændəm]
形 隨便的；任意的

同 **irregular** 不規則的 / **haphazard** 隨意的
反 **deliberate** 故意的 / **systematic** 有系統的
片 **at random** 任意地；隨機地

1426
randomly
[`rændəmlɪ]
副 隨機地；任意地

同 **haphazardly** 隨意地 / **at random** 隨便；任意
關 **coincidence** 巧合 / **by chance** 偶然
補 字根拆解：**rand** 快跑 **+ om** 字尾 **+ ly** 副詞

1427
rapid
[`ræpɪd]
形 迅速的；快速的

同 **quick** 迅速的 / **swift** 快速的 / **speedy** 快的
反 **slow** 慢的；緩緩的 / **tardy** 緩慢的
搭 **rapid-transit**（城市中的）都市捷運系統

1428
ratio
[`reʃo]
名 比率；比例

同 **proportion** 比例 / **rate** 比例；比率
搭 **the ratio of A to B** 兩物（**A** 與 **B**）之比
補 **(number) percent of sth.** 某物的百分之…

1429
reactor
[rɪ`æktɚ]
名 原子爐；反應裝置

關 **respond** 做出反應 / **nuclear** 原子核的
搭 **nuclear power plant** 核能發電廠
補 字根拆解：**re** 返回 **+ act** 行動 **+ or** 名詞（物）

1430
receiver
[rɪ`sivɚ]
名 聽筒；收件人

同 **recipient** 接受者；接受器
反 **sender** 寄件人；發報機
補 字根拆解：**re** 向後 **+ ceiv** 拿；抓住 **+ er** 名詞

1431

如果你有任何關於預約的問題，可以到**櫃檯**詢問。

If you have any questions regarding your appointment, just go to **r**__________.

提示 櫃檯就是負責「接待」來賓的地方。

1432

那位粗魯無禮的**櫃檯接待員**在上週被解僱了。

The rude **r**__________ was fired last week.

1433

服務生**推薦**我們點菲力牛排配夏多內白葡萄酒。

The server **r**__________ the filet mignon with a bottle of Chardonnay.

1434

他們很滿意服務生的**推薦**。

They are satisfied with the **r**__________ from the server.

提示 服務生推薦菜品時，都會推薦好幾樣。

1435

我們參觀了一間**錄音**室，據說是皇后樂團用過的。

We had a visit to a **r**__________ studio, which allegedly was used by the band Queen.

1436

她除了逛街購物，好像就沒有其他**娛樂**了。

Besides shopping, there seemed to be no other **r**__________ for her.

1437

這個職位只**招聘**大一新生。

They only **r**__________ freshmen for this position.

1438

如果你預算不高，可以考慮搭**夜間航班**。

If you are on a low budget, you may want to consider taking a **r**__________-**e**__________ **f**__________.

提示 這個片語直譯為「紅眼班機」。

reception / receptionist / recommended / recommendations / recording / recreations / recruit / red-eye flight

1431
reception
[rɪ`sɛpʃən]
名 接待；接受

片 **get a cold reception** 受到冷遇
搭 **reception room** 會客室 / **reception desk** 接待處
補 **recpeption desk** 偏向辦公室的接待櫃檯；飯店的櫃檯則通常用 **front desk** 表示。

1432
receptionist
[rɪ`sɛpʃənɪst]
名 接待員

關 **administrative assistant** 行政助理
片 **answer the phone** 接電話 / **forward calls** 轉接電話 / **direct sb. to (place)** 引領某人至某處

1433
recommend
[ˏrɛkə`mɛnd]
動 推薦；建議

同 **suggest** 建議 / **advise** 勸告；忠告
反 **dissuade** 勸阻 / **oppose** 反對
片 **recommend sth. to sb.** 推薦某物給某人

1434
recommendation
[ˏrɛkəmɛn`deʃən]
名 推薦；推薦信

關 **approval** 贊成 / **reference** 推薦函；推薦人
片 **on the recommendation of** 經由…的推薦
補 字根拆解：**re** 再一次 + **com** 共同 + **mend** 命令 + **ation** 名詞

1435
recording
[rɪ`kɔrdɪŋ]
形 記錄的；錄音的
名 紀錄；錄製品

關 **self-recording** 自動記錄的
補 字根拆解：**re** 恢復 + **cord** 心 + **ing** 字尾（聯想：紀錄能重現心裡所想的事情）

1436
recreation
[ˏrɛkrɪ`eʃən]
名 娛樂；消遣

同 **amusement** 娛樂 / **pastime** 消遣；娛樂
關 **amusement park** 遊樂園 / **theme park** 主題樂園
補 字根拆解：**re** 再一次 + **cre** 製作 + **ation** 名詞

1437
recruit
[rɪ`krut]
動 招募；徵募
名 新兵；新手

同 **enlist** 徵募 / **newcomer** 新人
搭 **recruiting system** 徵兵制
補 字根拆解：**re** 再一次 + **cruit** 成長

1438
red-eye flight
片 夜間航班

補 **red-eye flight** 指「凌晨起飛，翌日清晨抵達目的地的航班」。因為時間不佳，所以通常比較便宜，也可簡稱為 **red eye**。

1439
最後一天的營業日有**大降價**的活動。
On the last day of business, there were huge price **r**_________.

1440
學生必須將報告中用到的**參考資料**列出來，否則會被視為剽竊。
Students must list out the **r**_________ used in their papers; otherwise, it's considered plagiarism.

1441
他為那對情侶**斟滿**酒，接著介紹起酒莊的歷史。
He **r**_________ the wine for the couple and then introduced them the history of the winery.

1442
因為這起突發事件，旅行社只能**退費**給消費者。
Due to the emergency, travel agencies had no choice but to **r**_________ the money to customers.

1443
為了討論中東爆發的戰爭，而召開緊急會議。
An emergency meeting was held **r**_________ the war in the Middle East.
提示 會議重點與中東區的戰爭「有關」。

1444
很抱歉，我無法參加今天的葬禮，請幫我**問候**你的家人。
I'm sorry that I couldn't be at the funeral. Please send my **r**_________ to your family.

1445
他**登記**了新筆電，因為他現在用的這台處理數據的速度太慢了。
He **r**_________ for a new laptop because the one he uses now is too slow in data processing.

1446
健身完之後，我泡了個熱水澡，好好**放鬆**了一下。
After my workout, I took a hot bath for **r**_________**n**.

Answer key
reductions / references / refilled / refund / regarding / regards / registered / relaxation

1439
reduction
[rɪ`dʌkʃən]
名 減少；縮小

同 **cutback** 減少 / **subtraction** 減少
反 **increase** 增加 / **enlargement** 擴大
搭 **price reduction** 降價

1440
reference
[`rɛfərəns]
名 參考；提及

關 **citation** 引用 / **quotation** 引文
片 **in reference to** 關於；與…有關
補 字根拆解：**re** 返回 + **fer** 攜帶 + **ence** 名詞

1441
refill
[ri`fɪl ] / [ `rifɪl]
動 再裝滿；裝填
名 再裝滿

同 **top up** 添（酒、飲料等）
搭 **refill one's water** 幫某人加水
補 字根拆解：**re** 再一次 + **fill** 裝滿

1442
refund
[rɪ`fʌnd ] / [ `rifʌnd]
動 退還；歸還
名 退款；退還

關 **defective** 瑕疵的 / **free return within 7 days** 七天鑑賞期 / **at one's discretion** 依照某人的意願
搭 **ask for a refund** 要求退款 / **get a refund** 拿到退款
補 字根拆解：**re** 返回 + **fund** 傾倒

1443
regarding
[rɪ`gɑrdɪŋ]
介 關於；有關

同 **concerning** 關於 / **about** 關於
補 字根拆解：**re** 強調 + **gard** 看；留意 + **ing** 字尾

1444
regard
[rɪ`gɑrd]
名 問候；致意
動 把…看作

同 **greeting** 問候；招呼
片 **regard A as B** 把 A 視為 B
搭 **give/send/convey one's regards to** 替某人向…致意

1445
register
[`rɛdʒɪstɚ]
動 註冊；登記

同 **enroll** 登記 / **sign up** 註冊
片 **register for** 報名參加
搭 **a registered letter** 掛號信

1446
relaxation
[ˏrilæk`seʃən]
名 鬆弛；緩和

反 **tension** 精神緊張 / **anxiety** 焦慮；掛念
關 **calmness** 平靜 / **repose** 歇息；睡眠
補 字根拆解：**re** 返回 + **lax** 鬆開 + **ation** 名詞

1447
缺乏這個產業的**相關**經驗是他沒得到工作的主因。
Lack of **r**_________**t** experience in this industry is the main reason why he didn't get the job.

1448
每週四的例會一結束，我都感到很**輕鬆**。
Every Thursday after the weekly meeting, I feel a sense of **r**_________**f**.

1449
醫生幫她打了一針止痛劑，可以暫時**舒緩**疼痛。
The doctor **r**_________ her pain temporarily by giving her a shot of painkiller.

1450
他在記人臉這方面**很厲害**。
He has a **r**_________ memory regarding people's face.
提示 「卓越的」記憶力會讓人印象深刻。

1451
你應該在上禮拜五就**提醒**他今天要開會。
You should have sent him a **r**_________ on today's meeting last Friday.
提示 不要被中文的詞性影響，注意英文句的文法。

1452
我們的辦公大樓將會進行為期一個月的**裝修**。
Our office building will be undergoing some **r**_________ for one month.

1453
新北市經過**都更**之後，被分為十個行政區。
After the urban **r**_________ of New Taipei City, it was divided into ten districts.
提示 都更就是「更新」市容的一種做法。

1454
在這個網站，你甚至能為你的假期找到**租金**一晚四十元的湖邊小屋。
You can even find a lake cabin for your vacation for a **r**_________ of $40 per night on this website.

Answer key: relevant / relief / relieved / remarkable / reminder / renovations / renewal / rental

1447
relevant
[`rɛləvənt]
形 有關的；切題的

同 **related** 相關的 / **connected** 有關聯的
反 **irrelevant** 無關的 / **unrelated** 無關的
片 **be relevant to** 與…有關

1448
relief
[rɪ`lif]
名 緩和；寬心

片 **be on relief** 靠政府救濟
搭 **tax relief** 減稅 / **relief pitcher** 救援投手
補 字根拆解：**re** 強調 + **lief** 舉起；減輕

1449
relieve
[rɪ`liv]
動 舒緩；解除；救援

同 **alleviate** 減輕 / **soothe** 緩和；減輕
反 **aggravate** 加重；增劇 / **exacerbate** 使惡化
搭 **sb. feel relieved** 某人鬆了一口氣

1450
remarkable
[rɪ`mɑrkəbl̩]
形 卓越的；非凡的

同 **extraordinary** 非凡的 / **exceptional** 卓越的
反 **ordinary** 普通的；平凡的 / **normal** 標準的
補 字根拆解：**re** 強調 + **mark** 標記 + **able** 形容詞

1451
reminder
[rɪ`maɪndɚ]
名 提醒物；提示

片 **a reminder of sb./sth.** 讓人想起…的東西
搭 **a friendly reminder** 溫馨的提醒
補 字根拆解：**re** 再一次 + **mind** 心智 + **er** 名詞（物）

1452
renovation
[ˏrɛnə`veʃən]
名 裝修；更新

關 **demolition** 破壞；毀壞 / **restoration** 重建
補 字根拆解：**re** 再一次 + **nov** 新的 + **ation** 名詞

1453
renewal
[rɪ`njuəl]
名 更新；復興

同 **regeneration** 恢復；新生
關 **the public** 民眾 / **an initial stage** 初期階段
搭 **urban renewal** 都更計畫

1454
rental
[`rɛntl̩]
名 租金；租賃

關 **deposit** 押金 / **lease** 租約 / **sublet** 分租
搭 **rent a room** 租屋
補 字根拆解：**rent/rend** 提供；繳納 + **al** 名詞（動作）

1455 那名技師的技術高超，不到半小時就**修好了**我的車。

The skillful mechanic **r**_________ my car within half an hour.

1456 用餐期間，使用過的盤子與餐巾有用新的**替換過**。

The used plates and napkins were **r**_________ in the middle of the meal.

1457 他**重複播放**監視錄影帶的畫面，以看清小偷的長相。

He **r**_________ the surveillance video several times to clearly see the face of the thief.

1458 我已經完成工作，並按你**所要求的**附上報告。

I have completed the task and attached a final report as you **r**_________.

1459 面試者**須**自備履歷，並穿著休閒的商務服裝。

It is **r**_________ that applicants bring their resumes and dress business casual for the interviews.

提示 **必須做到的事項就是公司「要求」的內容。**

1460 我**申請**了新的辦公用品，但兩個月後都還沒有回音。

I filed a **r**_________**n** for new office supplies, but I still haven't heard a thing after two months.

提示 **這個單字指正式的請求（如書面申請）。**

1461 為了與新軟體相容，而**重新設定**了機器。

The machines have been **r**_________ to accommodate to the new software.

1462 他不在的期間，他在巴黎的**住所**將租給一群學生。

His **r**_________ in Paris will be rented to a group of students while he is away.

Answer key: **repaired / replaced / replayed / requested / required / requisition / reset / residence**

1455
repair
[rɪ`pɛr]
動 修理；補救

同 **mend** 修理；修補 / **fix** 修理
關 **overhaul** 全面整修 / **patch up** 匆忙地修補
補 字根拆解：**re** 再一次 + **pair** 準備好

1456
replace
[rɪ`ples]
動 取代；代替

同 **supplant** 代替 / **take over** 接管；繼任
關 **substitute** 代替的 / **interchange** 交換
片 **replace A with B** 用 **B** 來替代 **A**

1457
replay
[ri`ple]
動 重播；重演

同 **repeat** 重複 / **play back** 重新播放
搭 **replay the video** 重複播放影片
補 **on repeat = on a loop** 連續重複播放

1458
request
[rɪ`kwɛst]
動 請求；要求
名 要求；請求的事

同 **demand** 要求；請求 / **call for** 要求
片 **at one's request** 應某人要求 / **by request (of sb.)** 應（某人的）要求

1459
require
[rɪ`kwaɪr]
動 需要；命令

同 **need** 需要 / **command** 命令
搭 **a required course** 必修課
補 字根拆解：**re** 重複 + **quire** 尋找

1460
requisition
[ˏrɛkwə`zɪʃən]
名 正式請求

關 **apply for** 申請 / **indemnity** 保障；賠償
片 **make requisition for** 提出…的要求
補 字根拆解：**re** 重複 + **quisit** 尋找 + **ion** 名詞

1461
reset
[ri`sɛt]
動 重設；重置

關 **default setting**（電腦）預設值
搭 **reset button** 重置按鈕
補 字根拆解：**re** 再一次 + **set** 放；置

1462
residence
[`rɛzədəns]
名 居住；住所

同 **dwelling** 住處 / **habitation** 居住
片 **in residence** 住校的；寄宿的
補 字根拆解：**resid** 居住 + **ence** 名詞（動作）

1463 吉米已在這座島上**居住**了好幾年。

Jimmy has been a **r**_________ of this island for several years.

》提示《 住了好幾年，就足以稱作「居民」了。

1464 只有**居住**在此地超過五年的居民才有資格投票。

Only people who meet the **r**_________ requirements of five years have the right to vote.

1465 如果他當初**抗拒**不了誘惑，今天就不可能在這個位置。

He wouldn't have got to where he is now if he couldn't **r**_________ the temptation in the first place.

1466 這個國家的財源主要來自於其豐富的自然**資源**。

The country's wealth mostly came from its abundant natural **r**_________.

1467 警衛受過訓練，能在極短的時間內對緊急事件**做出反應**。

The security guards are trained to **r**_________ to emergencies in a very short time.

1468 老闆**重申**今年度的目標，並講了一段話來激勵員工。

The boss **r**_________ the annual goals and gave an inspiring pep talk to the employees.

1469 她是負責清掃這層樓**廁所**的清潔阿姨。

She is a cleaning lady who is responsible for cleaning the **r**_________ on this floor.

1470 **零售**價通常會高於批發價格。

R_________ prices are often higher than wholesale prices.

resident / residential / resist / resources / respond / restated / restrooms / Retail

1463 **resident**
[`rɛzədənt]
名 居民；定居者

同 **inhabitant** 居民 / **dweller** 居住者
關 **citizen** 市民 / **homeless** 無家可歸的
搭 **resident physician** 住院醫師

1464 **residential**
[,rɛzə`dɛnʃəl]
形 居住的；住宅的

關 **apartment complex** （建築物形成的）社區
補 字根拆解：**resid** 居住 + **ent** 人 + **ial** 形容詞

1465 **resist**
[rɪ`zɪst]
動 抗拒；拒絕

同 **withstand** 反抗 / **oppose** 反對
反 **obey** 服從；聽從 / **submit** 屈從
補 字根拆解：**re** 對著；逆 + **sist** 站立

1466 **resource**
[rɪ`sors]
名 資源；辦法

同 **wealth** 財產；資源 / **property** 資產
搭 **scarcity of resource** 資源的稀有性
補 字根拆解：**re** 再一次 + **source/surge** 上升

1467 **respond**
[rɪ`spɑnd]
動 反應；響應

關 **interaction** 互動 / **unanswered** 未答覆的
片 **respond to sth.** 對某事做出反應
補 字根拆解：**re** 返回 + **spond** 保證

1468 **restate**
[ri`stet]
動 重述；重申

同 **reiterate** 重申 / **reaffirm** 再斷言；重申
關 **announcement** 宣布 / **policy** 政策；方針
補 字根拆解：**re** 再一次 + **state** 陳述

1469 **restroom**
[`rɛstrum]
名 廁所；洗手間

考 同樣指洗手間，**lavatory** 專指飛機上的廁所。
補 廁所的講法各有不同，在英國，講 **toilet** 並不會被視為不文雅；但在美國，就會用 **bathroom**、**restroom** 代替。

1470 **retail**
[`ritel]
名 零售 動 零售
形 零售的

反 **wholesale** 批發；批發的
片 **retail at (+price)** 零售價為…
搭 **retail therapy** 以購物調適心情的療法

1471

零售**商**集結起來反對增稅的政策。

R__________ are rallying to protest against the raise in taxation.

1472

每當她心情不好的時候，總會**躲進**房間裡。

She **r**__________ to her room whenever she feels upset.

提示《字面上帶有「向後縮進房間裡」的意思。

1473

每年的除夕夜，我們家都會**團聚**在一起。

Every year, we have a family **r**__________ on New Year's Eve.

1474

上一季**收益**之所以增加，是由於原物料的價格下降。

The growth in **r**__________ last season can be attributed to the fall in prices of raw materials.

1475

在交出提案前，他**修正**了好幾次。

He **r**__________ his proposal several times before his submission.

1476

他**重寫**了講稿，以確保他想要強調的重點都有囊括在內。

He **r**__________ his speech to make sure that he covered every point he would like to express.

1477

有緊急事件發生，我們需要你**立刻**趕來工廠。

There has been an emergency, and we need you to come to the factory **r**__________ **a**__________.

1478

當他還是廚房的**新人**時，被派去負責洗碗的工作。

When he was a **r**__________ in the kitchen, he was sent to wash the dishes.

Retailers / retreats / reunion / revenue / revised / rewrote / right away / rookie

1471
retailer
[`ritelɚ]
名 零售商

搭 **click-and-mortar retailer** 既有網路商店，也有實體店面的零售商
補 字根拆解：**re** 返回 + **tail** 修剪 + **er** 名詞（人）

1472
retreat
[rɪ`trit]
動 撤退；躲避
名 撤退

同 **withdraw** 撤退 / **fall back** 後退；撤退
反 **advance** 向前移動 / **access** 進入
補 字根拆解：**re** 返回 + **treat** 拉

1473
reunion
[ri`junjən]
名 團聚；重聚

關 **gathering** 集會 / **assembly** 集會
搭 **family reunion** 家族團聚 / **class reunion** 同學會
補 字根拆解：**re** 返回 + **union** 一

1474
revenue
[`rɛvə͵nju]
名 收益；收入

搭 **source of revenue** 收益來源 / **revenue and cost** 收入與成本
補 字根拆解：**re** 返回 + **venue** 來（聯想：進來的 = 收益）

1475
revise
[rɪ`vaɪz]
動 修訂；校訂

同 **modify** 修改；更改 / **edit** 編輯
搭 **revised edition** 修訂本
補 字根拆解：**re** 再一次 + **vise** 看見

1476
rewrite
[ri`raɪt]
動 重寫；改寫

關 **composition** 作品；作文 / **prose** 散文
補 字根拆解：**re** 再一次 + **write** 寫

1477
right away
片 立刻；馬上

同 **immediately** 立刻；馬上 / **at once** 立刻
關 **priority** 優先 / **emergency** 緊急情況
片 **at the drop of a hat** 毫不猶豫地

1478
rookie
[`rukɪ]
名 新人；菜鳥

同 **novice** 新手 / **tenderfoot** 尚無經驗的人
反 **veteran** 老手；老兵 / **expert** 專家
補 **rookie** 通常用來表示軍隊或球隊裡的新人。

1479

古時候，人們並不知道地球會**自轉**與它繞著太陽轉這兩件事。

In ancient times, people didn't know that the Earth **ro**________ and circles the Sun.

1480

我忘記把水果放進冰箱，所以它們現在都**腐爛發臭**了。

I forgot to put the fruit in the refrigerator, so now they are **r**________.

1481

Wi-Fi **路由器**無法運作，快請資訊部派人來看。

The Wi-Fi **r**________ isn't working; please send in someone from the IT department now.

1482

出門上班時，請順手將**垃圾**帶出門。

Bring the **r**________ out when you go to work, please.

1483

伸展臺上的模特兒看起來都很自信、堅決。

The models on the **r**________ all seem confident and strong.

1484

佩妮退休後想住在**農村**地區，因為她受夠了城市的空汙。

Penny wants to live in a **r**________ area after her retirement, for she is sick of the air pollution in the city.

Answer key: **rotates / rotten / router / rubbish / runway / rural**

1479
rotate
[ˋrotet]
動 旋轉；輪流

同 **spin** 旋轉 / **swivel** 轉動；旋轉
補 **rotate** 指物體以自身為中心轉動（如地球自轉）；**circle** 則以一點為中心，繞著中心轉，產生圓周運動的軌跡。

1480
rotten
[ˋrɑtn̩]
形 腐爛的；發臭的

同 **putrid** 發出惡臭的 / **stinking** 發惡臭的
關 **kitchen waste** 廚餘 / **recyclable** 可回收的
片 **be rotten to the core** 壞透了的

1481
router
[ˋrautɚ]
名【電腦】路由器

關 **netizen** 網友；鄉民 / **spam** 垃圾信件
補 字根拆解：**rout** 搜尋；翻找 + **er** 字尾（聯想：替裝置搜尋適合的網路路線）

1482
rubbish
[ˋrʌbɪʃ]
名 垃圾；廢話

同 **trash** 垃圾 / **nonsense** 無價值之物
關 **litterbug** 亂丟垃圾的人 / **dump trash** 丟垃圾 / **garbage truck** 垃圾車

1483
runway
[ˋrʌn͵we]
名 伸展臺；飛機跑道

同 **catwalk** （走秀的）伸展臺
關 **fashion week** 時裝週 / **spring collection** 春裝系列
搭 **runway show** 時裝秀

1484
rural
[ˋrurəl]
形 鄉下的；田園的

同 **country** 鄉下的 / **rustic** 農村的
反 **metropolitan** 大都市的 / **urban** 城市的
關 **agriculture** 農業 / **mountainous** 多山的

UNIT 17 S字頭填空題

Test Yourself!

請參考中文翻譯，再填寫空格內的英文單字。

1485

我們搭乘**帆船**，享受藍天與廣闊的海洋景色。

We enjoyed the blue sky and the vast ocean on a **s**_________.

1486

我以一個較低的**薪資**，換了新的工作領域。

I accepted a lower **s**_________ when changing to a new field.

1487

他是賣車的**業務**，很清楚每台車的優點與缺點。

He was a car **s**_________**n** who knew the pros and cons of every car.

提示 請寫不管哪個性別都可以用的那個單字。

1488

在美國，每個州的**銷售稅**都不同。

In the U.S., **s**_________ **t**_________ differs, depending on the state.

1489

針對明天的會議，他們預演了所有可能發生的**場面**。

They rehearsed every possible **s**_________ for tomorrow's meeting.

提示 本單字常用來表示「劇本、情節」。

1490

我們部門的研究生必須做很多**科學**研究。

Graduate students in our department have to conduct a lot of **s**_________ research.

1491

我需要一個**螺絲起子**來修理這張桌子。

I need a **s**_________ to fix the table.

sailboat / salary / salesperson / sales tax / scenario / scientific / screwdriver

答案 & 單字解說
Get The Answer !

MP3 40

1485
sailboat
[`sel͵bot]
名 帆船

關 **jet ski** 水上摩托車 / **parasailing** 水上拖曳傘
片 **be plain sailing** 一切順利

1486
salary
[`sælərɪ]
名 薪水；薪資

關 **remuneration package** 薪資福利（包含薪水、津貼與其他各種福利）
補 **salary** 指的是全職員工的月薪、年薪等；**wage** 則偏向兼職者的時薪或日薪。

1487
salesperson
[`selz͵pɚsn̩]
名 業務；售貨員

考 中文常會把 **sales** 誤用為業務員，這個說法其實並不正確，**sales** 只有「銷售量、銷售部門」的意思，稱業務員時得用 **salesperson** 才對。

1488
sales tax
片 銷售稅

關 **business tax** 營業稅 / **vehicle license tax** 牌照稅 / **income tax** 所得稅
補 **sales tax** 指購物時，加在消費者身上的一種直接稅。

1489
scenario
[sɪ`nɛrɪ͵o]
名 場面；情節

關 **likelihood** 可能；可能性 / **happenings** 事件
搭 **in the worst-case scenario** 在最糟的情況下
補 字根拆解：**scen** 場面 + **ario** 字尾

1490
scientific
[͵saɪən`tɪfɪk]
形 科學的；系統化的

關 **empirical** 經驗主義的 / **provable** 可證明的 / **experiment** 實驗 / **thesis** 論點
補 字根拆解：**sci** 知道 + **ent** 字尾 + **ific** 形容詞

1491
screwdriver
[`skru͵draɪvɚ]
名 螺絲起子

同 **turnscrew** 旋螺絲的器具
關 **wrench** 扳手 / **auger** 螺旋鑽
搭 **slotted screwdriver** 一字的螺絲起子 / **Phillips screwdriver** 十字的螺絲起子

1492
請將你的信放入信封，再**密封**起來。
Please put your letter in the envelope and **s**_________ it.

1493
汽油公司都屬於能源**部門**。
Oil companies belong to the energy **s**_________**r**.

1494
在採取行動之前，你應該**尋求**法律建議。
You should **s**_________ legal advice before taking action.

1495
經理終於**選出**了一位新組員。
The manager finally made her **s**_________ of a new team member.
提示 經理做出了人員的「選擇」。

1496
她在紐約大學的課程將於秋季**學期**開始。
Her classes at New York University will begin in the fall **s**_________.

1497
他將會按照時間**順序**展示科技的演變。
He will be presenting the techniques developed in chronological **s**_________.

1498
議會**會期**將於三月五日開始。
The parliamentary **s**_________ will begin on March 5th.

1499
多虧她律師的努力，才達成庭外**和解**。
An out-of-court **s**_________ was achieved thanks to the efforts of her lawyer.
提示 庭外和解也是一種「解決」方式。

seal / sector / seek / selection / semester / sequence / session / settlement

1492
seal
[sil]
動 密封
名 圖章；封（印）

反 **unseal** 開啟；去掉封條
關 **stamp** 印章 / **confidential** 機密的
片 **seal off** 封鎖 / **seal one's fate** 決定某人的命運

1493
sector
[`sɛktɚ]
名 部門；部分

搭 **energy sector** 能源工業；能源部門
補 中文雖同為「部門」，但 **department** 指公司內部的分區；**sector** 則表示國家經濟的行業或部門，為產業分類。

1494
seek
[sik]
動 尋求；探索

同 **pursue** 追蹤 / **look for** 尋找 / **quest** 尋找
片 **seek out** 找到；找出
考 注意 **seek** 的過去式與過去分詞為 **sought**。

1495
selection
[sə`lɛkʃən]
名 選擇

關 **preference** 偏愛的事物 / **choice** 抉擇；選擇權
搭 **natural selection** 天擇 / **class selection** 選課
補 字根拆解：**se** 分開 + **lec** 收集 + **tion** 名詞

1496
semester
[sə`mɛstɚ]
名 一學期

關 **do the roll call** 點名 / **credit** 學分 / **save a seat for sb.** 幫某人占位子
補 字根拆解：**se** 六 + **mester** 月（聯想：一年分成兩學期，每六個月就是一學期）

1497
sequence
[`sikwəns]
名 順序；系列

同 **succession** 接續 / **series** 系列
關 **chronological** 依時間順序排列的
補 字根拆解：**sequ** 跟隨 + **ence** 名詞

1498
session
[`sɛʃən]
名 會議；會期

關 **parliament** 國會 / **symposium** 座談會
片 **in session** 在開會；在開庭
補 字根拆解：**sess** 坐 + **ion** 名詞

1499
settlement
[`sɛtl̩mənt]
名 協議；解決；安頓

同 **arrangement** 安排 / **resolution** 決議
關 **termination** 終止 / **understanding** 理解
片 **settle down** 安頓下來；使平靜下來

1500
嚴重的腿部感染在最壞的情況下可能要截肢。
A **s**_________**e** leg infection may result in amputation in the worst cases.

1501
經理們擁有絕大多數的公司**股份**。
The managers own a major part of the **s**_________ of their own company.

1502
碗不小心摔到地上，**碎成**了一片片。
The bowl **sh**_________ into pieces when dropped accidentally on the ground.

1503
今年夏天，可預見我們將面臨電力**短缺**的問題。
It's foreseeable that we will be facing a **s**_________ of electricity this summer.

1504
詹姆士決定走**捷徑**去醫院。
James decided to take a **s**_________ to the hospital.

1505
她想換個新造型，把頭髮**剪短**到耳下。
She wanted to have a new look and had her hair **s**_________ to the ears.

提示 **剪短就是把頭髮的長度「縮短」。**

1506
百貨公司的**玻璃櫥窗**展示著最新的流行趨勢。
The **s**_________ around the department store display all the latest fashions.

1507
你可以調整**快門**，來控制相機的曝光率。
You can adjust the **s**_________ to control the amount of light exposed to the sensor.

Answer key
severe / shares / shattered / shortage / shortcut / shortened / showcases / shutter

1500

severe
[sə`vɪr]
形 嚴重的；嚴厲的

同 **serious** 嚴重的 / **strict** 嚴厲的；嚴格的
補 雖然為同義字，但 **severe** 就語感上，程度會比 **serious** 更嚴重一點。

1501

share
[ʃɛr]
名 股份；一部分
動 分享；分擔

搭 **the lion's share** 一大部分
片 **have one's share of sth.** 遭遇到許多的某事（例如：**have my share of problems** 我遭遇許多問題）

1502

shatter
[`ʃætɚ]
動 破碎；砸碎

同 **smash** 粉碎；打碎
關 **fragment** 碎片 / **fracture** 斷裂
片 **shatter one's hope** 使某人希望破滅

1503

shortage
[`ʃɔrtɪdʒ]
名 短缺；不足

同 **deficiency** 不足 / **lack** 欠缺
片 **a shortage of sth.** 某物的短缺
搭 **labor shortage** 勞力短缺

1504

shortcut
[`ʃɔrt͵kʌt]
名 近路；捷徑

關 **crosscut** 橫切；橫越 / **circuit** 環道
片 **take a shortcut** 抄近路
補 **alternate route** 替代路線

1505

shorten
[`ʃɔrtn̩]
動 縮短；減少

同 **abbreviate** 縮短 / **curtail** 縮短
反 **lengthen** 使加長 / **extend** 延長；擴展

1506

showcase
[`ʃo͵kes]
名 展示櫃；玻璃櫥窗

同 **display case** 展示櫃
關 **spotlight** 聚光燈 / **platform** 平臺 / **outfit** 全套服裝 / **popularity** 流行 / **accessory** 配件；首飾

1507

shutter
[`ʃʌtɚ]
名 快門；百葉窗

關 **lens** 鏡頭 / **aperture** 光圈 / **flashlight** 閃光燈
補 **in portrait mode** 拍直式相片 / **in landscape mode** 拍橫式相片

1508 有從機場到市中心的**接駁車**。

There is a **s**_________ bus from the airport to downtown.

1509 據說嗜睡症是由舌蠅造成的。

Sleeping **s**_________ is said to be caused by tsetse fly.

提示 嗜睡症也屬於一種「疾病」。

1510 隊長**示意**小隊停火，等待進一步的指示。

The leader **s**_________ the team to come to a ceasefire and wait for further instructions.

1511 必須要有您主管的**簽名**或蓋章，這份申請才能生效。

A **s**_________ or seal from your supervisor is needed for your application to be validated.

1512 **真誠的**微笑能打破僵局，並進一步與他人發展友誼。

A **s**_________ smile can help break the ice and develop friendship with others.

1513 我**誠心地**感謝你的及時相助。

I am **s**_________ thankful for your timely help.

1514 **摩天大樓**曾被視為一個國家經濟繁榮的象徵。

S_________ were once seen as a symbol of a prosperous economy.

1515 經理想出了一個能鼓吹顧客多買的好**口號**。

The manager came up with a good **s**_________ that encouraged customers to buy more.

Answer key

shuttle / sickness / signaled / signature / sincere / sincerely / Skyscrapers / slogan

1508
shuttle
[`ʃʌtl̩]
名 往返運送

關 transportation 運輸 / commute 通勤
片 go back and forth 往返
搭 shuttle bus 區間車；接駁公車

1509
sickness
[`sɪknɪs]
名 疾病；生病

同 illness 生病；疾病 / disease 疾病
關 dizzy 頭暈的 / vomit 嘔吐 / bronchitis 支氣管炎
搭 altitude sickness 高山症

1510
signal
[`sɪgnl̩]
動 示意；打信號
名 信號；暗號

同 beckon 向…示意 / gesture 用動作示意
搭 distress signal 求救信號；遇險信號
補 字根拆解：sign 記號 + al 名詞

1511
signature
[`sɪgnətʃɚ]
名 簽署；簽名

關 autograph 親筆簽名 / endorse 背書
搭 signature file 【電腦】簽名檔
補 字根拆解：signat 簽名 + ure 名詞（結果）

1512
sincere
[sɪn`sɪr]
形 誠摯的；真誠的

同 earnest 誠摯的 / genuine 真誠的
反 counterfeit 虛偽的 / deceitful 虛假的
關 attitude 態度 / steadfast 堅定的

1513
sincerely
[sɪn`sɪrlɪ]
副 誠摯地；真誠地

搭 yours sincerely = sincerely yours 謹啓（信件結尾）
補 字根拆解：sin 一 + cere 成長 + ly 副詞（聯想：自始至終都維持一個模樣）

1514
skyscraper
[`skaɪ͵skrepɚ]
名 摩天大樓

關 sidewalk 人行道 / pedestrian underpass 人行地下道 / crosswalk 斑馬線
補 字根拆解：sky 天空 + scraper 刮的人（聯想：延伸至天空的建築）

1515
slogan
[`slogən]
名 口號；廣告標語

關 motto 格言 / expression 表達；詞句
補 logo = logotype 商標 / tagline 品牌標語（通常出現在 logo 旁邊）

1516
他整天都在**打噴嚏**，所以他決定請一天假去看醫生。
He kept **s**_________ all day, so he decided to take a day off and see a doctor.

1517
最新的車款配有專為駕駛設計的**軟體**。
A **s**_________ program designed for drivers was equipped in the latest car.

1518
為了利用陽光，我們在屋頂上安裝了幾塊**太陽能**板。
We installed several **s**_________ panels on the roof to make use of the sunlight.

1519
蘿絲將產品**分類**，並以不同顏色的標籤做整理。
Rose **s**_________ the products and put colored labels on them.

1520
溫蒂有個**明確的**人生目標，就是成為米其林餐廳的主廚。
Wendy has a **s**_________ plan for her life – to be a chef in a Michelin Star restaurant.

1521
沒有樓層圖**詳細的配置**，我們就無法進行裝修。
Without the **s**_________ of the floor plans, we couldn't start the renovation.

提示 樓層圖會呈現出所有裝修上要注意的「規格」。

1522
該公司被控**散布**假消息來操作股價。
The company was accused of manipulating stock prices by **s**_________false information.

1523
那臺機器能自動**榨**柳丁，製作出一杯杯的新鮮柳橙汁。
The machine automatically **s**_________**hes** oranges and make cups of fresh orange juice.

sneezing / software / solar / sorted / specific / specifications / spreading / squashes

1516
sneeze
[sniz]
動 打噴嚏
名 噴嚏

關 **nostril** 鼻孔 / **allergy** 過敏 / **sniffle** 吸鼻涕
片 **sneeze at** 小看；輕視
補 **under the weather = not feeling well** 不舒服

1517
software
[`sɔft͵wɛr]
名 軟體

關 **hardware** 硬體 / **operating system** （電腦的）作業系統 / **compatible** 【電腦】相容的
搭 **antivirus software** 防毒軟體

1518
solar
[`solɚ]
形 太陽的

反 **lunar** 月的；月球的
關 **cosmic** 宇宙的 / **stellar** 星星的；星形的
搭 **solar energy** 太陽能 / **solar system** 太陽系

1519
sort
[sɔrt]
動 把…分類
名 種類；類型

同 **classify** 將…分類 / **categorize** 分類
關 **coherency** 一致性 / **typical** 典型的
片 **sort out** 將某物揀出來

1520
specific
[spɪ`sɪfɪk]
形 特定的；明確的

同 **definite** 明確的 / **particular** 特定的
反 **general** 一般的；普遍的
補 字根拆解：**speci** 種類 + **fic** 做；製作

1521
specification
[͵spɛsəfə`keʃən]
名 詳述；規格

片 **fall short of specifications** 不符合規格
搭 **general specification** 一般規格 / **specification sheet** 產品規格表

1522
spread
[sprɛd]
動 擴張；展開

同 **distribute** 散布 / **unfold** 展開；攤開
關 **overlap** 部分重疊 / **circular** 通知；傳單
片 **spread around** 散布 / **spread out** （人）散開

1523
squash
[skwɑʃ]
動 壓扁；擠壓

同 **squelch** 壓扁 / **press** 壓；擠
關 **blender**（做菜用的）攪拌機
片 **squash in** 擠進來

1524

體育場裡擠滿了來自全國各地的棒球迷。

The **s**_________ was filled with baseball fans from all over the country.

1525

這座防空洞保留了它在一九四〇年代的原始**樣貌**。

The air-raid shelter was kept in its original **s**_________, and it looked the same as it had in the 1940s.

提示 本句表示防空洞的「狀態、狀況」與當年相同。

1526

這家新的網路咖啡廳採用了很多**最先進的**設備。

The new Internet cafe had a lot of **s**_________-of-the-**a**_________ equipment.

提示 「藝術」往往都走在時代的尖端。

1527

她開了一家專賣**文具**給學生的商店。

She opened a store selling **s**_________ for students.

1528

統計數據顯示生產的瓶頸在這道程序上。

S_________ show that the bottleneck regarding production lay in this process.

1529

政治**地位**很高的人通常享有快速通過海關的特權。

People with a high political **s**_________ usually have the privilege of passing through customs quicker.

1530

加入熱水後，記得要**攪拌**湯。

Remember to **s**_________ the soup after adding hot water.

1531

在搭飛機前往西班牙的途中，我們有**過境**北京。

We had a **s**_________ in Beijing on the way to Spain.

stadium / state / state-of-the-art / stationery / Statistics / status / stir / stopover

1524
stadium
[`stedɪəm]
名 體育場；球場

同 **arena** 比賽場；羅馬競技場
搭 **football stadium** 足球場 / **baseball stadium** 棒球場
補 字根拆解：**stad** 站立 + **ium** 地點

1525
state
[stet]
名 狀態；國家
動 陳述；聲明

同 **condition** 情況 / **situation** 情況
關 **province** 省；州 / **federal** 聯邦（制）的
片 **in state** 正式地；鄭重地

1526
state-of-the-art
[ˏstetəvðiˋart]
形 最先進的；最高級的

關 **modern** 現代的；時髦的 / **recent** 最近的
片 **be (all) the rage** 最新流行的；最熱門的
搭 **state-of-the-art technology** 最新科技

1527
stationery
[`steʃənˏɛrɪ]
名 文具；信紙

關 **highlighter** 螢光筆 / **eraser** 橡皮擦 / **sticker** 貼紙
考 拼字和 **stationary**（固定的）很像，注意不要搞混。
補 字根拆解：**sta** 站立 + **tion** 名詞（狀態）+ **ery** 名詞（物）

1528
statistics
[stəˋtɪstɪks]
名 統計數據；統計資料

關 **statistical** 統計上的 / **average** 平均的 / **median**【統】中位數 / **discrepancy** 不一致
搭 **a table of statistics** 統計表

1529
status
[`stetəs]
名 地位；情況

同 **rank** 地位；等級 / **position** 地位；職位
搭 **social status** 社會地位 / **health status** 健康狀況
補 字根拆解：**stat/sta** 站立 + **us** 字尾（拉丁字尾，表陽性名詞）

1530
stir
[stɝ]
動 攪拌；激起

同 **agitate** 攪動；使激動 / **mix** 混和
關 **splash** 濺；潑 / **dissolve** 溶解
片 **stir sth. up** 攪拌某物；引起問題

1531
stopover
[`stɑpˏovɚ]
名 中途停留；過境

關 **transfer** 轉機 / **layover** 中途停留（不超過 **24** 小時）
片 **have a stopover in (place)** 在某地轉機、過境
補 **stopover** 指停留時間超過 **24** 小時的轉機或過境。

1532

這個桌子可以折疊，**存放**在車子裡。

This table can be folded flat for **s**__________**e** in the car.

提示 從「儲藏」的動詞形態變化而來的單字。

1533

台北 101 大樓有一百零一**層樓**，曾經是世界上最高的建築物。

Taipei 101 has a hundred and one **s**__________, and it used to be the tallest building in the world.

1534

下課鈴響後，學生們便**衝出**教室。

Students **s**__________ out of the classroom after the bell rang.

提示 湧出的人群會像「溪流」一樣長。

1535

您**擅長**的事情有哪些？請詳細說明一下。

What are your **s**__________? Please elaborate.

提示 擅長的事物會讓你有自信、充滿「力氣」。

1536

運動前請先**伸展**你的四肢，以免受傷。

S__________ your arms and legs before exercising to prevent injuries.

1537

氣象預報指出，下週一將有颱風**侵襲**臺灣。

The weather forecast says a typhoon will **s**__________ Taiwan next Monday.

1538

我看到貝蒂一個人在花園**漫步**，約翰沒有跟她一起去嗎？

I saw Betty **s**__________ in the garden alone. Didn't John go with her?

提示 請填入看到「整個過程」的動詞形態。

1539

DNA 的**結構**被發現是由精密的雙螺旋組成的。

The **s**__________ of the DNA molecule was discovered to be a delicate double helix.

storage / storeys；stories / streamed / strengths / Stretch / strike / stroll / structure

1532
storage
[`storɪdʒ]
名 儲藏；倉庫

片 **in storage** 在儲存中；存放著的
搭 **storage battery** 蓄電池
補 字根拆解：**stor** 預備 + **age** 名詞（場所）

1533
storey
[`storɪ]
名 【英】樓層

同 **floor** 樓層 / **level** 樓層；等級
搭 **on the top storey** 在頂樓
補 美式拼法可以寫成 **story**，意思不變。

1534
stream
[strim]
動 湧出；流動
名 溪流；人流

同 **flow** 流動 / **creek** 小河
片 **come on stream** 投入生產
搭 **streamline** 流線型；流線型的

1535
strength
[strɛŋθ]
名 長處；力量

反 **weakness** 弱點；軟弱 / **impotence** 無能
片 **on the strength of sth.** 受…的影響 / **in strength** 大量地 / **go from strength to strength** 蒸蒸日上

1536
stretch
[strɛtʃ]
動 伸展；延伸

同 **elongate** 伸長 / **extend** 延長；伸出
反 **shrink** 縮短；畏縮 / **compress** 壓縮
片 **stretch out** 伸出 / **at full stretch** 竭盡全力地

1537
strike
[straɪk]
動 打擊；達成
名 罷工；攻擊

片 **strike out for** 朝…奮力前進
搭 **strike a balance** 達到平衡 / **strike a chord** 引起共鳴 / **strike a blow against sth.** 沉重地打擊某物

1538
stroll
[strol]
動 散步；緩步走
名 散步；閒逛

同 **wander** 漫步 / **amble** 從容漫步
片 **stroll around** 閒逛 / **take a stroll** 散步
考 感官動詞 **see** 後面可接原形動詞，表示看到「整個過程」；若接現在分詞，則強調看到的「當下」。

1539
structure
[`strʌktʃɚ]
名 結構；建築物

同 **configuration** 結構 / **architecture** 建築物
搭 **power structure** 權力結構
補 字根拆解：**struct** 建立 + **ure** 名詞

1540
她把家裡其中一個房間改建成舞蹈**練習室**。
She reconstructed one of the rooms in her house into a dance **s**_________.
》提示《 練習室也算「工作室」的一種。

1541
他們開發出一種具反偵察能力的隱形**潛水艇**。
They invented an invisible **s**_________ capable for anti-reconnaissance purposes.

1542
在成為時裝設計師之前，她就有**訂閱**時尚雜誌。
She had **s**_________ to several fashion magazines before starting her new job as a fashion designer.

1543
因為他今年的表現優異，所以領到了一**大筆**獎金。
He received a **s**_________ bonus because of his excellent performance this year.
》提示《 領到一大筆獎金，可是讓人感覺非常「實在的」。

1544
結果證明，教練以守勢**取代**原本的策略是正確的判斷。
It proved to be the right decision for the coach to **s**_________ the strategy for a more defensive one.

1545
特技演員的作用是在遇到高難度或危險的場景時，**代替**演員上場。
A stuntman is hired in **s**_________ for actors when performing difficult or dangerous scenes.

1546
看電影時，我比較喜歡英文配音搭配中文**字幕**。
I prefer English dubbed with Chinese **s**_________ when watching movies..

1547
您今天的消費金額**小計**為兩千四百元。
The **s**_________ of your spending today is two thousand, four hundred dollars.

Answer key
studio / submarine / subscribed / substantial / substitute / substitution / subtitles / subtotal

1540
studio
[`stjudɪ͵o]
名 練習室；工作室

搭 **dance studio** 舞蹈練習室 / **studio apartment** 一房的小型公寓（通常有廚房、客廳，但都在同一空間）
補 電視等拍攝的「攝影棚」，也可以用這個單字表示。

1541
submarine
[͵sʌbmə`rin]
名 潛水艇
形 海底的

搭 **submarine sandwich** 潛艇堡 / **submarine cable** 海底電纜
補 字根拆解：**sub** 在下 + **mar** 海 + **ine** 與…有關

1542
subscribe
[səb`skraɪb]
動 訂閱；署名

關 **subscriber** 訂閱者 / **renew** 續訂
片 **subscribe to** 訂閱（雜誌等）
補 字根拆解：**sub** 在下 + **scribe** 寫

1543
substantial
[səb`stænʃəl]
形 大量的；實在的

同 **considerable** 相當多的 / **massive** 大量的
搭 **a substantial change** 重大的改變
補 字根拆解：**substant** 物質 + **ial** 形容詞

1544
substitute
[`sʌbstə͵tjut]
動 替代；替換
形 代用的

關 **stand-in** 替身；替代物 / **temporary** 暫時的
片 **substitute A for B** 將 **A** 替換成 **B**
搭 **a substitute teacher** 代課老師

1545
substitution
[͵sʌbstə`tjuʃən]
名 代替；替換物

同 **replacement** 代替 / **displacement** 取代
關 **deputy** 代理的；副的 / **interchange** 交換
補 字根拆解：**sub** 在…之下 + **stitu** 建立 + **tion** 名詞

1546
subtitle
[`sʌb͵taɪtl̩]
名 字幕；副標題

關 **translation** 翻譯 / **heading** 標題；首頁文字
片 **be synchronized with** 與…同步
補 字根拆解：**sub** 在…之下 + **title** 標題

1547
subtotal
[sʌb`totl̩]
名 小計；部分和

關 **grand total** 總計 / **figure** 數字
片 **sum up** 總結；計算
補 字根拆解：**sub** 在…之下 + **total** 合計

1548
將紫光從白光中**去除**，就會得到黃光。
S_________ purple light from white light results in pure yellow light.
提示 把某物「從底下拉掉」，就能去除。

1549
很多在市中心上班的人會選擇住**近郊**，通勤上班。
Many people working in the downtown choose to live in the **s**_________ and commute to work.

1550
茱蒂無法忍受住在**郊區的**生活，她偏好住在市中心。
Judy cannot stand **s**_________ life; she prefers to be in the heart of a big city.
提示 與上一題的單字有關，但要注意詞性變化。

1551
可惜的是，他們沒能**成功**引起大眾對這個議題的關注。
It's a pity that they did not **s**_________ in raising public awareness of the issue.

1552
能夠如此快速地解決這個問題被視為是一大**成功**。
Solving the problem so quickly was viewed as a huge **s**_________.

1553
針對收賄的嚴重指控，他**起訴了**他的政治對手。
He **s**_________ his political rivals over the serious accusations of bribery.

1554
我**建議**走別條路，以避開塞車路段。
I **s**_________ we take another way to avoid the traffic jam.

1555
關於明天該穿什麼去約會，她正在徵求大家的**建議**。
She is seeking **s**_________ on her clothing for tomorrow's date.

Answer key
Subtracting / suburbs / suburban / succeed / success / sued / suggest / suggestions

1548
subtract
[səb`trækt]
動 減去；去除

同 **deduct** 扣除；減除 / **remove** 去掉；消除
片 **subtract A from B** 把 **A** 從 **B** 中去除
補 字根拆解：**sub** 從…下面 + **tract** 拉（聯想：從下面拉掉）

1549
suburb
[`sʌbɝb]
名 郊區；近郊

同 **outskirts** 郊區 / **environs** 郊區；近郊
關 **suburbanite** 郊區居民 / **residential district** 住宅區
考 表示「近郊、郊區」時，習慣用複數形 **the suburbs**。

1550
suburban
[sə`bɝbən]
形 郊區的

反 **urban** 城市的 / **municipal** 市的
關 **resort** 休閒渡假地 / **countryside** 鄉間
補 字根拆解：**sub** 在…之下 + **urban** 城市的

1551
succeed
[sək`sid]
動 成功；接續

反 **fail** 失敗 / **precede** 處在…之前
關 **succeeding** 後繼的 / **successor** 繼任者
片 **succeed in** 成功地完成…
補 字根拆解：**suc** 之後 + **ceed** 移動

1552
success
[sək`sɛs]
名 成功；成就

同 **accomplishment** 成就
關 **fame and fortune** 名利
片 **make a success of sth.** 在某事上取得成功

1553
sue
[su]
動 起訴；控告

同 **litigate** 提起訴訟 / **prosecute** 起訴；告發
考 描述「起訴的原因」用 **over**；**sue (sb.) for sth.** 則是為了「得到某物」而起訴他人，例如 **sue him for damages**（為了得到損害賠償而告他）。

1554
suggest
[sə`dʒɛst]
動 建議；認為

片 **ought to + V** 應該做某事 / **had better + V** 最好做某事
考 **suggest** 後面接動詞有兩種用法：**suggest + Ving** 以及 **suggest (that) + S + V**，如本題的 **we** 前面就省略了 **that**。

1555
suggestion
[sə`dʒɛstʃən]
名 建議；暗示

片 **be open to new suggestions** 樂於接受新提議 / **on one's suggestion** 在某人的建議之下
搭 **make a suggestion** 提出建議

1556

有些圖畫書其實並不**適合**小孩子閱讀。

Some picture books are actually not **s**__________ for children.

1557

他在飯店裡租了一間**套房**，作為這次出差期間的住處。

He has temporarily rented a **s**__________ in a hotel for his business trip here.

1558

教授幫學生將上課內容**總結**為兩大重點。

The professor briefly **s**__________ the lecture into two main ideas for the students.

1559

他們在每個區域都配置一名**監督員**來監控製造過程。

They placed one **s**__________ in each region to monitor the manufacturing.

1560

外科醫師要能夠在好幾個小時的手術中，維持專注力。

A **s**__________ should be able to stay focused for hours in an operation.

1561

在心臟**手術**過後，病人至少需要一個月的復原時間。

It took at least a month for the patient to recover from heart **s**__________.

1562

那名**可疑的**恐怖分子被逮捕，並關進拘留所。

The **s**__________**d** terrorist was arrested and taken in custody.

提示 此處指「有嫌疑的」人，表示他「受到他人懷疑」。

1563

你可以幫忙**開**燈嗎？天色愈來愈暗了。

Could you **s**__________ on the light? It's getting dark.

Answer key: suitable / suite / summarized / supervisor / surgeon / surgery / suspected / switch

1556
suitable
[ˋsutəbl̩]
形 合適的；適用的

同 **fitting** 合適的 / **proper** 適當的
片 **be suitable for** 適合…
考 **-able** 為表示「有能力的；可以的」的字尾。

1557
suite
[swit]
名 套房；一套

關 **spacious** 寬敞的 / **loft** 閣樓；頂樓
搭 **honey suite** 蜜月套房 / **bathroom suite** 全套衛浴設備 / **C-suite** 最高管理層

1558
summarize
[ˋsʌmə͵raɪz]
動 總結；概括

同 **outline** 概述；略述 / **sum up** 總結
反 **lengthen** 延長 / **expand** 擴充
補 字根拆解：**summ** 要點 + **ar** 形容詞 + **ize** 動詞（使…化）

1559
supervisor
[͵supɚˋvaɪzɚ]
名 監督者；管理人

同 **executive** 業務主管 / **director** 主管
搭 **board of supervisors** 監察委員會
補 **super** 在…之上 + **vis** 看 + **or** 名詞（人）

1560
surgeon
[ˋsɜdʒən]
名 外科醫生

反 **physician** 內科醫生
關 **anesthesia** 麻醉 / **recovery** 恢復
補 字根拆解：**s** 手 + **urg** 工作 + **eon** 字尾

1561
surgery
[ˋsɜdʒərɪ]
名 手術；開刀房

同 **operation** 手術
片 **in surgery** 正在手術中的
搭 **perform a surgery** （醫生）動手術

1562
suspect
[səˋspɛkt]
[ˋsʌspɛkt]
動 懷疑 名 嫌疑犯

搭 **prime suspect** 主嫌 / **suspected case** 疑似病例
補 字根拆解：**su(s)** 在…之下 + **spect** 看見（聯想：看見別人私底下的小動作，就會懷疑）

1563
switch
[swɪtʃ]
動 打開或關掉（開關）；改變；轉移

同 **shift** 轉變；改變 / **turn** 使變化
片 **switch on** 打開 / **switch off** 關掉
補 **switch** 當名詞時表示電器等的「開關」。

1564

咳嗽、流鼻水與發燒都是流感的典型**症狀**。

Coughing, runny nose, and a high fever--these are all classic **s**________**ms** of the flu.

UNIT 18 T 字頭填空題

Test Yourself!

請參考中文翻譯，再填寫空格內的英文單字。

1565

他不願意吞**藥錠**，所以他們必須將藥磨成粉狀。

He would not swallow the **t**________ so they had to grain the medicine into powder.

1566

中國已經對一百多種的美國進口品施加**關稅**。

China has imposed **t**________ on over a hundred U.S. imports.

1567

Uber 已經在世界上許多城市的**計程車**市場占有一席之地。

Uber has gained a place in the **t**________**b** market in many cities around the world.

1568

至於那些**與技術相關的**決定，我們會向主辦者請教後再回覆您。

As for the **t**________ decision, we will consult our sponsors and then give you a response.

1569

他是實驗室裡唯一的**技術人員**，要負責所有的儀器。

He is the only **t**________ in the laboratory, taking care of all the apparatus.

symptoms / tablets / tariffs / taxicab / technical / technician

1564

symptom
[`sɪmptəm]
名 症狀；徵兆

關 **cramp** 抽筋 / **flatulent** 胃脹氣的 / **diarrhea** 腹瀉 / **nasal congestion** 鼻塞

補 **sign** 也能表示症狀，但指的是醫生所觀察到病症；本題的 **symptom** 則偏向病人描述自己的症狀。

答案 & 單字解說
Get The Answer !

MP3 41

1565

tablet
[`tæblɪt]
名 藥錠；一小片

關 **pill** 藥丸 / **capsule** 膠囊

搭 **sleeping tablet** 安眠藥

補 字根拆解：**tab** 板 + **let** 小

1566

tariff
[`tærɪf]
名 關稅；稅率

搭 **tariff barriers** 關稅壁壘

補 **tariff** 和 **duty** 皆為對外國進口商品徵收的稅金，但 **tariff** 常用百分比表示；**duty** 則以金額表示。（另外，**tax** 是指政府徵收的國內稅）

1567

taxicab
[`tæksɪ͵kæb]
名 計程車

關 **passenger** 乘客 / **vehicle** 車輛

搭 **hansom cab** （舊時的）雙輪雙座馬車

補 **taxi** 和 **cab** 均可表示計程車。

1568

technical
[`tɛknɪkḷ]
形 技術的；專業的

同 **specialized** 專業的 / **professional** 專門的

反 **general** 一般的 / **inexpert** 非內行的

搭 **technical foul**【籃球】技術犯規

1569

technician
[tɛk`nɪʃən]
名 技術人員；技師

搭 **electronics technician** 電子技師

考 **-ian** 字尾表示「有…特質的人」。

補 字根拆解：**tech(n)** 技能 + **ic** 字尾 + **ian** 名詞（人）

1570
老闆很重視研究團隊研發出的獨特**技術**。
The t_________ developed by the research team was unique and valued a lot by the boss.

1571
人工智慧**科技**的發展帶給我們嶄新的未來視野。
The development of artificial intelligence t_________ has brought us new visions of the future.

1572
女性的經濟獨立如今已逐漸成為一種**趨勢**。
There is a growing t_________ for women to work to be economically independent.
提示 成為趨勢表示大衆「傾向」於那種做法。

1573
我們搭乘的是國際班機，所以應該是在 A **航廈**。
Our flight should depart from T_________ A because it is international.

1574
她房子的**白蟻**問題快把她逼瘋了。
The t_________ problem in her house drives her crazy.

1575
我們一同坐在**露臺**上，觀賞足球比賽。
We sat on the t_________ side by side watching the football game.
提示 球場的露天階梯看臺座位非常多，不會只有一個。

1576
這件絲質洋裝的**材質**很柔軟、滑順。
The dress made of silk bears a soft and smooth t_________.

1577
隱形眼鏡的塗層在**厚度**和純度上都有嚴加控管。
The t_________ and purity of the coating on contact lenses is under strict control.

Answer key
technique / technology / tendency / Terminal / termite / terraces / texture / thickness

1570 **technique**
[tɛk`nik]
名 技術；技巧

同 **faculty** 技能 / **skill** 技術 / **know-how** 技能
搭 **agriculture technique** 農業技術 / **advanced technique** 高階技術

1571 **technology**
[tɛk`nɑlədʒɪ]
名 科技；技術

關 **technophile** 科技迷 / **technophobe** 科技恐懼者
搭 **high technology** 高科技 / **information technology** 資訊科技

1572 **tendency**
[`tɛndənsɪ]
名 趨勢；傾向

搭 **a tendency for N；a tendency to V** …的傾向
補 字根拆解：**tend** 延伸 + **ency** 名詞（聯想：往某處不斷延伸而形成趨勢）

1573 **terminal**
[`tɝmənl̩]
名 航廈；終點
形 終點的；末期的

關 **terminus** 終點 / **depot** 公車站；火車站
搭 **terminal cancer** 癌症末期
補 字根拆解：**termin** 末端 + **al** 字尾

1574 **termite**
[`tɝmaɪt]
名 白蟻

關 **insect** 昆蟲 / **anopheles** 瘧蚊（單複數同形） / **dust mite** 塵蟎 / **lice** 蝨子（單數形為 **louse**）
補 **as snug as a bug in a rug** 感到很舒適

1575 **terrace**
[`tɛrəs]
名 露臺；梯田
動 使成梯形地

搭 **terraced field** 梯田
考 **-ace** 這個字尾表示「產生；形成」。
補 **terrace** 指較大的露臺，例如大樓常見的平臺屋頂，也用 **terrace** 表示。

1576 **texture**
[`tɛkstʃɚ]
名 質地；材質

片 **texture of sth.** 某物的質地
搭 **chewy texture** 有嚼勁的口感 / **crunchy texture** 易碎的材質

1577 **thickness**
[`θɪknɪs]
名 厚度；濃度

關 **dense** 密集的；濃厚的 / **heavy** 沉重的 / **solidity** 堅硬 / **breadth** 寬度；幅度 / **massive** 厚實的；大而重的
考 **-ness** 字尾表示「（某物的）狀態」。
補 **contact lenses** 口語上常簡稱為 **contact lens**。

1578
售票處就在那裡，入口的旁邊。
The t__________ o__________ is over there, by the entrance.

1579
非**木材**森林產品是指那些不需要砍樹的森林產物。
Non-t__________ forest products refer to those which are not harvested from trees.

1580
他按**時間軸**列出事件，簡短地介紹了公司的歷史。
He gave a brief introduction of the history of the company with a t__________ of events.

1581
排球比賽中一局有兩次技術**暫停**，我覺得主要是為了播廣告。
There are two technical t__________ in a set of a volleyball game, which I think serve mainly for advertising.

1582
當**身體組織**受傷，就會引起發炎。
When your t__________ gets injured, inflammation appears.

1583
為了**表示**對你的感謝，我們想邀請你共進晚餐。
As a t__________ of our gratitude towards your kindness, we would like to invite you to tonight's dinner.

1584
我們以前會為了高速公路的**通行費**存許多零錢。
We used to store up a lot of coins for paying highway t__________.

提示 **本題單字經常用來表示「道路的通行費用」。**

1585
除非重新設定，否則電腦螢幕上的**工具列**會被隱藏起來。
The t__________ on the computer screen was set to be hidden unless being reset.

Answer key **ticket office / timber / timeline / timeouts / tissue / token / tolls / toolbar**

1578 **ticket office**
片 售票處

同 **box office** 售票處
關 **ticket window** 售票口 / **ticket seller** 售票員 / **ticket tout** 賣黃牛票的人 / **ticket scalping** 炒賣門票

1579 **timber**
[`tɪmbɚ]
名 木材；樹林

關 **forest** 森林 / **jungle** 熱帶叢林 / **hardwood** 硬木；闊葉樹 / **softwood** 軟木；針葉樹材
搭 **timber yard** 木材堆置場 / **timberland** 林地

1580 **timeline**
[`taɪm͵laɪn]
名 時間線；時間軸

關 **timeliness** 及時；適時 / **chronology** 年表
補 **have time on one's side** （某人）的時間很充裕 / **in due course** 在適當的時候

1581 **timeout**
[͵taɪm`aʊt]
名 （比賽）暫停

關 **preliminary** 預賽 / **elimination** 淘汰 / **timer** 計時器 / **pause** 暫停；中斷 / **strategy** 戰略；策略
補 本單字也可以寫成 **time-out**，複數形為 **time-outs**。

1582 **tissue**
[`tɪʃju]
名 組織；紙巾

關 **tendon** 肌腱 / **musculature** 肌肉組織 / **strain** 肌肉拉傷 / **muscle** 肌肉 / **nerve** 神經
搭 **tissue paper** 衛生紙

1583 **token**
[`tokən]
名 象徵；代幣

關 **symbolic** 象徵性的 / **souvenir** 紀念品
片 **as a token of sth.** 代表某事物 / **in token of** 為表示…
搭 **token money** 代用貨幣（代幣）

1584 **toll**
[tol]
名 通行費；使用費

同 **fee** 費用 / **charge** 費用
搭 **toll booth** 收費站 / **toll-free telephone number** 免付費電話專線
補 **toll** 還有「傷亡」之意，如 **death toll**（死亡人數）。

1585 **toolbar**
[`tul͵bɑr]
名 工具列；工具欄

關 **customize** 自訂；訂做 / **taskbar** 工作列（電腦桌面最下面那一條，顯示目前運作的程式）
補 字根拆解：**tool** 工具 + **bar** 條

1586
您的冰淇淋上要加什麼**淋醬**呢？巧克力還是草莓？
What **t**_________ would you like to have on your ice cream, chocolate or strawberry?
提示 淋醬就是澆在食物「最上方」的東西。

1587
被選為傳遞奧運**聖火**的一員是一種榮耀。
It's an honor to be chosen to pass the Olympic **t**_________.
提示 傳遞奧運聖火的選手會拿著點燃的「火炬」。

1588
觸控螢幕的技術被大量應用在販售票券的機器上。
T_________ **s**_________ technology is widely applied in ticket vending machines.

1589
他們已將彩色熱氣球註冊為他們的**商標**。
They have registered their **t**_________ of a colorful hot balloon.

1590
悲劇《哈姆雷特》是莎士比亞最有名的劇作之一。
The **t**_________ *Hamlet* is one of the most famous plays by Shakespeare.

1591
最新的好萊塢電影**預告片**昨晚已經播放了。
The **t**_________ for the latest Hollywood film was released last night.

1592
她被選為研發部門的**實習生**，為期為兩個月。
She was selected to be a **t**_________ in the R&D department for a two-month period.
提示 實習生就是「接受訓練的人」。

1593
這名病患被**轉到**一間地區醫院。
The patient has been **t**_________ to a regional hospital.
提示 從這裡轉到那裡，跟「轉機」的概念很像。

Answer key: toppings / torch / Touch screen / trademark / tragedy / trailer / trainee / transferred

1586
topping
[`tɑpɪŋ]
名 醬汁；配料

片 **top up** 加滿；填滿（液體）
補 **topping** 當「配料」講時，指灑在頂部的配料（如在甜點上灑的麵包屑等）。

1587
torch
[tɔrtʃ]
名 火炬；火把

關 **flame** 火焰 / **ignite** 點燃；使燃燒
片 **carry a torch for sb.** 單戀、暗戀某人
搭 **a flaming torch** 熊熊燃燒的火炬

1588
touch screen
片 觸控螢幕

關 **touch phone** 觸控手機
片 **touch sb. on the raw** 觸及某人的痛處 / **touch on** 涉及；提到 / **screen out** 遮擋；把…排除在外

1589
trademark
[`tred͵mɑrk]
名 商標；特徵

同 **brand** 品牌；商標 / **logotype** 商標
搭 **registered trademark** 已註冊的商標
補 字根拆解：**trade** 貿易 + **mark** 標記

1590
tragedy
[`trædʒədɪ]
名 悲劇；災難

同 **disaster** 災難；不幸 / **catastrophe** 大災難
補 悲劇的程度可用形容詞修飾，例如搭配 **great** 表示「很大的悲劇」，**the greatest tragedy** 則指「最大的悲劇」。

1591
trailer
[`trelɚ]
名 預告片；拖車

關 **preview** （影片的）試映
搭 **trailer camp** 拖車營地

1592
trainee
[tre`ni]
名 實習生；練習生

搭 **traineeship** 實習期間；見習職位
考 **-ee** 這個字尾表示「受…的人」。
補 **intern** 指實習生或實習醫生；**trainee** 則表示接受工作訓練的員工。

1593
transfer
[træns`fɝ]
動 轉移；轉機

反 **remain** 保留 / **retain** 保留；留住 / **stay** 留下
關 **hand over** 移交（權力、責任）/ **deliver** 運送
補 字根拆解：**trans** 穿過 + **fer** 攜帶

1594
手機的進化**改變**了我們的生活。
The progression of the mobile phone industry has **t**_________ our lives.
提示 手機讓生活「型態有所轉變」。

1595
她去歐洲旅行時，主要利用大眾**運輸系統**往來各地。
She mainly took public **t**_________**it** while traveling around Europe.

1596
《哈利波特》系列小說被**翻譯**成七十幾種語言。
The *Harry Potter* series has been **t**_________ into over 70 languages.

1597
這本金庸武俠小說的**譯本**很不錯。
This **t**_________ of a martial arts novel written by Louis Cha Leung-yung is good.

1598
5G 的資料**傳輸**速度可能比 4G 快上百倍。
The speed of the data **t**_________**n** of 5G might be a hundred times faster than 4G.

1599
大量的資訊可同時透過光線來**傳送**。
A large amount of information can be **t**_________ at the same time through light.
提示 這個單字用來指光、熱能、聲音、訊號等的傳送。

1600
跨國**運送**活體動物和植物是違法的。
It's illegal to **t**_________**t** live animals and plants across borders.

1601
史帝夫沒有駕照，所以他在國外念書時都搭乘大眾**運輸工具**。
Steve didn't have a driver's license, so he depended solely on public **t**_________**n** when studying abroad.

Answer key: **transformed / transit / translated / translation / transmission / transmitted / transport / transportation**

1594 **transform**
[træns`fɔrm]
動 改變；轉換

同 **alter** 改變 / **convert** 轉變；變換
關 **figuration** 成形 / **mutate** 變化；突變
片 **be transformed into** 轉變為⋯

1595 **transit**
[`trænsɪt]
名 交通運輸系統
動 運輸；通過

關 **traverse** 橫越 / **passage** 通過 / **metro** 捷運；地鐵
搭 **public transit** 大眾運輸工具 / **transit visa** 過境簽證 / **transit duty** 過境關稅

1596 **translate**
[træns`let]
動 翻譯；解釋

關 **interpret** 口譯 / **translator** 譯者（書面翻譯）
片 **translate from A into B** 從 **A**（語言）翻譯為 **B**（語言）
補 字根拆解：**trans** 跨越 + **late** 攜帶

1597 **translation**
[træns`leʃən]
名 翻譯；譯本

關 **loanword** 外來語 / **version** 譯文；譯本
搭 **loan translation** 翻譯借用的外來語
補 **loan translation** 是按照外來語直翻的內容，例如 **long time no see** 就是從中文的「好久不見」來的。

1598 **transmission**
[træns`mɪʃən]
名 傳輸；傳送

關 **conduction** 輸送；傳導 / **broadcast** 散布
搭 **automatic transmission** 自動變速裝置 / **digital transmission** 數位式傳輸

1599 **transmit**
[træns`mɪt]
動 發送；傳遞

同 **dispatch** 發送 / **forward** 發送；遞送
搭 **be transmitted live via satellite** 透過衛星實況轉播
補 字根拆解：**trans** 穿過 + **mit** 傳送

1600 **transport**
[træns`pɔrt]
動 運送；運輸；搬運

同 **move** 移動 / **carry** 搬運；運送
關 **shipment** 裝運 / **freightage** 貨物運輸
搭 **transport hub** 轉運站；轉運中心（交通的樞紐）
補 當名詞指「運輸；交通工具」，發音為 [`træns,pɔrt]。

1601 **transportation**
[,trænspɚ`teʃən]
名 交通工具；運輸系統

搭 **means of transportation** 交通方式
補 **traffic** 指的是（馬路上的）交通狀況或車流量；**transportation** 則特別指交通運輸的工具，如火車、公車、捷運等。

1602
凡是經歷過戰爭的人，內心普遍都有心理**創傷**。
Psychological **t**_________**a** is common for people who have gone through war.

1603
艾咪很時髦，總是追隨著最新的流行**趨勢**。
Amy is fashionable, and she always follows the latest fashion **t**_________.

1604
新藥品的**試驗**很花時間，通常都會超過一年。
Clinical **t**_________**ls** of a new drug is time-consuming, usually taking over a year.

1605
研究顯示，若人們在超市拿**手推車**（而非籃子），會買得更多。
Studies show that getting a supermarket **t**_________ instead of a basket makes people buy more products.

1606
總統下令將伊朗境內的**軍隊**撤回。
The president announced the withdrawal of the **t**_________ in Iran.

1607
他贏得今年游泳比賽的**獎盃**。
He won a **t**_________ in this year's swimming contest.

1608
他因為地點太遠而**拒絕**了那家公司的邀約。
He **t**_________ **d**_________ the offer from that company due to its remote location.

1609
她的肩膀會那麼僵硬，主要是**打字員**的工作造成的。
Her strained shoulder was mainly due to her job as a **t**_________.

Answer key
trauma / trends / trials / trolley / troops / trophy / turned down / typist

1602
trauma
[`trɔmə]
名 外傷；創傷

同 **wound** 創傷；傷口 / **suffering** 痛苦
片 **make a full recovery** 完全復原 / **be back to one's old self** 回復成原本的樣子
考 身體上或心理上受到的創傷，都可以用這個字。

1603
trend
[trɛnd]
名 趨勢；傾向

同 **direction** 傾向 / **tendency** 潮流
關 **on-trend** 流行的；時尚的
片 **set the trend** 帶領新潮流
搭 **an upward trend** 上升趨勢

1604
trial
[`traɪəl]
名 試驗；審判

同 **tryout** 試驗；試用 / **experiment** 實驗；試驗
片 **on trial** 試驗性的；受審的 / **stand trial (for...)** （因…）而受審
補 **bring a case to court** 向法院起訴

1605
trolley
[`trɑlɪ]
名 手推車；電車

關 **electrical** 用電的 / **streetcar**【美】（市內）有軌電車 / **luggage cart** 行李手推車
搭 **trolley bus** 無軌電車 / **shopping trolley** 購物車

1606
troop
[trup]
名 部隊；軍隊
動 成群結隊地走

同 **legion** 軍隊；部隊 / **army** 軍隊；軍團
片 **troop in** 魚貫而入 / **a troop of** 一群；許多
搭 **troop carrier** 運兵機、車 / **shock troops** 突擊部隊

1607
trophy
[`trofɪ]
名 獎盃；戰利品

同 **award** 獎品 / **prize** 獎賞；獎品
關 **medal** 獎章；勛章 / **honor** 榮譽
補 **acceptance speech** 得獎感言

1608
turn down
片 拒絕

同 **refuse** 拒絕 / **dismiss** 駁回；不考慮
反 **accept** 接受 / **agree** 同意；贊成
補 **turn sth. upside down** 把…弄得亂七八糟

1609
typist
[`taɪpɪst]
名 打字員

關 **typewriter** 打字機 / **assistant** 助理；助手
搭 **shorthand typist** 速記的打字員 / **audio typist** 聽錄音打字的人員
考 **-ist** 字尾表示「從事…的人」。

1610

在交報告之前，你應該要先檢查有沒有錯字。

You should check for **t**_________ before handing in your report.

UNIT 19 U 字頭填空題

Test Yourself!

請參考中文翻譯，再填寫空格內的英文單字。

1611

她無法出席今晚的聚會。

She is **u**_________ to make a presence at the event tonight.

1612

跟陌生人坐在一起會讓你覺得不自在嗎？

Will sitting with strangers make you **u**_________?

1613

這篇文章中的關鍵字句都有被畫線強調。

The key phrases in the article were all **u**_________.

1614

我在桌子底下發現一張便籤，那也許就是你在找的東西。

I found a note **u**_________**th** my table. Maybe it is the one you've been looking for.

1615

會議的參加者被要求接受簡單的背景調查。

The attendants of the meeting were required to **u**_________**e** simple surveys on their background.

typos / unable / uncomfortable / underlined / underneath / undertake

typo
[`taɪpo]
名 打字的錯誤

- 關 **erratum** 錯誤；錯字 / **misprint** 印刷錯誤
- 搭 **typographic** 印刷的 / **typographer** 印刷商
- 補 **sth. be a typo** …是打錯的字

答案 & 單字解說
Get The Answer !

MP3 42

unable
[ʌn`ebḷ]
形 無法的；無能力的

- 同 **incapable** 無法勝任的 / **incompetent** 無能力的
- 片 **be unable to V** 無法去做某事
- 補 字根拆解：**un** 不 + **able** 能夠

uncomfortable
[ʌn`kʌmfətəbḷ]
形 不自在的；不舒服的

- 同 **painful** 痛苦的 / **bitter** 痛苦的
- 反 **pleasant** 舒適的；令人愉悅的
- 補 字根拆解：**un** 不 + **comfort** 舒適 + **able** 形容詞

underline
[ˏʌndɚ`laɪn]
動 劃底線；強調

- 同 **underscore** 在…下方劃線 / **emphasize** 強調
- 關 **highlight** 最精彩的部分 / **intensify** 加強；增強
- 片 **draw one's attention** 引起某人的注意 / **lay stress on** 強調

underneath
[ˏʌndɚ`niθ]
介 在…底下；隸屬於
副 在底下；在下面

- 同 **under** 在…下方 / **below** 在…之下 / **beneath** 在…之下
- 關 **base** 底部；基礎 / **bottom** 底部；下端
- 補 **underneath** 與 **under** 同義，只是前者語氣更強。

undertake
[ˏʌndɚ`tek]
動 接受；進行

- 關 **activity** 活動 / **enterprise** 企業
- 片 **take over** 接管；接收
- 補 字根拆解：**under** 在…之下 + **take** 抓住

1616 在你犯下那個錯誤的瞬間，就已經無法**挽回**了。
Once you have made that mistake, there will be nothing you can do to **u**_________ all the consequences.
》提示《 挽回就等於「把做的事情取消」。

1617 他從去年九月開始，就一直處於**失業**狀態。
He has been **u**_________ since last September.

1618 她無法忍受同事的**不公平**對待。
She cannot tolerate any **u**_________**r** treatment from her colleagues.

1619 **不幸的是**，軍隊今天失去了一位最受尊敬的將領。
U_________, today the troop lost one of the most respected captains in the military.

1620 他**不健康的**生活習慣是造成疾病的主要原因。
His **u**_________ lifestyle is the main cause of his illness.

1621 歐**盟**在二○○二年開始使用歐元。
The European **U**_________ started to use the euro currency in 2002.
》提示《 歐盟是一種「聯合」性質的組織。

1622 大多數的宗教倡導**普世**真理。
Most religions advocate **u**_________ truths.

1623 對於那些**不公正的**統治者，人們開始感到不耐煩。
People started to get impatient with their **u**_________**t** rulers.

undo / unemployed / unfair / Unfortunately / unhealthy / Union / universal / unjust

1616
undo
[ʌn`du]
動 取消；解開

同 **cancel** 取消 / **untie** 解開 / **loosen** 鬆開
關 **regret** 感到後悔 / **undone** 未完成的
片 **leave sth. undone** 留下未完成的事情

1617
unemployed
[ˏʌnɪm`plɔɪd]
形 失業的；待業的

同 **jobless** 失業的；關於失業的
關 **employ** 僱用 / **idle** 無所事事的
片 **be out of work** 失業

1618
unfair
[ʌn`fɛr]
形 不公平的；不正當的

同 **unjust** 不公平的 / **inequitable** 不公正的
反 **fair** 公平的；公正的 / **impartial** 無偏見的
片 **be unfair to sb.** 對某人不公平

1619
unfortunately
[ʌn`fɔrtʃənɪtlɪ]
副 不幸地；可惜

反 **luckily** 幸運地；幸好 / **fortunately** 幸運地
關 **misfortune** 不幸 / **pitiable** 令人憐憫的
補 **it is a pity + that** 子句（遺憾的是，……）也能表示同一個意思。

1620
unhealthy
[ʌn`hɛlθɪ]
形 不健康的；有害的

同 **insalubrious** 對身體有害的 / **sickly** 多病的
關 **morbid** 疾病的；病理的 / **dehydrate** 脫水 / **metabolic** 新陳代謝的 / **hygienic** 保健的 / **nutrition** 營養

1621
union
[`junjən]
名 聯合；統一

關 **unity** 團結 / **uniformity** 一致 / **consensus** 共識
搭 **European Union** 歐盟 / **trade union** 貿易同盟 / **labor union** 工會

1622
universal
[ˏjunə`vɜsl̩]
形 宇宙的；普遍的

同 **broad** 廣泛的 / **extensive** 廣闊的 / **general** 普遍的
反 **restricted** 受限制的 / **scarce** 稀有的
補 字根拆解：**uni** 單一 + **vers** 轉動 + **al** 形容詞

1623
unjust
[ʌn`dʒʌst]
形 不正當的；不公平的

關 **hypocritical** 偽善的 / **veracious** 誠實的
搭 **unjust enrichment** 【律】不當得利
補 **miscarriage of justice** 司法不公；冤獄

1624

在觀看棒球比賽時，她彷彿有**無限的**精力似的。

She seemed to have **u**_________ energy when it came to watching baseball games.

1625

我們辦公室的電腦好慢，我覺得應該要**升級**硬體設備了。

The computers in our office are slow; I think we need a hardware **u**_________.

提示 這個單字含有把設備「往上提升一級」的意思。

1626

在下火車之前，請將椅背**豎直**。

Please put your seat into an **u**_________ position before getting off the train.

1627

這個網站會提供每一場籃球賽的**即時**比數。

The website provides **u**_________**-to-d**_________ scores of every basketball game.

1628

密探進行臥底，提供**有用的**資訊給政府。

The secret agent went undercover and provided **u**_________ information to the government.

1629

宣導和執行這一區的**都市**更新計畫需要時間。

It takes time to promote and execute **u**_________ renewal in this area.

1630

這個區域**急**需食物和乾淨的水。

There was an **u**_________ need for food and clean water in the area.

Answer key: **unlimited / upgrade / upright / up-to-date / useful / urban / urgent**

1624
unlimited
[ʌn`lɪmɪtɪd]
形 無限的；無限制的

同 **infinite** 無限的 / **boundless** 無窮的
搭 **unlimited liability** 【律】無限責任
補 字根拆解：**un** 不 + **limit** 界線 + **ed** 形容詞

1625
upgrade
[`ʌp`gred]
名 提高品級
動 升級；提高

反 **downgrade** 降低；降級
關 **operating system** （電腦的）作業系統
考 **upgrade** 用來表示「改善」時，常用複數形 **upgrades**。

1626
upright
[`ʌp͵raɪt]
形 挺直的；筆直的
副 直立地；垂直地

同 **erect** 豎立的 / **vertical** 豎的；垂直的
關 **posture** 姿勢 / **immovable** 固定的
搭 **sit upright** 直挺挺地坐著 / **upright piano** 直立式鋼琴

1627
up-to-date
[͵ʌptə`det]
形 最新的；流行的

同 **latest** 最新的 / **recent** 最近的
反 **ancient** 古代的 / **traditional** 傳統的
片 **be out of date** 過時的

1628
useful
[`jusfəl]
形 有用的；有益的

同 **helpful** 有幫助的 / **beneficial** 有益的；有利的
片 **come in useful** 派上用場 / **make oneself useful** 做點有用的事來幫忙

1629
urban
[`ɝbən]
形 都市的；住在城市的

反 **rural** 鄉村的 / **suburban** 郊區的；近郊的
關 **capital** 首都 / **modern** 現代的；時髦的 / **populate** 居住於 / **cultural** 文化的；人文的 / **education** 教育
搭 **urban legend** 都市傳說；都市怪談

1630
urgent
[`ɝdʒənt]
形 緊急的；急迫的

同 **emergent** 緊急的 / **pressing** 急迫的
搭 **in urgent need for sth.** 急需某物
補 字根拆解：**urg** 重壓 + **ent** 形容詞

UNIT 20 V 字頭填空題

請參考中文翻譯，再填寫空格內的英文單字。

1631
在臺灣，股價的**變動**幅度必須維持在百分之十以內。
There is a ten-percent limit on the **v**_________ in stock prices in Taiwan.

1632
據說**素食者**的平均壽命比肉食主義者的要長。
It is said that the life expectancy of a **v**_________ is longer than a carnivore.

1633
在島上的三天旅程，我們租了一部**車**代步。
We rented a **v**_________ for the three-day trip on the island.

1634
沒有氧氣的血液經由**靜脈**流入心臟。
Blood without oxygen flows into the heart through the **v**_________.

1635
這條街上原本有幾家**小販**，會賣些點心和飲料。
There used to be a few **v**_________ along the street, selling snacks and drinks.

1636
不入虎穴，焉得虎子。
Nothing **v**_________, nothing gained.
提示 入虎穴是一件非常「冒險」的事。

1637
即將到來的國際賽事**會場**仍在施工中。
A **v**_________ for the upcoming international matches is still under construction.

variation / vegetarian / vehicle / veins / vendors / ventured / venue

答案 & 單字解說
Get The Answer !

MP3 43

1631 variation
[ˌvɛrɪˋeʃən]
名 變化；差異

同 **diversity** 多樣性 / **divergence** 相異
關 **biology** 生物學 / **organism** 生物；有機體
片 **variation in sth.** 在…上的差異
搭 **cultural variation** 文化差異

1632 vegetarian
[ˌvɛdʒəˋtɛrɪən]
名 素食者；草食動物
形 吃素的；素菜的

同 **vegan** 素食者（連蛋奶都不吃）
關 **pollotarian** 只吃家禽肉者（不吃豬、牛）/ **pescetarian** 魚素者 / **flexitarian** 彈性蔬食者（偶爾吃肉）
搭 **ovo-lacto vegetarian** 奶蛋素食者

1633 vehicle
[ˋviɪkḷ]
名 車輛；交通工具

搭 **hybrid electric vehicle** 油電車
關 **unleaded gas** 無鉛汽油 / **regular gas** 普通汽油（約等同於 92、95 無鉛汽油）/ **premium gas** 高級汽油（約等同於 95、98 等級的無鉛汽油）/ **diesel** 柴油

1634 vein
[ven]
名 靜脈；葉脈；岩脈

關 **artery** 動脈 / **capillary** 毛細管 / **venule** 小靜脈
搭 **a vein of gold** 金礦脈 / **varicose veins** 靜脈曲張

1635 vendor
[ˋvɛndɚ]
名 小販；攤販

同 **peddler** 小販 / **hawker** 沿街叫賣的小販
關 **vending machine** 自動販賣機
補 字根拆解：**vend** 販賣 + **or** 名詞（人）

1636 venture
[ˋvɛntʃɚ]
動 冒險；大膽行事
名 冒險；投機

同 **risk** 冒險 / **hazard** 冒險 / **attempt** 試圖；企圖
片 **venture on sth.** 冒險做某事 / **venture one's life for sth.** 冒著生命危險做某事
補 字根拆解：**vent** 來 + **ure** 字尾

1637 venue
[ˋvɛnju]
名 會場；發生地點

關 **conference** 討論會 / **exhibition** 展覽
搭 **a change of venue** 【律】移送管轄（改變審判地）
補 字根拆解：**ven** 來 + **ue** 字尾（聯想：會場就是讓人「來」的地方）

1638
口頭承諾與紙本契約具相同的法律效力。
V_________ agreements are as effective as legally binding contracts.

1639
那部小說的**翻譯版本**高達二十種語言。
The novel has been published with translated v_________ in twenty languages.

1640
他們為了進行跨國運輸的生意而投資了**船隻**。
They invested in v_________ for international shipping business.

1641
他們在河邊的**葡萄莊園**中品嘗了釀酒用葡萄的味道。
They tasted the winemaking grapes at the v_________ located along the river.

提示 **葡萄莊園會是爬滿「藤蔓」的「庭院」。**

1642
那名男性以前有**暴力**傾向，不過，在戒酒之後就變得比較溫和。
The man used to have v_________ tendencies, but he has become tenderer since he quit drinking.

1643
她是那家百貨公司的**貴賓**，每個月的消費金額超過十萬元。
She is a _________ of that department store, spending over a hundred thousand a month.

提示 **請填入「貴賓」的縮寫即可。**

1644
這種**病毒**很容易透過生理接觸傳染。
The v_________ is easily passed on through physical contact.

1645
就算離臺北 101 大樓很遠，也還是**能看到**它。
Taipei 101 is still v_________ even from far away.

Verbal / versions / vessels / vineyard / violent / VIP / virus / visible

1638 **verbal**
[`vɝbl̩]
形 口頭的；言辭上的

反 **nonverbal** 不使用語言的
搭 **verbal abuse** 語言暴力 / **verbal assault** 言語攻擊 / **verbal skill** 口說能力
補 字根拆解：**verb** 話 + **al** 形容詞

1639 **version**
[`vɝʒən]
名 版本；說法

關 **adaptation** 改編 / **rendition** 演繹；詮釋
搭 **revised version** 修訂本 / **a pirated version** 盜版
補 字根拆解：**vers** 轉變 + **ion** 名詞

1640 **vessel**
[`vɛsl̩]
名 船隻；血管

同 **barge** 駁船 / **boat** 船 / **tanker** 油輪
片 **burst a blood vessel** 大動肝火
搭 **blood vessel** 血管 / **commercial vessel** 商船

1641 **vineyard**
[`vɪnjəd]
名 葡萄園

同 **vinery** 葡萄園；葡萄溫室
關 **winegrower** 種植兼釀造葡萄酒的人
補 字根拆解：**vine** 葡萄藤 + **yard** 庭院

1642 **violent**
[`vaɪələnt]
形 暴力的；強烈的

關 **non-violent** 非暴力的 / **dangerous** 危險的
搭 **a violent confrontation between A and B**（**A**與**B**）之間的激烈衝突

1643 **VIP**
縮 貴賓

關 **dignitary** 顯貴 / **celebrity** 名人 / **public figure** 公眾人物 / **eminence** （地位）卓越；顯赫
搭 **VIP room** 貴賓室
補 完整拼法為 **very important person**。

1644 **virus**
[`vaɪrəs]
名 病毒；電腦病毒

關 **disease** 疾病 / **germ** 細菌；病菌 / **pathogen** 病原體 / **contagious** 接觸傳染性的
搭 **flu virus** 流行性病毒 / **anti-virus software** 防毒軟體

1645 **visible**
[`vɪzəbl̩]
形 可見的；顯眼的

反 **obscure** 模糊的 / **invisible** 看不見的 / **inconspicuous** 不顯眼的；不引人注目的
片 **be visible to the naked eye** 肉眼可見的
補 字根拆解：**vis** 看 + **ible** 形容詞（能夠）

1646
缺少**維他命**會引發疾病，但攝取過量也會傷身。
Lack of **v**__________ induces illness, but excess intake will also harm the body.

1647
這間醫院的**志工**會為不熟悉醫院的病患指引方向。
V__________ of this hospital help give directions to patients who are not familiar with the place.

1648
他一直很想**吐**，整天都下不了床。
He kept feeling like **v**__________ and couldn't get out of bed all day long.

1649
他退休之後成為紅十字會的**志願**工作者。
He became a **v**__________ worker for the Red Cross after his retirement.

UNIT 21 W 字頭填空題

Test Yourself!

請參考中文翻譯，再填寫空格內的英文單字。

1650
便利商店這個月開始賣比利時**鬆餅**。
Convenience stores started to sell Belgian **w**__________ this month.

1651
過去兩年，這個國家的平均**工資**持續下降。
The average **w**__________ in the country has been decreasing for the past two years.

vitamins / Volunteers / vomiting / voluntary / waffles / wage

1646
vitamin
[`vaɪtəmɪn]
名 維他命；維生素

關 **bioflavonoid** 維生素 **P** / **carotene** 胡蘿蔔素 / **lutein** 葉黃素 / **retinol** 維生素 **A**
補 字根拆解：**vita** 生命 + **min** 字尾（與化學有關）

1647
volunteer
[ˌvɑlən`tɪr]
名 義工；志願者
動 自願（做）

片 **volunteer for sth.** 自願做某事；當志工
考 **-eer** 字尾表示「從事…的人」。
補 字根拆解：**volun(t)** 自願 + **eer** 名詞（人）

1648
vomit
[`vɑmɪt]
動 嘔吐；吐出

同 **throw up** 嘔吐 / **puke** 嘔吐
關 **nausea** 噁心 / **stomach** 胃 / **phlegm** 痰；黏液
考 本動詞的三態變化為：**vomit**、**vomited**、**vomiting**。

1649
voluntary
[`vɑlənˌtɛrɪ]
形 自願的；自發的

同 **willing** 自願的 / **spontaneous** 自發的
反 **obligatory** 有義務的 / **forced** 強迫的
補 字根拆解：**volun(t)** 自願 + **ary** 形容詞

答案 & 單字解說
Get The Answer !

MP3 44

1650
waffle
[`wɑfl̩]
名 鬆餅；格子鬆餅

關 **whipping cream** 打發用鮮奶油 / **icing sugar** 糖霜
搭 **waffle iron = waffle maker** 鬆餅機
補 **waffle** 為格子狀的鬆餅；**pancake** 則是一整片的。

1651
wage
[wedʒ]
名 工資；報酬

同 **remuneration** 酬勞 / **payment** 支付
關 **earnings** 收入 / **premium** 獎金；津貼
搭 **minimum wage** 最低薪資

1652
他們這個週末換掉了**壁紙**，漆成整片的綠色。
They replaced the **w**_________ with green paint this weekend.

1653
有標語**警告**人們注意那些會突然跑到馬路上的野生猴子。
There were **w**_________ about wild monkeys suddenly entering the road.

1654
小心！下過雨後，這裡變得很滑。
W_________ **o**_________! It's slippery after the rain.

1655
你認為自己的**弱點**是什麼？
What do you think are your **w**_________?

1656
從她的所有物與衣服就看得出來，她的家境很**富裕**。
You can see from her possessions and clothing that she comes from a **w**_________**y** family.

1657
她最近學會了架設**網站**的方法。
She recently learned how to set up a **w**_________.

1658
他認為人們**平日**應認真工作，但週末得好好休息。
In his opinion, people should work hard on **w**_________, but relax on weekends.

1659
我父親每天都很晚才回家，這樣對他的身體很不**健康**。
My father comes home late every night, which is not good for his physical **w**_________**-b**_________.

wallpaper / warnings / Watch out / weaknesses / wealthy / website / weekdays / well-being

1652 **wallpaper** [ˋwɔl͵pepɚ] 名 壁紙

關 **paint** 油漆 / **tile** 磁磚 / **papery** 薄如紙的
搭 **a roll of wallpaper** 一卷壁紙
補 **wall painting** 壁畫 / **wall sth. off** 用牆把某物隔開

1653 **warning** [ˋwɔrnɪŋ] 名 警告；告誡 形 警告的

同 **admonition** 告誡；警告 / **alert** 警戒；警報
搭 **issue a warning** 發布警報 / **warning shot** 警告性的鳴槍 / **warning sign** 警告標誌

1654 **watch out** 片 注意；當心

同 **look out** 注意；當心
關 **cautious** 謹慎的 / **alertness** 警覺
片 **watch out for sth.** 留意；防備

1655 **weakness** [ˋwiknɪs] 名 弱點；虛弱

同 **shortcoming** 缺點 / **defect** 缺陷 / **feebleness** 虛弱
片 **have a weakness for** 特別喜愛…（對該物沒有抵抗力）
考 **-ness** 這個字尾表示「…狀態」。

1656 **wealthy** [ˋwɛlθɪ] 形 富裕的；豐富的

同 **affluent** 富裕的 / **abundant** 充足的
反 **destitute** 貧困的；缺乏的 / **poor** 貧窮的
搭 **the wealthy** 富裕的人

1657 **website** [ˋwɛb͵saɪt] 名 網站

關 **web page** 網頁 / **homepage** 網站首頁
搭 **official website** 官方網站
補 字根拆解：**web** 網路 + **site** 地點

1658 **weekday** [ˋwik͵de] 名 平日；工作日

同 **workday** 工作日；平日
反 **holiday** 假日 / **weekend** 週末
片 **on weekdays** 週一至週五

1659 **well-being** [ˋwɛlˋbiɪŋ] 名 幸福；安康

關 **well-born** 出身名門的 / **well-behaved** 行為端正的
搭 **mental well-being** 心理健康
補 **being** 指「存在的、現有的」，和 **well** 組合，表示「一切安康」的狀態。

1660
新的建築都會設計斜坡，以便**輪椅**出入。
New buildings are designed to have ramps for **w**_________ access.

1661
好市多以**批發**價販售日常用品。（比較便宜的意思）
Costco offers daily necessities at **w**_________ prices.
提示 好市多的商品都是「整個一起販售」的大包裝。

1662
他是個水果**批發商**，會根據季節賣不同的水果。
He is a fruit **w**_________ selling different kinds of fruits depending on the season.

1663
他在飾演法官時戴了一頂白色**假髮**。
He was wearing a white **w**_________ while acting as a judge in the performance.

1664
他是個好人，總是很**樂意**幫別人一把。
He is a kind person who is always **w**_________ to help others out.

1665
我們拜訪了當地**酒莊**並品嘗了他們出產的美酒。
We had a visit to a local **w**_________ and tasted their gorgeous wine.

1666
他計畫要將樂透**獎金**捐給孤兒院。
He planned to donate his **w**_________ from the lottery to the orphanage.
提示 他準備要捐的，是中樂透所「贏來的錢」。

1667
有些人認為，若我們不再閱讀，也不吸收新知，就無法增長**智慧**。
Some believe that we will not gain **w**_________ if we stop reading and taking in more information.

wheelchair / wholesale / wholesaler / wig / willing / winery / winnings / wisdom

1660
wheelchair
[`hwil`tʃɛr]
名 輪椅

關 **disabled** 肢體殘障的 / **crutch** 丁型拐杖
搭 **wheelchair access** 輪椅專用通道 / **wheelchair user** 坐輪椅的人
補 字根拆解：**wheel** 輪子 + **chair** 椅子

1661
wholesale
[`hol͵sel]
形 批發的；大批的
副 以批發方式

反 **retail** 零售的；以零售方式
片 **buy/sell sth. at wholesale** 以批發價購入或販售
搭 **wholesale market** 批發市場

1662
wholesaler
[`hol͵selɚ]
名 批發商

同 **wholesale dealer** 批發商
反 **retailer** 零售商
關 **merchandiser** 商人 / **wholesaling** 批發

1663
wig
[wɪg]
名 假髮
動 使戴假髮

同 **hairpiece** 假髮
關 **bald** 禿頭的 / **artificial** 人造的
搭 **wear a wig** 戴假髮
補 **get hair extensions** 接髮

1664
willing
[`wɪlɪŋ]
形 願意的；樂意的

同 **agreeable** 欣然贊同的 / **eager** 熱心的
反 **reluctant** 不情願的 / **unwilling** 不願意的
片 **be willing to + V** 很樂意去做某事

1665
winery
[`waɪnərɪ]
名 酒莊；釀酒廠

關 **wine cellar** 酒窖 / **distillery** 蒸餾室；釀酒廠
考 **-ery** 為「…的地方」之意，用來表示場所。

1666
winnings
[`wɪnɪŋz]
名 獎金；贏來的錢

關 **winner** 優勝者 / **wealth** 財富
搭 **lottery winnings** 彩券獎金
補 **win...in the lottery** 彩券中了（獎金數字）

1667
wisdom
[`wɪzdəm]
名 智慧；學問

片 **with the wisdom of hindsight** 透過事後理性地回顧 / **in one's wisdom** 以某人的智慧
搭 **words of wisdom** 至理名言
補 字根拆解：**wis** 知道 + **dom** 判斷

1668

自動提款機每日所能**提領**的金額是有限制的。

There is a daily limit on the money you are allowed to **w**_________ from ATMs.

1669

她是這場重大車禍的其中一位**目擊者**。

She was one of the **w**_________ to the terrible car accident.

1670

我們度過了一段**極好的**蜜月旅行。

We had a **w**_________ time on our honeymoon.

1671

隨著經驗不斷增長，他的**工作量**也跟著增加。

The **w**_________ slowly increased as he gained experience.

提示 **工作量就是「工作的負荷」。**

1672

她著迷於俄羅斯娃娃精細的**做工**。

She was fascinated by the fine **w**_________**p** of those Russian nesting dolls.

提示 **產品的做工包含「製作」、「人」、以及「狀態」三個元素。**

1673

職場安全是我們公司最重視的一環。

Safety in the **w**_________**e** is the primary concern in our company.

1674

傷者全部都以直升機送往戰地醫院。

The **w**_________ were transported by helicopter and were taken to a field hospital.

提示 **「the + 形容詞」表示全體，為集合名詞。**

Answer key: **withdraw / witnesses / wonderful / workload / workmanship / workplace / wounded**

1668
withdraw
[wɪðˋdrɔ]
動 提取；抽回；撤退

同 **retreat** 撤退 / **recede** 後退 / **extract** 抽出
片 **withdraw A from B** 從 B 撤回 A
補 字根拆解：**with** 離開 + **draw** 拔出

1669
witness
[ˋwɪtnɪs]
名 目擊者；見證人
動 目擊；證明

關 **testify** 作證 / **vouch** 擔保；作證
片 **bear witness to** 作證支持；證明
搭 **witness stand** 證人席
補 字根拆解：**wit** 了解 + **ness** 名詞

1670
wonderful
[ˋwʌndəfəl]
形 極好的；驚人的

同 **marvelous** 令人驚嘆的 / **astonishing** 驚人的
反 **ordinary** 普通的 / **plain** 樸素的；簡樸的
補 字根拆解：**wonder** 驚奇 + **ful** 形容詞（充滿…的）

1671
workload
[ˋwɝk͵lod]
名 工作量；負荷

搭 **a heavy workload** 工作量很大 / **a light workload** 工作量很輕鬆
補 字根拆解：**work** 工作 + **load** 裝載量

1672
workmanship
[ˋwɝkmən͵ʃɪp]
名 工藝；做工

同 **craftsmanship** 做工 / **craft** 手藝；工藝
關 **artistry** 藝術性 / **workmanlike** 技術純熟的
補 字根拆解：**work** 工作 + **man** 人 + **ship** 名詞（具備的品質）

1673
workplace
[ˋwɝk͵ples]
名 工作場所

關 **SOHO (Small Office/Home Office)** 在家工作
搭 **workplace bargaining** （主管與員工間的）職場談判
補 字根拆解：**work** 工作 + **place** 地方

1674
wounded
[ˋwundɪd]
形 負傷的；受傷的

同 **injured** 受傷的
關 **get hurt** 受傷 / **bleeding** 流血的
搭 **badly-wounded** 受重傷的
補 **wound** 通常指被攻擊所造成的傷害（如利器或子彈）。

UNIT 22 X to Z 字頭填空題

Test Yourself!

請參考中文翻譯，再填寫空格內的英文單字。

1675

請給我一份報告的**影本**。

Please provide me with a **x**_________ of the report.

提示 **本來是影印機的廠牌，後來用廠牌名代稱影印。**

1676

英國觀光部門的收入中，商務旅客產生的**收益**相當高。

Business visitors turned out to be a high-**y**_________ segment of the UK tourism sector.

1677

蔬菜水果的價格**急遽升高**。

The prices for fruit and vegetables has **z**_________ up.

Answer key **xerox / yield / zoomed**

答案 & 單字解說
Get The Answer !

1675 xerox
[`zɪrɑks]
名 影本
動 影印；複印

同 **copy** 影印 / **reprint** 重印；再版
關 **copy machine** 影印機

1676 yield
[jild]
名 收益；產量
動 產生；屈服

同 **profit** 盈利 / **revenue** 收益 / **produce** 產出
片 **yield to sb.** 向某人屈服 / **yield up sth.** 讓出某物
搭 **yield curve** 收益曲線 / **low-yield** 低產量的；收益低的

1677 zoom
[zum]
動 急遽上升

同 **surge** 激增；猛衝 / **soar** 猛增；暴漲
反 **crawl** 緩慢地移動 / **decelerate** 使減速
片 **zoom in** 用變焦距鏡頭使景物放大 / **zoom out** 用變焦距鏡頭使景物縮小

NEW TOEIC
NOTE

NEW TOEIC
NOTE

NEW TOEIC
NOTE

NEW TOEIC
NOTE

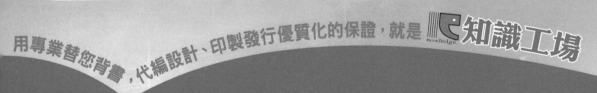

國家圖書館出版品預行編目資料

高勝率填空術：新多益660破分攻略 / 張翔 著. --
初版. -- 新北市：知識工場出版 采舍國際有限公司
發行, 2020.12　面；　公分. -- (Master ; 12)
ISBN 978-986-271-887-2（平裝）

1.多益測驗　2.詞彙

805.1895　　109010180

高勝率填空術
新多益
660破分攻略

知識工場・Master 12

高勝率填空術：
新多益660破分攻略

出 版 者／全球華文聯合出版平台・知識工場
作　　者／張翔
出版總監／王寶玲
總 編 輯／歐綾纖
英文編輯／何牧蓉
印 行 者／知識工場
美術設計／蔡瑪麗

台灣出版中心／新北市中和區中山路2段366巷10號10樓
電話／（02）2248-7896
傳真／（02）2248-7758
ISBN-13／978-986-271-887-2
出版日期／2020年12月初版

全球華文市場總代理／采舍國際
地址／新北市中和區中山路2段366巷10號3樓
電話／（02）8245-8786
傳真／（02）8245-8718

港澳地區總經銷／和平圖書
地址／香港柴灣嘉業街12號百樂門大廈17樓
電話／（852）2804-6687
傳真／（852）2804-6409

全系列書系特約展示
新絲路網路書店
地址／新北市中和區中山路2段366巷10號10樓
電話／（02）8245-9896
傳真／（02）8245-8819
網址／www.silkbook.com

本書採減碳印製流程，碳足跡追蹤並使用優質中性紙（Acid & Alkali Free）通過綠色印刷認證，最符環保要求。

本書爲名師張翔及出版社編輯小組精心編著覆核，如仍有疏漏，請各位先進不吝指正。來函請寄mujung@mail.book4u.com.tw，若經查證無誤，我們將有精美小禮物贈送！

nowledge.
知識工場
Knowledge is everything！

nowledge.
知識工場
Knowledge is everything！